U0755152

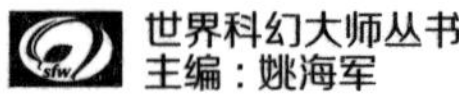

世界科幻大师丛书
主编：姚海军

M A R R O W

星髓

[美] 罗伯特·里德 著
加耶 译

四川科学技术出版社

图书在版编目(CIP)数据

星髓 / [美] 罗伯特·里德 著; 加 耶 译
四川科学技术出版社, 2018. 4
(世界科幻大师丛书 / 姚海军 主编)

ISBN 978-7-5364-8980-6

Ⅰ. ①星… Ⅱ. ①罗… ②加… Ⅲ. ①科学幻想小说
-美国-现代 Ⅳ. ①I712.45
中国版本图书馆CIP数据核字(2018)第051824号
图进字21-2016-217号

世界科幻大师丛书
星 髓

出品人 钱丹凝
丛书主编 姚海军
著者 [美]罗伯特·里德
译者 加 耶
责任编辑 宋 齐
特邀编辑 李克勤 虞北冥
封面绘画 王懿之
封面设计 李 鑫
版面设计 李 鑫
责任出版 欧晓春
出版 四川科学技术出版社
四川省成都市槐树街2号出版大厦 邮政编码:610031
开本 140mm×203mm
印张 15.875
字数 350千
插页 2
印刷 金雅迪彩色印刷有限公司
版次 2018年12月成都第一版
印次 2018年12月成都第一次印刷
定价 56.00元

ISBN 978-7-5364-8980-6

第一部

船

……这一觉，如死亡般甜蜜……它横贯时间，漫长得无法估量……然后，在黑暗和寒冷之中出现了一星亮光。那温暖的星光慢慢地向我展示着自己，将它的恒星和行星、巨大的彩色气体旋涡和汹涌呼啸的星尘展现在我面前。

原来是个棒旋星系。

它有着吸引我注视凝望的美丽与庄严。在那庄严的包裹之下，有个脆弱的存在，无知而浩瀚。

这个星系的轨道与我的轨道处于同一平面。毫无疑问，我们会相撞。

我凝望的目光一定被更多的目光回应着。我知道这点，正如我早就知道这一天无可避免。然而，第一次看到台小小的机器向我冲来的时候，我还是非常惊讶。太快了吧！而且我猜得没错，那机器能看见我。我亲眼看见它把反光的眼睛聚焦在我伤痕累累的老脸上。我看到它点燃了小小的火箭，为了让运行轨道离我近一些而倾尽全力。随后它吐出一个微小的装置，那装置唯一的职责就是和我的脸相撞。接下来，它毫无疑问会向我发送一连串的数据和新问题。我们以接近一半光速的速度相遇。幸存者只有我。这时候，那台母机从我身边掠过，它将眼睛转了过来，望着我的拖尾面，我只能或多或少地想象它的惊异。

我身体的后部装配着火箭喷嘴。

这些喷嘴比行星更大、更古老。我的引擎和我们古老的宇宙一样冰冷而安静。

喂，我说道。

没发出任何声音。

机器兄弟，你好啊。

我的朋友继续沿着它自己的轨道行进。只过了一小会儿，我又是独自一人了。那是我第一次意识到自己的寂寞已经滋长到了怎样的深度。

我开始无视警报，拒绝一切任务，满心期盼着下一个来访者。还能有什么大碍呢？一个小小的机器旅伴，转瞬即逝且功能还非常有限……这样微不足道的装置怎么可能给我带来任何危害……

然而，被送来给我打招呼的不止一个探测器。成群结队的机器正迎面而来：有一些平静地扎入我的前导面自杀。另一些飞得够近的则能感受到我的引力，它们在我身后盘绕，总算在近处把我的巨型引擎看了个大概。它们的形状和基本设计与第一台探测器相同，说明它们出自同一制造者。沿着它们的轨迹追溯了空间和时间之后，我发现了一个能够说明问题的交集。使我们相关联的是一颗淡黄色的恒星。就是它和它邻近恒星的光辉[1]催生出了这许多的机器。我慢慢接受了这个难以置信的答案:有一个物种在其他所有物种之前见到了我。很显然,这个星系不是个简单的地方。随着时间的流逝和间距的收缩,其他机器从各个地方来到这里。我看见氢冰里包裹着一排排简单的金属机器,各样的电磁噪声从数十万颗恒星传来:轻柔的哧哧声和嘎嘎声,精妙的乐音和刺耳的呼啸。

“你好。”那些声音喊道,“你是谁,朋友?”

我看起来是谁,便是谁。

“朋友,你于我们有何意义?”

我看起来有何意义,那就是什么意义。我告诉他们——以沉默。无论如何,你所看到的我绝对是我本身。

动物们来了,来自位于我和那颗淡黄色恒星之间的某个地方。

他们的第一艘飞船小而简陋,极易受损。支撑他们到如今的一定是巨大的勇气。这些生物不得不离开自己星系的光亮,他们航行着,却在途中停了下来,转身往家的方向进发。他们小小的引擎不断推进,再推进,精确地与我的速度保持一致。然后他们又慢下来,只稍微慢了一点,好让我超过他们,随后精明地保持着谨慎的距离,把自己摆弄进了一条利于飞行的轨道。

就在我观察这边的时候,上千台自动化机器突然向我袭来。

它们先是盘旋一阵,然后纷纷降落在我身上。

伤疤和轨迹出卖了我的年纪。

在我身后没有任何星系。连处于黑暗与混沌之中的半成形

①小说所描写的是远未来时代,人类的活动范围已经远超太阳系,所以受到不止一颗太阳的影响。

星系也没有一个。彗星是罕见的,恒星是罕见的,就连最普通的尘埃也十分稀少。即使这样,我的前导面却坑坑洼洼、布满裂纹。对好奇的动物们来说,这意味着我来自异常遥远的地方,而且和他们的母星一样古老。

至少一样古老。

“这艘船是冷的。”机器们报告说,“几乎能肯定处于休眠状态,也有可能已经死了。”简而言之,是艘弃船。

我的前导面和拖尾面之间是超大型空港,里面空荡荡的,尘封紧锁。但用力推的话,小一些的舱门和出入口还是能打开的。有几台机器在反复请求之后就是这么做的。它们小心翼翼地打开了几乎永远关闭着的舱门。在那些舱门后面,它们发现了下行通道。干净而无磨损的楼梯非常适合长腿人型机优雅的步态。

对这些动物来说,这是一次小飞跃。

上一次有脚踏上我的楼梯是什么时候?我已经不记得了。但现在来了这些人类,他们两个一组、十个一队,谨慎地进入了我的舱体内部。一开始,他们穿着笨重的衣服,端着武器,用轻柔的无线电声说着复杂的代码。然而他们越往深处走,周围沉积空气的密度就越大。检测显示有可供呼吸的氧气,许多生命支持系统仍在正常运转。这说服了我的客人摘下头盔。他们先是嗅了嗅,接着更深地呼吸,然后以人类的方式露出了微笑。

有个声音打破沉寂,“你好。”但他听到的回答只是自己紧张的回声。

在我全副武装的船壳之下,是冰冷而广袤的石海。石海上纵横交错的是宽广的通道、死角,以及过于庞大,以至于无法用一眼乃至一生望尽的房间。这黑暗彻底而漫无边际。但是,每面墙壁、每块天花板上都有灯和全息投影仪，这些机械装置显然既简单，又容易触发。更别说这里还有大量的局部反应装置等待着从休眠模式唤醒，进入供能模式。

先是一些小地方，然后是更大的地方，我逐渐被唤醒了。

但是，我仍然发不出声音。

我是否拥有说话的能力？

或许没有吧，我意识到。也许我所记得的“我的声音”其实属于别人。但那又是谁的声音呢？这样一个基本而必要的认知怎么可能被任何跨度的时间夺走？

现在，大多数人类已经登陆。

带着关心和喜爱之情，我把他们数了一遍。十二的四次方，再加上几个。与我的广阔相比，这是一个很小的、几乎可以忽略的数目。

但之后来了更多的船——从其他恒星系、其他人类世界驶来的舰队。这些新的飞船有着更强大、更高效的引擎。然后我意识到，纵然这是些动物，他们也可以适应得很快。这毫无疑问是件好事。

但为什么好呢？

我动用了刚刚获得的所有能量，试着向一无所知的伙伴们大声呼喊，求他们听我说话。但我却发不出声音。

除了轻柔的风声、花岗岩壁内各种能量发出的噼啪声和没等人脚踏上去就哗哗作响的枯燥的碎石声，我什么声音也发不出。

人类的数量又增加了十二倍。

那之后的一小段时间里，人数没有任何变化。

探险者已经到齐。他们简明而高效地为每一条隧道和裂缝绘制了地图，定下了准确的名称。每一个大房间和空旷的舱室都获得了特定的名字。由水和氨、甲烷和硅组成的浩瀚汪洋，在我腹内不同深度的地方渐次被发现。通过一排排的机械装置能够控制它们的化学组成，使它们能与各种各样的生命形式和谐共处。自然，作为试验，人类调节了其中一个海域的水，按照他们的喜好调整了盐和酸性，又让海水表层温暖、下层寒冷。为了持久地住下去，他们还在旁边建了一座小城市，俯瞰着遍布黑色石子的海岸。

人类在我身体里的任何发现，对我来说都是新的发现。

在那之前，我从来没有完全理解过自己的广阔，或者说我自身壮丽的、历经沧桑的美。

我想感谢我的客人，却不能够。正如我无法让他们听见我的哀鸣。但我逐渐习惯了失语。事出必有因，不管我多么广阔和壮丽，与创造我的智者相比都不值一提……我不过是区区一台机器，凭什么质疑他们无边的智慧？

在水分充足的海洋下面，是更浩瀚的、液态氢的汪洋。

毫无疑问，这是为我正在休眠的引擎准备的燃料。

人类学会了如何修复我的泵和巨型反应器。他们成功启动了大引擎中的一个。一次试验性的高速等离子体喷发的结果表明：温度比预期的更高，效力也更大。

那时候，我们正疾速深入他们的星系之中。

所谓银河系①，是以母亲的分泌物来命名的。

我开始尝到它的尘埃。它微弱的热量温暖了我衰老的皮肤。在我下方有两千五百亿颗恒星，还有百万亿个世界、生命和

①银河系英文为“Milky Way”，意为“乳汁之路”。

其他种种。我从虚无之中掉进了宇宙文化的中心。数万个种族看见我来了，很自然地，有一些遣来了自己的小船。这些小船保持着彬彬有礼的距离，围绕我旋转，用各种声音请求允许他们登陆，或是毫不客气地要求获得对我的所有权。

人类对他们都表示了拒绝。一开始是礼貌的，到后来就不那么礼貌了。

我听见他们冰冷而做作地说着星际法、废弃船只法律。接着就是一阵精心策划的蓄意沉默。

一个闯入者决定采取行动。它毫无预兆地发起了攻击，将人类的飞船化为光和粉碎的残骸。

因为毫无作战准备，大多数种族仓皇撤退。只有最凶猛的几个物种留了下来。他们火力全开，轰向我的装甲外壳。但我既然能坦然承受达到部分光速的巨型彗星的撞击，他们的氚弹和X射线激光器无法伤我分毫。丝毫也伤不到。人类安全地待在我的身体里，继续着日常生活。他们无视外面的狂轰滥炸，修理并重新校准着我古老的内脏。他们的敌人则为了对付我庞大的身躯而耗尽力气。

一艘接一艘飞船放弃了战斗，启程回家。

最后一个种族急于占据领地，试图强行着陆。他们的队长俯冲至我的前导面，在陨石坑里钻进钻出，向最近的入口疾驰而去。这行为勇敢无畏却又莽撞无知。我深邃的掩体里隐藏着一整套由护盾发生器、激光器和反物质加农炮组成的系统。在过去的岁月里，它们曾经保护我免受彗星和其他危险的伤害。像对待我的其他系统一样，人类发现了这些装置，并做了维修。惩罚与宽容兼而有之。他们用激光器摧毁了进攻者的引擎和武器，随后囚禁了幸存者。

接下来,他们用咆哮的声音,向银河系大声喊话。

“这艘船是我们的!”他们喊道。

“我们的!”

“现在,还有将来!这艘船永远属于我们!”

坐落在一块巨大的黑色磐石顶部的,是一些黑色的木椅。坐在这些椅子上享受模拟阳光的,是首领船长和她的亲信。他们每一个人都穿着自己最奢华的反光制服。

“既然我们已经赢了,”首领开口道,“那么,我们赢到了什么?”

没有人说话。

“我们得到了有史以来最大的飞船。”她接着说,手势指点的,是蓝色的天花板、温暖的海浪和更温暖的玄武岩。“政府和企业资助了我们在这里的任务。他们期望自己的巨额投资有所回报,这并不过分。”

众人点头,继续等着后话。他们了解首领,懂得保留自己的意见,至少要等到她看着他们、说出他们名字的时候再出声。

“这船的航速极快。”她说,“即使我们旋转一百八十度,发动引擎直到耗尽燃料,还是会快到在任何地方都无法停靠。二十个地球质量的东西,可不是晃一晃就能停下来的。有人能想出让船停下的办法吗?”

众人缄默。

她选择了一张严肃、冷静而专业的面孔。“迈尔辛?”

她的助手答道:“是,长官。”

“想法呢?有没有?”

“我们无法让自己停下来,长官。但我们可以用发动机来调整航向。”迈尔辛是个身材高大、永远从容不迫的女人。她瞥了一眼放在腿上的通信板，然后抬起胡桃木色的眼睛，对上首领不耐烦的目光。“我们的前方有一颗白矮星。从现在开始点火三天，我们就能在相对近的距离超过它。这样我们就不会横穿过这个星系，而是借助白矮星的引力转向。船将经过人类的空间，然后继续向星系的中心航行。”

“但这样做的目的是什么？”首领问。

“争取更多时间来研究飞船，长官。”

有几个和她同级的船长冒险微微点了点头，表示同意。

但出于某种原因，首领并未做出决定。随着木头尖锐的吱吱声，她站了起来。她居高临下，连她个子最高的部下也只能仰视。很长一段时间里，她什么也没做。她任他们眼睁睁地看着她，然后转过身来，目光越过开阔的水域，研究着拍散在玄武岩上的波浪。她迅捷的思维正试图从所有的可能性里提炼出最佳的抉择。

这时候，海浪中出现了一头鲸鱼。

这是一头订制的小须鲸，地球化的世界里很常见的物种。一个孩子骑坐在它宽阔漆黑的背脊的鞍座上。根据体形和被风吹散的咯咯笑声可以判断出来，是个女孩。

“那是谁的孩子？”首领轻声问道。

战争结束后，船长们、船员们都偶尔有孩子出生，让他们在这艘船上植根更深。

迈尔辛站起来，朝着明亮的水面眯缝着眼睛，最后说道：“我不知道她的父母是谁。但这女孩就住在附近。我肯定见过她。”

“带她过来。”

船长之所以是船长，就是因为他们能够完成任何琐事，而且通常只需花费极少的工夫。但事实证明女孩和她的鲸鱼很难抓。她全然不顾耳机里传来的命令，一看见掠行舰逼近，就咯咯笑着让自己的朋友下潜，人和鲸鱼都使用水解制氧鳃呼吸。整整一小时里，人们始终没能逮到她。

终于，家长被找了出来，又被说服去哄他女儿到水面上来。她一浮上来就被捉住，套上一件尺寸过大的袍子。在被领到巨石顶之前，她黑色的长发也被吹干绑好了。

首领起身，将自己那把极大的椅子让给俘虏，自己坐到玄武岩的一块凸起上。她的反光制服在午后的光线中熠熠闪耀，她声音中的友善成分几乎能赶上其中的坚定。

“亲爱的，”她问，“你为什么要骑那头鲸鱼？”

“因为好玩。”那孩子应声回答。

“但游泳也好玩啊。”首领道，“你会游泳的，对吧？”

“比您擅长，长官。大概。”

首领哈哈大笑的时候，其他人也笑了。只有迈尔辛冷眼旁观，对这场盘问越来越不耐烦。

“和游泳比起来你更愿意骑行，”首领说，“我说得对吗？”

“看情况吧。”

“和你朋友在一起的时候，你觉得安全吗？”

“安全”——这个词是如此重要，以至于首领重复了它整整三次，然后是第四次。接着，她又看着那女孩，微笑着对她说：“好吧。谢谢你。下去再玩会儿吧，亲爱的。”

“是，长官。”

“对了。你叫什么名字？”

“浣生[①]。”

①原文为“Washen”，意为“受洗者”“纯洁之人”。

“真是个漂亮的小姑娘。谢谢你,浣生。”

“为什么谢我?”

“当然是谢谢你的帮助。”首领满意地说,“你帮了个大忙。”

所有人都糊涂了。在船长们的注视下,女孩小心而缓慢地走开了。孩子们知道被人盯着的时候就是这么走路的。没等浣生走远,迈尔辛脱口而出:“这是什么意思啊,长官?”

“你们应该清楚。星际旅行从来都不安全。”明朗的笑容在首领金色的脸上蔓延开来,“我们自己制造的飞船,哪怕是最大、最结实的,也会被跟我拳头差不多大小的一块东西摧毁。”

千真万确。一向如此。

“但在这艘了不起的船里,乘客是绝对安全的。它既有厚达数百公里的优质超纤维保护层,又有激光和防护罩,还有一支全宇宙最优秀的船长队伍为它服务。”首领停顿了片刻,享受着这戏剧性的时刻,随后她盖过海浪的隆隆声,宣布道:“我们这艘绝世巨船将接受旅程预订——一段环绕星系的旅程,一次绝无仅有的旅行。任何富有的顾客都将受到我们的欢迎。不论是人类、外星生物,还是机器!”

突然间狂风大作。首领的空椅子被掀翻在一旁。

十几位船长争先恐后抢夺扶正椅子的殊荣,但迈尔辛知道最该做的是什么。她走到首领身旁,垂首微笑着说:“真是个完美而绝妙的好主意……长官……”

一

浣生是位举足轻重的船长。

高高的个子正合潮流，强壮的身躯永不显老，清秀的容貌衬托着巧克力色的睿智双眸。她那黑曜石般的长发挽成了一个朴素的圆发髻，其中几道白色恰好显示她的权威。她流露着一种从容和镇定，只需小小的一个眼神或是温和的一句话，就能把信心传递给应该感到自信的人。在她身上，船长的反光制服倍显威严和端庄。她同时还有一种难得的天分，让人既不会对她的地位感到嫉妒，也不会在她面前觉得惶恐。更难得的是浣生的才华。她熟知外星物种的天性和习俗，擅长接人待物，所以首领坚持由她来迎接最古怪的乘客。她负责向尊贵的客人介绍这艘船，并解释在船上需要注意的事项。

像往常一样，她的一天在贝塔港的底部开始。

浣生调整了一下帽子的角度，望着长达一公里的重载车从气闸室降下。卸掉了火箭喷口、庞大的油箱和宽大的装甲清障器的重载车，看起来活像一根巨大的针，它的超纤维外壳在港口明亮的灯光下闪闪发亮。技术娴熟的助手正和他们的人工智能一起，用发丝般粗细的缆绳和带吸盘的触手控制重载车的下降，让它像帽车[1]下降一样平稳。

但这样做是错的。浣生通过植入式节点接通助手的主管：“让它直接掉下来。”她说，“马上。”

一张白得像冰块一样的人类面孔皱起了眉头。

“但是长官……”

“马上，”她语气坚决，“让它自己掉下来。”

船长的话远比任何一名助手的担心来得有分量。况且他们都知道，这辆重载车的外壳能够承受比这更大的伤害。

伴随着一阵轻柔的噼啪声，带吸盘的触手被收走了。

有那么一瞬间，这根巨针似乎并未受到影响。但随后它就被船的重力——比地球的标准重力大得多——攫住，猛地拽进为它预留的圆锥形泊位里。撞击声非常刺耳，只是被超纤维地板和反噪音装置减弱了。浣生的脚趾和膝盖都感受到了冲力。想象着旅客们惊讶万分的样子，她的脸上好一会儿都挂着微笑。

“我得去填写一份事故报告。”白脸咬牙切齿地说。

“那是自然，”她回答说，“你能归咎于我的所有罪责，我都会承担起来。你看这样如何？”

“谢谢您……船长……”

“不。是我要谢谢你。”

浣生信步向那辆重载车的泊位走去。她逐渐收敛了笑容，取而代之的是工作所需的冷峻。

旅客们正在下车。

他们的名称是浮朗德人[2]。

---

①作者设想的一种日常交通工具，形状像无边便帽。

②原文为“Flounders”，意为“鳎目鱼”。一种扁平长条状、匍匐在海床上的鱼类。

一眼望去，那些浮朗德人就像一张张被几十条极短却健壮的腿驮着的厚羊毛毯。他们来自一颗超级类地行星，那里的重力是这个港口的五倍。和来自这一类星球的许多种族一样，他们需要比这里更厚更浓的空气。他们在植入式压气机的帮助下急促地呼吸着。一双双硕大怪异、与人类相似的眼睛被固定在他们长长的身体的一端。他们仰望着浣生。不过他们仰着的到底是什么？因为没有更精确的术语，姑且说他们仰着头吧。

“欢迎你们。”浣生说。

她的翻译机发出一阵辘辘声。

“我鄙视你们每一个人。”根据地外心理学家的建议，她弯下腰来，和这些新来者保持目光接触，“你们在这里没有地位。没有。我只需要说一句话，就能把你们用最恐怖的方式碾成碎片。”

人类的礼貌在那个外星社会里是不存在的。

浮朗德人——他们真正的学名是一串诗意的嘀嗒声——将以礼相待等同于亲密举动。而亲密的举动只能存在于家庭成员之间，必须是血亲或者姻亲。地外心理学家坚信，如果浣生不对浮朗德人进行恐吓，他们就会觉得不自在。那种感觉差不多就像人类遇见一个陌生人走过来，用爱人才用的昵称叫你，然后献上一记热烈的湿吻。

“这是我的船。”她对听众们喝道。

在她的吼声的笼罩范围之内，数百名外星人的小耳朵高高地竖了起来，接收着她的话语和翻译机里发出的雷鸣般的隆隆声响。

“你们已经为我的耐心还有这个泊位买过单了。”浣生说，“你们用于支付的新技术，我们已经收到并且掌握了，而且正在改进。”

长长的胡须互相轻抚，外星人正在用触觉交流。

她注视着其中一双眼睛。那双钴蓝色的眼睛炯炯有神。“我的规则很简单，小怪物们。”所有的胡须突然不动了。

听众们屏息凝神。

“我的船，就叫作船。”她解释道，“它不需要别的名字。它的确引人注目，也非常庞大，但绝非没有边际，更不是荒无人烟。几千个物种与你们分享着它的错综复杂。如果你们不给予其他乘客绝对的尊重，就会被抛弃、被驱逐、被扔下船去，然后被遗忘。”

听众们恢复了呼吸，只是前所未有的急促。

她这出戏是不是做得太足了？

浣生没有收敛，而是继续施压，“空舱已经准备好了。你们求我们做的密封和增压也已经完成。空间很大，你们那些丑陋的食物也应有尽有。在这个新家里，你们大可随心所欲——除非你们想生儿育女，那是需要从我这里获得许可的。费用也需要另行支付。孩子也是乘客，他们的地位我们到时候再谈。只要找到理由，我会亲自把他们扔下船去。都听明白了吗？”

她的翻译机问完这个问题以后，用轻柔而分不出性别的声音，提供了一组从外星人的回答中选取的样本。

“是的，船长阁下。”

“当然，阁下。”

“您吓着我了，阁下！”

“这演出什么时候结束啊，妈妈？我饿了！”

一阵大笑已经到了嗓子眼，被浣生憋了回去。待呼吸缓和下来，浣生承认道：“扔人下船在我这里还没有先例！”

驱逐的事都是其他船长做的。方式自然都比较人道。重载车或是别的飞船会把不安分守己的物种送回老家,或者更有可能的是送他们去那些无名星球,在那里他们有很大的概率可以活下来。

"但你们别搞错了!"她吼道,"我爱这艘船。我在这里出生,也会在这里死亡。在中间这段漫长的时间里,为了保护它古老而尊贵的殿堂与砖石,防止任何东西或任何人对它做出哪怕一丁点不尊重的事,我可以无所不用其极。明白我说的话了吗?你们这群矮小的蠢货。"

"是的,阁下。"

"是的,女神!"

"她讲完了吗?我饿得连舌头都没知觉了!"

"就快说完了。"她告诉这些外星人。然后她抬高音量,"我会盯着你们。由此刻起,我将如幻夜一般笼罩你们。"

这话带来了一阵静穆。

幻夜是浮朗德人的一位尊神,这名字被翻译成了一阵短促而粗粝的尖叫,连浣生听了都觉得脊背有些发凉。

带着一贯的傲气,她转身大步离开了。

这就是典型的船长。银河系的主宰者之一。

而现在,她还是传说中的怪物,等着窃走那些胆敢入睡的灵魂。

很久以前,浣生就到了逝者不可追的年纪——她的过去太过庞大、太过漫长,即使最清晰的记忆,细节也变得模糊不清。几个世纪就这样凭空消失,连珍贵的童年都已散佚,除了一系列支离破碎的回忆和那些钻石般坚硬的、任多少时间流逝——哪怕一千万年——也不会冲淡的时刻，什么也没留下。

浣生遇见的第一种外星生物被称作翡尼克斯人[①]。

那时船还在银河系外围航行。那时的浣生与其说是成年人，不如说像个孩子。作为第一批登船的工程师，她的父母参与了翡尼克斯人栖息地的建造。建造团队人数众多，但都不大高兴。

因为那些外星人不受欢迎。毕竟他们曾经试图占领这艘船。虽然他们的进攻徒劳无获，但人们还是没法原谅他们。浣生的父亲平时是个非常宽容的人，但也公开表示接纳翡尼克斯人的工作根本就是浪费，说得重些，甚至是犯罪。"就该给这些混蛋挖口坟，把他们扔进去，最多再给点水和勉强能糊口的食物，然后把他们彻底忘记。这就是我的意见。"

浣生已经记不清母亲对这件事的看法了，她也记不清自己第一次造访那座监狱的原因是什么。是去找自己的父母？还是建造监狱的工程结束以后才去的，和其他同龄的年轻人一样，出于纯粹的好奇？

不管原因是什么，时至今日她所记得的，是那场葬礼。

在那之前，浣生从未见过死亡。在她当时短暂而幸福的生命中，船上没有一人死亡。衰老和疾病早被征服，现代人的身体可以承受极重的创伤。如果一个人既谨慎又清醒，那他就不会死。直到永远。

但翡尼克斯人笃信一整套不同的理念。他们的母星小而炎热。他们的腮扩张成了三片巨大的、充满黑血的肺叶；他们的新陈代谢快速而激烈。在他们的母星，大多数长着翅膀的种族都能飞或者滑翔。翡尼克斯人是与人一般大小的游隼的生态等值

①原文为"Phoenixes"，意为"凤凰"。

种[1]。他们是经验老到的猎人,决绝的斗士,他们拥有比任何人类文明更加悠久的历史。然而,尽管掌握着许多先进技术,他们并不赞成大部分物种已经习以为常的永生。

他们的名字,是用人类的嘴无法唱出的音符。

"翡尼克斯"这个词出自某些古老的地球神话。又或者是火星神话?无论来源如何,这个名字只勉强算恰当。毕竟他们不是鸟类,而且他们也从未活到五百岁[2]。对他们中的绝大多数来说,三十个标准时间单位已经太长了。身体的病弱和衰老会让年老的翡尼克斯人丧失飞行与歌唱的能力,甚至最基本的尊严。

一旦死亡,他们的遗体便会和仪式用的巢一同火化。没有振奋人心的复活,苍白而冰冷的骨灰会被家人和朋友带到高空,然后释放,用风和翅膀的扇动将如烟的残余撒播到他们那座辽阔的船上牢房的各个角落。

船上的家园仅靠慈善事业是无法建立起来的。首领一贯高瞻远瞩,她认为如果要用这艘船吸引外星旅客,她的船员就需要知道如何调整和改变船的环境控制系统,将原始的舱室变成宜居的住所,让任何一种生物都能有宾至如归的感觉。这就是她下令让工程师们做这个尝试的原因。漫长的时间以后,浣生终于理解了首领,明白了那个女人为什么会对她父亲那样的人那么不耐烦——那些属下虽有才华,却只会抱怨自己的工作,不明白这种行为将会带来的长期效益。

翡尼克斯人在这艘船上的栖息地曾经是个磁瓶,也可能是个反物质密封舱。它原本的作用,人们始终没能查证出来。

直径五公里,深度超过二十公里,这片监狱的主要成分是密

①由于趋同进化而具有相同形态结构特征的物种。

②"翡尼克斯"意为"凤凰",传说凤凰每五百年浴火重生。

集的暖空气流，穿插其间的是厚厚的云层和一团团飘浮的植物。翡尼克斯飞船上的各种生物群体已经由人工培育，适应了新环境。原本的舱体缺乏光照，工程师们从头设计并制作了仿真天空灯，把光照调整到了适当的频率。由于没有足够的空间来产生急流或者台风，他们利用了一排隐藏的通风口和其他工程学上的把戏来搅动空气。为了隐藏高大的筒状墙壁，每一处墙面都被视觉幻象覆盖，看起来四周都是连绵不绝的云朵。这种视觉幻象对人类来说足够逼真，但对飞到近处的翡尼克斯人来说就不是这样了。

建造这所监狱原本是为了关押败军和邪恶势力——这两种类型的囚犯很快就老死了。

浣生亲眼见证了其中一名翡尼克斯老战士的葬礼。她记得自己站在围绕宽阔的弧形墙壁修建的平台上，和上千个人类一起，双手紧紧抓住栏杆，看着带翅膀的身影飞到他们所在的高度，然后继续向上飞升。这些翡尼克斯人以了不起的精确度飞行着，他们唱着歌，声音响亮得盖过了不停呼啸的风声。

骨灰飘落的时候，死者的亲友已经升得太高，看不见了。

毫无疑问，这是有意的。

年轻的浣生被那场葬礼震撼了。“既然那些坏人都死了，”第二天她在家里说，“或许明年我们可以把剩下那些人释放了。”

她的父亲却不这么认为。

“如果你没有注意到的话，那我告诉你吧，翡尼克斯人并不是人类。”他警告心软的女儿，“他们有句格言是这样的，‘先继承方向，而后继承羽翼’。亲爱的，这意味着他们的儿辈和孙辈屠杀我们的决心和他们的祖先一模一样。”

“如果那决心没有变得更坚定的话。”母亲补充道，语气出乎意料的阴沉。

“这种生物是会记仇的。”父亲继续说道，“相信我，他们的仇恨只会不断加深和滋长。”

“不像人类。”他们才思敏捷的女儿说。

没人理会她的讽刺，或许他们根本没听出来。

即使他们就那个话题做了更多的探讨，如今也被遗忘了。由生物陶瓷、超导蛋白质、量子微管和形态古老的脂肪组成的现代大脑极其致密，极其耐用。但和所有理智的大脑一样，它必须简化它所获得的任何信息。按照本能和习惯加以整理、精简。

集中精神的话，浣生能回忆起几十次与父母的争吵。她有足够多的关于他们的政治观点和性格的记忆，能够在脑中重现那些小口角和骇人的大爆发——那样的情感爆发能让最优秀的工程师坐在黑暗中，扪心自问为何成了那样糟糕的父母。

而对浣生和她最亲密的朋友们来说，翡尼克斯一族成了他们的一项事业，一个焦点。

一场不太正规的小型政治运动就这样诞生了。这次运动最勇敢的中坚分子公开抗议那座监狱的存在，浣生就是其中之一。他们的行动最终发展成了一场通往首领驻地的示威游行。数百人高喊着自由与尊严的口号。他们举着全息标语，标语上，失去翅膀的翡尼克斯人被黑色的铁链牢牢地束缚着。那是一次勇敢的、倍受瞩目的事件，最终也取得了小小的胜利：由小代表们组成的代表团获准自由参观监狱，亲眼观察狱内条件，并在船长们的监视下和可怜的外星俘虏交谈。

就是在那里，浣生见到了她的第一位外星人。

翡尼克斯一族的男性都非常美丽，而他尤为出挑。那种被视为羽毛的东西呈明亮的金色，周围缀着的流苏边则是最深的黑色，优雅的脸上似乎除了眼睛就是喙。眼睛是葱翠的孔雀绿，光亮如打磨后的宝石。喙是生动的翠玉色，坚硬而锋利。他唱歌时张着喙，唱完后依然张着。他总是在吞咽大量空气，否则就无法生存。

他胸口的仪器翻译了他那美妙的歌曲。

“你好。”他对浣生说。之后，他称她为“人类产卵者”。

代表团里有好几个年轻的人类，浣生是他们的领袖。她根据几周前商定好的话题清单跟他对话，并代表其他人发言。

“我们想帮助你们。”浣生说。

只用了片刻，她的翻译机便把那些话唱了回去。

“我们希望你们可以自由行动，在船上任何你们愿意待的地方生活。”她告诉他们，“在这个目标实现之前，我们想让你们在这里的生活尽可能地舒适。”

翡尼克斯人唱出了他的回复。

“去他妈的舒适。”他的盒子说。

一阵深深的不安传遍了整个人类代表团。

“你叫什么名字，人类产卵者？”

“浣生。”

没有翻译，这意味着那是一个无法发出的音节。因此，年轻的翡尼克斯人吞了一口空气，然后唱出了一个被译为“雪羽”的音符。

她喜欢这个名字，也这样说了。接着，她认为也应该询问对方：“你叫什么名字？”

“男子气概·之·典范。”他答道。

浣生笑了，但只一会儿就收住了。她谨慎地柔声说道：“男子汉。我能叫你男子汉吗？”

“是的，雪羽。你可以。”玉喙周围的羽毛抬了起来，那是翡尼克斯人的微笑。他将长长的手臂伸到浣生的肩头，用强壮却不大的手无比轻柔地抚摸着她巨大的翅膀的边缘。

代表团的每个人都穿着捆绑式羽翼。

他们的翅膀由拇指大小的反应器供能，穿用者通过肌肉、精密传感器和嵌入式反射器来操纵。接下来的十天(按人类时间计算)里，他们将作为观察员和代表，同翡尼克斯人一起生活。整个设施都处于监控范围之内，所以不存在任何明显的危险。不论中间隔着多厚的云层，也不论雷声有多响亮，孩子们所做的每一件事都被监视着，并记录下来，包括他们对身材高大、极其多疑的听众所说的每一句善意的话。

或许那就是雪羽把男子汉当作恋人的原因。

这个举动是公开的挑衅。她只希望这个消息能传到她父母耳中。

但如果抛开其中愤世嫉俗的成分，也许它的确是某种类似爱情的东西，至少可以算欲望吧。也许激起这种冲动的是外星人本身，还有那绚丽的、梦幻般奇异的风景，以及有力的翅膀和风扫过裸露的皮肤所带来的纯粹感官的愉悦。

或许那根本不是爱情，仅仅是好奇心作祟。

或许撇开好奇心，它还可以被视为由勇气、理想主义，以及最简单、最顽劣的天真所引起的，具有高度政治性的行为。

不管是什么原因，总之，她引诱了男子汉。

在空中丛林的顶端，颀长的后背倚着某种植物温暖而光滑的气囊表皮，雪羽引诱着那位外星人。甚至可以说是在向他求爱。他很快做完，又迅速地重新开始，毫无倦意；他那熔炉般炽热的身体以不可思议的优雅悬停在她身上。然而，他们的身体结构并不吻合。最终求饶的是她:“够了。停下来吧。让我休息,好吗?”

她的身体受损了,而且损伤得不轻。

她的恋人好奇却无动于衷地看着血从她瘫软的腿间流出,起初呈深红色,但在超含氧空气里迅速变成了黑色。而后血液凝固,裂开的皮肉开始愈合。没有疤痕,痛楚也极少。古时足以致命的伤口就这样简简单单地消失了,像从未有过一样。

男子汉以翡尼克斯人的方式咧嘴一笑,什么也没说。

但雪羽想让他说点什么。“你多大年纪?”她突然问。因为没有得到回答,她又问了一遍。这一次大声一些:“多少岁?”

他回答了,用的是翡尼克斯人的历法。

男子汉的年纪是二十个标准时间单位还要多出一点,相当于中年。准确地说,是中年晚期。

她皱起了眉头,然后对她的恋人说:“我可以帮你。”

他唱了一段答复,他的翻译机问道:“用什么方式? 什么帮助?”

“医学上的帮助。我可以让更好的基因取代你的DNA。给你换上更耐用的类脂膜。诸如此类。”听见自己说出这些话,她比他还要惊讶,“这些技术很复杂,但已经证明了是有效的。我有一些朋友的父母是医生。如果有机会改造你的身体,他们会很乐意的。”

回复是粗粝的叫声,意思很明显。

她听懂了那个充满蔑视的声音。远在翻译机用冰冷而令人伤心的语调说出“不”之前。

他吼道:“永远别想!”那些可爱的金色羽毛全都竖了起来,让他的脸和身躯显得更大了。“我不相信你们的戏法。”

“不是戏法,”她辩驳道,“大多数物种都在使用那些技术。”

“大多数物种都懦弱。”他立刻回答说。

她知道这个话题应该到此为止。但同情、怜悯与叛逆交织在一起,让她警告她的恋人:“你们的处境短期内不会有什么变化。除非你能延长自己的寿命,不然除了这小小的监狱,你哪里都去不了。”

沉默。

“你将永远不会在别的天地飞翔,回母星就更别想了。”

只听见一阵悦耳的哀鸣,羽毛随着翡尼克斯人式的耸肩打了一个旋。

“对于真正的灵魂来说,一个家已然足够。”翻译机说,“即便那个家只是一个小小的牢笼。”

又是一阵哀鸣。

“只有弱者和没有灵魂的人需要千年万年地活下去。”

雪羽没有火冒三丈,也没有抗议。她的声音沉稳而凝重,“按照这个逻辑来说,我就是弱者了。”

“而且没有灵魂,”他同意道,“注定会毁灭。”

“你可以试着拯救我,不是吗?”

外星人露出不解的神情,如果当时他脸上真的有表情的话。他把喙凑近了一些。女孩闻到了拂过的风中裹挟的味道。在那可怕的瞬间,浣生第一次对那浓烈的肉食生物的气味感到了恶心。

“我是不是不值得拯救?”她逼问道。

绿色的眼睛阖上了,那就是他的答案。

她摇了摇头,用人类的方式。然后她坐起来,抖了抖翅膀,声音沙哑,痛彻心扉,“难道你不爱我吗?”

他发出一阵气势磅礴的吼啸。

那只固定在他肌肉发达的胸膛上的盒子有效地把那些澎湃的气势和情感削减成了简单的话语。

“伟大的虚无集合种种因素,就此创造了我。”他告诉她,“他计划好了让我活过每一天,如同他对我们每个人都有计划那样。的确,我是一个自私、吵闹、傲慢又男子气的男人。但是,如果我多活了两天,我就是在偷窃别人的生命。有的人本来要出生,却因此没了机会。如果我多活上三天,我就偷了两条生命。而如果我按照你的意愿……活上一百万天……多少个国家的人会因此而举国无法出生?”

那场“演说”还有更多的内容,但她都没有听到。

她不再是雪羽;她变回了原本那个年轻的人类。她不由自主地站了起来,用尖厉的笑声打断了翻译机喋喋不休的蠢话。无尽的鄙夷让她失去了控制,她对那位“男子气概·之·典范”大声喊道:“你知道你是什么吗?你就是只愚蠢又自恋的火鸡!”

他的盒子顿住了,努力搜寻着正确的翻译。

没等它开口,浣生头也不回地从气囊上跳了下去,展开机械翅膀疾速俯冲,在胸口险些撞上蓝黑色的“森林”之前,上升气流截住了她,将她托上瞭望台。

待双脚再次落地,浣生解开了几乎全新的翅膀,将它们猛地抛出栏杆外。然后,她一言不发地回了家。那天,或者在那之后几个月的某个时候,她走到父母身边,问道:如果她申请去船长学院,他们会怎么想。

“那可太好了。”父亲柔声说道。

“你想怎样都可以。”母亲说,嘴角释然的微笑表明了她的态度。

没人再提到翡尼克斯一族的事情。父母知道些什么，浣生无从了解。但她被学院录取之后，在几杯庆功酒的作用下，父亲给了她一个八爪鱼式的拥抱，然后借着酒力，他告诉她："要飞行有很多不同的方式，亲爱的。

"各种各样不同意义的翅膀。

"而我认为……我知道……你选择了最好的一种！"

浣生一直住在著名的船长住宅区，但这并不意味着在漫长的时光里她的家里丝毫没有变样。家具、艺术品、培育植物和家养动物一直在变。她还有好几公顷气候受控的地球引力区可以任意摆弄，还可以充分调用船上的资源，她得十分小心，不要任性地做出太多的改变，不然她永远也不会有足够的时间去欣赏她每一次改造的成就。

在从贝塔港回家的路上，浣生写好了她的每日报告，然后她研究了下一批计划登船的乘客：机器人种族，超低温且极微小，渴望在体积比大多数抽屉都小的空间里建立一个新的国家。

无聊的时候，浣生总是想着怎么换个新花样，把家里的房间和花园重新装饰一番。

她心想着马上着手开工。

就在一年或十年以内。

帽车将她送到了私宅门口。她抬腿走出车门，知道今天事情进展得很顺利。上千个世纪的实践让她成了外星人心理学专家。像所有的好船长一样，浣生允许自己感到骄傲。她深知船上几乎没人能比她更胜任这份工作。

但说到是否有人能做得比她更好，答案依然是肯定的。

她并非刻意去想她早已过世的恋人，或者翡尼克斯族，或者那个促使她成为一名船长的决定性的日子。但现在的这个她，就是在那时候诞生的。年轻的浣生不再对任何外星物种抱有真挚的感情，对“男子汉”更是如此。翡尼克斯族当时在暗中计划的事情，她是万万没有想到。事情发生得完全出乎意料，仅仅凭借运气和人望，浣生才得以免受那一整件险恶勾当的牵连。

除了浣生，还有几个年轻人在翡尼克斯族里找了恋人。或者说翡尼克斯人任由自己被人类当作恋人。不管怎么说，那些情感联系都建立在政治理想的基础上。在接下来的几年里，那些人类帮助自己恋人的方式从起初的有待商榷，慢慢演变成了非法行径，直至最后叛国。

禁用的机器通过上千种渠道被偷运进了监狱。

即使在偏执的人工智能和多疑的船长的密切监视之下，武器还是被设计和建造了出来，然后贮藏在飘浮植物的气囊里。这一切之所以能瞒天过海，是因为翡尼克斯人的支持者破坏了船长们的传感器。

叛乱来得毫无预兆。有五位船长遭到了杀害，还有九百多名助手、工程师，以及年轻的人类，其中不少是浣生从前的朋友。他们的身体和生物陶瓷脑都被激光摧毁了，一丝记忆也救不回来。伟大的虚无回收了一些最懦弱的孩子——这样的成就一定让“男子汉”感到无比自豪。那个时期，就连飞船本身似乎也处于危险之中。

随后，首领船长开始指挥作战。只几分钟时间，叛乱就结束了。人类赢得了那场战役。死不悔改的囚犯被逼回了他们的囚室，至少五十亿年没被使用过的远古装置再次被唤醒。巨型圆筒内的温度直线下降。霜变成了坚冰，冻僵的翡尼克斯族降落到了监狱底部。他们拥在一起取暖，用他们美妙的歌声诅咒着首领。随着最后一次吃力的呼吸,他们的肉体变成了僵硬而呆滞的固体,不死不灭。通过这种方式,他们算是得到了永生。从某些角度来说,这也是奇妙的复仇。

千年以后,巨船驶过翡尼克斯族所在的空间附近。那些冰冻的战士被像货物一样装入一辆重载车,随后送归故里。

转运过程由浣生亲自监督。这项任务并不是她申请来的,想必首领那里有这位年轻女子当初轻率之举的记录,认为这对她来说,这应该是一场刻骨铭心的历练。

也许的确如此。

记忆像潮水一样袭来。踏入公寓门的时候,她突然想起了那件已经过去很久的差事,尤其是某个男性翡尼克斯人的模样:他的腮伸展开来,血管内血液的黑色经过数千年无梦的睡眠仍然清晰可见。那时的男子汉仍旧那么可爱。他们全都那么可爱。浣生抚摸了他,只有一次,仅仅是一瞬,用触感手套抚摸他冻住的羽毛和桀骜不驯的喙。

触碰自己逝去的爱情时,她在想什么?浣生努力回忆:一定有一些残存的伤感,以及年长者对永远无法改变之事的接受,一定还有身为船长的发自内心的如释重负之感——毕竟她从那次突袭之中幸存了下来。这艘船是一台机器,也是一个谜,它承载着无数指望她保障自身安全的生命……就在她步入公寓熟悉的后门廊时,公寓发出的声音打断了她的思绪。

“新消息。”她听见它说。

公寓的入口由丝面大理石铺成,走得多了已经有些磨损。墙面目前挂着由类蚂蚁族群的群体人工智能织就的壁毯。没等浣生跨出第二步,她听见公寓说:“优先级消息。已加密。情况紧急。”

她眨了眨眼，这句话吸引了她的注意力。

“黑色等级，”她听到的是，“阿尔法协议。”

应该是个演习。那个协议机密等级最高，仅针对最严重的灾难。浣生点了点头，接通了自己的内置网络点。花了好几分钟证明自己的身份后，那条消息才被解码传递。

她完完整整读了两遍，然后发送了确认信息。她相信这是一次操练。紧接着，首领办公室就会感谢她及时而高效的响应。但是，不可思议的事情发生了。短暂的停顿之后，她收到的第一个词是“执行”。

她大声念出了这个词，然后悄声把剩下那些令人难以置信的字读了一遍。

“执行你的任务，务必极尽谨慎，即刻开始。”

想让老妇人感到震惊是很不容易的。然而这里就有一位惊呆了的老妇人。也许她还有一点害怕，但总的来说，在接到这个突如其来的任务时，洋溢在她心中的，主要还是炽烈的喜悦之情。

二

雷莫拉族[①]不停地使出各种招数，想让迈尔辛感到不自在。虽然他们尽了最大的努力，但每一次最后都毫无例外地失败了。譬如他们今天的这次尝试就非常典型。她正绕着船体外壳做例行巡视。她的向导奥尔良——一位还算有趣，但却臭名远扬的老者——驾驶着掠行舰越过船的前导面，在技术允许的情况下尽可能多地经过各种标记、雕像和极小的纪念碑。他没有丝毫的委婉或歉意：应当是嘴的器官对副首领保持着微笑，戴着手套的手会在每个相关地点做出示意。他用低沉而黏稠的嗓音报告着这个地方的死者数量，以及死者里面有多少是他的好朋友，有多少是他庞大而争吵不休的家庭的成员。

迈尔辛未置一词。

她脸上的表情或许会被人误认为同情，其实她的思绪始终集中在别的事上，那些真正有益的事。

“这里死了十二个，”奥尔良报告道，过了一会儿他又说，“这里是十五个。其中有我的一个曾孙。”

迈尔辛不是傻子。她知道雷莫拉族生存得很艰难，也对他

①原文为“Remoras”，意为“鲫鱼”。

们的困难感到一定程度的同情。但她有很好的理由，不把任何时间浪费在哀悼这些所谓的英雄上。

“还有这里，”奥尔良大声说，“黑暗星云杀害了整整三支队伍。仅仅一年的时间，就有五十三个烈士。”

他们所处位置下方的船体维修得很好。表层是一大片崭新的超纤维，十分明亮，与镜面相差无几，反射着防护罩的漩彩。那三座纪念碑是不到二十米高的骨色尖塔，只在瞬间可见，眨眼间飞行器就从它们的上空飞驰而去了。

“当时我们离那团星云太近了。”奥尔良告诉她。迈尔辛闭上了眼睛，这多少表达了她不耐烦的情绪。

但雷莫拉人都是厚脸皮，她的向导忽略了这明显的暗示。“我知道靠那么近的理由是什么。”他愤愤不平地嘟哝道，“那团星云附近有很多富饶的星球，星云里面也有。我们需要靠得足够近，才能吸引新的客户。毕竟我们伟大的航程已经行进了五分之一，而我们还有空着的泊位和指标需要填补……”

“不，”迈尔辛打断了他的话，然后她缓缓地、鄙夷地叹了口气，睁开眼睛瞪着奥尔良，“船上没有叫作指标的怪物。官方没有，别的地方也没有。”

“是我弄错了，”奥尔良说，“抱歉。”

但那男人的表情却像是一脸怀疑。

甚至是不屑。

但雷莫拉人的表情谁又看得懂呢？她现在看到的尤其惹人生厌：宽阔的前额呈蜡白色，上面密布着整齐排列的油脂粒。本该回应她目光的人眼，相应的地方被一对填满毛发的坑洞替代；她估计那些毛发的每一根都能感光，聚集到一起，形成了一种复眼。不知雷莫拉人有没有鼻子，就算有，也是隐藏起来的。但他们确实有嘴。那一大圈橡胶般的东西从来无法完全合上。它现在正大大地张着，迈尔辛不但能看到两条蓝色的舌头，还能数清里面的伪齿数量。口腔后部那个看起来像古代人类头骨的白色图案清晰可见。

至于这位雷莫拉人身体的其他部分，全都隐藏在他的防护服里。

那些部分长什么样，这是一个无解之谜。即使在与同族单独相处的时候，雷莫拉族也从来不会脱去他们的防护服。

但奥尔良原本是人类。对这种情况，法律是这么规定的：他是一名珍贵的船员，只不过从事了需要技巧和牺牲精神的工作。

带着刻意的威严，迈尔辛重复了一遍："没有指标这回事。"

"我错了，"他回答说，"全错了，一直都错了。"

那张大嘴与其说在微笑，还不如说在龇牙咧嘴。

"而且，"副首领继续说道，"当务之急是考虑将来。眼前短暂的危机总比无穷的后患要好。对不对？"

他眼睛里的毛发挤得更紧了，像是在眯眼。然后低沉的声音回答道："不，坦率地说，我不这么认为。"

她没有说话。只是等待。

"什么是最好的？"奥尔良告诉她，"我们加速冲出这个旋臂，远远地躲开那些该死的障碍。那才是最好的，长官。如果您不介意我这么说的话。"

她不介意。真的不介意。说明白点，她可以把那些废话轻易地抛在脑后。

但这只雷莫拉得寸进尺，已经大大超过了惯例允许的范围，也超出了她的个性所能容忍的极限。她放眼凝望着超纤维平滑而遥远的水平线，空中布满了旋转的紫色和品红色，偶尔能看见有激光从防护罩经过。然后，带着冷静而有分寸的愤怒，她把那只雷莫拉已经知道的事情又告诉了他一遍。

“到这上面来生活，这是你自己的选择。”她说，“我记得你是自愿成为雷莫拉人的。如果你不想为自己的决定负责，也许我应该替你做决定。你希望这样吗，奥尔良？”

毛茸茸的眼睛紧紧地攥成了小束。一个阴沉的声音问道：“如果我让你这么做呢，长官？你会对我做什么？”

“带你到下面去，把你从防护服里剥出来。复原你的身体和错位的基因，让你能再次被称为人类。然后，为了让你更加痛苦，我会让你成为一名船长。我将把我的制服和真正的权力交给你，同时给予你的还有我巨大的责任。包括像这样偶尔来外层巡视。”

那张让人厌恶的脸怒不可遏。

他激愤的声音听上去斩钉截铁，“他们说得没错。你的灵魂比任何人都要丑恶！”

“够了。”迈尔辛压抑住怒气，冷冷地回答

她告诉奥尔良：“巡视到此结束。带我回埃里尼迪港。还有，这次走直线。如果再看到一座纪念碑，我保证，我会亲自划开你的防护服，把你剥出来。就地执行。”

尽管事出偶然，但雷莫拉族其实是迈尔辛创造的。

很久以前，随着巨船到达银河系满是尘砾的边缘，修复老化船体、保护其将来免受撞击成了当务之急。无论是船载装置还是人类制造的装置都无法从事这项工作。迈尔辛提出了一个建议：把人类船员送到船体外层。其中的危险显而易见：数十亿年无人照管，电磁防护罩和激光阵列已经满目疮痍；抢修队伍无法指望在撞击发生的时候得到保护，就连预警都少得可怜。迈尔辛创造的是一个所有人共同承担风险的系统。即使是天才的工程师和最高阶的船长也得按照义务规定的时间服役，他们遭到意外身亡的概率并不比其他人低。迈尔辛希望人们能像面对战争那样全力以赴，一次性修补好最深的那些陨石坑，然后工程师就可以将检修系统自动化，让人们不必再到船体外层走动。

但人类的本性破坏了她周密的计划。

低阶船员的错误会受到扣分的惩罚。这些错误可能只是略微违反了着装规定，或者有时不愿服从命令。违规者可以通过延长在船体外层服役的时间来清除他们档案里的负分。迈尔辛将这视作一种赎罪的方式，觉得派人去“上面”并没有什么不妥。但有几位船长错误地把它当成了一种责罚手段。在几个世纪的时间里，他们驱逐了数千名下属。那些人有时只是犯下了一些小错，比如说了两句脏话，刚好被他们听见。

有一个女人，一个叫乌娜的怪人，她去船体表层以后就留在了那里。她不仅接受了她的任务，还非常乐意。她宣称自己过着纯净的生活，能专注于冥思和工作。她成了一个类似先知的人物，很快就笼络了一群信徒。那些信众形成了一个抱着相同的哲学观点的小团体，拒绝离开船体外层。

一开始，“雷莫拉”这个词是船长们对这些人的辱骂。没想到他们居然欣然接受了这个名字，而且引以为傲。

雷莫拉族从不离开防护服。从孕育到死亡，一个雷莫拉自成一个世界。精密的再循环系统为他提供水、食物和新鲜的氧气；防护服是他身体的一部分。他强悍的基因不断受到无尽的辐射流的重创。突变在船体外层十分常见，而且备受珍视。真正的雷莫拉还学会了主导自己的突变，能够迅速进化出新类型的眼睛、与众不同的器官，以及各种各样梦魇般的嘴。

乌娜死得很早，而且死得英勇壮烈。

但这位先知留下了成千上万的信徒。为了诞生后代，他们广辟蹊径，最后人口达到了百万之多。他们还创造了自己的城市、艺术和兴趣爱好。据迈尔辛推测，他们还有自己古怪的梦想。虽然对那些信徒本身不敢恭维，但在某些方面，她不得不佩服他们的文化。然而她一边看奥尔良驾驶掠行舰，一边想——不是第一次这样想：也许这些人已经变得太过固执，不利于这艘船的大业了；而她应该如何运用尽可能少的武力，在引起尽可能小的争议的情况下驯服他们。

加密消息传来的时候，这就是迈尔辛正在思考的事情。

这个时候，他们离埃里尼迪港还有一千公里。一定是条测试消息。黑色等级，阿尔法协议？当然只可能是个测试！

但她还是遵守了古老的协议。她不发一言地从奥尔良身边走开，步行到机舱后部，关上了洗手间的门。她扫描了墙壁、天花板、地板和其他固定装置，确保现场连分子大小的“耳朵”也不会有。

迈尔辛通过脑内植入的网络节点下载了那条简短的消息，又将信息在脑海里转化。她的脸上没有表现出任何情绪。她不会让任何情绪泄漏出来。但她放在大腿上的双手却诚实得多，它们拧在一起，互相较着劲——两个旗鼓相当的对手，谁也不可能赢得比赛。

雷莫拉将她送到了港口。

迈尔辛知道这一刻很重要，于是想给奥尔良留下几句安慰的话。她撒谎说：“我很抱歉。”然后把手放在他灰色的防护服上,那上面的模拟神经元将她手掌的温度传递到他古怪的皮肤上。“你说的话的确有些道理。下次在首领议事席上,我会好好提一提我们今天的谈话。这是我的承诺。”

“你说的这些鬼话,你管它叫什么来着?”蓝舌头橡胶嘴说,“承诺?”

可恶的家伙。

但迈尔辛挺直脊背,对他佯作尊重。略点了点头之后,冷静地走进了港口正合时宜的混乱之中。

乘客们正在往一辆极高的胶囊车里滚。他们是外星物种,单个体积比大房间还要大。从他们加装了车轮的自持性防护服可以判断出,他们属于低密度物种。她几乎想在节点中查询这个物种的情况了。但一转念后,她垂下了目光,迈着利落的步伐向前走去。在两个外星生物之间疾行的时候,她看起来心不在焉,几乎没有听到仿佛大量水流通过狭窄管道的声音。

“是副首领。”她的植入翻译机说。

“看啊,瞧瞧!”

“再聪明不过的,就是那一个!”

“强大啊!”

“看啊,瞧瞧!”

迈尔辛的私人帽车就在附近等候,但她看也不看就从旁边走了过去,踏入了将外星人带来埃里尼迪港的众多公用车中的一辆。这是一台巨大的机器,空无一人,正合她意。她设定了目的地,又匿名支付了信用点数。车一启动,迈尔辛就摘下帽子脱去制服,习惯性地将它们摆放在带软垫的长凳上。她禁不住盯着那身制服,审视着自己的倒影,反光面料上的褶皱和凹陷扭曲了她的面容。

“看啊，瞧瞧。”她低语道。

她访问了亲自创建、只有她自己知道的命令账户。顺从的帽车发现自己有了一系列的新目的地要去，还有一系列奇怪的琐碎任务要完成。其中一个停留点附近有个小衣橱，里面都是些毫无特色的衣物。

迈尔辛暂时没去动那些衣物。在接下来的一个小时和数千公里的行进过程中，她取到了两个密封的包裹。第一个包裹里是一小笔匿名信用点数。另一个包裹自动打开后，露出了一个蝎子模样的机器人，它既没有制造商的代码，也没有任何正式编号。

机器人扑向帽车唯一的乘客。

这辆车关切地问道：“出什么事了吗，夫人？您需要帮助吗？”

“不，不。”迈尔辛回答说，同时极力在长凳上保持躺着不动的姿势。

蝎子的尾巴伸进她的嘴里，狠狠刺了下去，力道之大足以撕裂骨骼。那一刻，她挺直了裸露的身体，陷入了死亡的怀抱。然而很快，她的基因就苏醒过来，利落地修复着她身上的损伤。骨骼和各种神经连接被修复了。但植入在迈尔辛身体里的多个节点，上百个千年期以来一直是她的一部分的东西，却被专门为此设计的机器人用钛制的钩子猛地扯了出来。

机器人吃掉了那些节点，在等离子炉中将它们消化。

它对副首领精致的制服也做了同样的事。

最后，等离子炉内外翻了个面。随着一道紫白混合的光，原本的金属蝎子变成了一摊正在冷却的液体，散发着经久不去的臭气。

只有少量溅出的血液需要清理。处理完这项杂务之后，迈尔辛穿上一袭简单的、看上去可能属于任何人类游客的棕色长袍。她从附带的挎包里掏出了小片的假肉，那些假肉在她冰冷的手指间颤抖着，乞求着改变她外貌的机会。

车子又为它古怪的乘客停了三次。

先停在一个重要的干道车站里，然后停在充满点头哈腰的淡黄色树木、刮着永不停歇的风的山洞中央。最后，它小心而缓慢地驶入了安静的富人公寓街区，那里居住着整个银河系最富有的人类和外星人，他们每一个都拥有这艘巨船上至少一立方公里的空间。

至于乘客在哪里下车，车没有记住，更不在乎。

在那之后，它急忙奔向自己的目的地。但那些坐标从来都不存在，而车辆的人工智能受了过于严重的毁坏，意识不到这是无法完成的任务。它在最长最宽阔的干道上疯狂疾驰，真空使它达到了极高的速度。在接下来的几天里，它将整艘船环航了好几遍。直到一个安全小组用他们的武器将它毁坏，这辆车才停了下来。他们做好一切准备闯了进去，没想到里面空空如也。

一星期后，吃着早餐，看着过往行人的迈尔辛问自己：为什么是现在，为什么此时此刻她必须消失？首领到底有何打算？

这项计划极其古老，同时无微不至。在与翡尼克斯族的战争之后，首领曾命令她的船长们准备好逃离方案。如果船被侵入，敌人自然希望俘虏船长们，很可能会杀了他们。如果每个船长都准备好了逃脱的手段，而且是没有其他人——包括首领在内——知道的手段，那么，也许整艘船上最聪慧的血脉终能发动反攻，夺回船只。

首领称这项计划为“极端预防措施”。

后来,船上的生活虽然日趋安逸,但出于某些原因,这些应急方案还是保留了下来。

例如用作测试。

首领办公室会向年轻、缺乏经验的船长发送加密消息。他们是否忠诚到能够服从会让他们陷于困境的命令?以他们对船的了解,是否能够消失数月甚至数年而不被发现?最重要的是,他们在消失期间,是否仍然以船长的方式行事?

另一个原因是官僚体制的惰性。避难方案一经建立就很难取消。迈尔辛每年都会花上几分钟来保证逃跑路线的畅通。她可能比她的大多数下属更缜密些。

但是,最根本的原因是未知。

继翡尼克斯族之后,没人试图入侵这艘巨船。但在环绕银河系的旅程中,抛弃任何可能救命的工具,都是不正确的。

万一真有什么事发生了呢?

迈尔辛坐在一个小咖啡厅里,她的伪装很周全。她注意到有十几个身穿黑衣的安保人员正在调查当地的客流量。在这片区域,这只是正常公务。她想知道其他船长的情况。除她之外,首领还对多少个船长下达了这道命令?

她有种冲动,想使用秘密工具来统计失踪人数。但她的探测器可能会被发现、被跟踪。蒙在鼓里显然比落入别人张开的大网要划算得多。那队安保人员的半数人手正向咖啡厅这边走来。他们在两百米开外的时候,迈尔辛突然萌生了疑虑。她撂下没享用完的香肠蛋糕和冰咖啡,起身的姿势带着漫不经心的优雅。随后,她选择了最不引人注目的方向,溜出了他们的视线之外。在这个地区,每条街道都差不多有一百公里长,它们的宽度恰巧是长度的千分之一,高度则是长度的万分之一。上千条一模一样的街道嵌在各地的岩石里，以精确的几何精度排列着。

第一批调查小组做出了最初的猜测，他们认为这些几何关系大有深意：这艘船的建造者的聪明程度绝不亚于发现它的人，只要画出房间、街道、燃料罐和火箭喷嘴的精确图纸，就能揭示出无数的数学线索。也许可以从这些复杂的比例关系中解析出一门真正的语言。一句话，这艘巨船为自己提供了说明，只不过需要足够的数据和聪慧才能解出这个奇妙而棘手的难题……

迈尔辛一直对这个逻辑持怀疑态度。

聪明顶多算是一项有好处也有坏处的天赋。至于想象力，她相信，更是只会糊弄它的主人，引诱他浪费时间，追逐每一个一厢情愿的可能性。所以她早就预言，无论是人工智能还是人类，或是任何别的有智力的存在，都不可能从这艘巨船的体系结构中找出任何特别重要的东西。无趣又呆板的人总能给出最好的答案，说的就是这种情况。这千条大道，还有巨船内的每处空地，都是由无菌的、冷冰冰的机器依据同样冷冰冰的计划凿出来的。这就可以解释这种重复的、昆虫般的模式。更重要的是，它可以为另一个重大现象提供解释，那就是，没有任何一次考察发现过生命体留下的哪怕一丝痕迹。

一具外星人的尸体也没有。

也没有不明微生物。

甚至连一个曾经是某种生物的蛋白质的分子结也没有。

想象力认为神秘莫测的地方，在迈尔辛看来却很容易解释。很明显，建造这艘船的目的不是在恒星之间旅行，而是在星系之间穿梭。它的设计者，不管他们是谁，在建造它的每一个阶段都使用了无菌机器施工。然后，出于不明原因，建造者们从未登上过他们的造物。

最简单的猜测是，他们受到了某些自然灾害的袭击，极有可能是那种巨大而可怕的灾难。

在宇宙还年轻、密度也更大一些的时候，各星系常常爆炸，使人不得安宁。赛弗特星系[①]、类星体、超新星接二连三地爆发。所有这些都是危险的宇宙青年期症状。有充分的证据显示银河系也有着相似的历史。在它青年时期出生的生命都被不分是非的伽马射线脉冲给灭绝了：一次、两次，或是上千次。

最乏味、最可信的专家们提出了一种理论——这种理论也是迈尔辛迄今坚信的：过去，在某个平静又极其遥远、与世隔绝的地方，曾经出现过一个聪明的种族。这个种族预测到了“风暴”的来临。于是他们安排了一个应急方案，把能够自我复制的机器送到某颗类木行星，可能是一颗远离任何恒星、在尘埃状的星云里飘流的星球。依照简单的昆虫筑巢般的程序，那个世界被改建成了巨舰。燃烧的氢为它提供了速度，多次飞临天体的弹弓效应又将速度提升了许多。但是，当它从那个种族的家园附近疾驰而过的时候，那里已经无人可救了。巨舰上空空如也的街道等待着已经在赛弗特星系的火焰中丧生的类人生物。在之后的数十亿年里，这艘船继续耐心地等待着，不断地、盲目地往来于这条跨越星系的航线。它的状态越来越差，但总算坚持住了。最后，它来到了银河系。

无人能够找出它的母星系。

回首这艘船过去的轨迹，人们找不到任何一个看起来能对上号的黯淡的矮星系。

这艘船的年纪也是一个争议众多的难题。

官方意见是五十亿年。一个巨大的时间跨度，但又大得恰

①一种活跃的旋涡星系或者不规则星系，拥有非常亮的星系核。

到好处，不需要大幅改写宇宙早期的历史。

问题在于，它的原生岩完全可能比五十亿年更加古老。在凝固之前，花岗岩和玄武岩被加工过了。能说明问题的放射性元素已经被某些超高效的手段尽数采集，席卷一空。是为了掩盖它的年龄，还是为了别的、不那么像阴谋论的目的？总之，这些岩石如今又冷又硬，无法提供所需信息。就这样，这艘船的建造者又为今天的科学家留下了一个难题。

热心而喜欢幻想的人，灌足了鸡尾酒和其他药剂之后，喜欢说这艘船的年纪更可能是八十、一百或者一百二十亿年。而且一百二十亿年还不是这一估计的上限。他们享受着那些无法估量的因素所带来的乐趣，认为这艘遗船来自那些诞生于时间的开端、美丽而遥远、零星散落在最远的天边的蓝色小星系。这种幻想无法解答那么早的时候怎么会有类人生物，甚至任何生物的问题。但让这些人着迷的正是不可理解之事，对他们来说，这一整件事比任何饮料都更加令人沉醉。

但迈尔辛不喜欢没完没了的问题，也不喜欢那些荒谬的解答，尤其是当两者都没有必要的时候。

依她所见，有一个更简单的解释：这艘船如今五十亿岁。也许它出生后不久，就在星系与星系之间的某个地方，被一个无形的黑洞或是被某些未在地图上标注的暗物质团改变了航向。这就解释了它为什么是个孤儿。

不这么想的，都是想得太多，或者是功夫用错了地方。

它一直是个孤儿，是艘弃船，然后人类发现了它。

而现在，它就是他们的。是迈尔辛的，至少部分是。

走在那条很长很长的街道上，迈尔辛嗅到了上百个世界的气息。类人生物和其他形状的外星人正在欣赏人造的蓝天，但其中的大多数其实是在欣赏彼此。她听见了字句和歌曲，吸入了满是信息素的烈性麝香。偶尔心血来潮，她还会信步走进随便一家小商店，像其他没有别处可去的人一样四处闲逛。

不，她并不像有些人那样富于想象力。

在大多数情况下，迈尔辛会毫不犹豫地承认这一点。但她总是紧接着就会补充说，她依然有足够的想象力来沉醉于这艘船的雄伟庄严和它的魅力，也有足够的创造力来协助管理这个独特而罕见的社会。

怀着当之无愧的骄傲之情，她继续沿着那条街道行走。

外星商品比人类商品要多得多，即使在人类商店也是如此。跨入一个又一个店铺时，迈尔辛总觉得自己会引起别人的注意。发现始终没人在意，迈尔辛总算意识到了她现在并不是副首领。没穿制服，没有责任，她这个无人认识的身份之中似乎蕴藏着无尽的惊喜。

她从一个蜘蛛形的机器人那里买了一本关于这艘巨船的百科全书。

在一个小杂货店里，她从一个哈鲁萨鲁[①]那里买了罪恶之果，它的蛋白质和奇数糖已经经过重组，以适应人类的消化道。

她吃着买来的食物，浏览着另一件采购所得。百科全书里有个不足一百太比特的条目是关于迈尔辛自己的。她读了部分内容，禁不住地微笑，同时暗暗记住了约五十点作者需要更正的地方。

从一个猴子似的小商品店员那里，她买到了一种温和的药剂。

再后来，她一边考虑着是否要这么放纵，一边以更高的价格

①原文为“Harum-scarum”，意为“鲁莽的、莽撞的”。

把它卖给了一个称她为“女士”的男性人类。他离开前给她提了点建议：“你看起来很累。找点乐子吧，然后好好睡一觉。”

他似乎是在暗示愿为她效劳，但她选择了无视。

随后，迈尔辛发现了又一个安全小组——人类和哈鲁萨鲁伪装的乘客。但是，正在执勤的警官总是那么显眼，乘客永远都不会那么警觉。他们没有看见迈尔辛，因为她溜进了某条很窄很暗、通向平行街道的通道。

穿过隐形的“恶魔之门”，进入另一个气候较冷的飞船区块时，她的皮肤感到了一丝刺痛。这里的空气略稀薄些，有种宜人的山间意味。

一个蜘蛛形机器人正在租赁梦境，以及展开梦境的房间。迈尔辛每样买了一个，连续睡了十二个小时。她梦见了这艘船最初被发现时的场景。梦中的她在变暗了的街道漫步，四下空旷，首先映入眼帘的是光洁的绿色橄榄石墙。然后，以地质时间的标准，仅仅一瞬间，上面就布满房间，就变成了欣欣向荣的商店。

这是梦境最初的部分，是迈尔辛租借来的梦境。

然后，迈尔辛自己的记忆开始建造图像。当初她见过多少个隧道和房间？没人知道。百科全书的作者不知道，甚至连迈尔辛自己也不清楚。这为她带来了经久不散的喜悦，以至于第二天早晨脸上还挂着微笑，一边啜着冰咖啡，吃着调味多层蛋糕当早餐。

她的密令里包含了一个目的地。还有一个松散的计划。

到了那里，她的问题想必都将得到解答。但有时候，尤其是像现在这样悠闲快乐的时光，迈尔辛会怀疑这整件事其实只是首领为了让她最喜欢的副首领好好休息一阵子而使出的妙招。

一次休假:真是简单又无趣的解释。

但却令人信服。

当然是休假!

迈尔辛站起身来,上千张面孔尽收眼底。她开始寻找昨天那个男子,同时心想:

这是我尽忠职守一千个世纪后的第一个假期。

为什么不呢?

三

这种植物真贵，品质这样好的尤其昂贵。但浣生了解她的听众。她确信她的老朋友会喜欢从这植物的许多张嘴里发出的缥缈之音。那声音填满了虚无，那宁静的旋律仿佛直抵太空尽头。他那有着奇特品味的耳朵会觉得这声音格外优美。

她的朋友并不在场。

但无论他在哪里，他都会听见阎诺薇葩[①]对星系间的黑暗、虚无，还有沁人心脾的寒冷的咏唱。

在他的另一段人生中，她的朋友把培育阎诺薇葩当作业余爱好。他掌握了该物种复杂的遗传学，改变了它精妙的基因，使它唱出的旋律比这株样本更加宁静，在公开市场上自然也极其珍贵。

但他绝不会卖掉他的伙伴。

后来，他的生活和不同寻常的兴趣开始往更古怪的方向发展。他对自己从前珍视的爱好丧失了兴趣。

最终，他连前程似锦的船长职位也失去了。

犯下罪行、被人提出指控后，那个人用上了由首领本人命令

①原文为“Llano-vibra”，西班牙语，意为“降调的震颤”。

船长们准备的逃跑路线，躲了起来。从那以后，浣生同他唯一的联系只有一张含意隐晦的便条。上面说，如果她想找他，就在船上这个空旷又黑暗的角落种上一株阎诺薇葩，然后在离那里最近的人类酒馆找个舒服的位置蹲点。

在接下来的两天里，浣生就是这样做的。

小酒馆很暗，基本没人，但和外太空比起来相当温暖。她坐在酒馆后面一个用整根石化橡木雕成的隔间里，喝了许多各种各样的鸡尾酒，思考着所有事情，又什么事情都没想。最后，她得出了结论：分别这么多个世纪之后，不要指望别人还记得你，那是不可能的。她决定，是时候去执行她的任务了……

就在这时，一个男人出现了。他眯着眼睛，走进廉价酒馆的黑暗之中。浣生知道那就是他。和记忆中的一样，他是个大块头。面容改变了，但仍然带着让人舒心的亲切感。举手投足间没有了船长式的傲慢，他把便服穿出了让浣生只能羡慕的闲适感。他现在叫什么名字？顾不上风险了。她抬起手，在嘴边拢成杯状，喊声穿越了昏暗的空间：

"嗨，帕米尔！我在这儿！"

他们曾经是恋人，但不太适合做夫妻。船长之中少有夫妻。这个男人既固执又自信，而且聪明。大多数情况下，他完全能自力更生。这些特质使他成为成功的船长，却又拖累了他的职业生涯。在说合时宜的话和给地位更高的人送小礼物这两件事上，帕米尔既无技巧，也没兴趣。如果不是因为他有着比大多数人更能做出正确判断的才华，首领一开始就会给他安排最末的头衔，不予重用。后来的事实证明，也许就该这样。

大个子男人坐下，点了一杯"泪的痛楚"。浣生看着他亲切的脸，回想起了他那场悲剧性的失势。

在他还是船长的时候，帕米尔结识了一位非常奇怪的外星人。它是一个盖亚实体，一个小小的、看似普通的人形身体，却蕴藏着能够以一己之身与任何世界抗衡的强大能力。它的皮肉可以迅速生长，形成树木、动物和大量的真菌，而这一切都在同一个意识的控制之下。这生物是个难民。它的家园被另一个盖亚夺去了。后来，它的那位大敌也来到了船上，两者之间爆发了一场大战，最终摧毁了一台昂贵的设备，以及帕米尔岌岌可危的职业生涯。

两位盖亚耗尽精力战成了平局，但它们的仇恨仍在燃烧。

即使在心情最好的时候，帕米尔也是个难相处的人。但他有着独特的才能，能从任何绝境中看到希望。他用激光对着两个盖亚开火，只给他们留下了刚好够让他们重新开始的身体组织。然后，他用自己的皮肉造了一个同时包含着两个外星人组织的孩子。因为浣生是帕米尔的朋友，于是，她理所当然地抚养了孩子。“孩子”，这就是她为它起的名字。像任何母亲一样，她保证他的安全，将他需要知道的事情教给他。当他变得过于强大、不能继续留在巨船上的时候，她搂抱他、亲吻他，然后把他送到了一颗空旷的行星，在那里他可以单独生活，不再犯下他的上一辈人犯过的错误。

此刻，孩子似乎正和他们一起坐在这里，听母亲讲述着一个激动人心的故事、幸福的故事。喜悦之情让他的父亲流下了眼泪。但愿他能明白，这是件多么不寻常的事。

帕米尔哭泣的时候仍旧像个船长。很安静，始终能够自控。然后，他用粗大的手指拭干眼睛，露出一抹克制的笑容。他看着他的老朋友，观察着她的衣服、面庞，还有她在这阴暗的酒馆里背靠后墙的坐姿。

终于,他问:“你的情况和我一样吗?”

她没有答话。

厚实有力的手平静地伸过来,透过她丝绸上衣的袖子抚摸着她。然后,他轻声断定,“不。你和我不一样。这很明显。”

她摇了摇头,“我没有犯罪,如果你是这个意思的话。”

“谁犯罪了?”他笑道,“我从来没见过自认为犯了罪的人。我以前遇到过一个反社会人格非常严重的家伙。我问他是不是罪犯,他说他不是,还说了些什么自己全是出于好心、只是运气不好之类的话。”

“那不也是你常讲的话吗?”

他笑意渐浓,“好像是这样。”

“你听说什么了吗?”她接着说,“还有别的船长失踪吗?”

“没有,”他答道,“没有,我什么也没听说。”

她看着他的手。

“如果他们消失了,你会知道吗,浣生?”

她谨慎起来,眼神里不透露任何信息。

“但就算你们全都消失,我们也不会注意到的。”他低笑一声,“我们也不会在乎。一点也不会。”

“真的不会吗?”

他这次的笑声柔和了一些,“不做船长,以其他身份生活,这能让你懂得许多事情。有了这种经历,你会逐渐明白,船长并不像他们自己说的那般重要。我说的不单是日复一日地经营这艘船,在其他那些更加漫长、无穷无尽的问题上也是如此。”

“你伤我的心了。”她笑着回答说。

他耸了耸肩,“你不相信我。”

“如果我真的信你,那才让人吃惊呢。”浣生摇了摇刚来的饮料。一片制幻药伴着二氧化碳气泡消失在杯中,“你只是希望我们不重要。但是,如果没有我们,一切都会分崩离析。用不了一个世纪。也许不到十年。”

曾经的船长再次耸耸肩。这个话题让他厌倦了;是时候换个话题了。

浣生也这么想。她喝光了杯里的饮料,任由沉默持续,直到她的老朋友再也无法忍耐。

到那时,差不多已经过去了一个小时。

终于,他谨慎地问她:“出什么事了吗?你转到了地下……所以,发生什么麻烦事了吗?”

她摇了摇头。

帕米尔依然能克制住自己,不去深究这个问题。他甚至没有凝望她巧克力色的大眼睛。

他们在一起相处了两天两夜。因为不愿受人打扰,他们在一个外星人栖息地租了住处。白天,他们在茂密的紫罗兰色丛林徒步旅行,那里唯一的道路是业主们经过时留下的厚重滑溜的带状黏液,只有穿上特制的靴子才能站稳。第二个晚上,当那些庞然大物从他们小小的门口拖行而过的时候,浣生钻上了帕米尔的床。伴着紧张和冲动的热情,他们不停做爱,最终沉沉入睡。

在梦里,浣生拥抱了孩子。她那么用力、那么伤心地拥抱着他。但当她醒来的时候,她意识到,梦里的并不是孩子,而是这艘船本身。她怀抱着由超纤维、金属与机械组成的美丽船体,乞求它不要离开她。她伤心难过,甚至默默地哭了起来。

帕米尔从床上坐起来。他看着她,没有说话。如果不仔细看,你就会错过他眼里和抿紧的唇间流露出来的同情。

浣生吸了吸鼻子，两个手背并用擦了擦脸，然后平静地承认："我得去个地方。老实说，我现在就该去的。"

帕米尔点头。他深深地吸了口气，"多久?"

"什么多久?"

"如果我去向首领自首，低声下气乞求她的原谅……她会把我关多久……重新成为船长什么的，又要多久?"

在脑海里，浣生看到了僵硬的、比死了还要冰凉的翡尼克斯人。

想起他受的惩罚，又充分意识到首领的情绪风雨难测，她抚着旧爱的嘴唇，"无论如何，别那样做。"

"她会把我永远关起来。是不是?"

"我不知道。但我们别去试探那个女人，好吗? 答应我?"

帕米尔太固执了，连安慰人的谎言也不愿说。他只是挣脱她的手，目光游离到很远的地方。他笑了笑，然后对浣生说，或是对他自己说："我还没有想好。也许永远都想不好了。"

四

一共有六个主燃料罐，每一个都和巨型卫星一样大。它们均衡地排列在船的深处——超纤维球体和配套的真空隔热层远在船体和居住区之下，甚至比污水处理装置、巨型反应堆和引擎所处的位置更深。每个罐子都是一个荒原。

只有维修人员或者冒险家偶尔会造访它们。他们乘着由气凝胶塑形而成的船，在液态氢里漂泊。他们能看见的只有他们自己点亮的冷光、寒冷而了无生气的汪洋，和在它之上那毫无缝隙的、灼烧灵魂的黑夜。这番景象会让大多数造访者胆战心惊。

偶尔会有一些外星人提出请求，希望准许他们到其中某个燃料罐中居住。

离奇族[1]是鲜为人知的物种。他们清心寡欲，对离群索居的要求高到了病态的程度。他们用厚塑料和金刚石线在燃料罐顶织造了垂悬的家。这是个规模庞大的建筑，在平面上近乎无限地延伸，却只有一层楼那么高，泛着灰色光芒的天花板触手可及。浣生时不时地停下脚步，把双手贴上去，感受塑料出人意料的温暖。然后，她会深吸一口气，克服让人难以忍受的幽闭恐

①原文为“Leech”，意为“水蛭”。

惧，伴着声音继续前行。

那声音多而嘈杂，甚至无法判断到底是哪些物种在说话。

浣生从未见过离奇族。至少没有面对面地见过。

但她曾经作为船长代表团的一员，和离奇族最勇敢的外交官进行过交涉。两组人马中间隔着一堵没有窗户的、厚厚的超纤维板。外星人当时说话的声音是咔嗒声和尖叫声，这两种声音她现在都没有听到。但如果声音不是离奇族发出的，又会是谁呢？这一点触发了某个模糊的记忆：在首领的某次周年晚宴上——离现在多少年了？——与她同为船长的几个同事曾经轻描淡写地提了一句，说离奇族已经抛弃了他们的栖息地。

为什么？

她一个原因也记不起来，甚至连当时问没问也不记得了。

浣生希望离奇族已经到达了他们的目的地，平安无事地下了船。或者找到了一个更加与世隔绝的家。但令人遗憾的可能性总是存在的，比如大难来袭，那一批可怜的外族恐惧症患者已经灭亡了。

船上的种族灭绝现象远比船长们公开承认的要多。事实证明，一些乘客太过脆弱，无法忍受漫长的旅行。有的种族选择了集体自杀，也有的对他族发动了战争。但正如浣生经常提醒自己的一样，每有一个种族消逝，就有上百个种族在蓬勃发展，或者说至少想方设法，在这台辉煌机器的某个小角落开拓出属于自己的天地。

她轻声问道："你们是谁？"却并不是针对那些声音的发出者提问，更像在问自己。

从浣生跨出简易升降机到现在，已经过去了一个小时。她穿过了一连串用来净化新来者的清洁室，走到了这个栖息地的中央。没有一间舱室在正常运转。所有入口要么被撑开，要么被拆除。显然有人来过这里。但他们没有留下任何标志，甚至没有在最后一道门上钉个手写字条。浣生在大大低于地球重力的环境下行走了八到九公里，差不多还有一半路途，就能到达这个栖息地单圆弧墙壁的另一端了。

她再次停了下来，双手紧贴着燃料罐顶，扭头分辨着那些声音传来的方向。这地方的传音效果太好了。

她慢跑起来。

房间里唯一的摆设是坚硬的灰色枕头状物体。空气温暖而污浊，充满了各种粉尘和信息素的味道。“颜色”这个概念在这里不受待见，连浣生花哨的旅游观光服都变得灰暗了一些。

声音逐渐增大，变得熟悉。她这才意识到那是人的声音。片刻之后，她甚至能分辨出那些是什么人。不是依据他们所说的话——字句仍然混作一团——而是依据他们自负的腔调。这些声音的主人习惯了发号施令，他们的手下必须立即服从，不能有丝毫的疑问或犹豫。

她停下来，眯起眼睛。

在这一片灰暗之中，有一个更暗的点。一个瑕疵。从这个距离看过去似有若无。她喊了一声：“喂？”

等了一段时间，确定没人听见之后，浣生又高喊了一声“喂”。几个声音响起，远远地传了过来，对她说“喂”和“这边”，还有“欢迎，你差点儿来晚了！”

是啊，她差点儿来晚了。

在指令中，首领给了她两个星期，让她偷偷抵达这个怪地方。同帕米尔告别时，浣生的时间还比较充裕。但后来，在某个丁点大的小站等帽车的时候，她遇见了安全部队。他们反复查验了她的假身份和她身上的外源基因,这才放行。在那以后,为了确定没有人跟踪,她又闲逛了一整天才正式启程。

浣生跑了起来。

等到那个略暗的斑点变成人群时,她又慢下来开始行走,这样更加端庄得体。

克制的掌声如稀疏的雨点般响起,随后逐渐消失。

一时间,浣生数不清她面前有多少船长。她展现出她最具船长气质的微笑,走到他们中间,问道:“那么,这是为什么?为什么我们要来这里?”

似乎没有人知道会是这样一个局面。但过去这几天,船长们显然都认真思考过这个问题。他们每一位都有自己的看法。例行公事的问候结束后,同事们请浣生讲讲她的旅途见闻,以及她对这一整件疯狂的事情有没有两个或者二十个有趣的看法。

浣生提到了几个适合观光的地方,但有意回避了任何可能让人联想起帕米尔的内容。

然后她耸耸肩,坦白地说:“我没有任何推测。我只是把这当作一件必须完成的任务。在掌握其他情报之前,我没有更多的想法。”

“说得好。”一位灰色眼睛的船长说。

浣生吃着、喝着。最先到达的船长是循着滴答滴答的滴水声来到这个地方的。他们发现了成堆的密封口粮,还有十几桶船上最好的葡萄酒。那些酒来自阿尔法海地区,由定制类人猿亲手亲脚培育和酿造。从小摊红色的液体可以判断出,小酒桶在第一位船长从电梯上走下来的时候就自动拧开了龙头。

美味的葡萄酒,浣生心想。

那位船长又说了一遍:“说得好。”

于是她看着他。

“笛雾。”他说着伸出手来,笑意盈盈。

她把马克杯放在盘子里,用空出的手跟他握了握,说:“我们在首领的宴会上见过。二十年前,是吗?”

“二十五年前。”

和大多数船长一样,笛雾算得上身材高大。他的面庞轮廓分明,散发着无穷的魅力。即使只穿着简单的长袍,看上去也像是个重要人物。

“您能记得我真是太好了,”他说,“谢谢。”

“你太客气了。”

即使在站定的时候,笛雾也是在动的。他的皮肤不断颤动,仿佛里面有水在沸腾。“您觉得首领的品位如何?”他灰色的眼睛闪闪发亮,“这个会面地点很奇异,不是吗?”

“‘奇异’,”浣生重复道,“这个词用得恰到好处。”

他们看了看周围的环境。天花板和地板的尽头是一堵朴素的灰墙,墙上居然有一扇窗户。在离奇族的建筑里,这简直是个奇迹。

浣生做好了心理准备,这才问道:“离奇族到底发生了什么事? 有谁还记得吗?”

“他们跳进了下面的海里。”笛雾说。

“天哪。”她喃喃道。

“也可能我们把他们送到了目的地。”

“哪个说法是真的?”

“两个都是。”他说,“也可能完全是另一回事。他们实在太奇怪了。很显然,他们在选定线路的时候,肯定假装要去上百个别的地方。”

这无疑是为了迷惑他们假想中的敌人。

“无论他们身在何处，”笛雾向她保证，“我相信他们过得很好。”

“我相信你是对的。”浣生回答说。她习惯了在无知民众面前鼓励他们、肯定他们。尽管现在面对的是其他船长，她也一下改变不过来。

笛雾露出了微笑，皮肉依然因为躁动不安的能量而颤抖不已。

从他们上次见面到现在，时隔二十五年……浣生又记得什么关于这个男人的事情呢？如果有的话。

她的思绪被打断了。

被一个突如其来的声音打断了。那熟悉的声音告诉她：“你差点儿来晚了，亲爱的。虽然没什么人注意到。”

是迈尔辛。

浣生恭敬地匆忙转身，发现了那张她非常熟悉的脸。副首领的脸像斧刃一样狭窄，比斧刃更加冰冷。脸上的皮肉绷得紧紧的，下面的每一块骨骼都清晰可辨。因为神情愉悦，她黑暗的眼睛里有了一丝寒冷的光亮。短短的棕发之间混了几道雪白的颜色。迈尔辛比其他人都高，头顶几乎擦到了天花板。然而她不肯低头，即便那样能让自己更舒适一点。

“我不是说你知道得比我们这些人要多。”高个子女人说，“只是想听听你的意见。你觉得首领这是要做什么？”

其他人安静下来。船长们都屏住了呼吸，为这女人的审查落到了别人头上而暗自窃喜。

“我什么也不知道。”浣生坚定地说。

“我非常了解你。”迈尔辛提醒她，“你至少有一个推测，或者十个。”

“也许吧……”

“大家都等着呢,亲爱的。”

浣生叹了口气,打了个手势,“我认为这里就有几百条线索。”

“那么线索是?”

“我们自己。”

他们正站在一扇窗户旁边。那“窗户”其实是厚重、扭曲的塑料上的一道宽缝。窗外除了黑暗与真空,什么也没有。在他们脚下五十公里的地方,就是液态氢的海洋,辽阔而平静,无比寒冷。窗上除了他们自己朦胧的倒影,什么也看不到。浣生瞥了一眼,看见了自己那张漂亮的、没有岁月痕迹的脸:乌亮夹杂雪白的头发在脑后绾成朴素的发髻,大大的巧克力色眼睛里流露着自信,以及与之相衬的愉悦。

“首领选择了我们。”她说,“这意味着我们自己就是线索。”

迈尔辛瞥了一眼她自己的影像,“你看出了什么,亲爱的?”

“精英中的精英。”浣生开始一个个点名,历数最近一千年内这些人获得的奖励与提拔,“曼卡是新晋的二级。最近一次引擎升级是由亚斯林负责的,耗资低于预算而且提前五年完成。萨路基和韦斯塔法赢得‘首领奖’的次数多得我都记不住了——”

“我敢打赌他们自己记着呢。”有人喊了一声。

船长们笑到岔气才止住笑声。

浣生继续说:“婆西恩是最年轻的副首领。约翰逊·史密斯上次跃三级晋升。还有笛雾,”她指着身旁的人说,“他已经是十一级了,真是难以置信。你是作为——如果我说错了请指正——作为游客登船的。一名普通游客。对吗?”

那个精力充沛的男子眨了眨眼睛,说:“是的,长官。祝福您。您能记住真是我的荣幸。”

她耸了耸肩,转过身去。

“然后就是您了,迈尔辛长官。首领最年长、最忠实、最器重的助手之一。我还是个住在临海区的小女孩的时候,就见过您和首领船长一同坐在岩石上,规划着我们美好的未来。”

“换句话说就是,我是个老婆子了。”

“年高德劭。”浣生表示同意,“更不用提您是仅有的三位副首领中地位最高的。”

高个子女人点了点头,就着奉承抿了口酒。

“不管这件事是什么,”浣生说,“首领需要出动她手下最好的船长。这一点显而易见。”

副首领饶有兴味地说:“但是亲爱的,咱们别忘了你自己的成就,好吗?”

“我从没忘过。”浣生回答。这话博得了满堂欢笑。对于船长而言,虚伪是极不得体的表现。她坦白地说:“我听到了传言,说我已经被内定为下一位副首领。”

迈尔辛咧嘴笑了,但并没有对传言做出评论。

保持缄默总不会错。

她只是深深地吸了一口气,然后用有力而欢快的声音问大家:“你们能闻闻自己吗?”

船长们下意识地嗅了嗅。

“这就是野心的味道,亲爱的朋友们。纯粹的野心。”高个子女人又吸了一口气,然后是再一次。最后,她用洪亮的声音说:“再没有别的气味像这样强烈,像这样深入我的脑海,或是有它一半的甜蜜!”

五

又有两名船长赶到，迎接他们的是掌声和善意的嚷嚷。人已经到齐了，虽然当时谁也不知道。几小时后，最后到来的某位船长正在使用离奇族的厕所——和在房间的偏僻角落里随意开个洞没什么区别——的时候，他端详着空无一物的远方，注意到有什么动静。他眯起了比老鹰更锐利的眼睛，终于确定有什么东西正从一个新的、意想不到的方向向他们移动过来。

这位船长匆匆忙忙穿上裤子，慢跑回人群，把他看到的事情汇报给了高级官员。

迈尔辛点了点头，微微一笑，然后说："知道了。谢谢你。"

"我们该做什么，长官？"年轻的船长已经来不及思考。

"等待。"副首领回答，"那才是首领希望我们做的。"

浣生望着远处，天花板和地板交汇成了一条完美的线。过了好一会儿，那完美之中突然出现了一块凸起。大家站在一起，等待着。随后，那块凸起分裂成了几个大小不等的肿块。最大的一块亮如钻石，其他的分布在它两侧。船长们悄声道："是她。"

"总算来了。"一些人小声嘟囔道。

一小时之后,这艘巨船无可争议的统治者驾临了。

在维斯塔号角和吟唱的乐曲声中,首领走过了最后一百米的距离。与她那些伪装成平民的属下不同,她一身正装,戴着反光的帽子,穿着全套制服。她的这副身体异常高大,象征着她的身份。她全面扩展后的脑袋异常硕大,因为这艘船有上千项功能,需要她用星辰般繁多的植入式节点进行无延迟的监控和调节。和其他人走路与呼吸一样,首领船长无论在哪里站着、坐着,或是找一张宽敞的床让身体劳累的部分睡觉,都在不知不觉中统治着这艘船。

她的一只大手沿着牡蛎灰的天花板滑动着,保护脑袋免受碰撞。

她有着柔软而明亮的金色皮肤,这是一种在非地球物种中非常流行的色彩。细软的白发编成了一个戈耳迪髻。她美丽的脸庞是那样圆润而光滑,就算长在蹒跚学步的孩童身上也十分相宜。但那璀璨的棕黑色双眸和有着灿烂笑容的双唇承载着经年的智慧。

所有船长都鞠躬行礼。依照惯例,低阶船长的腰弯得最低。

随后,十多个低阶船长开始把离奇族的硬垫子往她那边拖。笛雾和一些人一起做着祈求的姿态,他双膝跪地,微笑着,甚至在那位伟大的女人从他身边经过之后也依然保持这样。

"谢谢你们的到来。"浣生耳畔响起的声音说。这是一个非常轻柔的声音,不疾不徐,永远一副觉得她那双大眼睛看到的任何事情都颇有趣味的语气。"我知道你们感到困惑,"她说,"我也相信你们感到担忧。也许还有一些合乎情理的恐惧。"

浣生暗自笑了笑。

"那么,我就开始说明吧。"首领孩童般的脸上绽放出她特有的笑容，“首先，让我告诉你们我下这盘大棋的原因。然后呢，如果你们还没有震惊到休克，我会准确说明我打算让你们做些什么。”

四名守卫伴在首领身侧。

两个是人，两个是机器人。但你永远不知道谁是扮成人类的机器，谁又是有着机器般使命感的人类。这种安排是为了让潜在的敌人更难利用不同物种的弱点，对她下手。

一名守卫放出一枚小型浮球，浮球飘到首领身边的位置。

天花板灰色的光芒弱了下来，黄昏将尽的阴霾笼罩了房间。接着，那个含着笑意的声音说：“有请我们的船。”

实时投影吞没了浮球。船的影像由首领的内部系统传出的数据生成，从地板延伸到了天花板。它的前导面正对着观众。船体外壳线条流畅、颜色灰暗，笼罩在绽放着漩彩的宇宙尘防护罩里；它每一秒钟会发出上千束激光，瞬间消灭那些比较大的威胁。在船的水平面上有一个微小的光斑，这意味着又有一艘飞船到达了。也许是新乘客。浣生想起来了，那是一批智能机器乘客。她不在的时候，不知谁会去迎接他们。

“现在，”首领说，“我要开始剥洋葱了。”

话音刚落，船的外壳就消失了，露出了最大的洞穴、舱室和深邃的圆筒形港口，还有让整个结构具备极大支撑力的超纤维框架。

接下来的几百公里也被剥掉，岩石、水、空气和更深层的超纤维暴露出来。

“真是完美的结构。”首领向正在缩小的投影走近了几步，影像发出的光芒照亮了那张笑嘻嘻的脸。恰似一个身形巨大的小女孩和她最喜欢的玩物。“在我看来，历史上再没有比这更伟大的壮举了。无论是人类的历史,还是其他任何物种的历史。”

这番话的每字每句,浣生都非常熟悉。

“所谓壮举,我指的不是我们的旅程。”首领继续说,“环游星系当然算是一项成就。但在其他人之前发现这艘船,然后离开我们的星系率先抵达,这才是更加伟大的冒险。想想这份荣耀吧:第一批步入这辽阔空间的活的有机体,数十亿年来首批感受到它的庄严与神秘的智慧生物。那是值得称颂的时刻。问问我们之中当时在场的任何人吧。我们每个人都深深地意识到,这是天大的福分。”

古老而光荣的自夸,这是她的特权。

“我们的所作所为堪称典范,”她朗声说,“对此我不接受任何反对意见。最初的那个世纪,尽管资源有限,背负战争的阴霾,工作量也大得难以想象,我们还是为这艘船的内部超过百分之九十九的地方绘制了地图。是我带领第一支队伍,在我们头顶这些管道中摸索着找到了出口。也是我第一个看见了我们脚下的氢之海洋的壮丽景象……”

浣生暗笑,心想:不就是燃料罐吗?

“我们在这里。”首领告诉大家。

投影已经差不多缩小了一半。船的主燃料罐从冻结的覆盖层中显现出来,像六枚均匀分布在船腰上的小凸块。每个罐子都位于一个主要港口的正下方。离奇族的栖息地就在首领伸直的手指下面。在这个比例下,它不比一只肥胖的原虫更大。

“现在,让我们也消失吧。”

无声无息地,又一层岩石被挪走了。紧接着是下一层。燃料罐从上到下,被一段段切开,将这些盛氢的巨大球体暴露在人们眼前:最上方是宁静的液态氢的海洋,下面渐变为黑色的固态氢,最深处则是一种奇异的、透明的金属。

“在整艘船上,这几片氢海一直是最深的。”她说,“它们之下别无他物,只有铁和其他几种金属,被大得难以置信的压力压成一团。”

现在,这艘船已经被剥成一颗光滑的黑球——一切把戏的核心。

“直到不久以前,我们一直认为我们对这个内核无所不知……”首领停顿了一下,露出一抹狡黠的微笑,“我们知道,在建造这艘船的时候,它的外壳、覆盖层还有内核的放射性核素都被剥掉了。这方面,我们是有明确证据的。据我们推测,这么做是为了促使内部冷却,为了让岩石和金属保持稳定。船上有个通向内核的隧道网络——我们不知道当初的建造者是怎么制造出这些隧道的——往下越深,隧道的分支就越多。每一条都由超纤维和能量扶壁加固。”

浣生呼吸得快了一些。她边听边点头。

“也许是计划好的,也许是时间的力量,那些小隧道如今已经坍塌了。”首领顿了顿,叹了一口气,“如今,隧道中的缝隙连微型机器人也无法通过。或者说,我们一直是这样认为的。”

浣生感觉到了她心脏的跳动。心头涌现出怀着喜悦的期盼。

“从来没有哪怕最微弱的线索暗示,这下面存在着任何隐藏的舱室。”首领斩钉截铁地说,“在这个问题上,我不允许有任何指责。所有可能的测试都做了:震波、中微子成像,甚至包括有关质量和体积的简单运算。我们没有理由认为我们的地图不完整——直到大约五十三年前。”

一阵沉默笼罩了听众。

首领平静而自信地说了下去:“请显示整艘船。”

那颗铁球再次被覆上了冰冷的岩石和超纤维。

“旋转九十度。”她说。

仿佛突然害羞似的,船的前脸转到了一侧,火箭喷嘴进入了视野。那些喷嘴每一个都大得足以安放一颗卫星。只是现在,并无一枚处于点火状态。根据日程安排,三十年内它们都不会点火。

“请播放大撞击画面。”

浣生走近了一些,猜到了她将看到的场景。五十三年前经过黑暗星云的时候,船曾与一大批彗星相撞。所有人都事先料到了那次事件。几队船长和他们的手下花了几十年时间为此做准备,不断重新绘制前方空间的地图,搜寻潜在的危险,还有愿意付费的客户。避开那些彗星会消耗过多的燃料。再说又何必避开呢?那批彗星虽然谈不上无害,但也不构成什么威胁。

重型反物质武器被射向最大的彗星。

激光让翻滚的碎片瞬间消失。

那戏剧性的一幕重新出现在船长们眼前,细节纤毫毕现:房间内一些遥远的区域,一颗颗小小的发光体忽闪着出现又消失。爆炸发生的地方逐渐变近,终于,它们逼得过于近了。激光毫无停顿地扫射着,消融着数以万亿计的冰和岩石。防护盾大亮,从一张黯淡的红毯变成一件耀眼的紫色披风,奋力推开气体和尘埃。但残渣仍然洒遍了船的外壳。它们跳跃着,在船体银灰色的表层扎了上千个“针眼”。撞击彗星数达到峰值的时候,一道白色闪光迸射而出,让其他爆炸黯然失色。船长们纷纷闭了闭眼皮,满脸的不自在。他们想起了那个瞬间,还有他们共同感受过的难堪。

一块山岳般巨大的镍铁,冲破了他们引以为傲的防御。

那次撞击震得船格格作响。胶状食物在盘中扭动,平静的海面泛起了波纹,最警觉或是最敏感的乘客们一边说着“天哪”,一边抓住某件比自己结实一些的东西。之后的好几个月里,雷莫拉族都在加班加点地用新造的超纤维修补新出现的陨石坑。惶恐不安又无所事事的乘客们则无休无止地谈论着那个可怕的时刻。

这艘船永无危险。

作为回应,船长们公开展示了他们精心绘制的示意图和严谨的计算,证明船体能够承受比那次撞击大一千倍的冲击力,所以今后依然没有理由感到紧张,更不用害怕。但仍然有某些人和某些物种坚持认为应该感到恐惧。

首领明显兴味盎然地说:“现在请显示横截面。”

靠近他们这一侧的半个球体消失了。在新的示意图中,来自撞击点的冲击波以各种颜色呈现。它们从撞击点辐散开来,逐渐变淡,然后在船尾再次聚集,一路上摇撼着船上的众多管道。聚集之后,以各种颜色代表的震波沿原路返回,在最初的撞击点再次聚拢,接着再次反弹……时至今日,仍然能检测出微弱的震动。它低语着在船内穿行,在船长们的骨骼里穿行。“请显示人工智能对震波的分析。”

一张地图覆上横截面,图上的一切都在意料之中,为船长们所熟知。准确地说,除了图中最显眼的那一块,其余的都很熟悉。

“长官。”一个坚定的声音说。是迈尔辛。“这现象的确反常。但图上那块……它看起来是否……不太可能是真的……”

“这也是我当时没把它当回事的原因。”首领同意道,“我最值得信赖的人工智能——我自己神经网络的一部分——也同意我的看法。这个区域只不过显示出了成分上的一些变化。或者说密度上的变化。仅此而已。”她停顿了好一会儿,仔细观察着她的船长们。然后她带着谦和的微笑说道:“有一种可能性我根本没考虑过:内核是空心的。因为这个想法实在太荒唐了。”

怀着暗暗滋生的希望,副首领们和船长们彼此对视,相互点头示意。

让他们来到这里,绝不仅仅是让他们瞧瞧这个异象。浣生清楚这一点。她往前走了几步。那个洞有多大?这很容易估算,但简单的数学得出的是令人难以置信的数字。

“荒唐。”首领重复道,“可是后来,我想起我还是个孩子的时候,没人会想到类木行星能被改造成飞船。不出一个世纪,我自己就登上了这么一个奇迹。”

虽然如此,浣生心想,有些想法终究还是太疯狂了。

“长官,”迈尔辛带着些许圆滑的腔调说,“我相信您一定意识到了,如果真的存在这么大的空腔,我们船的重量绝不会有这么重。假设我们知道介于中间的铁的密度,那自然……”

“但你是在假设我们那个空心内核里真的空无一物。”首领对她最喜欢的下属笑了笑,然后对在场所有人微笑。观众们越困惑,她似乎越高兴。“别忘了,这原本是别人的飞船。我们仍然不知道我们的这个家园为何而建。就我们所知,它曾经是别人的货船,设计用途是运输货物,而不是人员。而在这里,终于,我们无意间发现了这艘货船的货舱所在。”

大多数船长不由自主地颤抖了一下。

“试想一下,有东西正藏在我们的船里。”首领说,“货物,特别是块头很大的货物,它必须被固定妥当,保护好。请大家想象一下，这下面有一系列起固定、支撑作用的力场，有了它们，我们那个货物才能安放得稳稳当当，不至于大船一拐弯就东摇西晃。接下来，请各位进一步想象，这些力场的力量是如此强大，如此持久，可以护住它下面的货物，无论那是什么货物——”

“长官!”有人喊道。

首领停顿了一下，“什么事，笛雾?”

“求您直接告诉我们吧……那下面的货物，它到底是什么?”

“一个球状物体。”她缓缓眨了眨眼，“和火星一般大小，却比火星的质量大得多。”

浣生的心脏开始剧烈跳动。

听众发出一阵低沉的呻吟。

“给他们看，”首领对她的人工智能说，“让他们看看我们发现了什么。”

画面再次变换。藏在这艘巨船深处的，是另一个世界:黑暗如铁，比它所处的空腔小得多。如此难以置信的发现让浣生喘不过气来。她用力地摇着头，甚至当她转向同事们的时候，脑袋还晕乎乎的，看不清其他人的表情。

“这个星球——它是颗真正的星球——有大气。”首领轻声笑了，她平静地叙述着不可能发生的事，“尽管富含铁，它的大气中却有游离氧。而且有足够的水，汇成了小型的河流和湖泊。所有与生命世界相生相伴的美妙特征，这里都有。”

“你是怎么知道的?”浣生喊了出来，随后条件反射似的加了一句，“我无意冒犯，长官!”

“我还没有拜访过这个星球，如果你想问的是这个的话。”她像孩子一样咯咯地笑了起来，“但五十年的秘密研究已经有所收获。自我复制的无人机打开了坍塌隧道中的一条，我发送了一些探测器过去。所以我才能站在这里，告诉你们这个星球不仅存在，而且你们每个人都会亲眼看看它。”

浣生瞥了笛雾一眼，想知道他脸上是否挂着同样灿烂的笑容。

“顺带一提，我已经为这颗星球取了个名字。”首领眨了眨眼睛，“髓星。”她重复了一遍，“髓星。”接着解释道，“‘髓’是一个很古老的字眼。它的意思是‘血液诞生的地方’。”

浣生觉得自己的血液正在颤抖的身体里疾速流动。

“髓星正等待着你们。”首领船长说道。

地板似乎在浣生的脚下颠簸摇晃。她忘记了呼吸。

“它正等待着你们，”身躯庞大的女人宣布，“我最有才华、最值得信赖的朋友们！”

浣生低声说：“谢谢您。”

每个人都说了这句话，声音不齐，但异口同声。

随后迈尔辛喊道：“为首领欢呼吧！欢呼吧！”

但浣生什么也没听到，什么也没说。她一直望着那颗意想不到的星球，望着它陌生的黑色表面。

第二部

髓星

天空绝对的平滑,绝对的圆满。宇宙尽头就应该这样。

然而天空下的数万亿张面孔却对它视而不见。因为完美毫无意义,甚至无聊。

病态、缺陷、悲伤和愤怒才至关紧要:所有你吃的东西和想吃你的东西;还有一切潜在的性事。只有不完美可以改变它的本质,或是你的本质,而天空永远不会改变。永远不会。这就是为什么无数仰望的眼睛只会注意到飞行或飘浮着的东西——一切比那流畅的银色的圆满离他们更近的东西。

这里没有完美。

在这个地方,没有什么能长久不变。只要于成功有益,没有什么不能迅速改变。没有犹豫或不满,甚至没有一丝遗憾。

下方世界不可信赖。

连下一次呼吸也不是必然的事。

也许有思考能力的、聪明的、有自我意识的生物会渴望一尝那光辉完美的滋味。

渴望获得永恒。

渴望借用它的力量和强大的持久力，哪怕只有片刻。

但对这些生物来说，这样的愿望太过复杂和奢侈了。他们弱小，生命短暂。他们只关注眼前之事，吃和性，然后是休息。再没有别的事能乘着孢子和精子在血液中旋动，能蚀刻进它们躁动的基因。

虚度片刻，然后死亡。

这是一片绝望而愤怒的天地。它有极大的缺陷。但是，栖身其间的每一个微小的意志都无比骄傲，它们说：

我在这里。

我活着。

在这片叶子的背面，或是在那块炎热的铁卵石顶，我是主宰……对我脚下那些小到我无法看见的生灵来说，我看起来是那么伟大，充满力量……

在你们小得可悲的眼睛里，我就是完美……

六

这些不为人知的奇迹发生在短短数十年间。

一批鼹鼠型无人机咬通了数千公里的镍和铁，重新打通了坍塌的古老隧道中的一条。工业蚂蚁紧随其后，在隧道壁上铺设了大量最高质量的超纤维。某个燃料罐的储备泵站从母罐上取下，运用到了这个项目中。现场批量制造的无身份识别帽车车队在挖掘现场外待命，随时准备将船长们送到大船遥远的核心。一队工程无人机已先行一步，建立起了行动基地，一个高效而无菌的小城市：宿舍、机械加工厂、舒适的厨房和一流的实验室，统统塞进新建成的钻石型透明气泡舱内。

浣生是最后到达基地的船长之一。

首领坚持由她领导清扫小分队，负责仔细抹去离奇族栖息地里船长们留下的每一丝痕迹。

对需要彻底保密的行动而言，这是必要的预防措施，需要辛苦而认真的工作。

但她的一些同伴把这项任务视为对自己的侮辱。

擦洗厕所、跟踪肆意乱飞的皮屑，这种事既烦琐又艰苦。某些船长抱怨说："我们又不是清洁工，对吧？"

“我们不是。”浣生同意道，“换作专业人士，上周就该完工了。”

笛雾是她小分队的一员。与大多数人不同，这位新手船长任劳任怨，明显试图获得上级的好感。他可爱的私心正打着算盘呢。她很快就会戴上副首领的肩章，如果笛雾能博得浣生的好感，也能顺带着高升。这是心计，的确。但她认为这是一种合理的，甚至高尚的态度。浣生认为身为船长，长于计算并无不妥，无论计算的是船的航行轨迹，还是他自己的职业生涯轨迹。这是她常常向帕米尔提起的一种人生哲学。面对她的絮叨，帕米尔最礼貌的反应就是充耳不闻。

他们花了两个星期零一天，这才完成了清洁任务。

狭窄的两座车正准备做长距离下降行驶，带他们前往基地。浣生决定让笛雾和她同乘一车，最后离开。作为回报，笛雾简要地讲述了他有趣的生平。

“我出生在火星一个富有的家族里。”他坦白说，“我来这艘船，原因跟寻常游客没什么区别。想找点刺激，或者说追新逐异。在安全、可控的前提下冒点险。当然我也幻想过，或许有一天，我会在银河系某个充满异域情调的地方安家落户，过上安稳的日子。”

“普通乘客不会当上船员。”浣生说。

笛雾笑了，他脸部的某些特征和明朗的表情让他看起来始终有些孩子气。“因为那条路太艰难了。”他说，“得从底层的底层做起。而我们原本的地位，无论来之不易还是窃取所得，都必须放弃。出身豪门并不代表我就是个傻瓜。我很清楚，世人的天赋各不相同。以我的天赋，其实并不怎么适合穿这身制服。”

在这无人看见的地方，他们又穿上了反光制服。

浣生点头，她摸了摸那块紫黑色的肩章，“那你为什么要这样做？你是傻瓜吗？”

“当然是了。”他大声回答。

她忍不住笑了。

“当了几千年乘客之后，我终于明白，尽管经历了一些冒险，尽管我脸上总是挂着微笑，但我其实感到很无聊，而且会一直无聊下去，看不到尽头。”他说。

车窗涂黑了。小车内唯一的照明来自那排操纵按钮，点点绿光代表所有系统都在正常工作。浣生心想，那是地球森林的绿色，人类的安慰色，在进化过程中已经融入了大脑。

“但船长们看起来从不无聊。”他告诉她，“生气，有的；烦恼，是常态。但这正是吸引我的地方。为了满足人们的愿望，你们永无休止地忙碌着，做的事又都意义重大。”

笛雾进入大船精英团队的历程与众不同。他详述了自己的各个职位，和他在等级系统中稳步攀升的过程。先是地位卑微的船员，后来是低阶船长……就在快要令人生厌的时候，他收住了话头，噤声微笑，直到浣生注意到他的笑容。然后，他谦恭地请浣生讲述她非凡的生平。

浣生用十一个句子，描述了十万个年头：

“我在船上出生。童年时代家住临海区。首领需要船长，所以我成了船长。船长们做过的工作我都做过，还做了些别的事情。近五万年来，我一直负责迎接和照管我们的外星客人。工作记录和评估显示，我对我从事的职业非常擅长。我没有孩子。宠物和公寓都是自给型的。考虑到各种因素，我在与其他船长共事的时候感到最自在。除了这艘奇妙、神秘的船，我不能想象在其他任何地方生活。除了这里，世间还有什么地方能让人每一天都过得如此充实?”

笛雾听的时候阖上了他的灰眼睛,这时又睁开。同往常一样,他的眉梢和嘴角都挂着盈盈笑意。

“您的父母还在船上吗?”他问。

“不在。船一进入银河系,他们就出售了自己的股份,然后移民了。”她没有说的是,那颗殖民星球,他们去的时候,那里还是原始的荒芜之地,现在可能已经是个拥挤又平常的地方了。

“我敢打赌,他们一定会感到无比骄傲。”笛雾说。

“为什么而骄傲?”

“为你。”他答道。

浣生一时懵了。她那总是从容不迫的脸上,露出了些许困惑。

“因为他们会听到消息。”笛雾说,“待首领向整个银河宣布我们在这里的发现的时候,当她谈及我们在此次伟大冒险中所扮演的角色时……到那时,我相信所有地方的所有人都会知道我们的故事。”

而她从来没有想过这个显而易见的事实。

更确切地说,直到这一刻才想到。

“我们举世闻名的飞船里藏着不为人知的东西。”笛雾说,“想象一下,人们会怎么看待这件事。”

浣生点头同意。与此同时,她感受到了一丝极为轻柔的、灰暗的寒意。这仿佛是种征兆,预示着她未来可能会碰上些小麻烦……

七

刚到的人对髓星毫无准备。

基地和新世界的图像，浣生全都没见过。除了首领展示过的原理图之外，浣生对这里没有任何概念。她觉得自己像个白痴。

驶入狭小的车库时，他们的小车逐渐变得透明。在这里，超纤维向四面八方延伸，这种银灰色的材料被浇铸成了钻石形的框架，搭出了一个个泊位、储物柜，以及长长的楼梯。

小车停在第一个空泊位。

笛雾和浣生下车步行，走在一条简朴而有些清冷的新制通道内，一步跨三级台阶，走完了他们前面的最后一公里路程。随后，楼梯戛然而止，他们出了通道，毫无预兆地踏上了宽阔的观景台，肩并肩地站在边缘，向外眺望。

他们所在的钻石型气泡舱之下，是几百公里没有空气却充满活力的空间。这个看似真空的空间里存在着无数力场，形成了一系列坚固的支撑体。这些支撑体本身就是个伟大的发现。它们是如何驱动的？又是如何持续如此长的时间而没有片刻中断的？浣生甚至能真切地看见它们：明亮的蓝白色光芒似乎从各个方向涌来，带着永不动摇的气势，充斥于这个无比巨大的空腔中。即使有气泡舱的防护，强光依然眩目。这种强光丝毫不会缓和，来自文明世界的眼睛必须适应——这是一项涉及视网膜调整和眼镜色调调整的生理任务；但即使拥有像他们这样适应性极强的基因，浣生依然认为，不管多少时日，都不会有任何人能在这无尽的白昼里感到舒适自在。

这个巨大的球形空腔，其腔壁的材质是银灰色的超纤维，光滑平整，唯一的不完美之处是些许极其细小的斑点，它们就是当初建造这个空腔时留下的隧道，现在已经坍塌。空腔的容积比火星的体积还大。根据传感器的探测，加上合理猜测，人们认定，这个空腔的超纤维腔壁，其厚度与距它极其遥远的船体外壳相当。从纯度和等级来看，其抗压性比船体外壳高出两倍，或者二十倍。也可能更多。

这层银色的腔壁，现在充当了船长们的天花板。弧形的腔壁向四面八方铺展开去，缓缓下降，它银色的面庞最终被髓星的球体遮蔽，消失在星球之后。

“髓星。”浣生出神地低语。

她眯缝眼睛向下望，看着这个世界。朝这个方向张望，这是随机选择，落在她视野中的也只有一小片区域。但就在这个区域中，就有十来座活火山喷吐着火焰和黑色的气体。一条条白热化的铁流注入一个熔融的铁水湖泊，湖泊渐渐冷却，在湖岸线上形成一层肮脏的暗色熔渣。在温度低一些、离得近一些的地方，滚烫的溪流流入湖泊。这些热气腾腾的湖泊，其可怕程度只稍逊于那些由熔化的铁水形成的湖泊。被矿物质染色的湖床里，满溢着紫色、层叠螺旋的深红色、黑色，还有浓稠而浑浊的棕色。湖泽之上，云朵聚成高耸的积雨云，被强劲的风带回陆地上空。地面没有喷烟吐火的地方则呈现出粗糙的黑色。这黑色并非来自含铁过量的土壤。浣生看见的,是一片沐浴在无尽的白昼之中、朝气蓬勃的煤烟色植被。这些植物形成了树丛、森林。其外形活像成堆的礁石,但它们确实是光合作用生物。虽说看上去不怎么样,但有它们存在,毕竟是件天大的好事。从基地向外观察的船长们推测,这些植物像无数个过滤器,在去除有毒物质的同时,从无尽的铁锈中抽取氧气。它们创造出的空气虽然不够清新,可一旦适应这里的环境之后,似乎是可以供人类呼吸的。也许还能畅快地呼吸。

“我想下去,到那里去。”浣生说。

“总有一天会的。”笛雾越过她的肩头,指着窗外,“但是,看似不可能的事情总需要花些时间才能办到。”

这个超纤维钻石型气泡舱的面积至少有一平方公里。商店、宿舍和实验室像钟乳石一样从母舱垂下,悬挂在与母舱相连的屋顶上。在气泡舱的边缘,像甲虫一样匆匆爬行的无人机正在倾倒新的超纤维,形成一条银白色的圆筒。圆筒不断生长,缓缓伸向下方崎岖的黑色地表。

这条圆筒将成为他们通往新世界的桥梁。

终有一天,终有一天。

再没有别的途径能通往下方。起支撑、固定作用的力场已将送进去的各种机器尽数摧毁。由于多种原因,有的原因甚至无法解释,任何敢于触碰这力场的生命、精神都会遭受侵蚀,最终死亡。有工程经验的船长们已经对这个问题做了研究。该团队的负责人是个名叫亚斯林的奇才,她设计出了一种内部由准陶瓷和超流体防护的升降机井。经得起推敲的理论声称,只要到了那种蓝白色光芒照不到的地方,也就是髓星大气层的上缘,上述的危险就不复存在了。只要防护得当,短暂的暴露不会伤人。但在船长们创造历史之前,测试还是要做的。附近实验室里有几百只长生不老的猪和狒狒,它们住在干净宽敞的笼子里,享受着奢侈的生活,对自己将要践行的英勇事迹一无所知。

浣生正想着狒狒和今后的计划,一个熟悉的声音打断了她的遐思。

“你们对这里印象如何啊,宝贝们?”

迈尔辛站在他们身后。穿着制服的她越发气势逼人,也显得更无情一些。但浣生露出最诚挚的微笑,爽朗地叫了声“长官”,又对此次任务的负责人微微鞠了一躬。“我感到很惊讶,长官。”她承认道,“我没想到这个世界会如此美丽。”

“是吗?”刀刃般的脸上露出了一丝微笑。没有往下看一眼,她便补充说:“我不知道。我对美学无感。”

尴尬的瞬间,没有人说话。

随后笛雾开口说:“是一种斯巴达式的、残酷的美,长官。但的确很美。”

“我相信你。”副首领微笑着眺望远方,“但你们得告诉我。如果能证明这个世界是无害的,就像证明它的美丽一样,你们觉得我们的乘客会为此支付怎样的价格呢?我是说为了来这里看看,或者到下面散个步。”

“如果这里有一点点危险的话,”浣生大胆提出,“他们会支付更高的价格。”

笛雾点头表示同意。

迈尔辛的笑脸凑近了一些,看起来也更僵硬了,“如果危险不止一点点呢?”

“那我们就得离开它。”浣生答道。

“如果危及整艘船呢?”

“我们就毁掉新隧道。”笛雾建议说。

“在我们自己安全上去之后。”迈尔辛补充道。

“那当然。”两位船长异口同声地说。

笛雾满脸灿烂的笑容，有那么一瞬间，他的整个身体仿佛都在微笑。

在刚开始建造的桥梁过去一点的地方，腔壁光洁的表面贴了数十面镜子和好几排复合天线。那些天线正指着他们的方向。“长官，我们有没有发现智慧生物？或者发现什么人造物？”笛雾问道。

“没发现，”迈尔辛说，“没有。”

这个地方恐怕很难进化出智能，浣生心想。而且，即使飞船的建造者曾经在这里留下城市，那些城市也应该早被摧毁了，或者被吞没了。下方的地壳形成的时间很可能不足一千年。髓星这个巨大的熔炉，它不断推翻重铸的不仅是它黑色的面庞，还有内里灼热的筋骨。

“下面这个世界有一点非常特别。”笛雾指出，“它是这艘船上唯一自带生命体的地方。”

的确。人们最初登船时，这里的每条通道和巨大的房间都被证明没有丝毫生命迹象，完全无菌，如同最棒的机器医生优雅的双手，甚至有过之而无不及。

“但这也许只是巧合。”浣生回应说，“生命通常需要活跃的地质活动才能诞生，在整艘船上，只有这个世界才有这个条件。飞船的其余部分都是冰冷的岩石和超纤维，再说还有那么多净化装置，它们会将一切有机化合物扼杀在摇篮里。刚刚成型，就被摧毁。”

“但我还是禁不住想象。”笛雾看着两个女人，“在我的想象中,这艘船的建造者就在下面等着我们。"

"妄想。"迈尔辛警告他道。

浣生的想法其实与笛雾差不多。站在这里,看着这个奇妙的世界,她能想象出古老的两足物种用大量超纤维塑成一间间舱室,用这艘船自身的内核创造出髓星。至于他们为什么要这么做,她无从知晓,甚至不敢妄自揣测。但一想到五十或一百亿年前,这个地方就存在着像她一样的人……这真是个令人恐惧但又引人遐思的想法,她决不会告诉旁人……

谁知道他们会发现什么呢?这地方可是非常大的,浣生提醒自己。站在高处这个小小的气泡舱里,他们不过是管中窥豹,能看到的地方太少了。在那些喷吐铁水的山峦之下,或是在不规则的地平线之外有些什么,谁又能说得清呢……

她考虑这些重大问题的时候,充满活力的话语正不停地从笛雾不知疲倦的嘴里涌出。"真是太奇妙了!"他一边大声感叹着,一边透过露台的菱形地板向下观望,"真是极大的荣誉啊。英明睿智的首领允许我参与这个项目,真让我感到万分欣喜。"

副首领点了点头,保持着缄默。

"身处此地,"笛雾滔滔不绝地说下去,"我几乎明白了这地方存在的目的,整艘船存在的目的。"

浣生瞪了她的同伴一眼,意思是:"别说了。"

但迈尔辛已经偏过头,仔细地打量着她这位十一级的同事,"亲爱的,我很想听听你所有的见解。"

笛雾扬起他的浓眉。

片刻之后,带着勉强的笑意,他说:"很抱歉。但我还是不讲的好,长官。"然后,他看了看自己的双手,恢复了船长的冷静和谨慎,"一旦说出口,这些想法就至少同属两人了。"

八

就算在自己的住处，窗户已经调黑，每盏灯都处于休眠状态，迈尔辛仍然可以感觉到室外的光线。即便紧闭双眼，她仍然能在脑海中看见它凌厉的蓝色调，能感觉到它的光芒透过最微小的缝隙袭来，刺入她的皮肉，不断磨蚀着她那把老骨头。

最后一次安眠是什么时候？她不记得了，努力回想只会更睡不着。这次任务的压力及其特有的环境都在蹂躏着她的神经和信心，撕裂她精心粉饰的伪装。

副首领醒着，她知道不该这样。她睁眼望入黑暗，想起了另一块天花板和另一个自己。在迈尔辛还是个幼儿的时候，她那只是寻常人的父母给了她一个意想不到的奇妙玩具。那是一艘深空探测器的钻石气凝胶缩微模型，正是它的原型刚刚发现了那艘伟大的船。在女孩的坚持下，那个玩具被悬挂在她床的上方。它的外形就像一张设法诱捕了五十来面小圆镜的泛蓝蜘蛛网，中心位置是一个拳头大小的罩壳。罩壳内是一个简单的人工智能，储存着它那个伟大的原型的记忆。到了晚上，小女孩静静地躺在被子下面的时候，人工智能会用深沉而耐心的声音，描述被它标记在地图上的遥远的世界，以及它英勇的轨迹如何最终将它带出银河系。虚拟镜投射出的图像先是展示了数千个世界，然后是寒冷而黑暗的虚无，最终，是那艘船发出的第一道暗淡的光。那光逐渐变亮、膨胀，然后显露出它千疮百孔的古老面容。最后，那艘船会从迈尔辛身边驶过，让她回望那个把奇迹带到她眼前的庞大引擎。她有种感觉，那艘伟大的船是冲着她来的。在那个年纪，她就知道了未来的人生走向。她一直知道。

清晨来临的时候，那个玩具会向她问好。它总是会说些表示羡慕的话。

“真希望我有腿，可以走路。”它说，“我多么希望能拥有你那样的头脑和自由。你那光辉的未来，我能有一半就好了。”

她喜欢那个玩具。有时候，它似乎是她最好的朋友，最坚定的盟友。

“你不需要有腿。”迈尔辛告诉它，“无论走到哪里，我都会带着你。”

“别人会笑话的。”她的朋友提醒她。

即使是个孩子，迈尔辛也不喜欢成为任何人的笑料。

“我了解你，”她的玩具嘲笑着她的愚蠢，“你终究会离开我。比你想象的要早。”

“我不会，”她脱口而出，“永远不会。”

错的自然是她。不到二十年之后，长大成人的迈尔辛赢得了贝奥特尔学院的全额奖学金。获得那样的奖学金，难度大得简直残酷。她的壮丽生涯轰轰烈烈地开始以后，曾经的玩具理所当然地被抛在了脑后。现在，她曾经的朋友可能正待在哪间储藏室里，或者已经被她弄丢了。当然，最有可能的，是被她那对不怎么多愁善感的父母顺手扔掉了。

然而，无论单身与否，总有些时候她虽然躺着，却无法入睡。这种时候,她只要一抬眼,就会看见她的朋友悬在那里,听着它深沉的声音对她一人耳语,向她诉说独自在星辰间航行的光景。

一个不知从何而来的声音唤道:“迈尔辛。”

她是醒着的,警醒。她很清楚自己从未睡着。但床把她抬了起来,直到她坐正。一盏台灯亮了起来,这时她才注意到时间的流逝。据她体内的时钟显示,她刚刚经历了九十五分钟不间断的有梦睡眠。

又一次,她听见有人喊:“迈尔辛。”

首领船长正远远地坐在房间的另一头。更确切地说,这是坐在一把不存在的椅子上的简单投影。虽然是由投射的光子组成,她看起来依然庞大,那熟悉的声音对她最喜欢的也是最忠实的下属说:“你看上去很好。”

这意味着事实正好相反。

副首领用上了她能显示出来的全部沉着,她微微鞠了一躬,“谢谢您,长官。一如往常。”

一瞬间的停顿,“不必客气。”

这女人有种奇怪的幽默感,但迈尔辛从没尝试培养自己在这方面的能力。首领需要的不是捧笑场的朋友,而是理智忠诚冷静的助手。

“你那个增加设备的请求——”

“怎么了,长官?”

“被拒绝了。”首领笑了笑,然后耸耸肩,“你并不是一定需要更多的资源。坦白说吧,你的有些同事已经在问东问西了。”

“我想象得到。”迈尔辛回答说。随后她再次微微欠身,补充道，“我们现有的设备足够让我们达到目标。但正如我在报告中指出的，如果有第二条通信线路，再添一个新的力场反应堆，我们的进度将有显著的提升。”

“什么资源拨来了没有助益呢?”首领反问。

然后她笑了。

多亏了永恒的历练，迈尔辛什么也没说，也没有表现出一丝不安。

“他们在问这问那。”首领强调说。

副首领知道该作何反应:就是一言不发。

“恐怕你那些同事并不相信我们给出的说法。”圆脸微微一笑，吸收着台灯的光亮，金色的皮肤泛着明亮的光辉，“再说我也遇到了不少麻烦:那辆装满燃料的重载车，在上头模拟你的那个机器人，还有那次装腔作势的启程远行。人人都知道说谎有多容易，因此很难说服人们去相信任何事情……”

迈尔辛再次保持沉默。

她们对外的说法纯属虚构:由一队船长组成的代表团去了某个科技高度发达的星球。他们要去会见一个患有外族恐惧症的物种，人类试图获得他们的友谊，或者至少通过贸易来获得他们颇具经济效益的技术。这样的任务过去也有过，通常都会严格保密。所以其余的船长——那些因为不够格而留下来的人——最好别传闲话。

“如果我给你送个反应堆过来，”首领解释说，“可能会引起有些人的注意。”

不大可能吧，迈尔辛心想。

“如果我们布下第二条通信线路，那就相当于担了双倍的风险。有人会发布不该发布的消息，有人会听到不该听到的对话，诸如此类。”

听起来合情合理。

副首领平静地回答：“是，长官。如您所愿。”

“如我所愿。”首领饶有兴味地点了点头，然后问了一个显而易见的问题，“你的进度跟上计划表了吗？”

“跟上了。”

“六个月内能够登陆？”

“是的，长官。”截至昨日，亚斯林那座通往髓星的桥已经修了一半。“如果不出意外，所有事情都能如期完成。”

“本该如此。”首领道。

迈尔辛慎重地点了点头，然后主动开口说道：“我们的士气极高，长官。”

“这我毫不怀疑。因为领导者很优秀。”

这句称赞让迈尔辛感到浑身温暖。她禁不住点了点头，露出一抹最浅的微笑，“还有别的事吗，长官？”

“目前就这些了。”飞船的领袖说。

“那我就不打扰您办更重要的事了。”迈尔辛说。

“重要的都办完了，”她回答说，“今天剩下的只有日常事务。”

“愿您一天顺利，长官。”

“你也是，诸事顺利，亲爱的。”

图像散去了。紧接着，光脉冲会对通信线路进行缜密的检查，防止数据泄漏。

迈尔辛起身站在房间里唯一的窗户前。“开窗。”她喊道。

黑暗消失了。无情的白昼之光倾泻在她身上，凌厉而灼热。迈尔辛凝望窗外，目光掠过这座悬空的小城，看着另一头正在为各种要事奔走的无人机和各位船长。她允许自己走一会儿神。是啊,身处此地她倍感荣幸,能够领导这项重大的任务也让她不胜欢喜。然而,在坦诚面对自己的野心的同时,她也必须正视自己的能力,以及她那些同事的能力。首领为什么选择了她?其他领导者有的更从容,有的更富于想象力,有的在这一领域比她经验丰富。但她依然是最佳人选。认真自省一番之后,迈尔辛发现,自己超越其他人的只有一项品质——

忠诚。

在极其漫长的千万年前,她和首领曾一起上学。她们非常相像,是一同汲取知识的有志学生,是经常来往的朋友。她们偶尔会向彼此倾吐对恋人甚至对自己都无法承认的、那些深藏于内心的想法。

两位年轻女性都宣称说:“我想率先登上那艘巨船。”

在首领的梦想里,她领导着首次登船任务。而在迈尔辛的梦想里,她仅仅是那次任务中必不可少的一分子。

这一点,就是她们最大的区别所在。

为什么首领不亲自到这里来?迈尔辛琢磨着。

的确会有些问题。会有后勤方面的障碍和噩梦般的安全隐患,这是必然的。但依靠全息投影和仿真机器人,她可以在任何地方统治这艘船。像她那样无畏又精力充沛的人,一定不想待在离这里那么远的地方。也许到了最后,在最后一分钟,首领会放弃理性,挤进小帽车,在星降日[①]前夜来到这里,偷走本该属于迈尔辛的历史性时刻。

破天荒的,迈尔辛察觉到了自己的厌恶之情。现在她心里有了一团小小的愤怒。这种感觉出奇地有趣。更棒的是,它还

①原文为“planet-fall”,指从基地降落髓星地表的日子。

恰如其分。这是理直气壮的愤怒。每当迈尔辛想到她被派来这里的原因可能是什么,愤怒就会滋长。首领知道她可以充分利用迈尔辛无尽的忠诚,在最后关头窃取她的功劳和声誉,而她的副首领别无选择,只能微笑、点头。

迈尔辛平静地命令窗户向外延展。

透明窗板应声向外弯曲,在扩大的过程中逐渐变薄,像气泡一样。

她跟着俯身探了过去,沿宿舍楼的外侧往下看,透过菱形的街道,窥视着那个奇异世界灼热的黑色表面。她用沉静而干涩的声音自言自语道:“请别到这里来,长官。”

她说:“就这一次,请把荣耀留给我吧。”

九

如果没有计划和例行程序，船长就不成其为船长了。

在首领的指示会议过去一年零九天之后，星降日终于来临。每一个历史性事件，无论大小，都完全按照船长们的预期发生。选定那个地方作为着陆点，是因为那块地壳有足够的硬度和稳定性。桥被调整就位，然后降入大气上层，风箱抽入大量空气，做出发前的检测。桥的最后几千米虽说是抢修的，但每一步都是周密策划的结果。接下来，传感器探测了地表，进行了精确到微观层面的测绘。随后，剃刀锋刃般的超纤维前端插进铁质地表，特别设计的运输车在复杂的力场和自身速度的保护之下，向下方飞驰而去。第一支登陆小组很快便穿过了具有腐蚀性的支撑力场，着陆过程也没有任何花哨之处。

有传言说首领会亲自参加登陆仪式。但和大多数传言一样，最后证明事实并非如此。到了最后，这个故事已经显得很可笑了。做了那样周详的保密措施，那女人怎么可能在关键时刻如此冒险地大张旗鼓呢？

率先登陆的殊荣最终落在了迈尔辛肩上。

在一群摄像人工智能和安保人工智能的围绕下，她小心翼翼地踏上了髓星的地表。在基地观看实况的浣生注视着那张正在凝望异域环境的冷静面孔。从那双一眨不眨的大眼睛里,她注意到了某种神情。或许是敬畏吧。但不管它意味着什么,那神情转瞬即逝。只见迈尔辛张开薄薄的嘴唇,郑重宣布:“我等已经抵达。为首领效力。”

身处上方的众船长欢呼起来。

登陆小组仪式性地采集了土壤和植物枝叶的样本,然后按照原计划撤回了基地。

晚餐晚点了,却是好一场盛宴:用香料调味的肉,千奇百怪的蔬菜,伴着盛在无底杯里的正宗香槟。在宴会最为人声鼎沸的时候,身在远方的首领送上了她衷心的祝贺。

当着所有人,她将迈尔辛称作“你们勇敢的领导者”。随后,投影优雅地一转身,指着下方的世界,宣告说:“今天,是本船璀璨的历史中至关重要的一天。”

不,它不是。浣生心想。

失望在她心头滋生,这种恼人的失望之情越来越强烈。第二天,包括迈尔辛团队在内的六支队伍又去了髓星。通过研究已经收集的数据和实时图像,浣生发现新掌握的情况和原来的预计毫无差别。船长们是管理者,不是探险家。每一个历史性时刻都是事先编排就绪,然后按部就班地发生。迈尔辛的心愿,不过是为下面的植物和昆虫命名,将每一块锈蚀的土壤记录在案。在那些任劳任怨又极尽热忱的第一批登陆队伍里,连最小的意外也没有发生的机会。

第二天的工作全面而周到,但也令人厌倦。浣生没有对人提起她的失望之情,也没去厘清自己的情绪。

作为一个模范船长,她早就习惯了这一切。再说了,有谁希望碰上麻烦或者错误、陷入困境呢？意料之外的事情很可能会带来这些结果。

但总觉得……

第三天，在她自己的团队即将开拔的时候，浣生强迫自己拿出船长的腔调："就要去那个铁球上走一遭了。"她告诉队员们，"我们要圆满完成任务，只能提前，不能滞后。"

降落地表的过程十分迅速，给人的感觉却十分古怪。就像当初加入她的团队一样，笛雾主动请缨，坐到了浣生旁边。他们加装了防护的车辆先是倒车，进入上方的圆筒隧道入口，接着进入车库，然后加速驶过一段距离，纵身跃下，箭一般穿透支撑力场。短暂的穿行过程中，电流像万亿根手指般刺入超流体护盾，穿透人类单薄的颅骨，玩弄着每个人的神志。

到达上层大气之后，车辆启动了制动。髓星巨大的重力撕开了人们的皮肉，震裂了骨骼。应急基因苏醒了，它们在顷刻间编织出了蛋白类似物，愈合骨裂，止住了最严重的疼痛。

圆筒隧道形成的桥梁的另一端深深扎进一座山的半山腰，那里有冷却的锈铁和黑色的丛林。尽管天空乌云密布，下面却明亮耀眼、灼热无比。每次呼吸都能闻到金属的气味，还有紧张时汗水的味道。船长们正在卸载补给。身为队长的浣生发号施令，她吩咐大家做的事，每个人都早已熟极而流。他们的车子从那座桥上驶下，然后重新配置，以适应新的用途。安装测试新的交通工具的同时，船长们也在接受机器医生的检查：新植入的基因已经在他们体内激活，正在帮助他们的肉体适应高温和富含金属的环境。等到坐镇附近某个营地的迈尔辛送上她的祝福后，浣生一行腾空而起，向他们负责研究的地点驶去。

这个地区破碎而扭曲，被裂纹、裸露的山脉和数不清的火山口弄得四分五裂。火山口的“平静”有的保持了一个世纪，有的是十年，还有的只消停了几天。周围的土地长着让人联想到巨型蘑菇的伪树[1]，显得颇有生气。每一株伪树萌发的芽都抵到了邻株，它们仰着漆黑的面盘，吸食着炫目的蓝光。

要说顽强，髓星绝不亚于在它空中飞翔的船长们。这里的植物生长速度惊人，而且不仅仅是因为充足的光照和超高效的光合作用。有一个假设得到了早期研究成果的证实：丛林也通过其根须摄取养分，它们用凿子般的根尖在地下裂缝中强行开路，直至找到富含嗜热细菌的温泉。

水生生态系统是否也同样繁荣呢？这就是浣生目前的疑问。她选择了一个金属含量极高的小型湖泊作为研究对象。他们准时到达，绕湖两圈之后，在有着极厚的黑色凝固熔渣的地方安顿下来。那天剩余的时间里，他们准备好了实验室、住所和标本收集器。为防万一，他们还安排了周边防御：三台人工智能充满敌意地盯着路过的虫子和孢子。

夜晚是必须降临的。

即使光照永不间断，迈尔辛依然坚持让每位船长睡足四小时，再在饮食和其他琐事上花费一小时。

按照计划，浣生的团队爬进了他们那六个能够自动弹开的免搭建居所里，脱掉外勤制服，然后清醒地躺在床上，聆听丛林发出的持续的嗡嗡声，数着秒数，直到起床的时间到来。

他们在室外围坐成一个整整齐齐的圆圈，吃着早餐，时不时抬头看看天空。一阵转向的风带走了云朵，带来了更热、更干燥的空气和更强烈的光。空腔腔壁呈银白色，光洁而遥远。基地只是上面的一个斑点，只有天色晴朗时才能看见。由于距离和

①长成树的样子却不是树的生物。

强光,那座桥已经看不见了。如果浣生是个保守谨慎的人,她几乎可以相信他们是这个世界仅存的人类。运气好的话,她还可以忘记精良的望远镜正在观察她,看她坐在气凝胶椅子上,一边吃着配给,一边用右手挠着右耳潮乎乎的耳背。

笛雾坐在她右边,她看了他一眼。他若有所思地笑了,仿佛读懂了她的想法。

"我知道我们需要什么了。"浣生告诉大家。

笛雾问:"需要什么?"

"一个典礼。开工前的一些小仪式。"她站起来,下坡往湖边走去。没有人知道她为什么去那儿。泛黑的水拍打着生锈的石头。她弯下膝盖,伸出一只手在水里浸了一下,感受着它舒适的热度,还有手指之间泥土和生命黏腻的存在。一排圆顶的沼泽植物吸引了她的目光,植物旁边有一个标本收集器,已经装满了。浣生起身在制服上擦干了手,然后小心地解开收集器,把它带回了营地。

在髓星,最多的动物是伪昆虫。

收集器里装着一只月光石蓝色的六翼蜻蜓,它比人的前臂还长一些。在其他船长的注视下,浣生轻轻地从网里拿出她的祭品,把翅膀折到后面,用左手捏住它的身体,右手挥动激光手电。它的头被切掉了,身体扑腾了几下,然后死了。接下来,她除去了尸体的翅膀和尾巴,将富含脂肪的胸段放进了他们的野外厨房里。烤制只花了几秒钟。伴随一声钝响,甲壳裂开了。她取出一团热气腾腾的黑肉,做了个鬼脸,强迫自己咬了一口,然后咀嚼起来。

笛雾轻轻地笑了。

另一位船长,萨路基,说道:"我们不应该这样做。"

名叫布罗科的十二级船长补充说："这是迈尔辛的命令。除非有紧急情况，我们应当坚持食用配给口粮。"

浣生强迫自己咽了下去。

她笑着告诉他们："相信我。这东西只要吃一口，你们今后就再也不想吃了。"

这里既没有土生土长的细菌，又没有他们的强化基因清除不掉或者无法排出体外的毒素。哪会有什么危害。迈尔辛谨慎得像个老太婆。

浣生将"仪典用肉"递给大家。

想讨好队长的萨路基把肉放在舌头上，整个吞了下去。

布罗科先表示抗议，然后接受了现实。

接下来是在船上出生的、名为"承诺"和"梦想"的两兄妹。他们噎得朝着天空直眨巴眼，然后对浣生说了声："谢谢。"

最后接过他那份肉的是笛雾。他先是咬了很小一点。接下来，他没有做怪相，而是拿起剩下的肉，用洁白的牙齿撕扯下饱含脂肪的一大块，咀嚼之后吞了下去。

他发出一阵轻笑，然后告诉大家："也不算太难吃。"

他说："要不是这么烫嘴的话，我想我几乎会喜欢这味道。"

十

连续几周毫不间断的工作，让事先的猜测成了铁一般的事实。

髓星是从大船的内核剜下来一块，然后打造而成的。更准确的说法或许是：从那颗最终会成为巨船的年轻的类木行星的内核中剜下来一块，然后打造而成。

这些是根据这个世界的构造以及船长们自己的常识推断出来的。不管建造者是谁，他们一开始一定是这样做的：把铀、钍还有其他放射性核素从类木行星的其他部分剥离出来，然后注射到内核里。在支撑力场的作用下，这个世界被压缩了，位于大船内核内部的这个铁质核心被压缩得越来越紧密。随着髓星被压迫缩小，腔壁暴露出来，暴露的空腔再用超纤维撑住。没有人知道这个过程是如何实现的。就连工程天才亚斯林也只能摇摇头，说："我要是知道，那才真见了鬼了。"然而，在数十亿年之后，在没有建造者或是其他任何人维修的情况下，这部庞大的机器仍然运转得挺好。

但是，为什么要费力创造这样一个奇迹呢？

最明显、最被接受的说法是：这艘船必须是个刚体[①]。任何由内部热力供能的构造都将导致大船各舱室的熔化，让它们的石头天花板开裂。这些情况很可能在头几千年就会发生。但为什么要花费那么多的精力和财力去创造髓星呢？有这样的本事，为什么不干脆把铀提取出来，置于太空，让它派上更好的用场呢？

当然，如果它已经被用在了这里，自然就不能再用于太空了。

还有的船长认为，髓星是一个巨大的裂变反应堆中几近熔化的残留物。

但马上有人指出："有更简单、更高效的供能方式。"他们的声音很温和，但却咄咄逼人。

也许，这个世界是用来储存能量的？

这是亚斯林的意见：通过对支撑力场的调整，建造者可以迫使这个世界转动起来。只要有耐心和动力——这两种资源他们应该都很充足——就能让它达到极大的转速。这颗巨大的铁球在真空里旋转，被支撑力场和如今已然消失的超纤维覆盖层隔空包裹，它所发挥的作用其实相当于一个超大型飞轮[②]。

慢慢地，慢慢地，这艘空无一人的大船将这些能量消耗一空。

在星系与星系之间的某个地方，转速耗尽了。就是在那个时候，飞船的系统让自己进入了休眠状态。

亚斯林甚至为此做了精巧的数字演示。在早期宇宙中，重

①在运动中和受力作用后，形状和大小不变，而且内部各点的相对位置保持不变的物体。

②转动惯性很大的盘形零件，其作用如同一个能量存储器。

元素十分稀少。建造者们从上层采集了放射性核素，埋进了这里。随着髓星的温度日益升高，它的超纤维覆盖层开始衰化、分解，最后消失。

超纤维富含碳、氧、氢和氮，每一个原子都按规则排列，每一个键都由微型量子脉冲强化。当应力超过极限时，老化的超纤维就会土崩瓦解，新的活性元素开始起舞，这就为生命的诞生创造了相当大的机会。

"这太明显了。"亚斯林称，"等你们亲眼见到，就不会相信其他说法了。因为相信不了！"

这是她在每周报告会上提出的意见。

队长们在以幻象呈现的首领会议室里就座，各占一把黑色的气凝胶椅子，在髓星的高温下汗如雨下。他们所处的这个房间是光与影的杰作。首领的投影安坐在珍珠木长桌的主座上，两座威风的黄金首领胸像之间。她看起来很精神，却又十分安静。通常情况下，简明扼要的报告和乐观的态度是这类报告会的主旋律，极少出现这样宏大的理论。亚斯林讲完之后，首领沉思片刻，笑着对她富有想象力的船长说："这是一个很有趣的可能性。谢谢你，亲爱的。非常感谢。"

她转向其他人："想法呢？有吗？"

不少人开始赞同亚斯林的想法。

他们在探索的东西是别人的废电池？浣生心存疑虑。但在这时候列举"飞轮说"和"生命起源说"存在的问题显得不大礼貌。而且，接下来就要轮到生物组做报告了，她马上就要和大家分享她获得的启示。

一阵震颤袭来，打断了赞美声。

一位船长的影像摇晃起来，接着是其他人的。因为各人所坐的位置都是已知的,据此可以推断出震中的位置。很快,浣生也感到了大地的震颤,紧接着又是摇晃的余震。即使对髓星来说,这也是一次很严重的地震。

现场陷入了沉默。

浣生突然注意到了自己的汗水。那是一种甜蜜的油脂,易挥发,气味香甜,从她紧张的毛孔里一颗颗冒出,随后蒸发,在无尽的高温里为她的皮肤留下丝丝凉意。

不受地震影响的首领举起她宽大的手掌,她的声音平静、生硬:“我们需要讨论一下计划表。”

生物组的报告怎么办?

“上面这里,很多人在猜测你们的去向。我敢肯定你们想知道这点。”这女人自顾自地笑了一会儿,然后补充道,“代表团那个故事,我们编得不够聪明。或者说不大像那么回事。船员已经产生了怀疑。”

迈尔辛会意地点了点头。

然后首领把手放了下来,解释道:“我得在招架不住之前把你们带回家。”

微笑绽放在一张张脸上。

有的船长已经厌倦了这里的诸般不适;其他的则想到了在上面等待他们的荣誉与晋升。

浣生清了清嗓子,“您是说所有人都回去吗,长官?”

“就目前来说,是的。”

他们给出的公开说法被拆穿了,她本来就不该为此感到惊讶。几百个船长凭空消失,不可能不引起议论。现在回去,浣生本来不至于感到失望。在过去忙碌的几周里,她真希望他们编的那个故事是真的。她真的很想和同事们一起去拜访掌握着高科技的外族恐惧症患者,迎接挑战,努力获得他们的信任。可是现在,一听说他们的任务结束了,她突然想到了几百个值得在那个小湖泊里做的项目。那些工作足够让他们在湖上漂一整个世纪。

迈尔辛身为任务的领导者,这时理当由她发问:“您是否希望我们尽快结束这里的工作,长官?”

首领把一只手放在一座胸像上。对她来说,房间和家具都是真实存在的,船长们才是幻象。

“任务计划随时可以重写,”她提醒众人,“重要的是赶紧完成对两个半球的调查。确保不会有任何大的意外。我希望你们能尽快做完最关键的研究。十个船日应该绰绰有余了。然后你们就回家,留下无人机继续工作。那以后,我们再花些时间来决定下一步该怎么走。”

大家的笑容变得有些勉强。

带着些许试探的意味,迈尔辛低声说:“十天。”

“有什么问题吗?”

“长官,”副首领说,“如果能确定髓星对我们来说不是个威胁的话,我会感觉更安心一些。”

又一阵停顿,这不是因为首领在几千公里之外而出现的时间延迟。这是一段漫长的、令人不安的沉默。随后,船长们的船长望着他们之间的虚空,问:“想法呢?有吗?”

这样做会打乱所有的安排。

另外两位副首领也同意迈尔辛的观点。想在十天内完成工作,包括支援团队在内,需要每一位船长的竭尽全力。这样一来,他们可能不得不倾巢出动,放弃基地。这种风险依然在接受范围之内,有人这么说。话说得平淡,但攥得紧紧的双手和不安的眼神却透露出了他们的紧张。

首领对此未置一词。

她转而问她未来的副首领。“浣生，”她的话绵里藏针，“你有没有什么想法需要补充，亲爱的？”

浣生犹豫了一会儿，直到不敢再拖延。

“也许髓星确实是个飞轮。”她终于说了出来。在场所有人都一脸困惑，可她视而不见，点了点头说，“长官。”

“你在开玩笑吗？”首领道，声音里没有一丝愉悦，“我们不是在讨论你们的计划表吗？”

“但如果它真的是个飞轮的话，”浣生继续说，“如果那些神奇的支撑力场有一天减弱了，就算只是一瞬间，髓星都有可能把自己撕成碎片。那会是一场巨大的灾难。吸收不了角动量的超纤维覆盖层会裂开，铁水会冲击腔壁，而冲击波会向上扩散，穿透整艘船。”她提供了一系列简单而粗糙的计算，然后避开亚斯林的怒视，补充道：“也许它的确是个精心设计的飞轮。但它也完全可能成为一个高效的自毁装置。我们什么都不知道，长官。我们不知道建造者的意图。我们甚至无法推测他们是否有敌人，无论是真实的敌人还是假想敌。但这一切如果有答案的话，除了在这里寻找，我想不出更好的地方。”

首领的表情难以捉摸，也无法理解。巨大的褐色眼睛闭上了。最后，她缓缓地摇了摇头，“从我登上这艘伟大的船的第一刻起，我就相信：这艘船的建造者、设计者，无论他们是谁，绝不会让这一非凡的造物遭受任何危险。”

浣生真希望自己也有同样的信心。

然后，那光与声的幻影站了起来，她俯身笼罩在黄金半身像和明亮的珍珠木桌上方，“你的职责需要变动一下，浣生。你和你的团队带头,帮助我们探索远处的半球。如果那里有答案,那就找出线索。等你的调查结束后,所有人都回家。同意吗?”

“如您所愿,长官。”浣生说。

所有人都异口同声地这么说。

浣生注意到迈尔辛偷瞄了她一眼,她眯缝着的眼睛似乎在说:“干得漂亮,亲爱的。”

这一眼里还有几不可察的些微敬意。

十一

大量翼龙型无人机被派出，对这一区域分别进行了三次密集测绘。但在对这些机器的路径进行回顾的时候，浣生意识到，即使是八天前刚刚完成的最新勘测也已经跟不上变化，不能再用了。

由于受到地震的破坏，曾经平坦的地表向空中高高隆起，然后裂开。湍急的熔铁从新形成的山坡上奔涌而下。透过引擎低低的杂音，她能听见铁水发出的声音，那声音低沉、平稳、宏大，又极其愤怒。浣生飞行着，与汹涌的河流保持平行。有一个地方，三份地图都显示那里有个巨大的U形湖泊。熔铁在那里汇集，耗干了湖里最后的水和泥。污浊的蒸汽和氢气呈柱状升向天空，然后蜿蜒向东飘去。作为试验，浣生飞入蒸汽之中。飞行车的风斗摄入样本，然后接受多个过滤器和上百个传感器的检验。用于检验的设备中甚至还包括一台简单的显微镜。笛雾正仔细地往显微镜里看，他发出了笑声："您大概想不到吧？这里是生命。"

乘着蒸汽升腾的，有孢子、卵和半孵化的昆虫。它们被坚固的生物陶瓷包裹着，对炽烈的高温无动于衷。只需针尖大小、小到肉眼都看不见的一点，就能繁衍出足够征服十多个新湖泊的水草和带鳍甲虫。

在髓星，灾难即是动力。

每一天、每一个小时，这个念头都会从浣生的脑子里冒出来。而且，总有一个更大的念头紧随其后：

灾难一直都以某种形式统治着整个宇宙。

蒸汽偶尔会突然散开，为空中的蓝光让道。浣生的头顶是遥远的腔壁，而脚下目力所及的地方，那绵延不绝的醒目的黑色，是丛林的骸骨。

烟雾和大火烧尽了所有的树。

所有的爬虫。

这样的大屠杀一定极其可怕。但现在，大火已经熄灭了好几天，新的生命已经从扭曲的树干和新的裂缝里长了出来。无数富于光泽的黑色伞形叶片在过热的空气中闪闪发光。

笛雾顺嘴说了些什么。布罗科倾身到浣生的肩头，重复了一遍："我们停下来吗？也许该去看看？"

再飞五十公里，他们所处的位置就是这个世界上离那座桥最远的地方了。也就是人们常说的世界的尽头。到达那里，那是一个具有象征意义的时刻。冰镇香槟和一些更让人愉悦的东西正等待着那一刻的到来。但浣生决定，庆祝可以再等一等。她通过内置子系统，命令飞行车找一块温度不高的平地降落，好让六位船长散一会儿步。

在瞬间的周密计算之后，车辆盘旋着降下，停稳。

外面空气的温度不算太高，勉强还能呼吸，但只能是迅速地小口呼吸。根据任务安排，大家采集了焦土和岩石的样本，切掉了一片片活物和死物。但从很大程度上说，这些只是到这片坚硬的土地上来体验一番的借口。这里曾经无比陌生，而如今，在工作了几周以后，他们已经熟悉了这个地方。

“承诺”和“梦想”正在检查一个很大的白色树桩。

“是石棉，”“梦想”用手指摩擦着布满粉末的树皮，“从地下或者从空气中析出的，也许刚生成不久。然后散落在树根周围，看见了吗？像条毯子。”

“树干和树枝很可能富含脂质，”她哥哥补充道，“简直是棵活蜡烛。”

“注定燃烧。”

“愿意燃烧。”

“为燃烧而生。”

“为爱燃烧。”

然后他们咯咯地笑了起来，享受着这首小曲。

浣生没去问歌词的意思。这类小调通常古老又难以理解；兄妹俩似乎也不知道歌的出处。

她伏在“梦想”身旁，看到几十根新枝从遭受重创的树干上伸出。在能量如此之多、安宁却如此之少的髓星，植物不会将能量储存为糖。脂类、油和高浓缩蜡才是常态。有的物种变得像是蓄电池，将电能储存在它们复杂精细的组织里。无常的变化要经过多少时间才能造出这样精巧的杰作？五十亿年？最起码吧。虽然没有任何化石可考，不过本地物种在基因检查中显示出了极大的多样性，这说明它源自太古之时。他们所在的地方，或许是个有一百亿、一百五十亿年历史的花园。当然，后面这个数字近乎荒唐。

无论真相如何，提前离开髓星绝对是错误的。

浣生无法停止思考这个问题。

她对那对兄妹说："我很想知道：从它们的基因来看，哪两个物种最不相同？"

"承诺"和"梦想"变得严肃起来，开始在脑海里检索。没等他们提出推测，地面再次剧烈地晃动起来，把浣生摔了个仰面朝天。

她笑了起来，但只笑了一会儿。

然后，附近某个地方的两个大铁堆挤到了一起，互相摩擦，尖厉的刮擦声划破长空，听起来像两头怪兽在激战中痛苦地号叫。

地震过去之后，浣生站起来，若无其事地整理好制服，"该出发了。"

大多数人没等她发话已经奔向了飞行车。只有笛雾在原地待命。他看着她，面色凝重，"真遗憾。"

她知道他的意思，点了点头，"的确。"

他们那份八天前的地图已经成了化石，还是那种没什么用处的废物化石。

浣生清空了屏幕，现在她是凭着直觉在飞。再过十分钟，也许不到十分钟，他们就将到达目的地。没有别的团队会到这么远的地方来。这个念头让她产生了一点满足感。她回过头，想就近找个人去拿香槟。

她张嘴刚要说话，一个扭曲的、低得几乎听不见的声音突然响起。

"所有团队……汇报……"

"那是谁？"布罗科问。

是迈尔辛。但她说的话里夹杂了某种电子音撕心裂肺的哀号。

“看见……什么……”副首领喊道。

然后她再次要求：“团队……汇报……”

除了语音，浣生还尝试了各种可能与迈尔辛取得联系的方式，但均告失败。

其他十几位队长的声音杂乱地汇在了一起。

有扎莱得意的声音：“我们这里按计划进展顺利。”

凯兹奇说的是：“奇怪的通信干扰，否则，在系统正常的……”

亚斯林则是好奇多过担心，她问道：“怎么了，长官？您看见不对劲的东西了？”

然后是很长一阵令人烦躁的嗡嗡声。

浣生将她的节点与飞行车的传感器阵列连通，这才发现笛雾已经这么做了。他从喉咙里紧张地冒出一声：“该死。”

“什么？！”浣生喊道。

一阵刺耳的轰鸣卷走了所有的声音和思想。白昼越来越明亮，一束束宽阔的闪电划过天空，随后转弯，如液体一般流动，径直向他们袭来。

从这个世界的另一端传来一个扭曲的声音：

“桥……是不是……你们看见它没有……在哪里……”

飞行车开始摇晃，似乎它也慌张起来。推力、升力和高度控制一个接一个失效，所有人工智能都出了故障。浣生启用了手动控制。长达几个世纪的练习使她长于飞行，现在，她眼里只有翻滚着急速下降的飞行器、一望无际满是裂纹的地表和被烧毁的森林。除此之外再无其他。

下一阵来袭的闪电呈紫白色，比之前的更加明亮。除了它疯狂涌动的强光，人们再看不见别的东西。

因为看不见，浣生只能凭记忆驾驶着飞行车。

他们的车理应能够承受毁灭性的打击。但这时,所有的系统都没了反应,超纤维也莫名其妙地老化了。当它撞上铁质地表的时候,整个船壳都变了形。最薄弱的地方终于承受不住,碎裂了。只剩下抑制力场包裹着失去防护的船体。这台完美的装置彻底垮掉了。船长们被安全气囊和带衬垫的安全带固定在座位上。皮肉被拉扯、撕裂,伤得体无完肤。碎裂的骨头从关节里脱出,戳进淡粉色的器官里,然后那些骨头又撞在一起。座椅从地板上扯了下来,疯狂地滚过好几公顷铁地和烧焦的树桩。

浣生始终保持着知觉。

她几乎是麻木地看着自己的腿和胳膊断裂、再断裂,看着上千处瘀伤蔓延成了一幅紫色的织锦。她的每一根肋骨都被压碎成粉末,强化脊椎裂成碎片,直到她再也感觉不到疼痛,没有一丝一毫的活动能力。她仰天躺着,仍然被捆绑在变形的座椅里,被压碎的头颅动弹不得。她极其缓慢地说着什么,声音虚弱,松垮的嘴里满是牙齿和快要流尽的血。

“弃——”她咕哝道。

然后是,“船。”

她在笑。无力而又绝望。

一道灰色的知觉在她体内扩散开来。

应急基因已经苏醒。发现家园一片混乱的它们,立即开始保护大脑。所有活着的肌体都用氧气和抗炎药浸泡,再覆盖一层有安慰作用的麻醉剂。能让她感到安心的、愉快的记忆进入了她的意识。有那么一小会儿,浣生变回了那个骑在宠物鲸背上的小女孩。接下来,修补基因开始重建器官和脊柱,依靠吞噬身体的血肉来获得原料和能量。船长的身体发着高烧,大量分泌出芳香的油汗,浸泡在失去活性的黑色血污之中。

接下来的几分钟里，浣生感觉自己正在逐渐变小。

事故发生后一小时，一阵剧痛席卷了她的全身。但这痛苦是好事，甚至可以说令人欣慰。她蠕动着、哀号着，用刚刚重塑的无力的手，将自己从毁掉的座椅里解开。然后，她强迫自己用软绵绵的双腿站了起来，因为两条腿长短不一，她只能倾斜着站立。

浣生矮了二十厘米，而且十分虚弱。但她还是一瘸一拐地走到最近的人旁边，蹲坐在地上，擦拭着那人的脸。这时她才意识到，那是笛雾的脸。他比她伤得更严重，整个人都干瘪、收缩了，像一枚放了太久的水果。脸还撞上了一根铁柱。但他的面部特征已经恢复了一半。他满脸痛苦，却还是挤出一个支离破碎的笑容，还眨了眨眼。他用幸存的那只灰眼睛注视着浣生，受了重创的嘴一边吐着牙齿，一边口齿不清地说："您看起来好极了，长官。一如既往……"

萨路基被穿刺在一根烧焦的超纤维杆子上。

布罗科的双腿被切断了。在痛楚之中，他挣扎着爬到断腿旁边，结果把它们接进了错误的关节。

兄妹俩的情况最差。梦想摔进了走滑断层[①]，她的哥哥也跌了进去，压在她身上。他们的骨骼与血肉混合在了一起。慢慢地，慢慢地，碾压他们的断层分别往两个方向滑去，他们的愈合这才刚刚开始。

浣生把布罗科的腿装回了正确的关节。然后在笛雾的帮助下，把萨路基从杆子上弄了下来。笛雾负责照看兄妹俩，浣生则在残骸里搜寻有用的东西。她找到了配给口粮和外勤制服，但是没有一台机器能够运转。她极力唤醒它们，但它们的状态糟

①即规模巨大的平移断层，又称横移断层、走滑断层。

糕到连“我坏了”都汇报不了。

如果说还有一点运气的话，至少这块地壳似乎暂时是稳定的。现在，除了治疗和休息，他们什么也做不了。为了恢复，他们吃下了平常三倍那么多的口粮。后来，萨路基找到了两个免搭建居所、救生包，还有满满一钻石瓶的香槟。香槟已经和地面一样热了，但依然好喝。

六个人坐在免搭居所的阴影里，把瓶里的香槟喝得一滴不剩。

他们假装到了晚上，开始讨论第二天要做的事：先确定可能的选择，做出权衡，然后否决了大半。

他们最后的结论是等待并观察。

“给迈尔辛三天时间，希望她能找到我们。”浣生说。她正在试图访问内置时钟，可她所有的植入功能、所有的微型节点，都已经被把他们从空中扯下来的电流毁掉了。

在没有夜晚的世界，多久算是三天呢？

他们只能推测。但三天之后，什么都没有发生。为防万一，他们又多等了一天，但依旧没有迈尔辛或者其他任何船长的消息。毁掉他们飞行车的东西，一定也摧毁了其他所有人的设备。意识到别无选择之后，浣生看了看同伴们，为难地笑了笑：

“如果我们想回家的话，看来只能靠走了。”

十二

如果不得不全神贯注、专心致志地做一件从没做过的事，这件事既痛苦又危险，还完全不在计划之内——记忆就会开始玩它最古老、最鬼祟的把戏。

在浣生的记忆中，她似乎一直就在这里。

或是站在高耸的新生山峦的山脚，或是位于丛林深处没有路的黑色腹地。她从前的所有记忆，仿佛都化作了一个不现实的、细致繁复的梦。关于这个梦，她忘记的比记得的要多，而且打心底里觉得那些记忆荒唐至极。

在这片土地上徒步行进是件很要命的事。尽管船长们在向目的地——他们祈祷自己没有选错方向——不断前行的过程中，已经掌握了许多大小窍门，每一段路程仍旧极其危险、杀机四伏。

髓星深恨他们。它想让他们死，为此它不择手段。在每一个清醒的时刻，浣生都能感受到它的恨意。但她不会承认，至少在其他人面前不会。咒骂除外，咒骂不算承认。“该死的山，作孽的风，他妈的吃屎的烂水草！”每个人都有他们最喜欢说的脏话，最狠的话则要留给最艰巨的挑战。“傻逼铁砣子，我恨你！听见了？我恨你,就像你恨我一样!”

每一天,艰难的行进都会经常中断,以寻找食物。他们以前当作仪式吃的东西,如今成了标准食物。他们捕来巨大的昆虫,扯掉翅膀,然后放在火上高温炙烤。结结实实的肉食为船长们提供了充足的卡路里和营养,让他们长回了原本的尺寸,健康状况也恢复到了与从前相近的程度。在这个过程中,浣生逐渐明白了哪些昆虫尝起来最不恶心。这个千万年前直立狩猎猿人的后代,教会了自己怎么辨认昆虫出没的地点,并学会了捕获它们的最佳方式。只过了大约一年——也许少几天,也许多几天——浣生就再也没有饿着肚子睡过觉了。所有人都不再需要忍饥挨饿。除了浣生,“承诺”和“梦想”也尝过了各种生长茂盛的植物。他们吐掉了那些苦得无以言表的,剩下那些精心烹调之后勉强可以下口。

一旦舌头适应了某个地方,灵魂也会跟着适应。

第二年开初的时候,有那么一天非常美好。是真正意义上的美好。早餐吃饱喝足后,一行六人开始向着地平线出发,腰上和湿透的后背上挂着为数不多的行李物件。他们正沿着来时的飞行路线折回。在没有数字地图的情况下,他们不得不通过观察奇异的火山峰、扭曲的黑色峡谷和偶尔出现的异色矿物海洋判断所处的位置。髓星喜欢抽干海水,引爆山峦。每当新的障碍物向空中隆起,他们就只好绕远道前行。一旦迷路,船长们就必须停下来勘察。这里没有星辰,也没有太阳,极容易迷失方向。但在那美好的一天,他们的行进方向自始至终都保持着正确无误。笛雾发现了一个刀状山脊,穿着户外靴子能在上面轻松奔跑。空中有令人愉快的阴云,微凉的细雨落在他们身上,几乎能让他们觉得凉爽。他们不停赶路,奔向下一个地标——巨大的黑色悬崖。那天将尽之时,那座悬崖已赫然耸立在他们面前。

他们把营地扎在山谷最深的阴影里。一条雨水汇成的溪流跳跃着奔下凹凸不平的狭窄溪床,这溪床形成的时间也许还不到五十年。雨水总是比泉水更好。没错,他们每吞一口都能尝到铁味,水里通常还有硫黄的残渣。但它至少不是过量的矿物质和细菌在地下煨成的一锅粥了。降到这个温度的水甚至可以用来洗澡,那才是真正的奢侈享受。浣生就着这水擦洗身体,然后穿着停当——除了她那双磨损的靴子——四肢摊开躺在一棵巨大的伞树下,观察着自己的光脚和湍急的水流。她发现自己心里有一种不同寻常的情感。排除种种可能,这种情感有些类似满足。甚至可以说是幸福,虽然是如同加水稀释后一样寡淡的幸福。

笛雾出现了。刚刚浣生还是独自一人,这会儿笛雾却不知从哪里冒了出来。他光着膀子,制服的上半部分像昆虫蜕下的壳一样挂在身后。他用一只手臂夹着他的晚餐,一只鬼怪般的甲虫,颜色和形状都像黑色的熟铁条,比前臂还要长。他转身冲着浣生微笑,看样子早就知道她在这里。他微笑着,他的晚餐则不停地挥动着它的八条腿,似乎在抗议。他没有理会那些腿。待到走近一些,他笑着问道:"您愿意和我一道分享吗?"

笛雾是个十分英俊的船长。他的胸膛很好看,没有毛,过去一年的辛劳让这副胸膛更加结实。他的灰眼睛里闪耀着一点光芒。当他步入伞树的阴影里,那光芒变得更加明亮了。

"好的。谢谢你。"浣生说。

笛雾只是继续微笑。

突然间,浣生觉得别扭起来。思考原因之后,她才发现,这就是那种难于预见的奇妙时刻。她的年龄已经有一千个世纪了,却从来没有想到:她会坐在这样的地方,在这样糟糕的处境下,面对一个名叫笛雾的男人,因为对某种东西的期盼,嘴里居然分泌出了大量唾液。

为了一只精心烹制的甲虫,还是别的什么?

浣生接下来的话让自己都感到惊讶,"我都不记得上次这么高兴是什么时候了。"

笛雾咯咯地笑了。

"这一天真是美好。"她承认道。

他说:"是啊。"语调很特别。

然后,浣生听到自己说:"把你的朋友捆起来吧。暂时捆一会儿,好吗?"她把她最好的一根手工绳子扔给他,"如果你不介意的话。我想看看你不穿这些衣服的样子,甲虫先生。"

这座桥是他们这段旅途的最后一座地标。

在闪耀的光芒之中,站在狂风呼啸的高高的山脊上眺望,那座地标看起来像一道坚硬的细线,在银白色腔壁的衬托下显得黯淡又脆弱。它在平流层发生了偏转,于是短了几百公里。他们无法踏上桥梁,逃离这个世界。但它仍旧是他们的目的地。为了到达这个地方,他们已经花了三年多的时间。然而,即使以髓星的标准来看,前方的地形也算得上异常崎岖。船长们需要跨越这片地区所有的断层和河流,即使那些小块平地上也遍布着古老的丛林和断木枯枝搭成的复杂陷阱。

他们以为这是最后一座高耸的山头,结果发现还有许多个山头埋伏在前方。尽管桥变成了一根稍微粗一些的线,但仍然遥远得令人绝望。

到了下一座山脚下,他们终于瘫倒了。

这里算不上营地。他们就这样躺在他们瘫倒的地方，那是一个被天然的镍围起来的盆地，地表满是锈蚀。薄雾变成了暴雨，他们却全不理会。跋涉三年途经万里之后，浣生和她的团队对这种程度的坏天气已经视而不见了。他们平躺着，只保持着最低程度的呼吸，一边用疲惫无力的声音念叨着充满希望的话语。

他们告诉彼此：试想一下，其他船长到时候会多么吃惊。

想象一下，他们说，等到明天我们走出丛林的时候……看到别人脸上大吃一惊的表情，一切就都值得了……

然而并没有人在那里等待他们的突然出现。第二天很晚，他们来到桥梁近前，发现了一个杂草丛生、废弃已久的营地。桥当初扎根的那座结实、可靠的山峦在地震中裂开了，超纤维也退化成了黯淡的黑色。桥体本身摇摇欲坠地倾斜到了一旁。破败的门被一根铁柱撑开。一把临时搭的简易扶梯伸向那座隧道式桥梁漆黑的内部。从那一片片霜一样的铁锈来看，已经很多个月没有人使用这把扶梯了。也可能是好几年。

在丛林中转了几圈之后，布罗科发现了一条已不成形的小径。他们任意选了一个方向，沿着小径行走，直到小径被黑色的植被吞没。然后他们回过头来，朝另一个方向行进。路逐渐宽到足以让人在上面慢跑，然后可以飞奔。曾经有人走过这条路。有人在这里。由浣生带头，一行六人全速向前奔跑。

他们到达一片河床底部的时候，所有人都喘不过气来了。

小径在这里铺开，成了一条更宽阔的、被许多人踩过的路。他们不得不再次放缓脚步，每到一个弯道，心中都充满了紧张的期待。

结果，大吃一惊的人是他们。

他们六人一直在明亮的树荫下疾奔，被光线晃花了视线。所以浣生没有看见那个身穿反光制服的人。最后，那张熟悉的脸突然出现在她面前。迈尔辛的脸。她看上去和过去一样，依旧威严而冷峻。“花的时间够长的。”副首领面无表情地说。然后她才露出一抹微笑，点了点头，“很高兴见到你们。老实说，我已经完全不抱希望了。”

浣生咽下了她的愤怒和疑问。

她的同伴替她问出了那些最明显的问题：还有谁在这里？他们是怎样应对一切的？还有能使用的机械装置吗？是否与首领保持着联系？没等给出答案，笛雾又加了一句：“派来解救我们的是哪一类救援组？”

“是一个十分谨慎的救援组，”迈尔辛回答说，“谨慎到骗过了你，让你以为他们根本就不存在。”

她自己的愤怒也已经酝酿了很久，随时可能爆发出来。

副首领示意他们跟着她来。他们走在明亮的树荫下，听她解说要点。亚斯林和其他人东拼西凑地组装出了几架望远镜，任何时候都有至少一名船长观察着上方基地的动静。据他们观察，钻石型气泡舱仍然完好无损。所有建筑都未受损。但是，无人机和信号灯都不再运转，反应堆也处于关停状态。气泡舱旁还有一截残存的断桥，长达三公里。如果修建新桥，它是最好的基础。但迈尔辛摇了摇头，轻声承认说：“没有发现任何船长，或是其他任何人，试图组织任何形式的救援。”

“或许他们以为我们已经死了。”笛雾努力往好了说。

“我不认为我们已经死了。”迈尔辛反驳道，“而且就算我们死了，也应该有人来收纳尸骨。”

浣生未置一词。三年的艰辛时光全是白费，那么多可怕的食物尽是白吃。强撑起的希望突然崩塌，她感到极度沮丧。

副首领放慢了脚步，解释这一切的起因。

“所有的机器都是被事变毁掉的。”她解释说，“这就是我们给那次超大规模现象起的名字。事变。根据我们所掌握的线索，得出的结论是，支撑力场合并了。我们脚下的力场，和我们头顶的那些力场合并了。这件事发生的时候，我们的飞行车、无人机、传感器和人工智能，全都变成了中看不中用的垃圾。”

“您没有办法修复它们吗？”承诺问。

“我们连它们是怎么坏掉的都不清楚。”迈尔辛答道。

大家点了点头，等待着。

她露出了一抹心不在焉的微笑，“无论如何，我们还活着。我们手里只有木头房子、一些铁制工具、钟摆式时钟，干重活儿时还可以使用蒸汽动力。有了这些，再加上望远镜之类的自制设备，我们还可以做一些最基础的科学研究。”

小路缓缓地转了一个弯。

丛林的林下叶层[①]被砍倒、清除，只留下成熟的树木，用来提供宝贵的树荫。新营地从各个方向延伸出来。像船长们建造的任何东西一样，整个区域秩序井然。每一座房子都用同一种树的灰色树干搭建，结实而稳固。看得出来，人们先是用斧子把树干劈成方形木料，然后在上面刻出槽口，最后用红砂浆补上较小的缝隙。小径则用稍小的原木铺成。有人给每条路都起了名字：中心路、主路、抛诸脑后路[②]、就在身后路[③]、黄金路。每一位

①一般的热带雨林垂直方向上至少分为五层：森林树冠层、冠层、林下叶层、灌木层和地面表层。林下叶层主要由较小的树种和幼龄植株构成。

②原文为“Leftbehind”，意为“抛在脑后”，也可以指左后方的路，这里隐喻他们被抛弃了。

③原文为“Rightbehind”，也可以指右后方的路。

船长都身着制服，面带微笑。他们站在一起，列成整齐的纵队，努力掩饰自己眼里和声音里的倦怠。

两百多位船长齐声喊道："你们好！"

他们的喊声像训练过的合唱一样整齐："欢迎回来！"

浣生能闻到他们甜腻的汗味，以及各式各样自酿香水的味道。随后一阵狂风刮过，带来了她非常熟悉的油腻气味：小火炙烤虫肉的味道。

为了款待他们，一场盛宴正在准备。终于，她说："你们怎么知道我们来了？"

"因为发现了你们的靴印，"迈尔辛解释道，"就在桥旁边。"

"是我看见的。"亚斯林说。她走上前来，乐居此功。"我计算了数量，又量了长短。一知道是你们，就回来报告了。"

"其实还有一条捷径，能更快地到达这里。"迈尔辛说。

"用不了三年那么久？"笛雾开玩笑说。

待尴尬的笑声逐渐淡去，亚斯林告诉他们："快四年了。"

她皮肤黝黑，面孔棱角分明，眼里闪着智慧的光。这位曾经的工程师，通过努力一步步成了船长。她似乎是众多同伴中唯一快乐的人。她如今的职责是重新发明人类曾经发明出的所有东西，从零开始，运用最有限的资源。她看起来前所未有地满足。

"你们没有钟表，"她提醒他们，"只能凭感觉生活。在没有参照物的情况下，人会陷入浑浑噩噩的状态，一天过三十小时或者三十二小时是很常见的事。"

没人感到意外。但萨路基还是惊呼了一声："四年！"他走到一片最亮的光斑下，透过树冠的缝隙向上望去，也许是在寻找被遗弃的基地，"四年之久！"

哪怕当时有一名船长留在基地，就可以呼救，至少可以向上长途攀行，前往上面的燃料罐，到达离奇族的栖息地，然后再到首领那里……当然，这一切的前提是上面的人愿意施救……

浣生想到了最坏的一种可能，不由得畏缩了。她强迫自己开口："不在了的，都有谁？"

迈尔辛说出了十二个名字。

其中十一位是浣生曾经的朋友和同事。最后一个名字是哈兹——副首领之一，迈尔辛从航程开始至今的同事之一。"他是最后一个死的。"她说，"两个月前，地表裂开，熔铁将他卷走了。"

一阵沉默笼罩了整个小村庄。

"我亲眼看着他死去。"迈尔辛说，她湿润的双眼望着远处。她已经出离愤怒。

"现在，我有了一个目标，"副首领用坚定、充满仇恨的声音说，"我要找到办法重返上面的世界。然后我会亲自去找首领，问她为什么把我们派来这里。是为了探索这个地方？还是不惜用最可怕的方式甩掉我们？"

十三

痛苦让这个女人获益良多。

迈尔辛蔑视自己的命运。她带着灼人的怨愤，憎恨那些将她抛弃在这个可怕世界的人和事。每发生一次灾难——这里的灾难数之不尽——都让她更加愤怒。每一次死亡都抹杀了一片生命与智慧之海。而每一次成功都是向前迈了一小步，向纠正这个巨大的错误迈了一小步。

副首领很少睡觉，每当她合上眼皮，总是坠入梦魇。她会立刻惊醒过来，但梦魇却继续徘徊不去，宛如某种复杂的神经毒素。

她的永生体质让她活了下来。

换成许久以前的始祖人类，必将丧身于此。精疲力竭、血管爆裂，甚至发疯，这是人类在面对失眠和愤怒时的正常反应。在这个世界，维持生命只能勉强依靠粗糙的食物，呼吸包含过量金属微粒的空气。在这个地方，自然状态下的始祖人类连一天也活不了。自从确认了首领不会拖着她那巨大的身躯前来救援之后，迈尔辛清楚地认识到，逃离这里需要时间。极其漫长的时间。再加上锲而不舍的毅力、超群的才能。自然，还需要运气。

到了最后,还得指望大家的永生体质。

哈兹的死是个沉痛的教训。两年之后,她依然能够清晰地回忆起那一幕。那个被众人爱戴的男人在地球出生,开口闭口不离"勇气"二字。到最后,他充分展示了勇气。迈尔辛无助地看着那条漂浮着矿渣的熔铁河将他困在一座金属小岛上。哈兹挺直身躯,看着那缓慢却凶狠的河水,用他不断炭化的肺呼吸着,挂在他脸上的那副笑容狰狞而痛苦。

他们拼了命想要救他。

亚斯林和她的工程师小组决定分头建造三座桥,但每一座都是还没完工就开始熔化。铁河却一直在变深,熔融的铁流也更加湍急,逐渐将小岛吞噬得只剩一块小小的隆起。那个末日临头的男人竭力保持平衡,他以单脚站立,直到这只脚被严重烫伤,不得不换成另一只为止。

他看起来就像一只鹭。

铁水涌动,水面上的矿渣爆裂开来,冒出一股炽热的红色波浪,融化了哈兹的靴子,淹没了他的两只脚,随即点燃了他的肉体。然而新陈代谢的修复功能使他依然保持着生命。他竟然在熊熊烈火中站立了好长一段时间。他脸上的苦笑凝固了,变得越来越痛苦,并且疲惫不堪。在所有船长的注视下,他轻声说了些什么,但实在太过微弱。迈尔辛高声嘶喊着"不!",哈兹一定也听见了。因为他突然做出了一个英勇的决定:他开始迈步前进,试图趟过那条漂浮着矿渣的熔融之河。

他的身体虽然强壮,适应力极强,却终有极限。终于,哈兹开始慢慢向前倾倒,他的反光制服、他微笑的面庞、他蓬乱的灰金色头发逐渐被肮脏的火焰吞噬。他体内的水分变成了蒸汽,争先恐后地向外逃窜,随即又生成了铁锈和氢气。没多久,除了一副白得吓人的骨架，他便什么都不剩了。一股更炽热、更汹涌的铁流将尸骨卷往下游，与此同时，一团正在升腾的炽烈烟气驱离了其他船长。

迈尔辛真希望能找回他的颅骨。

生物陶瓷十分坚韧，而顽强的意志则可能支撑着大脑在那股热流中继续存活一小段时间。在过去，由机器医生和耐心的外科医生所创造的奇迹，不是屡屡被人当作佳话传颂吗？

哪怕他已经失去了所有复活的希望，迈尔辛也希望自己能找回哈兹的头骨。她希望有朝一日能将这头骨摆放在首领的黄金胸像旁边，然后她会用佯作镇定的声音，向首领汇报这具尸骸的身份，以及他死亡的过程。而后她会用更诚恳、更愤怒的语气，将那位船长们的船长称为“恶心的污秽”，并向她解释这个称呼的原因：一是因为她做下的所有坏事，二是因为所有她没做的好事。

痛苦给迈尔辛带去了令人难以置信的、无穷无尽的力量。

随着时间流逝，迈尔辛越来越相信那种力量，以及她自己的决心。在她漫长的人生之中，她从未如此坚定不移。她发现自己有了一个纯粹的、专注的、不可磨灭的人生方向。

迈尔辛享受着她的痛苦。

有过那么一些时刻，有过那么一些无眠的夜晚，她怀疑自己是否真正取得过成功。如果人们没有那颗复仇的心，没有那种无论遭受何种伤害都无法抑制的狂怒，又怎么能够成就任何事业呢？

浣生的回归是一件意料之外的好事。但所有好事都伴随着灾难，这一次也不例外。浣生回归后不久，临近的一块地壳就崩裂爆发了，一连串地震撕裂了河床和群山。旧桥的残余部分被甩到了一边，伴随着轰鸣的嘎吱巨响，它那厚实的超纤维架构碎裂成了无数残骸，散布在方圆五十公里新生的山脉之中。

桥的坠落是件大事，没有人做好了心理准备。

一波铺天盖地而来的白炽铁间歇喷泉彻底摧毁了船长们的营地。精致的小屋被蒸发得一干二净。又有两位船长丧生。幸存者逃之夭夭，只来得及携带屈指可数的工具和补给。肺叶在热浪中倍受煎熬，手脚被烫出水泡，舌头肿胀外伸，眼球则几乎被完全煮熟。最强壮的拖着最弱小的，经过数日跌跌撞撞的行军，他们流浪到了一座偏僻的山谷，躲进了一片环绕一池清甜的雨水生长的蓝黑色的树林。至此，船长们终于崩溃了，他们太过疲惫以至于无力咒骂。仿佛是为他们祝福一般，那些树开始分泌出小小的黄金气球。这些金光闪闪的气球中充满了清凉的空气，它们彼此摩擦相撞的时候，有清脆的乐音响起。

“美德树。”笛雾这样称呼它们。他抓住一个金色的气球，用双手揉捏挤压。气球碎了，里面的氢气发出轻柔的“嘶”声逃窜开来，只留下一层轻巧柔软的金箔。

迈尔辛给大家安排了工作。他们需要建造新的街道和房屋，这座山谷看起来是个不错的地点。依靠铁质的手斧，仰仗强壮的肉体，他们顺利地砍伐了几棵美德树。树中蕴藏的黄金脂液丰富无比，木头本身则顺着纹理裂开。然而，没等坚固的地面再一次裂开，新搭建的二十间小屋就在地震中坍塌了。疲惫不堪的船长们只好再度踏上逃难的征程。

再一次，他们攀上比斧子更锋利的山脊，目睹身后的土地燃烧、熔化，被铁浆与熔渣之湖吞噬。

他们仿佛变成了游牧民。

再度安顿下来时，无人幻想能够长久居留。迈尔辛让大家修建最简单的房子——不受地形限制,可以在一个船日内重建的那种。她命令亚斯林和她的组员制造一批轻型工具,其他成员则为下一次迁徙准备口粮。只有当一切生活必需品准备万全之后,他们才能冒险进行下一步计划:研究他们身处的世界,可能的话,学着理解它那捉摸不定的脾气。

迈尔辛让浣生负责生物组。

这位一级船长挑选了二十名帮手,其中包括五名她原本的队员。带着少量工具,他们分散进入了附近的荒原。

三个月零一天之后,每个小组都带回了各自的报告。

"一切的关键在于繁殖周期,"浣生汇报道,"也许还有别的因素等待我们去发掘,但几个周期看起来都准确无误。"

船长们聚集在一座被当作咖啡馆和会议厅的狭长建筑之中。中央的大桌由一块铁锭和一块灰色木板草草搭成。桌边挤满了椅子和板凳,碗里装满了炙火蚁和糖心果,却无人问津。可选的饮品只有散发着酸气的冷茶,它们闻起来同四周长途跋涉归来的男女散发出的油腻汗水味差不多。

迈尔辛对浣生和众人点了点头,"继续,亲爱的。说明一下。"

"以我们的美德树为例。"一级船长解释道,"正如我们所料,那些金气球是它们的卵。通常情况下,它们每天只结出一到两个。但如果它们感觉地壳不再稳定,那时它们就会用尽储存的所有黄金去产卵。因为成树即将焚毁,而大地也将被重塑——"

"如果能欣赏到这壮丽的一幕,"笛雾插话道,"我们就得警惕了。因为那意味着我们只剩下一天,或更少的时间。"

船长们发出一阵饱含沮丧的笑声。

迈尔辛用冷峻的表情和沉默表达了不满,但也仅此而已。

通常她会严格要求会议保持秩序和效率，但这是一个特殊的日子，特殊到远远超过任何人的想象。

浣生的团队列举了一些值得观察的物种，以及它们对突发性地质事件可能起到的预警作用。

在板块稳定期，某些有翼的昆虫将会进入变态期，形成肥大的蛹，最大长度可以超过人的手臂。一旦这些蛹长出了新翅膀，便预示着稳定期的结束。

麻烦的先兆一旦出现，一种螃蟹大小的、高度社会性的群居甲虫便会开始它们壮观的迁徙活动。数以百万计的甲虫会长途跋涉，翻山越岭。然而，正如“梦想”记载下来的，这种群体常常会冲向情况最糟的方向。

至少有三种肉食生物，包括一种锤翅目生物，会突然出现在即将被放弃的区域附近。据推测这是一种捕食本能，本地生物的倾巢出动意味着无比丰盛的美餐。

在危险期，某些虫类会生成翅膀，破蛹而出，展开它们的猎食生涯。

在水中，细微的温度和化学变化也会导致水生生物的动荡和增生。只是人们尚未了解到确切的变化因素。想掌握本地最原始的黑色生物都拥有的那种本领，准确解读这些征兆，船长们需要更精密的仪器、多年的时间，还有经验。

所有报告都被悉心记录下来。一位低级别船长坐在桌子远端，在一张经过漂白的巨大的铜翅目昆虫的翅膀上做着详细的笔记。

报告结束时，迈尔辛要求船长们提出各自的问题。

“这里的美德树情况怎么样？”亚斯林问道，“它们表现还好吗？”

“很好,一副要永远生长下去的样子。”浣生回答道,“它们处于生命循环的早期阶段,仍然在将营养注入树干、储蓄脂膏,而不是在为产出黄金气球做准备。这些树的树根深植于地下,能感受到我们无法察觉的事情。我可以保证我们还能在此地多停留两到三天,甚至四天。至少这段时间里,我们是安全的。”

沉闷的笑声再一次响起。

浣生的自信非常有感染力,在这种时候尤其重要。如果失去她,对任何团队来说都不啻一场灾难。但是几年前,首领却想方设法将这个天赋异禀的女人送到髓星的最远端,还想利用那场事变,一劳永逸地甩掉她。

迈尔辛点点头,举起了一只手。

她用轻得几乎听不见的声音说道:“循环。”

离她最近的船长们转过头来,望着她。

“谢谢你,浣生。”副首领的目光盯着浣生背后的某个地方,然后她感到自己的内心突然波动起来。无数念头,宛如无数次地震,令她不由自主地颤抖起来。有那么极短暂的一瞬间,她甚至感到了快乐。

笛雾打破了沉默:“怎么了?长官?”

迈尔辛重复了一遍,这次她的声音略微响亮了一些:“循环。”

每个人都眨巴着眼睛,等待着后面的话。

迈尔辛转向地质研究小组,喜悦之情几乎无法隐藏,“那么,关于髓星的地壳构造呢?它们有什么变化?是活动得更频繁了,还是更少了?”

地质小组的负责人名叫特维斯特,他是次席副首领。从某种程度上说,他甚至比迈尔辛更加严肃。小心地点点头之后,特维斯特发言了:“本地的断层正在变得更加活跃。我们仅仅拥有一些最原始的地震仪数据,但它们明确地表明:自从我们来到髓星之后,本地的地震频率提高了整整一倍。”

“从整个星球来看呢?”

“长官,严格说来……现在我们没有合格的、全面的分析来回答您的问题……”

“长官,您想说什么?”笛雾再次问道。

说实话,她并不能绝对肯定。

但迈尔辛先打量了一遍四周的面孔,心想自己到底露出了怎样的表情,居然让众人全都面露疑惑,等着她开口。她轻声道:“这么说也许有些草率、鲁莽,甚至疯狂。”她咽了咽唾沫,几乎像自言自语,“我想,这里正在发生一个循环。一个巨大、重要的循环。”

远处传来一只孤独的锤翅目生物的咚咚声,然后是一片寂静。

“我为自己安排的任务,”迈尔辛接着说,“是继续观察我们原来那个基地。坦白说吧,这是一件毫无意义的琐事,所以我没有请求你们之中任何人的帮助。基地依然空无一人。我相信,在我们找到回去的方法之前,它会一直处于废弃状态,无人理会。”

一些船长赞同地点点头。一两个人低下头,小口地喝着辛辣的茶水。

“我们只有一台小型望远镜和一个粗糙的三脚架。”迈尔辛展平一张铜翅纸,修长的双手微微发颤,“我将望远镜设置在东边的山脊上,架在一块凹地平坦的底部。我只用它来观察基地。一天五次,从不间断。”

有人问:“然后呢,长官?”

很耐心的声音,同时却又有些按捺不住之意。

迈尔辛站了起来,将那张写满细小符号和数字的淡红色铜翅纸展开,“当初我们住在基地下方的营地里,基本不需要校正望远镜。除非有地震,或是大风刮过。但现在我们搬到了这里,原址向东五十三千米的地方……好吧,总而言之……前面几周,我两次校正了望远镜。今天早上又是一次。每次都得把它往下调整,这样才能对准地平线。”

寂静。

迈尔辛看完纸上的数字,抬起头来,目光却飘向远方。

“为什么会这样?”

“因为地震?望远镜被震离了固定的方向?”亚斯林小心翼翼地问道。

“不。”副首领回答说,“地面是水平的,始终如此。我用最严格的方式检测过。”

而数字却告诉她,这误差正在持续稳定地增长。

迈尔辛平静地读着她的数据,直到她绝对肯定自己对这个问题有了答案,这才说道:“各位有什么看法?”

有人提出:“髓星再次开始了旋转。”

又是飞轮假设。

“也可能是支撑力场的改变。哪怕只是小部分的可见能量发生了改变,也可以作用于铁核,使得包括我们在内的整个板块移动数公里之远……”亚斯林说。

数公里之远,是的。

迈尔辛高高举起一只手,示意众人噤声。“也许吧,”她带着一抹微笑说,“但我想还有一种可能。这一可能性涉及支撑力场，但是方式和大家想象的不同。”

无人应声，也无人眨眼。

“现在想象一下事变，不管它是怎么回事……想象它是某种大循环的一部分。在它发生之后，我们脚下的支撑力场变弱了，从而失去了对髓星的控制，哪怕只有一点点。”

“星球就会膨胀。”有人答道。

是浣生。

“原来如此。”亚斯林的声音也颤抖起来，“内部的铁核一直承受着难以想象的巨大压力，如果外力减弱了一些，哪怕只有很小的一点——”

好几个船长下意识地鼓起了腮帮子。

迈尔辛难得地露齿一笑。这个奇怪的理论已经深深地在她心里扎下了根。趁此时冲动，她任直觉指使，继续说道：“这一理论还不成熟。我们需要做更加精确的测量和多角度的研究。但即便如此，恐怕我们也无法得出任何明确的结论。至少短时间内是这样。”

浣生匆匆一瞥天花板，也许在想象遥远的基地的情形。

笛雾，那位迷人的低阶船长，他轻轻笑着握住爱人的手，缓缓用力。她注意到之后，也微笑着回望他。

“如果我们脚下的支撑力场正在弱化，”亚斯林指出，“那么头顶的或许也一样。”

特维斯特回答道：“这个我们可以测量。容易。”

迈尔辛差点儿警告他们说，在这里，没有任何事情是容易的。

但她没有劝诫任何人，而是埋头收拾那些铜翅纸。通过最简单的三角运算，她估算出了一个粗糙的结论。浣生和工程师们关于各种新假设的讨论声被她赶到了脑海中一个小小的角落里。如果膨胀说是正确的，它很可能能够解释整个支撑力场的工作原理。他们能够找到力场供能的来源，甚至髓星存在的理由。亚斯林认为髓星膨胀和收缩的循环可以通过散热循环来做出解释，其根源可能和放射性衰变或其他热源有关，而这个散热过程将带走髓星的能量。它可以解释头顶那明亮的支撑力场是从何处获取动力的。这一假设听起来十分合理，甚至可能正是事实的真相。但真相其实并不重要。重要的是迈尔辛的尖笔下面压着的这行无趣的答案。

她猛地抬起头来。

这个动作是如此突然，以至于整个房间霎时安静了。一群碧玉蟋蟀的合唱打破了这一寂静，然后，仿佛意识到这有失礼仪，便收了声。

“假设真的存在某种程度的膨胀，”迈尔辛告诉她的船长们，“事变之后，这个星球的直径已经扩大了将近一公里。若是保持这个节奏，若是髓星能够在接下来的五千年里保持这一缓慢的节奏……五千年后，这颗星球将会填满整个空腔。那时我们只需要动动脚，就能走回基地了。”

以她特有的严肃的、自律的方式，迈尔辛笑了。

“然后么，”她悄声说，“如果有必要的话……我们也能一路走回家去。”

十四

现在是孩子们睡觉的时间。

浣生打算去育儿室看看。可当她走近的时候,听见了轻柔的低语声。她犹豫了一下,放缓了脚步。

社区育儿室是用大铁块和铁砖搭成的,斜面很陡的屋顶则用黑色的伞木建造。育儿室位于食堂旁边,它是这个星球上最大的建筑,也可能是最结实的。浣生靠在墙上,一只耳朵贴着一扇合上的小百叶窗。她仔细倾听,听出是年纪最大的男孩在说话。他在给大家讲故事。

“我们称他们为建造者,因为是他们建造了船,还有里面所有的东西。”

“船。”其他孩子异口同声地低声说道。

“船太大了,大得看不见边际,”他说,“而且非常漂亮。但是,在它新建成的时候,没有人来分享它的美丽。当时只有建造者,他们感到很自豪,于是他们向黑暗中喊话,邀请其他人来填补这浩瀚的空间。来参观他们的成就,来歌颂他们可爱的造物。”

浣生靠在墙上,闻着百叶窗的木头散发的香甜气息。

“从黑暗中来的都有谁?”年纪最大的男孩问。

“‘荒凉’。”几十个声音立刻回答道。

“还有没有其他的?”

“没有。”

“因为当时宇宙太年轻了。”男孩解释说。他似乎理解错了船长们教给他的故事。“那时一切都是新的,宇宙里只有‘荒凉’和建造者。”

“‘荒凉’。”一个小女孩重复道。

“这个物种既残忍又自私,”男孩说了下去,“但他们总是面带微笑,说话字字谨慎。他们来了,还为我们可爱的船唱了赞歌。但他们其实想干什么呢?他们从一开始就抱着什么想法?”

“他们想偷我们的船。”其他人回答说。

“到了晚上,趁建造者们睡着了没有察觉,”他的语气里带了一丝恐惧的意味,“‘荒凉’发起了攻击。躺在床上的建造者们毫无还击之力,大部分都被屠杀了。”

所有的孩子一道低声说:“屠杀。”

浣生慢慢向育儿室门口靠近。孩子们床铺摆放的位置多少反映了他们的思维方式。有的床会摆在一起,两张、三张,或五张一组。另一些孩子更喜欢保持距离和相对孤独。透过百叶窗门,她窥见了那个讲故事的人。他端坐在他的小床上,远离其他孩子,他的脸正好迎上从厚重的天花板上漏下的一丝明亮的光线。他的名字叫提欧。他看上去非常像他的母亲,高高的个子,瘦削的长脸。然后他微微动了动脑袋。那一刻,他除了他自己,谁也不像。

“幸存的建造者去了哪里?”他问。

“这里。”

“他们在这里做什么?”

“净化那艘船。”

“他们净化了船。”作为强调,提欧又重复了一遍,“因为在我们上方的一切都应该被杀死。建造者们别无选择。”

然后是一阵长长的、若有所思的停顿。

“建造者们后来怎么样了?”他问。

“他们被困在了这里。”其他人按照他的提示回答。

“还有呢?”

“他们死在了这里。一个接一个。”

“死去的是什么?”

“他们的肉体。”

“他们是否只拥有肉体?”

“不是!”

“他们还拥有什么?”

“灵魂。”

“不是肉体的存在是不会死的。”那个古怪的男孩说。

浣生将双手放在温暖的铁门框上,忘记了呼吸。

提欧用动听的声音轻声问道:“你们知道建造者的灵魂住在哪里吗?”

“在我们的心里。”孩子们回答说,他们的喜悦溢于言表。

“现在,我们就是建造者。”提欧的声音向他们保证,“经历了漫长而寂寞的等待之后,我们终于得到了重生!”

八十年过去了。在这段时间里,髓星上的生活大体是舒适的,日常种种也大致在预料之中。特维斯特的地壳构造研究团队标记了当地的喷流、火山口和每一个主要断层,他们知道了哪里的铁地壳最厚，哪里建造家园最能持久。食物充足，而且只会越来越充足。浣生率领的生物学家不断培育野生动植物。过去几年中，他们已经开始在笼子和特制的窝棚里养殖最为可口的昆虫。各种科学实验，无论多么笨拙，都带来了好处。迈尔辛是对的：随着支撑力场的减弱，髓星正在以稳定的、近乎壮观的速度扩张，天空中炫目的光芒已经暗淡了至少百分之一。亚斯林的人马在他们的天才和希望的驱动下，设计了至少十种能够帮助所有人逃出髓星的复杂方案。

只需要再花大约四十九个世纪就能实现。

孩子是必然会有的，而且非常重要。他们能带来新的人手和新的可能性，还能填补这个鬼地方所造成的损失。一旦有了孩子，缓慢的人口增长就开始了。

按照迈尔辛的说法：每一位女性船长都欠这个星球一个健康的男孩或女孩。

但她的话却不符合现代人的生理机制。没有哪位船长体内还有能够生长发育的卵子，或是具有活性的精子。在现代社会，需要使用复杂的药物和精准的医疗机械，才能让永生的人类具备繁殖能力。这两者在这里都没有。"承诺"和"梦想"在他们的实验室里潜心研究了二十年，最后发现某种锤翅目生物的黑色唾液虽然对大多数本地生命体来说有毒，却能使人类短暂地拥有生殖能力。

这种做法有很大的风险：用在女人身上需要非常大的剂量，而且完全不清楚它对胚胎的发育有何影响。

迈尔辛自告奋勇第一个尝试。

这是英勇的行为。但如果成功的话，也是一个自私的行为。因为她的孩子注定会是新一代里最年长的。她命令两位船长从每一位捐赠者那里收集精子，然后她自己完成了人工授孕的过程。据浣生所知，除了迈尔辛本人，没有人清楚提欧的父亲是谁。

迈尔辛怀了那个男孩整整十一个月。分娩过程没什么特别之处。最初的几个月里，提欧看上去完全正常。他快乐而热情，乐于用微笑回应任何一张对他微笑的脸。变化是后来发生的。人们一直没弄清这到底是怎么回事，也不清楚变化是什么时候开始的。人们很久以后才发现，这个原本喜欢骑在母亲大腿上傻笑的小男孩变得安静了不少。他仍然喜欢坐在迈尔辛身上，但他安静了许多，目光悠远，经常一副神游天外的神情。

这不能归咎于锤翅目生物的唾液。

也许就算这男孩在船上长大，结果也会一样。在地球或者在其他任何地方长大，也不会有什么不同。孩子们从来都是难以预料的。接下来的几年中，营地里逐渐挤满了越来越多的陌生人。这些小家伙充满活力，非常有趣。对船长们不可冒犯的权威来说，孩子是很大的挑战，他们带来的麻烦远远超出任何人的预期。

不，他们不想吃昆虫晚餐。

也不想在整洁的新厕所里大便。

谢谢你，不。他们从不按常理出牌，也不会在夜晚时间乖乖睡觉。父母向他们解释髓星是什么、船是什么、为什么最终一定要逃离他们的出生地的时候，他们也不会一字一句认真倾听。

但这些都是小问题。在过去的几十年里，浣生尝试过各种心态，乐观无疑是最好的。所以，她尽力对所有的困难保持积极的心态。

他们迟迟没有获救一定有合情合理的原因。最可能的解释也是最简单的:事变延伸到了髓星之外,导致隧道彻底崩塌。重新挖通隧道是一项极其耗时的艰苦工作。原来的隧道一定也是这样,被从前发生的“事变”摧毁了。首领只能谨慎行事,在权衡小部分船长的安危和未知的危险之后,优先考虑的只能是数十亿坚信这艘大船的无辜乘客的福祉。

其他船长明里积极乐观,但私下里,在恋人的床上,他们吐露了较为阴暗的情绪。

“如果首领已经放弃我们了,怎么办?”

笛雾先是提出这个问题,接着又说出一个更糟糕的假设。

“如果她出了什么事,”他咕哝道,“而我们的任务又是完全保密的……如果她意外死亡,如果掌权的副首领根本不知道我们在这里……”

“你真是这样想的?”浣生问。

笛雾耸了耸肩,好像在说:“有时吧。”

一只锤翅目生物发出的咚咚声透过厚重的墙和紧闭的百叶窗传了进来。然后是一阵静默。

有那么一会儿,髓星似乎在偷听他们的对话。

浣生接过笛雾的话题,“还有另一种可能性。”

“可能性有很多。你说的是哪一种?”

“也许事变比我们以为的要大得多。也许其他人全都死了。”

笛雾一时间没有任何反应。

这是提不得的禁忌。浣生却继续说了下去:“也许我们不是最先发现这艘弃船的人。在我们之前有其他人来过。但建设者们留下了某种诱杀陷阱,只等着有人踏进来。”

“也许吧。”他承认有这个可能,然后从床上坐起身来。铁弹簧吱吱作响。他光滑而结实的双腿落到床边,脚趾头亲吻着微凉的黑色地板。他用柔和一些的语气又说了一遍,“也许。”

“或许这艘船每一百万年自我清洁一次。用事变抹掉一切外来物和有机物。”

一抹浅笑浮现在他嘴边,“而我们却活了下来……”

“是髓星活了下来。”她回答说,“否则这里就只是一片铁的荒原。”

笛雾伸手摸了摸脸,用手指梳理了一下长长的咖啡色头发。甚至在卧室中这片刻意营造的黑暗里,浣生也可以看见他的脸。过了这么多年,她对这张脸比对自己的容貌还要熟悉。在无尽的时间长河中,她想不出还有别的男人曾让她感到如此亲近。

“说说而已,”她告诉他,“我不相信这话。”

“我知道。”

她将一只手放在笛雾汗湿的背上,发现他正看着婴儿床。他们的儿子洛克在襁褓中睡得很熟,对他们可怕的讨论一无所知。再过三年,他就要住进育儿室了。他会和提欧住在一起。她不断琢磨着这件事。从偶然听到那个关于建造者和荒凉的故事到现在,一个月过去了。她没有将这件事告诉任何人。连笛雾也没告诉。

“各种解释的版本比我们的人数还多。”她说。

他又抹了一把脸上的汗水。

“亲爱的,”她加重了语调,“你有没有听过孩子们的说法?”

他抬起头看了她一眼,“为什么问这个?”

她简短地做了解释。

从这间房子竣工至今,始终有一缕光线从百叶窗的缝隙里溜进来。随着他头部倾斜角度的变化,这缕光线落在他灰色的眼睛、高高的颧骨和饱满的脸颊上。“提欧你是知道的,”笛雾答道,“你知道他有时的表现有多奇怪。”

“所以我之前没提这件事。”

“那个故事,你听他讲过第二遍吗?”

“没有。”她承认。

“可你最近一直在偷听吧,我猜。”

她什么也没说。

她的爱人似笑非笑地点了点头,然后眨了眨眼,站起身来,赤脚走到婴儿床边。

但笛雾并没有看他们的儿子,而是用手指拨弄着用一根结实的粗线挂在婴儿床上的风铃。绘着图画的木片坠在几乎看不见的线上,轻轻晃动着,将洛克无法亲眼看见的奇观重现在他面前。挂在中间的是船,它比其他木片大得多,围在它四周的是小一些的星舰、几只普通的鸟和一只凤凰。凤凰是他的母亲因为某些原因刻上去的,但她只是把它挂在那里,没有具体解释。

过了一会儿,浣生也走过去,和笛雾一起站在婴儿床边。

洛克是个安静的孩子。耐心,从不抱怨。从父母那里,他获得了永生的基因和强大的力量。而从这个星球,他的出生地,他……唔,他什么地方带有髓星的“基因”呢?这不是浣生第一次思考这件事:让孩子们在一个几乎不被了解的星球降生,这个决定是正确的吗?这是一颗可能会立刻将他们全部杀死的星球。如果它一冲动,今晚就会下杀手。

“提欧的事,我倒不担心。”笛雾说。

“我也不担心了。”她答道,这话更多的是说给她自己听的。

但男人还是解释了他的想法,“孩子们都是制造幻想的机器，”他说，“你永远猜不到他们对各种事情的看法。”

浣生想起了孩子，她替帕米尔养大的那个部分是人、部分是盖亚的生物。她苦涩地一笑，回答说：“但是，抚养他们的乐趣正在于此。至少别人一直是这么告诉我的……”

男孩独自穿过圆形的公共地带。他观察着自己的光脚，看它们在被天空烤得很烫的铁地上拖行。

“你好啊，提欧。”

他好像从来不会感到惊讶。他停下脚步，慢慢抬起目光，对这位船长露出灿烂的微笑，“您好，浣生长官。相信您一切都好。”

在天空蓝色的眩光下，他只是一个颇有礼貌、普通平常的十一岁男孩，瘦削的脸安在瘦瘦的身体上。和大多数同伴一样，只要大人允许，他总是穿得尽可能地少。现代遗传学太过复杂，浣生已经放弃了对他的父亲的猜测。有时她甚至怀疑迈尔辛本人也不清楚。她显然想成为他唯一的监护人，方便有朝一日光明正大地培养他做接班人。每当浣生看到这个半野孩儿只系一条缠腰布的样子，就会感到一阵恼怒。当然，这种针对十一岁孩子的恼怒实在是犯傻。

“我有件事情要坦白。”她露出了笑容，“前段时间，我听到你在育儿室里跟其他孩子讲话。你给大家讲了一个很有趣的故事。”

他的眼睛很大，呈褐色，里面有黑色的小点，而且不怎么眨动。

“真是个有趣的故事。”浣生说。

提欧看上去和任何一个不知怎么应付讨人嫌的大人的孩子

没有两样。他不耐烦地叹了口气，把重心从一只棕色的脚转移到另一只。然后，他又叹了一口气，露出厌烦的表情。

“你是怎么想出那个故事的?”

他耸了耸肩。

“我知道我们喜欢讲关于船的事。也许讲得太多了。”她担心给提欧留下盛气凌人的印象，语气十分温和，“每个人都喜欢猜测那艘船的过去：它的建造者是谁，还有其他许许多多的事情。说得那么多，一定把你听糊涂了。我们会重新建造那座桥，你也会来帮忙……这样一来，你也就成了一名建造者。是这样吧?”

提欧再次耸肩，向她身后看去。

在公共地带的另一端，机械厂前，一队大汗淋漓的船长发动了他们新造的涡轮机——凭借模糊的记忆，经过多次反复试验，用粗钢打造出的原始的奇迹。土酿酒精与氧气结合，发出巨大的轰鸣。只要不出故障，这引擎强大到足以胜任他们指派给它的任何工作。但它太脏太吵，效率低下。它发出的声音几乎盖过了男孩的话。

“不是编出来的，”他说，“没有一点是编出来的。”

浣生假装没有听清他的话，“你说什么?”

“那个故事不是编出来的。”

涡轮机发出一阵噼啪声，熄火了。

浣生点了点头，沮丧地笑了笑。然后，她注意到一个身影正从工厂那边向他们这里走来。她穿着用手工编制的面料做的简单长袍，戴着肩章。迈尔辛看起来一如既往的阴沉、愤怒。

“我没有编任何故事。”男孩抗议道。

他妈妈问：“你在说什么?”

提欧没有回答。

他和浣生交换了一下眼色，仿佛达成了个协议。然后他转向迈尔辛，“我说这台机器……听起来很吓人。”

“确实如此。你说得没错。”

“船上就是这样的吗？大引擎不停地尖叫？”

“不，我们在船上使用的是核聚变反应堆。非常高效、安静，而且非常安全。”她看了一眼浣生，问道，“难道不是吗，亲爱的？”

“核聚变，是的。”浣生一边说，一边整理着手工制服僵硬的面料，“我想，那是整个银河系最好的反应堆。”

然后，像所有的母亲一样，迈尔辛说：“我很久没看见你了。你去哪里了，提欧？”

“外面。”提欧挥挥手，朝远处指了指。他有三根手指比其他手指短一些，颜色也更苍白——正在再生。肯定经历过一次小意外。

“你又去探险了吗？”

“嗯，离这里不远。”他告诉她，“我一直在山谷里。”

浣生认为他在撒谎。她听出他前言不搭后语。

但迈尔辛坚信不疑地点了点头，“我知道你在那里。我知道。”她要么就是没细想，要么就是为了在其他人面前保全颜面。

然后是一阵不自在的沉默。接着，涡轮机再次启动，充满活力地叮当作响。那声音吸引了迈尔辛的注意力，她转身往机械厂走去。

浣生对小男孩露出微笑，在他身边蹲了下来。

“你挺喜欢编的啊，”她说，“难道不是吗？”

“不是的，长官。”

“别谦虚过头。”她警告他。

但提欧固执地摇着脑袋,他盯着脚趾和地上的黑铁。"浣生长官,"他用小男孩特有的不耐烦的语气说,"是什么,就是什么。这是唯一永远不可能编造的事。"

十五

洛克在阴影中等着。他已经长大成人了,脸上却挂着小男孩才有的内疚表情,那双大眼睛里满是预料到灾难即将降临的惊惶。

他开口便说:“我不应该这样做的。”

但片刻之后,料到对方会怎么说,他又抢先答道:“我知道,妈妈。一言既出,驷马难追。”

浣生没有出声。

打退堂鼓的是他的父亲。“如果这事会带来麻烦的话,”笛雾咕哝道,“也许我们应该溜回家去。”

“也许你们的确应该回去。”他们的儿子说。然后,他转身匆匆便走,没说一句请他们跟上的话。他知道他们肯定会跟上来。

浣生急忙跑上小径,笛雾也紧跟着她的脚步。他们很快穿过这片新近长成的森林。随着黑色的伞树和优雅的拉姆达灌木逐渐消失在身后,眼前忽然出现了一座光秃秃的铁岭。黑色的柱子和铁拱组成了一座毫无章法的、让人恼火的迷宫。每一步都是一个挑战。铁石边缘如剃刀般锋利,在暴露的皮肉上划出细密的粉色伤口。深不见底的裂缝想吞噬途经的人,但它们吞下的只有金属地面上流淌的雨水。最糟糕的是,浣生的身体习惯了在这个时候睡觉,眼下,疲劳令她迟钝了许多。当她看见站在锈蚀悬崖边上、等待着他们的洛克时,她注意到了他宽阔的肩背和长长的金发编成的繁复发辫。她盯着那件样式简单的黑色上衣,料子是在村子的织布机上用伪棉花织成的。那件上衣她修补过许多次,却总是补得不好。

直到站在他身旁,浣生才发现自己一直无视了脚下绵延的深谷。深谷狭长,平坦的谷底覆盖着一片黑如夜晚的成熟的美德树树林。

“黑如夜晚。”浣生轻声说。

如她所料,她儿子摇了摇头,说:“妈妈。没有这样的事。”

他是说,没有夜晚这回事。

他是说,在他这个世界。

这里是块幸运之地。当这个世界开始朝各个方向喷吐它炽热的内脏时,这片厚厚的地块掉进了一条巨大的裂缝。这片美德树丛林被烧毁,却没有烧死。它的根系可能已经有了一个世纪的历史,甚至更长时间。也许和人类占领髓星的时间一样长。这地方给人一种富庶而永恒的感觉。也许这就是孩子们选择它的原因。

孩子们。

浣生知道不应该这样想,但还是认为他们太年轻了,而且从某种意义来说,太过脆弱。

“安静。”洛克轻声说,他没有回头看他们。

有人说话了吗?她想了想,却没有发问。

洛克长满厚茧的脚底和地面之间没有任何隔挡,他从一个落脚点跳到另一个落脚点,每次站稳之后都会轻哼一声,然后在明亮的天光中眨着眼，带着关心说上一句："请跟紧我。"

他父母的户外靴几十年前就破得不成样子了。现在他们穿着用伪软木和伪橡胶做的笨重凉鞋，需要努力才能跟上儿子的步伐。到了谷底，在摇曳的阴影中，空气稍微变凉了一些，带着一丝让人不适的湿润。从树冠落下的枝叶毯子一般覆在地上，腐烂的枝叶让地面有种饱含水分的柔软。有机体腐烂的气味对浣生来说十分生疏。一只巨大的刀翼目生物呼啸而过，看来有重要的事情要做。浣生看着那动物消失在阴暗之中，在远处重新出现，显得小了许多，钴蓝色的硬壳在一束突如其来的天光下闪闪发光。

洛克猛然转身，没有发出声音。

他用一根手指挡着嘴唇。从这个角度，他看起来酷似他的父亲。但浣生最在意的是他的表情。他灰色的眼睛里显出的痛苦和忧虑是那样强烈，她情不自禁地摸了摸他，作为安抚。

秘密是笛雾从儿子嘴里套出来的。孩子们在丛林中秘密集会，这样的集会已经持续了二十多年。不定时的，提欧会把他们召集到一个偏僻的地方，在那里，他们所说所做的一切都由提欧掌控。

"说了什么？"浣生一听便问，"做了什么？"

洛克拒绝明说。他先是带着抗拒和羞愧摇了摇头，然后轻声坦白："如果告诉你们，我就违背了我的誓言。"

"那为什么还让我们知道？"她逼问道。

"因为，"洛克的眼神忽闪忽闪，表情闪烁不定，最后定格为担心的样子，"你们应该听听。这样你们才能做出判断。"

他关心他的父母。这就是他违背誓言的原因，也是他带他们来这里的原因。

浣生心想,正该如此。

继续往前走了几步,一株她见过的最大的美德树突然映入眼帘。岁月让它死亡,腐烂使它倾颓。在它崩塌的时候,树冠也裂开了。成年的孩子和他们年幼的兄弟姐妹在那片辉煌的蓝白色天光中会合,成群结队,有的头发里还插着锤翅目生物的尾巴。他们柔软而快速的声音混合成了意义不明的嗡嗡声。提欧也在那里,在宽阔的黑色树干上来回踱步。这个年轻人已经成年。他系着一条简单的缠腰布,戴着一钢一金两个手镯,乌黑的发辫如同长绳。他那张年轻、漂亮的脸上露着一丝羞怯的、不自在的表情,这给了浣生一丝希望:也许这还是他们小时候那种老把戏,只不过扩大成了某种社交集会。提欧会为孩子们表演,给他们讲他编的故事。有脑子的人谁都不会相信那些故事,但每个人或多或少都能从中得到乐趣。

洛克没有回头也没有说话。他只是向前走去,穿过一排低矮的拉姆达灌木围墙,来到明亮而繁忙的林中空地上。

"你好,洛克。"二十来个声音此起彼伏地响起。

"你们好。"洛克回道。他只回应了一次,声音洪亮。然后,他走到前面年纪最大的孩子们中间。

他的父母信守诺言,蹲在丛林中,不去理会周遭上千只小虫子发出的嘶嘶声和噼啪声。

什么都没有发生。

又有几个孩子进入了视野。孩子们轻声说着话,提欧则继续踱步,仿佛什么事都没有。也许就是这样了,浣生想。但家长们总是低估他们的后辈。

提欧停止了踱步。

信众瞬间安静下来。

提欧平静地问道:"我们的目的是什么?"

"做出对船最有益的决定。"一个接一个,孩子们轻声回答。然后他们齐声说,"永远。"

"永远是多久?"

"比我们能计算的最久的时间更久。"

"永远有多远?"

"直到无尽的尽头。"

"然而我们的生命……"

"只有一瞬!"他们喊道,"甚至更短!"

这些话过于荒谬,浣生本该觉得滑稽,但是没有。几百人齐声说出这些祷言,仿佛将力量赋予了每个音节,让人信服。

"对船最有益的决定。"提欧重复道。

但这话其实没说完。他那瘦长俊俏的脸上充满了好奇和真诚。

他轻声问他的听众:"是什么决定,你们知道答案吗?"

孩子们纷纷喊道:"不知道!"

"那我知道答案吗?"

小声而恭敬地,他们告诉他:"不。"

"说得对。"他们的领导者说,"但是,当我清醒的时候,我一直在思考什么是最有益的决定。对我们伟大的船最有益,而且永远有益的决定。当我睡觉的时候,梦中的我也在做同样的事情。"

"我们亦然。"他的追随者们咏唱道。

浣生心想,不,这不是单纯的咏唱。这声音太凌乱,听起来太诚实了。对他们每个人来说,这都是庄重的誓言。

然后是短暂的、令人不安的停顿。

接着，提欧发问："今日可有事务？"

"我们有新来的！"有人大声喊道。

在那尴尬的一瞬间，浣生以为他们指的是她和笛雾。她回过头，来这里后第一次看了一眼笛雾：他显得很平静，似乎很高兴浣生能回头看他。当提欧喊"把人带来"的时候，他握住了她的手臂。

新来者其实是一对七岁的双胞胎。兄妹俩慢慢爬上正在腐烂的树干。他们似乎吓坏了，颤抖的双手紧紧抱住多孔的、天鹅绒黑的树皮。但是提欧向他们伸出了双手，建议他们深呼吸。"我们是你们的兄弟和姐妹。"他不止一次地提醒他们。等他们爬上树干、露出笑颜时，他问道，"你们知道船吗？"

小男孩看了看天空，说："它非常古老。"

"没有什么比它更古老了。"提欧用谈心的语气说。

"而且它很大。"

"是的。没有什么比它更大。"

他的妹妹用手指拨弄着肚脐，想鼓起勇气。当提欧看向她时，她抬起头来，"我们就是从那里来的。船上。"

听众哄笑起来。

提欧举起一只手，众人安静了。

她的哥哥纠正她。他压低声音，但是斩钉截铁地说："船长们才是从那里来的。我们不是。"

提欧点了点头，等待着他后面的话。

"但我们要帮助他们。"男孩露出欣喜的表情，"我们会帮助他们回到船上。不久之后。"

仿若冰封般的沉默持续了很久。

提欧露出耐心的笑容，他拍了拍两人的脑袋，然后看着自己的追随者们,问:“他说得对吗?”

“不对!”他们吼道。

兄妹俩吓得畏畏缩缩,恨不得藏起来。

提欧蹲坐在他们中间,用坚定而平静的声音说:“船长们是船长们。但你们和我,还有在这里的大家……我们是用这个世界的东西创造的。用它的身体、水和空气……还有建造者们不灭的灵魂……”

这样的蠢话,浣生已经二十多年没有听过了。她真不知道该笑还是该怒。

“我们是重生的建造者。”提欧站了起来,搂住两个孩子的肩膀,“无论如何,我们的目的绝不是去帮助船长们。这一点我非常肯定。”

他注视着阴暗的丛林,宣布道:“船长们总是觉得自己牢牢掌控着那艘船。但是,朋友们,想想看……一天之内,就能发生多少奇迹!”

迈尔辛拒绝相信这件事的任何部分。

“首先,”她告诉浣生,还有她自己,“我了解自己的儿子。你描述的事情太荒唐、太可笑。坦白地说,太傻了。其次,根据你的统计,有半数以上的孩子参与了这次集会——”

笛雾打断了她,“他们大多是成年人,有自己的家。”随后他补充了一声,“长官。”接着点点头,表示自己说完了。

愤怒的沉默笼罩着三人。

“我查过了。确实有几十个孩子昨晚溜出了育儿室……”浣生说。

“我不是说他们没有。我很清楚他们的确溜去了什么地方。"迈尔辛露出不耐烦的表情,"请你们两位听我说好吗？你们也稍微体谅体谅我,好吗?"

"当然,长官。"笛雾说。

"我知道有哪些可能性。我清楚我的儿子从小接受了怎样的教育。我了解他的性格,除非你们能为这无稽之谈……这些狗屎……提供可信的动机——不然我只能当你们什么也没说过。"

"那我的动机又是什么?"浣生诘问,"我为什么要编这么一个故事?"

迈尔辛沉下脸,露出冰冷的笑容,"贪婪。"

"贪婪？贪图什么?"

"相信我,我懂。"她眯起眼,眼角寒光四射,"如果提欧是个疯子,你儿子就出头了。先是在同龄人中获得最高的地位,最终掌握真正的权力。"

浣生瞥了笛雾一眼。

他们没有提到告密的是洛克,这件事他们希望能够保密,能保密多久就多久——原因很多,大多是私人理由。

他们身处副首领仅有一室的房子里。这地方狭小而拥挤,空气热得几乎不能呼吸。尽管迈尔辛尽可能地保持了清洁,这屋子依然给人一种破败之感。而在最黑暗的角落里,还有阴沉沉的、活生生的恐惧。浣生几乎可以看见那有着恐惧的红色眼睛,正直勾勾地盯着她。

"关于建造者的事,你亲自去问问提欧吧。"她禁不住说,"问问他的看法。"

"我不会问的。"

"为什么不?"

这女人抓着被汗水浸湿的制服，徒劳地想从上面摘下那些带倒钩的孢子和带翅膀的种子，“如果你在撒谎，他会告诉我你在撒谎。反过来说，如果你是对的，他真有什么要隐瞒的，他同样会告诉我是你在撒谎。”她尖刻地说。

“但是，如果他承认了呢？”

“那他就是故意想让我知道。”她瞪着浣生，仿佛她是个无可救药的白痴。她正在摘掉种子的双手停了下来；她的声音愤怒、坚定又冷酷，“如果他承认了，那他就是故意想让我发现，浣生。亲爱的，你不过是充当了他的信使而已。”

浣生屏住了呼吸。

然后，迈尔辛透过敞开的房门，看着外面圆形的公共地带，“而我，不愿意接受这种真相。”

其实是有预兆的。

仪器记录的震颤声频变高了。孢子风暴让船长们想起了寒冷世界里的暴风雪。有几个温泉的流出物变了颜色，鲜艳有毒的蓝色蔓延到了本地的溪流里。有一棵哈兹树枯萎了，它把积攒的脂肪和水收进了地下深处。

但是，最高阶的船长们太过心烦意乱，这些小小的预兆没有引起足够的重视。

三个船日之后，在整个营地熟睡之时，一只巨手将这块地壳抬起了数米，然后感到厌烦似的又把它扔了回去。船长们和孩子们跌跌撞撞跑进圆形的公共广场。只过了一会儿，天空就被黄金气球和数十亿飞虫塞满了。经验告诉他们，再过十二小时，或是更少的时间，这片土地就会胀裂、爆炸，上面的一切都将被彻底抹去。浣生像醉酒一样在余震中奔跑，从一个圆形广场跑到另一个,终于来到洛克整洁的家。她高喊着“洛克”,冲进空荡荡的房间里。

他在哪里?

她沿着圆形广场的边缘寻找,但除了空房子,什么也没有找到。一个高大的身影从提欧的小房子里出来,问道:“你看见我的儿子没有?”

浣生摇摇头,“我的呢?”

“没有。”迈尔辛叹了口气,大步从浣生旁边走过,喊道,“你知道他在哪儿吗?”

笛雾正站在圆形广场的中心。

“帮帮我,”副首领承诺道,“你也会帮到你儿子。”

笛雾点了点头,飞快地鞠了一躬。

十几名船长冲进了丛林。浣生留了下来,她强迫自己收拾自家的必需品,并尽力帮助其他忧心忡忡的父母。新的地震接二连三地到来。混乱中,几个小时过去了。他们脚下的地壳逐渐碎裂,裂缝撕开了一个个圆形广场,令人不安的热量已经渗透到了地表。黄金气球消失了,取而代之的是铁粉聚成的云。燃烧的丛林散发出脂肪烧焦的臭味。船长们和最年幼的孩子们站在最大的圆形广场里,紧张地等待着。旱橇和气球车已经装配完毕,但代理指挥的副首领,眼花的老达恩,不肯下令离开。“再过一分钟。”他不停地告诉大家。然后他会小心地把简陋的时钟藏进他最大的口袋里,强忍着想看着它小小的机械齿轮不停转动的冲动。

提欧走进空地,脸上挂着笑容。

浣生感到一阵眩晕的宽慰。

但宽慰瞬间崩塌成了震惊和恐惧。这个年轻男子的胸腔被人用刀划开了。第一道伤口正在愈合,但第二道伤口更深,垂直于第一道伤口。撕裂、脱水的皮肉正在努力地自我愈合,白得骇人的肋骨根根清晰可见。提欧没有死亡的危险,但他把痛苦表现得恰到好处。他一边呻吟,一边蹒跚行走,倒地之前还设法正了正身子。然后,就在他的母亲走出黑色丛林的那一刻,摔倒在裸露的铁地上。

迈尔辛没有受伤,但她陷入了绝望。

浣生感到一阵恶心。她看见副首领跪在儿子身边,一手揪住他厚实的棕发,另一只手小心地把满是血迹的刀刃折回铁柄。

提欧在丛林里对她说了什么?

他是怎么将自己的母亲引得如此暴怒?

他一定是这样做了。事情一件接着一件发生,浣生意识到这并非偶然。这一切都有一个精心安排的计划,可以追溯到洛克把秘密集会的事告诉她的那一刻。她的儿子答应带她和笛雾去看一次集会。但他答应的究竟是谁?明显是提欧。提欧让洛克加入这个游戏,以此确保迈尔辛最终会知道集会的事情,让她的权威受到挑战。此刻躺在母亲怀里的提欧,自始至终都知道接下来会发生什么。

迈尔辛注视着她的儿子,在他的脸上寻找着道歉的痕迹、动摇的勇气。或者,也许她只是给他一点时间,来凝视她无情而寒冷的目光。

然后她放开了他,捡起一根粗大肮脏的黑铁楔子——地震后的圆形广场上,满地都是这种东西。带着平静的愤怒,她把提欧翻过去肚子着地,动手捣碎了他脖子后面的椎骨,然后用力转动楔子,让血和绞碎的肉四处飞溅,几乎把他的头从他瘫掉的身体上切了下来。

浣生抓住她的胳膊，猛地拉开。

船长们扑倒了迈尔辛，把她从她儿子身边拖走。

“放开我。”她命令道。

有几个人退开了，但浣生没有。

然后，迈尔辛扔下那块血淋淋的铁疙瘩，举起双臂，大喊：“如果你们想帮他，帮吧。但是，这样做之后，你们将不再是我们中的一员。这是我的命令。依据等级的权利，我的官职和我的意愿……”

就在这时，洛克从丛林里出现了。

他是第一个向提欧走去的。他没走出两步，其他孩子们也从阴影中涌了出来，几个没有离开过的孩子也加入了他们的行列。转眼间，船长们至少三分之二的后代围绕在那具毫无生气的身影旁边，一张张脸上充满了关切和决心。他们找到一副担架，安顿好了自己的领袖。有人问船长们要去哪个方向。达恩望着天空，看见一团肮脏的烟雾从西边飘来。“向南，”他咆哮道，“我们去南方。”孩子们随即开始列队，向着北边进发。他们几乎没带什么物品，食物更是一点也没带。

笛雾站在浣生旁边。

“我们不能任凭他们离开。”他低声说，“得有人和他们待在一起。跟他们交谈，听他们的说法。还得想办法帮助他们……”

她看了看她的爱人，张开了嘴。

“我去。”她本来要说。

但笛雾抢在她答话之前说：“你不能去，不。你待在迈尔辛身边更能帮他们。”他显然已经仔细考虑过这个问题了，“你有高阶等级，你在这里有权力。而且，你说的话迈尔辛听得进去。”

在符合她要求的情况下，也许吧。

“我会始终与你保持联系，悄悄地，”笛雾说，“想方设法。”

浣生点了点头，她性格中倔强的那部分提醒她，所有的痛苦和愤怒终将过去。过上几年、几十年，也许一个世纪以后，她终将开始忘记这可怕的一天。

笛雾吻了她，和她拥抱在一起。但浣生越过他的肩膀，看到了丛林边缘洛克那熟悉的剪影。隔着这样的距离，透过交错的阴影，她无法判断儿子是面向着她，还是背对着她。无论是哪一种情况，她微笑着，用口型说：“要乖。”然后，她深吸一口气，对笛雾说，“要小心。”接着她转过身，不去看两个男人中的任何一个消失在逐渐升腾的烟雾里。

迈尔辛独自站着，几乎被人遗忘。

船长们和仍旧保持忠诚的孩子们一起匆匆南下，朝最近的安全地带进发。副首领却仍旧站在圆形广场的中心，一动不动，用细弱、干燥、哽咽的声音说着话。

“我们越来越近了。”她说。

“你是什么意思？”浣生问。

“近了。”她又说了一遍，然后抬头看着灿烂的天空，双臂高高举起，向某种不存在的东西伸出手去。

浣生温和地碰了碰她，想哄她走。

“我们得快一些了。”她提醒她说，“我们早就该走了，长官。”

但迈尔辛踮起脚尖，将手伸到更高的地方。她伸直了手指，眯缝着眼睛，喉咙里冒出一阵低沉的苦笑。

“但还不够近。”她呜咽着，“不够，远远不够。还没到，还没到呢。”

十六

永生不老的副作用之一，就是对记忆的处理。活过千万年之后，生命究竟应该如何应付大脑中一锅粥似的多余回忆？

仅仅是人类这一物种，其下的各个分枝文明便有着各式各样的解决方法。有的通过用各种仪式包装的医疗过程，小心地移除冗余的记忆与尴尬的记忆。另一些则相信净化，决定彻底地融入自然，依靠自然来修剪记忆的枝条。还有一些严苛的团体甚至会故意彻底破坏成员的意识，待到其肉体自我修复之后，便认为对象已然重生为另一个人了。

船长们不相信所有这些所谓的解决办法。

出于他们的职业和他们乘客的需要，最好的解决方案便是训练，训练出一个能够牢记每一分钟细节的强悍意志。“毫无遗漏”，这就是他们的终极理想。任何船只的指挥者都需要全面了解各种细节和情况，没有人能够知晓在某个关键时刻是否必须从记忆深处挖出有用的信息。身为船长——任何一位船长——必须对工作的一切情况了如指掌，才能在关键时刻成为所有人的倚靠。

迈尔辛正逐渐忘记如何做一名船长。

这并非意料之外的事，情况也并不严重。时间和严苛的新生活正在逐渐削弱她过去的记忆。在移居髓星一个世纪之后，她逐渐感到自己所珍视的部分才能受到了侵蚀。她发现自己正在担心最终回归原职以后，自己是否仍能胜任。

最后一位获得首领奖章的船长是谁来着？是因为什么缘故来着？

她在脑海里过了一遍最近的五十位奖章获得者，还是确定不了谁是最后一位。

在阿尔法海的氨水大洋中居住的、长得像水母的那个种族，叫作什么来着？那群居住在特制的熔炉中、在常温下会冻结的机器种族又叫什么来着？还有那群数码生命，就是常常像吵闹鬼一样开着各种幼稚玩笑的种族……他们原本是从哪来的？

都是些细枝末节，然而对数以百万计的生物来说，却是生死攸关的大事。

有一群生活在冒烟山谷的人类……一群反技术主义者……他们叫什么名字？他们的创始人又是谁？他们那个决定，完全依赖全宇宙最伟大的机器生活的决定，他们是如何做出的？

过去的一百多年以来，应该有过五次航线调整，都是提前计划的小调整。飞船的航线已经被非常精确地规划到了两万年后，但迈尔辛却只能回忆起大致的方向。

我现在只比一个普通乘客懂得多一点罢了，迈尔辛想。

在她回归之前，很多事情一定已经发生了变化。职阶、面孔、荣誉榜，甚至这艘大船的航线……一切都将根据实际情况进行调整。但每一个重要决定，每一个生死攸关的决定，都没有了迈尔辛的哪怕一点点的参与。

但也有这个可能：并没有做出任何新决定。

她听到过流言。有人说,事变清除了船上的所有生物,让大船重新归于空寂。也许正因为如此,才从未有过任何救援计划。首领、船员,以及无数不幸的乘客,在那一瞬间都被蒸发殆尽。每座公寓、每条走廊都被彻底净化,分毫不留。想象一下,千万年过后,附近某个勇敢的(或是愚蠢的)种族再度发现了这艘空无一人的船,这片荒芜的不毛之地。他们找到了进入船舱的入口,让一切重新开始。

这幅画面为什么会如此生动?

因为迈尔辛的的确确动过这样的念头。在她经历那些最黑暗瞬间的时候。

提欧和其他违望者抛弃她之后,她发现只有一场彻底的大屠杀才可能安慰自己。数以十亿计的屠杀。如此,她个人的悲剧才能被冲淡到几乎可以忽略不计,变成大船历史中一个不起眼的脚注。既然是一个不起眼的脚注,那么她就有希望忘记亲生儿子说过的那些恐怖的话语,就有可能忘记他是如何逼迫自己将他驱逐,有可能终于不再在繁忙、杂乱的思绪中突然地想起他。

写日记对迈尔辛来说,起先只是个实验。一天之中任选一个时刻,在住宅的阴暗的角落坐下,将新鲜的墨水灌满一支坚硬的杯型虫尾,然后用小而清晰的字体,将这天中发生的重要事件书写在纸上。

这是一个古老的行为。

作为记忆和记录的工具,书写早已被数字化程序和记忆芯片等技术取代了。然而,就像生活中的其他技术一样,书写也在她手中复活了,尽管这项技术看起来不会长存。

“我恨这个地方。”

这是她写下的第一行字，也是她所有意念中最为突出的想法。

然后，为了减轻吞噬她的仇恨，她开始写下在髓星上牺牲的船长们的名字，以及他们可怖的死因。她在粗糙的、色泽宛如白骨的纸上留下无数文字，然后小心地折起纸，塞进一个石棉制的小包。如果这个营地被放弃，这个小包会是她随身携带的重要物件之一。

这项小实验逐渐变成了习惯。

习惯逐渐成了责任。在十年连续不断地履行这一责任之后，迈尔辛意识到自己真心地喜欢上了写作这件事。她可以对纸张倾诉任何事情，而纸张从不会质疑和抱怨。这缓慢又细致的行为产生了一种迷人的乐趣。每天傍晚，她都在纸上记录下这个日子的死亡和新生。旧人逐渐淹没在新人的浪花之中。许多船长陆续生下了更多的子女，而他们最年长的孩子——那些几乎不懂得忠诚和爱的后代——也在用自己鲁莽的方式制造着自己的后代。髓星是个严酷的世界，但充满生机。人类在这里也变得坚强和多产。出生率已经超过死亡率二十倍之多，差距还在不断加大。未曾生育的船长数量现在已经极其稀少了。人口出现不足时，迈尔辛就会下达生育的命令，甚至还出现过生育配额。谢天谢地，这不是强制性的政策。迈尔辛本人也得益于此。和少数船长一样，她再也没给剧增的人口浪潮贡献过更多的子女。

曾经的丰硕胜似永远丰硕。

另一位被自己的经历所伤的船长是浣生。至少迈尔辛是这么猜测的。她们两人的儿子都变成违望者叛逃了。两个人都理解再次生育所要承担的风险。

“这可不是我的借口。”浣生有些生气，但脸上依然挂着一丝微笑。

迈尔辛低声重复着这个词。“借口？”她说，“借口？”她摇摇头，抿了一口茶，“你为什么会认为这是一个‘借口’？”

这是一个不寻常的傍晚。浣生碰巧遇见副首领的心血来潮，只好接受邀请，与她并肩坐在迈尔辛家门外的矮凳上。她们望着那些几乎全裸的儿童和刚刚成年的孩子在公共圆形广场附近来来往往。在她们的头顶，交错的木棍支撑着一顶天篷，制造了一块荫凉。天篷上被虫蛀出了许多洞眼，天光从中倾泻而下。在过去的一百八十年中，天空的光线几乎完全没有减弱过。它依然耀眼夺目，充满热量，有时候还能派上点用场。副首领在天篷的洞眼下放了一只金属凹面镜，将光线聚焦到一只破旧不堪、饱经旅途的茶壶上。里面正为客人烧着收集来的雨水。迈尔辛用一块破布擦拭着一只大号杯子准备沏茶。浣生接过这份礼物，点头向主人致谢，然后说道：“我已经有了一个儿子。”

起初，迈尔辛什么也没有说。她简单地重复着：“是的，没错。”

“如果我找到一个好男人，没准我会再生一两个。”

浣生不愿选择新爱人。笛雾是个叛徒。除了“叛徒”，还有什么词能形容他呢？但他是一个有用的叛徒，总是偷偷想办法给他们传递违望者的消息：活动情况、活动范围，等等。

“大量繁衍后代……我只是不认为这是个好办法。”浣生说。

迈尔辛点点头，说道：“我同意。”

“如果我发现自己……”浣生犹豫了，仔细琢磨着下一个句子。

“发现什么？”副首领催促道。

“繁衍后代，而且是大量繁衍。这在道德上说不过去。”

“你究竟是在指什么，亲爱的？”

浣生喝了一小口茶，她似乎下定了决心，不再顾忌迈尔辛的想法，“这是一个过分的决定，生下这些孩子。他们的诞生并不是因为爱——”

“你是说我们不爱她们？”迈尔辛的心猛地一跳，然后又归于平静。

“我们当然爱他们。毋庸置疑。但根本原因却是冰冷务实的逻辑。最初是这样，现在也是这样。我们能够塑造出为我们所用的孩子——至少我们这样希望——而这些孩子将会为我们造出新的桥。”

“这正是亚斯林的计划。”迈尔辛补充道。

“的确如此，长官。”

“难道这个理由还不够分量吗？”

“只是我们自己这样认为。”髓星改变了浣生的外貌。她的皮肉依然健康而光滑，但饮食和大量的紫外线改变了她的气色，她的皮肤现在呈现出一种棕灰色，像烟雾。除了皮肤，她的眼睛也不同了。和过去一样充满灵气，但更加坚强，更富有决心。

“我们不该努力逃离这里吗？”迈尔辛问道。

“但逃脱之后呢？”浣生反问，“接下来的四千年里，我们将会需要无数的劳力。如果髓星真的建立起了亚斯林规划的那种程度的工业文明，同时它还在继续膨胀，如果我们真的回了家，成了英雄……那时候，我们该拿自己繁育的这个小小的世界怎么办呢?”

“我们用不着现在就决定。”迈尔辛回答。

“我觉得这就是问题所在。”

“为什么?”

“长官,”浣生说,“等到那个时候,我们已经不能做出选择了。那时需要做出抉择的人是我们的孩子,还有我们的孙子。”

突然,迈尔辛衷心地希望现在是睡觉时间。那么她便可以不失脸面地找借口离开,回到她的阴暗小角落,把一天的事情记载下来。只写几句话就好。尽管技术的发展已经让纸张越来越薄,但随着年岁的累积,纸堆越来越厚,越来越难以承载这激增的历史。

“我们的船,”副首领说,“接纳了那么多不同种类的乘客。怪异的外星人总比我们自己的孩子难应付多了。”

沉默。

迈尔辛整理了一下制服。白色的纤维材料透气又透汗,纤维之中穿插着无数纯银的细丝,让这件代表过去的衣服闪闪发光。在圆形广场或是其他任何居住地,孩子们都光着膀子,身上只有小短裤,或者小短裙加小背心。迈尔辛很早以前就接受了他们的裸露,因为这样反而可以凸显古老的船长们的身份和他们制服的尊贵。

迈尔辛率先不耐烦地打破了沉默:“你在烦恼什么呢,亲爱的?”

“这些孩子。”浣生回答。

“嗯?”

“他们不是唯一的一批。”

“你是指违望者。”迈尔辛点点头,笑了起来。她一口气喝光自己的茶,然后告诫这位一级船长:“我认为他们想留在这里,这片他们的小小乐园。我们应该把他们好好地、紧紧地关在这里,关在髓星。”

副首领精确的人口表格中记载了出生,当然也有死亡。但现在,一个新类别出现了。那就是失踪人口。这个类别的数字目前还很微小,但增长速度很快。

这些人都是偷偷溜走的,除了适合长途跋涉的生活必备品,以及一些轻型工具以外,他们什么都没拿走。如果传言和已查明的证据属实,最近的一群违望者所在的地方距离他们有整整一千公里。对任何生物来说,这都是一段令人望而生畏的旅程。迈尔辛认为,那些失踪的孩子能够下定决心踏上这段旅程,是因为他们相信在违望者那里,可以寻获他们迄今为止短暂的一生中某些问题的答案。她甚至可以想象出具体的原因:无聊、好奇、政治诉求,以及草率鲁莽。原因也可能更加单纯:他们只是对自己在忠诚者中的地位感到不满。这些人迟钝、懒惰、难以驯化,或许违望者团体更适合他们。虽然事实未必如此,但失踪者们一定是这样想的。他们一定组成了小团体,长途跋涉,一路歌唱,想仗着年轻冲动去寻找自己渴望的未来。

一些人死在了途中。

在没有名字、摇摇欲坠的山谷中,被喷涌的铁水吞没,或被爆发的气体烧焦。

起先,迈尔辛还想派出搜索小队,把那些离家出走的孩子带回来,狠狠惩罚一顿。但反对的声音出现了——连她自己也是其中一员。这些声音认为,真正重要的是那些留下来的人,意志坚定、目光远大的人。

每个夜晚,当把日记的纸张塞进石棉口袋,然后放进石棉大旅行箱后,迈尔辛都会感到一点小小的欣慰。她会想着自己又度过了一天,距离终极目标又前进了一厘米。然后,她会孤独地坐在自己的小床上。由于白天她经常忘记吃东西,她会强迫自己吃下一片大量调味过的脂肪。她是在指挥自己给一具几乎不再感到饥饿的躯体喂食,这具躯体需要卡路里和休息,而她至少可以提供前者。接下来,迈尔辛会躺在床上,仰面朝天。有时她会睡着,甚至做梦,但更多时候,她只能想方设法让自己在黑暗中保持三个小时不动,而她的大脑会在含糊的梦和清醒的意识之间徘徊,计划着明天的、下周的,以及未来五千年里需要执行的事情。

第五百年是一个宜于展示的好时机。

为了一周的庆祝仪式,人们进行了长达一年的准备。仪式的高潮部分是围绕哈兹市大圆形广场的盛大游行。这个世界一半的忠诚者都参加了这个游行。人体彩绘铺天盖地,家属和朋友们手挽手、肩并肩,站在广场中心的帐篷天顶之下,看着游行队伍走过广场外沿的五十座木材与塑料搭建的建筑。五万名欢乐、富足的人。当迈尔辛走上讲台的时候,每个人都望着她。她扫了一眼手里的钟,举起一只手,大声说道:

"五百年了。"

安置在四周的笨重的扩音器放大了这个声音,让它穿过整座城市,甚至达到整个世界的边缘。

台下响起发自肺腑、山呼海啸般的欢呼。

"五个世纪了。"她又重复了一次,声音比欢呼声更加高昂,"我们现在在哪里?"

一些笑声传来。

“在我们一直在的地方!”有人大声喊道。

笑声响起,又沉寂下去。人群急不可待,他们期待着。

“我们在攀升!”副首领发声了,“持续地、无尽地攀升。就在此时此刻,我们正以每年四分之一米的速率爬向天空!我们建造了新的机器和城市。尽管这个世界每天都在向着我们露出獠牙,我们仍然繁荣和昌盛。但是,有一件事比这更重要千倍。那就是我们必须牢记我们将要前往何方。这个世界只是一个小地方,和外面的世界相比,它不过是小小的垂翅虫的蛹,挂在一个硕大无比、异常美丽的茧上。

“我们身处在一座星船的核心之中。一座伟大的交通工具,一座复杂而精致的伟大机械。这座前无古人的星船正朝着宇宙深处进发,一个你们全然无知的宇宙。我敢保证,当你们目睹这宇宙的美丽之时,你们必然会感动到泪流满面。”

她停了停。

“我保证,你们每个人都会见到那个伟大的宇宙。

“那些忠诚而富有决心的,你们将获得丰厚的奖赏和无上的荣光。你们将无须再为生活操心,无须在你们无尽的生命中为任何事情担忧。”

一阵欢呼传来,而后渐息。

“我明白这有多么困难,”她告诉他们,“去相信一个无人目睹过的天堂和奇迹。它需要你们抛开成见,充分梦想。它需要勇气和信任。我很高兴你们仍在这里。我感谢你们每一个人的勤劳工作、忍耐和无尽的爱。”

响起了更大声的欢呼,许多人在为彼此鼓掌,迈尔辛等待着人群渐渐安静。

“老船长们感谢你们！由衷地感谢！”

这是一个预先演练过的环节。所有幸存的船长们都按阶级坐在迈尔辛身后，身上的银色制服闪闪发光。他们整齐地起立，集体向人群鞠躬，然后坐下。所有人的目光都集中在迈尔辛的后脑勺上。

“随着时间过去，你们的生活会变得越来越富足。”她强调道，“老船长们带来了知识，而知识揭露了未来光辉的一角。你们每天都在目睹知识的力量，知识无所不在。我们现在可以提前数月预测火山的爆发，我们也在原始森林中成功地放牧。是老船长们建造了那些神奇的机器。但我告诉你们，这些并不是给你们的最好的礼物，孩子们。我们所有美丽的、可爱的孩子。

“我们最伟大的礼物，是仁慈和荣耀。

“仁慈，”她重复道，“还有荣耀。”

迈尔辛的声音传到了很远的地方，在遥远的高山反射出阵阵回声，然后渐行渐远。

她露出了愉快的笑容，“让我来告诉你们什么是仁慈。以我的权威，从今天到接下来的整整一年，我会大赦罪人。一场专门为了违望者准备的大赦。希望你们加入我们的梦想，来吧，违望者们！如果你们此时此刻正在倾听，就上前来吧。离开原始的荒野！加入我们，帮助我们，为即将到来的伟大之日做好准备！”

回声传遍了四周的群山。

违望者们当然躲藏在四周，他们一定正在观望着这伟大的庆典。甚至可能比想象的更接近。有传言说，他们的间谍每天都在忠诚者的城市偷偷出没。但就连迈尔辛本人都不敢相信，会有违望者愿意接受她的这一恩典。

然而仅仅一年过后，副首领用笨重的打字机写下了“有三个人回归了我们”。

其中两位出生在忠诚者家庭,因为无法忍受违望者的生活方式而离开。第三位回归者是提欧的一个孙辈,也就是说,她是迈尔辛的曾孙女。

副首领大方地欢迎了他们的回归。但她深信,这些回归者的心智已经受到了荒野的影响。这些人的言行举止都被记录在案,同时也被禁止参与任何与科技相关的工作,哪怕是最无足轻重的。

每个晚上,就在迈尔辛进入她的无眠之眠之前,她都要往打字机简陋的磁性芯片中输入一句话:“我恨这个世界——”

“但是,”伴着轻微的满足感,她继续写道,“我会捏住它的心脏,征服它。然后我会把这颗心脏捏到再也不会跳动为止。”

十七

十年后，被称为高山脊的山岭即将覆灭。

地震学数据表明：一片液态金属的海洋正在他们脚下升起。当地的美德树也表现出了同样的征兆。一阵剧烈的震颤在丛林里和光秃秃的黑铁岭上引起了恐慌。哈兹城里的人们正将他们珍爱的建筑从地基上拆下来，准备带走，按照严格精确的计划一步步放弃这片区域。

这些孙辈正在做的事情是错误的。他们知道这样既愚蠢又危险，他们也准备好了承担严重的后果。然而，对这些年轻的生命来说，野火和彻底的破坏是太难抵抗的诱惑。他们短暂的一生中还从未见过如此大规模的毁灭。

这十二个彼此要好的年轻人借来了石棉防护服、靴子和涂成亮蓝色的钛金属氧气罐，利用一系列“睡觉时间的秘密行动”，将这些宝藏搬到了丘陵地带。然后，趁母城正在向安全地带转移，他们聚集在主要的圆形广场附近。为了宣誓对即将去做的事情永远保守秘密，他们每个人都切掉了自己的小脚趾，将十二块血淋淋的骨肉埋进了一座小小的、没有标记的坟墓里。

他们不是真正的孙辈。至少对船长们来说不是，他们的辈分低得太多。但他们仍被称作孙辈,因为这是传统。这些女孩和男孩是第十代到第二十代的忠诚者,他们整齐地排成两列,一同向着高山脊进发。终于遇上烟雾和腐蚀性水汽的时候,他们讲了几个老笑话。

“想要离开髓星,需要多少名船长共同努力?”一个男孩问。

“一个也不需要。”他的女朋友应和道,“所有工作都是我们替他们做的!”

“我们所在的这艘船有多大?”

“每天都在变大,”另一个女孩说,“在船长们的脑子里变大!”

每个人都笑了。

然后另一个男孩问:“比我们的领袖更幸福的是什么?”

“穿在晚餐烤肉叉上的刀翼虫!”他几个朋友反应过来,大声说。

“为什么?”他问。

“因为虫子马上就要死了,而我们的领袖还得继续在烤肉叉上打转,感受火焰的炙烤!”

迈尔辛的阴郁情绪非常著名。事实上,孙辈们就喜欢她这一点。那个女人看不出年龄的黑色眼睛几乎就是阴郁的实体写照。很显然,她极度渴望离开髓星,回到那个叫作“船”的地方,那个肯定十分奇妙又十足古怪、令人向往的地方。

在髓星,乐观愉快的领导者永远激发不出士气。反倒是迈尔辛永远阴郁的面色,能够激发出忠诚者们心甘情愿的支持,让他们毫无疑虑地不停工作。

至少这个小群体里的每个人都是这么想的。

他们继续前进,笑声越来越大,也越来越紧张。毕竟他们都是城里的孩子。他们对丛林倒是相当了解,但在他们迄今为止的人生中,这个地区的地壳大多数时间都处于沉寂状态。噼啪作响的火焰和打着转的黑灰对他们来说是陌生的。男孩和女孩都暗暗意识到,他们从来没有想到竟然会有这样持续的、令人畏惧的高温。有时,他们会刻意点燃一只手,从烧伤快速愈合的过程中寻求些许安慰。有一次,他们离火山喷气孔太近,半数人灼伤了口腔内部,烧熟了肺部。他们不得不挤在一棵巨大的湾湾树下,割破树皮,让清凉的汁液来安抚他们的疼痛。

他们都偷偷想过,也许大家今天就会死。但没人有勇气承认自己的想法。他们都听见自己在哄别人快些走——眯眼望着乌云,信誓旦旦地撒谎说:“我看见山了。”

还有:“我想应该不远了。”

但愿如此。

他们通过导引信标找到了自己的防火服和氧气罐。如果没有这项简单的预防措施,他们肯定会错过藏东西的地方,因为地形已经被野火改变了。

大家穿戴停当,没有一套衣服是合身的。

但是,谁会在乎接缝的地方是否有间隙、难以忍受的热量是否会过快地渗入防护服呢?他们英勇无畏,他们情比金坚,患难与共。就在这时,髓星似乎有意要为他们表演一番:它突然在附近开了一道裂口,巨大的压力让地下深处一股熔化的炽热金属喷涌而出。没有防护的眼睛被热量刺激得不停眨动,熔融的金属像河水一样,向注定毁灭的谷地奔流而下。

“近一些,”孩子们冲彼此尖叫着,“再靠近些。”

他们才不在乎这里有没有安全绳和救生员。真正重要的是离岸边近一些,看那炽烈的铁浆涌下山坡,用冒汗的脚趾最直接地感受那种巨大的、不可抗拒的力量。

它就像一头活生生的怪物。

像所有的怪物一样,它有不可思议的、迷人的美。

这幅画面极其壮美。河流融化了它身下的地面,古老的树干在它面前瞬间蒸发。大块冷却的铁坠入河中,沉入深处。较大的隆起和铁巨石只能抵挡那奔流的一个瞬间,然后就发出哀怨而刺耳的尖叫,被推往下游。

一个男孩蹑手蹑脚地走到一个看得入迷的女孩身后——应该是对她有些动心——他双手并用,突然间轻轻推了她一把。

然后在她向前栽倒时搂住了她。

她叫嚷着试图转身。但因为穿着那套不合身的防护服,一只靴子打了滑,让她挣脱了深情的拥抱,向熔融的金属摔去,直到她抓住了男孩的腰带,把他拽向她。

有那么一瞬间,他们在白热的空气中腾空,然后缓慢而笨拙地摔在河流不远处还算阴凉的地上。他们在彼此的怀里大笑,那一刻的有惊无险让他们坠入了爱河。

趁别的孩子在河边玩耍,他们溜去了别处。在被烧光的山坡上,他们脱下除了厚底靴之外的所有衣物,就那样做爱。他们不敢坐下,因为地面太烫。有些时候,烟雾会升上来包围住他们,这时他们就吸吮瓶子里的空气,或是屏住呼吸,让瞬间的眩晕化为一股温暖的电流,嗡嗡作响。他们的生理机能成功地应付了氧气的不足。

但最终,这场游戏失去了它醉人的魅力。

刚才的急切已经离他们而去。小小的懊悔开始令他们烦恼。为了掩饰自己的感受,他们谈论起了能想到的最宏大的事情。女孩拉起她的隔热裤,问:“之后你要住在哪里?”

她的意思是，等我们到了船上。

“在那片大海边上，”男孩回答道，“船长们最开始待过的那个。”

这是个常见的回答。每个人都知道那片笼罩在无边蓝天幻象之下的浩瀚水体。最风雅的船长画过关于它的画。想到如此多的水聚集在一处，孙辈们惊叹不已。而且里面住着的又是那么棒的生物，比如故事里常有的鲸鱼、乌贼和鲔鱼。

女孩伸手抚过情人的戈尔迪发髻，坦白道：“我要住在船外面。”

“去另一个星球？”

她摇摇头，“不。我是说在船体外壳上。”

“为什么呢？”

她并不是完全认真的。但这些话挺有趣，于是她就说了：“有的人是住在外面的。我想他们是叫作‘雷莫拉人’吧。”

“我从来没有听说过他们。”男孩承认。

于是她讲述了雷莫拉人如何住在精心设计的防护服里，只吃喝防护服和身体产出的东西。他们自成一个世界。而且不管他们在船壳的哪个部位，半个宇宙就在头顶，触手可及，美得无法用语言形容。

她是个奇怪的女孩，男孩得出了结论。他突然间不太喜欢她了。他听到自己说“我明白了”，其实他丝毫没有明白。他强迫自己拿出些诚意来，道：“我会时不时来拜访你。行吗？”

她知道他在撒谎，但不知怎的，那却是种解脱。

他们的眼睛望向远方不同的方向，思考的却是同样的难题：如何让自己摆脱这尴尬的场面。

过了一会儿，男孩轻咳了一声，说：“我看见了一个东西。”

“什么东西?”

“在铁河里。那里。”

她惊恐地问:“是不是我们的人?”

“不是,”他说,“反正我觉得不是。”

女孩开始穿衣服。不过她急着穿好了去救人,因此忽略了两道接缝。她怎么会做出这种傻事?毫无准备就来了这里,而且和这个如此平庸的男孩做了这个?

“在哪儿?”她喊道。

他指着上游,她把头靠在他的手臂上,眯着眼,透过不断上升的团团烟雾,发现自己正看着一轮银色的隆起。那东西要多奇怪有多奇怪。它似乎不受热量的影响,不疾不徐地顺流而下。

“那不是我们的人。”她说。

“我告诉你不是了。”他厉声回答。

之后他又说了点别的什么,但她没有听见。她把头盔摁到头上,离开他们的藏身处。她不顾防火服有多沉重,多不合身,猛地冲下山坡,一边大声喊叫,一边挥舞双手,极力引起其他人的注意。

他们刚好有足够的时间解开一包新的安全绳,在每条绳的两端各系一个环,跑到铁河最窄的地方,对准那个奇怪的银色物体抛了出去。

第一条绳还没够到银色物体就落了下来,与新生成的融渣纠缠在一起,然后焚化掉了。但第二条绳落在了银色的表面,环收紧,套住了一个拇指般的突起物。十一个孙辈抓住绳子,齐声喊着号子,用力拖拽。渐渐地,第二条绳子也在这露天的熔炉中逐渐融化,但那物体已经离岸边很近了,它那隐约的凸起部分已经蹭到了岸边半熔化的地面。他们又毁掉了三条更贵的、几乎不可替代的绳子，这才终于把战利品从河里拉了上来。如果没有那个旋涡，如果铁河没有在北边开辟那条新渠道，他们根本捕获不到这个东西。

但现在，他们得到它了。真幸运。

战利品是一个球体，体积刚够塞进一个大个子人类，然后再剩余一点点空间。它极其沉重。移动这么重的东西是项十分艰苦的工作，特别是当它还在散发熔铁的热量的时候。但后来，经过几千米的实践，碾碎了两架临时旱橇之后，孙辈们意识到最容易的办法是直接滚动他们的战利品。无论这物体是什么——可能是任何东西——金属地面似乎没有在它上面磕打出凹痕，它反光的表面甚至没有被蹭出一丝污迹。

在回家途中，他们被发现了。一个孤独的身影出现在主步道上。那身影慢跑起来，进入了一棵美德树的阴影里，然后站立不动，看着他们慢慢靠近。

从远处就看得出这是一个船长。一个女人，是不是她？她穿着船长的制服，还带着船长特有的淡然的表情。当大家看清是谁的脸时，他们集体发出了一声如释重负的叹息。

“您好，浣生长官！”十二个声音齐齐唤道。

如果是另外那个，那他们马上就要遭罪了。但遇见聪明的老浣生没事。她能理解孙辈们的快乐，还知道怎么做才能既处罚他们，又不会扼杀那份快乐。

“玩得开心吗？”她问。

当然开心。他们看起来难道不是很开心吗？

“看来不完全是。”老女人道。她看了看每一张脸，然后说：“我数了数，只有十二个人。”语气听起来不太妙。然后她叹了口气,摇了摇头,“福姬·盖布尔呢? 她跟你们在一起吗?”

“没有啊。”他们异口同声地说。一个男孩还解释道:“她太老了,不愿意和我们一起出去玩。”

喜欢雷莫拉族的女孩意识到发生了什么,“福姬失踪了,是吗?”

船长点了点头。

“也许去了违望者那边?”福姬是个文静的女孩。她对他们来说太老了,去干这件蠢事倒是年龄正合适。

“也许她离开了我们。”浣生承认道。她的语气里有悲伤,也有勉强的接受。然后她一言不发地从孙辈们旁边走了过去。

他们的战利品就躺在步道中间,在树荫下仍然十分明亮。

有人问:“您看见我们发现的东西了吗?”

“没看见。”浣生说。算是个小玩笑。她用修长的手指在那东西仍然温热的表面轻敲了几下,用古老的深色眼睛盯着自己扭曲的映像。

“您知道这是什么吗?”想住在海边的男孩问。

浣生用手指拨弄着上面的一块块小凸起,没有回答,而是问道:“你觉得这是什么?”

“是旧桥上的一块。你们下来的时候用的那座桥。”男孩认真思考过,他对自己的推理很得意。“这一块掉下来之后,被铁浆吞没,保存至今。我就是这么认为的。”

其他几个人出声表示同意。这不是明摆着的吗?

船长似乎并不这么看。她看着雷莫拉女孩,然后用她冷静、平淡而愉快的声音问道:“还有没有其他猜测?”

有人问:“是不是超纤维?”

“除此以外,我不知道还能是什么。”浣生道。

“但桥被事变给毁了。”雷莫拉女孩说，“历史书里说它变成了棕色，而且很脆弱，就连最细微的编织处也不断碎裂。原因始终不明。”

浣生冲她挤了挤眼睛，这样能鼓励女孩，让她觉得自己很重要，很聪明。

“而且它不仅仅是超纤维，”女孩提高了语速，“因为它这么重，超纤维没这么重。对吗？”

浣生耸了耸肩，“告诉我你们怎么发现它的，在哪里。”

女孩试着讲述整个过程。她本来打算完全如实汇报。虽然她没有提那次性事，不过故事从她嘴里说出来，似乎像是她在抢占所有的功劳。

她的“一段情”恋人提出了抗议：“是我先看到这蠢东西的。”他抱怨道，“不是你。”

“好眼力，”浣生评论道，“不管是谁的眼睛。”

女孩咬了咬自己的舌头，暗骂自己愚蠢而粗心。

“它看起来像是什么？”浣生问。

“似乎有些像，”男孩说，“一小片天空。”

“只是它更明亮。”另一个男孩说。

“而且表面凹凸不平。”另一个女孩说。

雷莫拉女孩嘴里有血的咸味，“它有点像那艘大船的缩微版本。这些小凸起就是火箭喷嘴，看到了吗？只是它们还不够大。不像画里的喷嘴。”

“确有相似之处。”浣生站起来，在制服裤子上擦了擦手，眺望着远处注定毁灭的高山脊，说，“说实话，”她的声音很轻，“我不知道这是什么。”

十八

接下来的一百零八年里，这件人造物一直躺在储藏室里，裹在一条干净的紫色仿羊毛树皮纤维毯中，塞在一个专门为此设计的钢制仓库里。亚斯林和她的工程师们获准探寻它的秘密。但无论他们何时进行研究，至少必须有一位副首领在场。如果要搬动这件人造物——比如在地壳喷发期间——则需要出动一名副首领，以及精挑细选、绝对可以信赖的警卫排。虽然警卫们礼貌地藏起了他们的武器，但所有人都能清楚地感觉到空气中紧张的氛围。

由于多种原因，这个世纪被称为繁花世纪。

随着受过良好教育、有壮志雄心的成熟人口越来越多，创造工业化国家便成了可能。城市和大型村落之间建起了通畅的交通网，它们在每一次喷发后都会快速重建。更重要的是那些粗糙的信号发射器，它们被高高地挂在山峰和钢柱上，所形成的网络能让方圆一千公里内的人互相通话。笨重的硬质合金钻头咬穿地壳，触到了熔铁，让人们建起了最简单的地热发电厂，为各个实验室、工厂和越来越多的豪宅提供丰富的电力。与船上相比，髓星的生活仍然艰难而原始。但船长们在公共场合不会这样说。在孙辈们面前,他们对一切新成就大加赞美:新的沼气厕所、基于虫肉的人工培育肉,还有固定翼飞机——天气好的时候,它们能够攀升到温度较低的上层大气。但他们不是想用这些鼓励来欺骗孙辈。要说鼓励,他们才是最需要鼓励的人。这里的生活也许跟船内生活那种宁静的愉悦无法相提并论,但对于不到五百岁的年轻人来说,从他们降生至今,这个世界的确变得更加舒适了,未来也变得更加美好。如果知道船长们有多失落,他们只会产生怜悯,甚至是困惑。

繁花世纪科技的巅峰,是设计粗糙却威力十足的激光器。它是亚斯林根据记忆设计的,还因地制宜,对设计进行了修改。她的工作人员为此提供了无数的灵感,并在缺少材料的情况下发挥聪明才智,找到了替代品。

数百人参加了激光器的第一次全强度发射。

那个人造物就是它的目标。据推测,这是块年代久远的超纤维壳,但它的等级一定很高。为了在壳上钻出发丝粗细的洞,五十座地热发电厂的电力被直接送入了亚斯林的最新实验室,输入专门为这一刻修建的狭长房间。脉冲激光连续轰击了许多微秒,发出仿佛怪物咆哮的声音,既为这一刻增添了戏剧性,也让人坐立难安。

迈尔辛坐在控制室里,双手紧张地攥在一起。

"停!"终于,她听见了亚斯林的喊声。

激光器被关掉了。然后,一根透视光纤被插进新开的孔里。工程师凝神看着内部的情况,忘记了她的观众,直到迈尔辛发问:"有什么发现?"

"仓库。"亚斯林汇报说。

她想把人造物放回仓库?

没等任何人开口询问，她补充说：“它看起来很像一个记忆库。不是人类制造的，但也不是没有共通之处。”

迈尔辛不耐烦地点了点头，“还有呢？”

“这是一个标准的生物陶瓷基体，里面应该是全息投影仪。中间有一块高密度的镇流器。”亚斯林向观众的方向望去，目光却越过了他们，“据我观察，没有动力电池。不过就算有，过了几十亿年，又有什么用？即使是建造者，也造不出不受永恒高温影响的电池啊……”

“这个记忆库还能运转吗？”迈尔辛喝道。

“现在下结论还为时过早。”亚斯林回答，“我得把壳子剥开，给里面的各个系统供电……意思就是……哎，今天的日期是？”

二十个声音同时告诉了她。从任务开始的第一天算起——那时他们还在上面，离奇族的栖息地里——日期是619.23。

“在晚上作业，每次打开一个切口……当然还得整修激光器，差不多每周一次……所以，也许到621或者621.5，我们就能知道了？”

副首领们没有掩饰他们的失望。

迈尔辛代表他们说话，她问：“有没有办法加速这一进程？”

“当然。”亚斯林回答道，“带我回楼上，所有事情都能在三分钟内做完。最多三分钟。”

“楼上”是指代大船的最新术语。其暗藏的含意是，那个地方离这里并不遥远。

迈尔辛很生气，她不想隐藏这种感受。她摇了摇头，站起身来。屋子里还有船长们的孩子和孙辈，共计五十人。毕竟，这个谜团也是属于他们的。她面向他们，问工程师：“这个记忆库还能记得东西的概率是多少？”

“被浸在液化铁里几十亿年后?”

“是的。”

亚斯林咬着下唇思考片刻,然后说:“近乎为零。长官。”

空气里弥漫着浓浓的、苦涩的失望气息。

“当然,这是假设这里的生物陶瓷和我们从前见过的等级差不多。但我觉得这不太可能,因为建造者们的机器质量总是好得惊人。”

希望突然出现,与失望搏斗。

“不管他们是谁,”亚斯林说,“建造者都是最伟大的工程师。”

“毫无疑问。”迈尔辛咕哝道。

“请恕我不认同。”有人嘀咕了一句。谁?浣生?

迈尔辛飞快地瞥了她一眼,“理由呢,亲爱的?”

“我还从来没有见过在作品上连一块自己的铭牌都不留下的工程师呢,不管是伟大的,还是不中用的。”

亚斯林笑了起来,几乎所有人都开始和她一起笑。

这位工程师咯咯地笑着,开心地点着头,“没错,我们就是这样的人!”

也许建造者们的确聪明,富有远见,但那件人造物里——来自远古的记忆库——除了一些支离破碎的、不连贯的图像之外,什么也没有。图像也不过是浓重的漆黑之上的几道灰色阴影而已。

这令人惋惜的消息是由亚斯林的某个亲孙子传递的。

那时还有五天就到621年了。说话的人叫培普欣,是个活泼的矮胖男人。他的皮肤呈蓝黑色,总是满脸笑容,讲话常常快得让人听不懂。因为有越来越多的证据表明记忆库里并没有什么重要的东西，培普欣就把这个项目从他著名的祖母手里接了过来。像任何好船长的好后代一样，接过这个没有前途的项目之后，他自己负责，认真彻底地榨出了里面所有重要的东西。

除了一小群失望的船长和副首领，在场的没有别人。迈尔辛自己坐在后排，审查着文件，几乎没有注意到那个讲话太快的声音宣布说："然而信息有着许多不同的表现形式，有的形式十分隐蔽。"

培普欣笑着说："超纤维外壳会随着时间的推移而老化。所以我们可以从中推测出它是怎么被掩埋的。"

浣生坐在前面。她注意到迈尔辛的心思没放在这里，于是承担起了发问的职责："你说的是什么意思？"

"长官，"他回答道，"就是这句话的意思呀。"

这句回答中的嘲讽之意让副首领抬起了头，"我没听清你讲的话，"她不悦地说，"这一次，亲爱的，请慢慢地说，看着我说。"

年轻的工程师眨巴着眼睛，舔了舔嘴唇，"即使最好的超纤维也会因为承受压力而老化。您一定知道的，长官。通过从微观层面上检查记忆库外壳的横截面，我们可以从中读出一些内容。这些内容描述的不仅是这个记忆库，它也描述了埋藏记忆库的这个世界。"

"髓星。"老女人粗声说。

他又眨巴着眼睛，"很可能，长官。很可能是这样。"

迈尔辛用她最平静的声音建议道："也许你该继续说下去。"

培普欣点了点头。

"我们猜测这团超纤维几十亿年间都浸泡在液态铁里。但如果真是这样，它老化的情况应该比我们观察到的更严重。据我尊敬的祖母说，应该比现在严重百分之五十到百分之九十。”他看了亚斯林一眼，“超纤维有强大的自愈能力。但在几千开尔文的温度下，键的自我修复效率要低很多。事实上，超纤维在低于一千开尔文的相对较低的温度下拥有较好的自愈能力。在外层空间则最好。若非如此，超纤维上就会留下伤痕，不同形态的伤痕。据我在显微镜下观察到的，也就是在座各位现在看到的……通过对伤痕的测量，我们掌握了大约五十至一百五十万段不同时期高温留下的证据。据推测，每一段都标志着它在髓星内部深层区域所停留的时间……”

“五十到一百五十亿年，”迈尔辛打断他说，“这就是你的估算吗？”

“基本上是的，长官。”他舔了舔嘴唇，露出心满意足的笑容，“当然，我们不能认定记忆库总是被定时抛出地表，它一定也有被淹没好几个周期的情况。”他再次觉得嘴唇发干，“换言之，这是一个糟糕的时钟。但作为一个指针移了位的时钟，它指向了我们一直以来的假设。在我迄今短暂的生命之中，也是在你们伟大的生命最新的简短章节之中……”

“直接说吧。”亚斯林冲她的孙子喝道。

“髓星会膨胀也会收缩。”他对所有人笑着，却沉浸在自己的思考之中，“这是为什么呢？我不知道。我也很难想象它是如何做到这一点的。”

迈尔辛不肯听任他用这么几句话敷衍过去。她说：“我们的标准模型是，支撑力场挤压着髓星，然后放松。当力场放松的时候，星球就会膨胀。”

“膨胀到什么时候？”培普欣问，“直到它填满这个空腔？”

“我们得等着看。”副首领承认她不知道。

“那支撑力场又是怎么回事?”他追问道。不知是愚蠢还是勇敢,或者只是出于好奇,他决定向那个伟大的女人请教,“它是被什么驱动的?”

这一直是个未解之谜。迈尔辛选择了最早同时也是最简单的假设,“一些隐藏的未知类型的反应堆。在腔室壁里,或是在我们脚下。也可能这两个地方都有。”

“但为什么要经历这些精心设计的周期呢,长官?我的意思是,如果我是总工程师,我会让髓星牢牢地待在原地,不允许那些漂亮的支撑力场停工。您会吗,长官?您会让它们每隔一万年就进入半休眠状态吗?”

“你对支撑力场并不了解,”迈尔辛回答,“你刚刚承认过这一点。没有人知道它们是如何为自己补充能量的。这里正在发生的所有事情,没有人能弄明白。这些谜团一直努力保持神秘,我们至少应该尊重这种神秘。”

培普欣深深点头,仿佛迈尔辛的话有什么深意。但可以看出,他正在思考什么问题。突然,他睁大眼睛,露出尴尬的笑容,说:“您已经和我的祖母讨论过这些问题了。不是吗?”

“有过几次。”副首领承认。

“那么,亚斯林赢过吗?”年轻男子询问道。

迈尔辛顿了顿,然后告诉培普欣和众人:“她总是赢。在她提出的那些重大问题面前,我不得不承认我们没有任何答案。可惜,对身处此地的我们来说,那些问题并没什么用处,甚至可以说是白费口舌。”

迈尔辛抽出一张新的文件,放到文件堆的表面,继续埋头阅读,“把我们送回家,亲爱的。这才是最重要的。到时候我会亲自给你第一流实验室的钥匙,然后你就可以好好研究所有这些似乎让你夜不能寐的伟大问题了。”

在培普欣公布研究结果之后有一场平静的小派对。比起宏大的猜想，派对的话题更多围绕着新的流言：谁跟谁睡觉了，谁怀孕了，有哪些年轻人不告而别去了违望者那边。浣生很快就失去了兴趣。她说自己累了，离开了派对。她走过安全岗哨，独自步行回家，去最新重建的哈兹城。

这是一座有着一万八千人口的坚固的大都市，坐落在一个宽阔、平坦而且水源充足的山谷底部。每一座家庭住房都坚固耐用，同时随时准备抛弃。每一座政府大楼都只是大到足以给人留下印象，它们被螺栓固定在光亮的不锈钢临时基座上。时间已晚，街上几乎空无一人。雷雨云在西边的天空中高高堆积，从一个快要消亡的熔岩流吸取着热量；但狂风似乎正在将暴风雨推向别处，让人感觉这座城市好像被一场重大事件抛弃了一般，变得冷冷清清。

浣生的家在一个二级圆形广场。它比它的邻居规模小些，就细节而言，与她之前的五间房子完全一样。伴随着百叶窗的关闭，类似夜晚的昏暗降临了。转动的风扇保持着空气的清新和凉爽。一个小小的电灯在浣生最喜欢的椅子上方散发着光亮，这是她给自己找的一点小乐趣。

她正在写报告，预测着将来对实验室级别的玻璃器皿的需求量。这项工作非常无趣，让她感到疲乏不已。突然间，对未来三个世纪的展望变成了一件非常荒谬的事情，甚至连未来三分钟也是如此。浣生打着哈欠，闭上眼睛，陷入了无梦的沉眠。

然后，她醒了过来。

她困惑地伸手去拿用钛金属链挂在腰带上的机械时钟。这钟是几个孙辈送给她的礼物，是技术复兴后他们精心装配的。头上的灯依然发着光，被浪费的能源倾泻在时钟精心雕刻的外壳上。她打开圆形表壳，盯着上面的数字。据缓缓转动的指针显示，现在是半夜。然后，她模模糊糊地意识到，将她唤醒的，是拍打她家前门的缓慢而有力的声音。

浣生关掉灯，起身打开房门。天空刺目的眩光射来。她眨了眨眼睛，意识到外面有两个身影，只是光线太强，她一时看不清楚。等眼睛终于适应了强光，她看到了两张她渴望的脸。

深更半夜，浣生的儿子和他的父亲偷偷潜进了城市的中心。

笛雾露出一个狡黠的笑容。

他看起来一如往昔……除了那条缠腰布，从前粗壮的腿也瘦了。他的皮肤有着髓星赐予大家的烟熏色调，头发剃得一根不剩。经过多年艰苦的漂泊，他的脚在地面拍打得比原来更宽、更扁。

先说话的是洛克。他说："妈妈，"这个词说得极其熟稔，好像他天天在说似的，"我们带了肉来。几吨重，风干还加了糖。我们把肉给你们，换你们的记忆库。"

据说违望者们什么消息都知道。看来这么说是有理由的。

浣生眼睛也不眨地立刻告诉他们："记忆库是空的，几乎没什么用。"这时她才看见了其他违望者，有好几十个，每人拖着一具粗糙的木制旱橇，每具旱橇上都高高地码放着一捆捆或黑或红的肉。

笛雾的嘴角和眼睛里都露着笑意，"我们知道它是空的。"

"我们。"以往他们难得几次见面说话的时候，笛雾一贯用"他们"来指代违望者。

“给不给你们记忆库不是我能决定的。同样,也不是其他任何个人能决定的。”浣生回答。

“这是当然,”他同意道,“但你可以叫醒那些能做决定的人。”

她这么做了。四位活到现在的副首领被从三张床上唤醒,由迈尔辛主持,检查了肉类,商讨了违望者的提议。最近优良蛋白质的供应确实存在短缺。繁花世纪的成功指的是机械和能源方面。他们没有建新的农场,养殖效率也没有提升。这些情况违望者一定知道。

浣生站在灼热的黑地上,思考着她儿子和笛雾是什么时候开始这次长途跋涉的。最近的违望者营地离这里至少有六百公里,而且他们不可能走官道,因为会被发现、拦下。拉着旱橇走过陡峭的山脊,穿过丛林……他们显然非常有耐心,而且对事情的结果充满自信。

迈尔辛走到浣生身边,她们与其他副首领一起找到客人,对这件事做出了答复。

“我同意。”迈尔辛带着些不情愿说。

洛克咧嘴笑了,“谢谢您,长官。”

与他的父亲不同,洛克没有剃光头;他的金色长发编成简单的发辫。在没有牛也没有马的世界,无论是劳作还是获取原材料,违望者一切都依靠自己的身体。她儿子的腰带就是一截紧密编织的旧头发。他的缠腰布是一片很薄的人皮,被汗里的盐渍成了白色。他腰上别着一把刀和一把燧发手枪,两件武器的手柄都像骨头一样苍白。是用断掉的腿骨仔细雕成的吧。她只祈求断腿是出于意外,而非暴力。

洛克再次说:“谢谢您,长官。”

副首领张开嘴,正想提出一个问题。但接下来她改变了主意,闭上了嘴。她决定不提自己的儿子,连顺带一问也不行。

浣生将一切看在眼里。

在这个女人身边待了几个世纪之后,她的所有表情她都能轻易读懂。和往常一样,浣生既可怜身为母亲的她,又蔑视这位为权力而疯狂的领导者。或者是蔑视着母亲,可怜着令人同情的领导者?

迈尔辛按了一下洛克的手,标志着谈判的结束。可是,他手里有个圆盘形的东西,紧紧地包裹在折叠好的绿色锤翅里。

他把它递给迈尔辛,"给你们的礼物。请看一看。"

副首领小心翼翼地展开锤翅,目不转睛地看着那份礼物。在她手心里躺着的,是一块纯净的硫黄。和髓星上的其他轻元素一样,硫供不应求。看见这个,足以让迈尔辛眨巴着眼睛,惊讶地抬起头来。

"如果我们给你们一吨这个,你们愿意用什么来交换?"洛克问。

没等她做出回答,他便说了下去:"我们想要一台你们的那种激光器。威力一样强劲的,还要有足够的备用配件。"

"没有第二台。"她立刻回答。

"你们正在制造另外三台。"他点了点头,紧接着说,"我们希望得到这三台中的第一台。应该明年能造好,如果我们没有弄错的话。"

在这种情况下,撒谎毫无意义。浣生告诉他们:"你们没有弄错。"

迈尔辛只是盯着那块硫黄饼,大概正在计算这东西能带动多少产业链。

另外一位副首领——忧心忡忡的达恩——一脸憎恶地询问他们的客人:“你们要那种激光器来做什么?”

笛雾笑了,飞快地伸手擦掉头上油腻的汗珠,然后反问道:“如果你们的一支小队随随便便就能在这颗星球的一小片地方意外发现一个记忆库……那么,你们觉得我们手里有多少个?”

十九

率领着忠于己方的孩子，船长们开始寻找记忆库。他们搜索了当地的每一处开口和裂缝。一开始是由志愿者们人工搜索，后来用上了自动相机。在他们的地盘内，有时也在地盘之外，精心挑选、负责这一项目的几个团队检查着绵延的冷却铁地，他们用的是最新一代的测震仪、声波探测器，最后是中子束。每一种设备都让地壳变得更加可知、可见。对记忆库的搜寻大多无果而终，却因此得到了关于矿床和地震预测的丰富信息。

偶尔，这些搜寻团队中的一支会深入违望者的地盘。志愿者们一般都会秘密携带武器，以保护自身安全。他们报告说，违望者村庄里的大人和小孩讲的是某种半通不通的大船人类方言。村庄简陋，布局也杂乱无章，却还算干净。村中居民健康而快乐，对蓬勃发展的城市生活完全不感兴趣。

忠诚者们骄傲地说起他们最新的技术奇迹，以及他们的日常生活如何变得更加舒适。违望者似乎在听，但他们连最简单的问题也很少问，也不曾说过哪怕一点点赞美的话。

驱逐是不可避免的，通常以很有礼貌的方式。

一位当地的族长或总统或牧师——确切头衔不太清楚——会推过来一盘吃了一半的小虫饼,或是一碗生的钢蠕虫。然后,他或者她,会带着些许威严站起身来,提醒他们的客人:"你们是我们这里的客人。"

忠诚者会点点头,推开恶劣的食物,继续等待。

"我们这里的客人。"这个句式被一次又一次地重复。"'这里,'"族长会告诉他们,"指宇宙的中心,也就是髓星。'我们'是指真正的主人。'客人'总是暂时的,不会长留。如果建造者的意愿如此,除了将你们驱逐出宇宙的中心,我们将别无选择。"

向他们传达这些话的时候,族长总是面带微笑。

然后他会郑重地补充说:"当你们与我们坐在一起时,你们令建造者不悦。我们能听到他们的愤怒。在我们的梦中,在我们眼睛的深处,我们感觉到了那愤怒。为你们着想,我们认为你们应该回到客人的住处。就是现在。"

他指的是忠诚者的城市。

如果客人拒绝离开,就会发生一系列的小偷小摸的事件。接下来,昂贵的传感器和场频信号发生器也会神秘消失。如果这都没有改变客人的想法,他们放在藏身处的那些弹药盒就会突然不见,每一个弹药盒里面都装满了最新的枪和手榴弹。

仅有一次,迈尔辛下令让一组人不要撤退。她招来志愿者,然后问:"违望者们有什么能耐?"她像在自言自语,"让他们偷走所有的东西,"她命令道,"除你们性命之外的所有东西。我倒想要看看。"

这支小队被飞机带到离首都两千公里的熔浆喷发地。通过高空无人机传递了几次加密信息之后,就再也没有他们的消息。六年以后,笛雾带领一群违望者进入了一个位于边境的城镇。他带来了那个失踪的团队。他几乎赤身裸体地站在新铺了钢的大街上，说：“这事不应该发生。没有必要这样。告诉那个婊子迈尔辛，如果她想玩，让她用自己那宝贵的性命去玩。”

十二具身体躺在十二副旱橇上，他们就那样仰面躺在那里，奄奄一息。他们的眼皮被翻开固定住了，目的是让天光使他们失明。嘴则用倒钩拉开，任天光烘烤着他们的舌头和牙龈。饥饿和彻底的缺水让他们的身体萎缩到了原始大小的三分之一。最糟糕的是每个犯人脖子被折断的方式。某位强壮的年轻违望者会一天三次捣碎他们的脊椎和脊髓，确保客人们身体的愈合速度赶不上受创的速度。这些人瘫软而无助，尊严全无，和迈尔辛当年对待他儿子的手法完全相同。

通常每个世纪有一次，或者两次，忠诚者们会发现古老的记忆库。

这些记忆库总是空的。在彻底的检查之后，每一个记忆库都被宣布无用，可以出售给违望者，以换取硫、硅和稀土。交易一般都在笛雾从前带犯人来过的那个小城进行。小城名叫偏偏河，是根据几个世纪前已经消失的地貌特征命名的。在那之后，这个城市又搬迁了好几次。谈判一般由一名副首领负责，耗时很长，而且近年来与违望者斡旋越发困难。至于违望者一方，总是由洛克为代表。浣生和笛雾则担任观察员，不插手烦琐冗长的具体业务。

和所有旧情人一样，只要对方在场，他们心中总是泛起一丝不自在的愉悦。

浣生接到命令，必须和笛雾说话。当然，这其实并不需要任何敦促。站在笛雾身边，她显得高大而优雅。她穿着最新的制服，古老的肩章在天光中熠熠闪耀。相较之下，笛雾显得很矮小。由于违望者艰苦的生活方式，他的身体比原来缩小了一些，肌肉上没有脂肪的包裹。除了一条缠腰布，他什么也没穿。她注意到那是一条仿羊毛的缠腰布。不是真皮。他的做派仍然太过船长化，无法生剥下自己的皮。

一如过往，笛雾是个紧张不安的男人。紧张、聪明。而且拥有永不衰竭的、与生俱来的魅力。

并不是因为接到了命令，而是出于自己好奇，浣生提到了违望者，"我想我们最接近的猜测是，你们的人口是我们的两倍，或者四倍，或者八倍。"

"这就是你们最接近的猜测？"他笑了。

"你的意思是我们的猜测太差劲了。"

他点点头，笑了。故意沉默一阵后，他说："猜八倍太少了。猜十六倍更接近一些。"

这么说，违望者的人数超过了二千五百万。她暗自思量，这么多现代化的头脑，原本是为了无尽而有趣的人生设计的，这些头脑现在会思考些什么。如果脑中没有文学、数字、科学和历史，取而代之的是禁欲主义者对快乐的否认……能够占据这样的头脑的，又是怎样的想法呢？

她本想提出这个问题。但是一开口，说出的却完全是另一番话。

"你还记得冰淇淋吗？"

笛雾咯咯地笑起来。

"那家小店。"她指了指说，"那里卖的东西仅次于冰淇淋。"

在永恒的高温里，任何冷的东西都好吃。在糖分匮乏的世界，一切甜的东西都是珍宝，即使那珍宝是死掉的虬虬虫和生化魔术的产物。店主明显对这个违望者视而不见。浣生付了两份的钱，还有钢碗和钢勺的押金。他们坐在河边一张有着黄金浮雕的小桌旁。这里是一个平台，地上铺的铁砖掺入了氰化物，因此是蓝色的。这条河的水是原生泉水和当地工厂排放物的混合体。细菌的气味不太令人愉快，但至少这气味力道强劲而诚实。看见笛雾小心翼翼地咬了一口冰淇淋时，这就是浣生心里的想法。

只见笛雾睁大了眼睛，他问："这就是巧克力的味道吗？"

"这我们就不知道了。"她说，"毕竟我们什么参考都没有，只有数以千年计的记忆……"两个人都轻声笑了。

闲逛的人走过附近的人行道：恋人们挽着彼此，朋友们叽叽喳喳地闲聊，商业伙伴们规划着繁荣的未来。一对夫妇用推车推着他们的幼儿。和其他人一样，他们没怎么注意这位吃着冰淇淋的违望者。只有他们的孩子惊奇地盯着他看。浣生想起了那些被笛雾带回偏偏河的囚犯。他并未参与对他们的折磨。她从来没有问，但他主动表明了清白。为什么要去想这个？她看着他，微笑着，努力改变自己古老的大脑的脑回路。

笛雾或许猜到了她的想法。

不管出于什么原因，他突然问："对了，那些人怎么样了？我们给你们带回来的那些可怜人？"

"他们痊愈了，"她说，"至少在很多方面是痊愈了。"

他忧伤地摇了摇头，然后说："好。好。"

他们一起看着一对孩子——可能是兄弟——在铺着蓝色砖块的人行道上奋力奔跑。他们和河流之间没有栏杆或者墙壁。所以当哥哥决定推弟弟一把的时候，弟弟跌跌撞撞地从河的边缘掉了下去，尖叫着落入了有毒的水里。

浣生立刻站了起来。

但他们的父母出现了。母亲训斥哥哥的时候,父亲爬下钢制护墙,一边站在岩石上保持平衡,一边把受了罪的儿子从腐臭的黏稠物里捞了上来。父子俩都浑身污渍、怒气冲冲。父亲把他交到了他哥哥手里,然后厉声呵斥:“得洗淋浴!知不知道淋浴费有多贵?!”

情感的改变太突然了,潜在的灾难变成了琐事。浣生坐下来,告诉她的同伴:“我从前溺过水。”

“真的?”

“有几次,”她回忆着,“当时我很小。我有一头鲸鱼。我骑着它在阿尔法海里穿行……”

“我记得这个故事,浣生。”

“我有没有告诉过你?我让它潜入深海,到了大乌贼生活的地方。海底的压力挤压着我,后来我失去了意识,好几个小时处于昏迷状态。有时候这种状况还会持续一整天。”

他像看陌生人一样望着她。仿佛这是个可能的疯子。

“你可以想象我父母有多生气。”她眯起眼睛,想着该怎么讲后面的故事,“我当时争辩说,仅仅在水下待着的话,反正我不会死,不会真的死。但他们说,一步疏忽,步步疏忽。如果我从鲸鱼背上滑下来了怎么办?如果始终没有人发现我怎么办?”

这话里有些东西让笛雾悄声笑了。

浣生摇了摇头,“这个记忆是刚刚冒出来的。突然就冒出来了。奇怪。”

“哦,”他说,“奇怪。”

她没有注意他的语气,而是抬起了头。眼前街区的楼房仿佛变成了她出生的那个城市,而首领则和原来的副首领们坐在一起。出于某种原因,浣生被带到了他们面前。但她只是一个小女孩。首领和她说了话,问了她一些问题。浣生不记具体的对话了,更不用说她的回答。但她清楚地记得自己坐在首领的椅子上。当她爬下来的时候,忽然有一阵风吹来,掀翻了那把椅子。

她将这段回忆告诉了笛雾,然后问:“这能说明什么吗?”

“这件事没有发生过。”笛雾毫不迟疑地回答。

“没有发生过?”

“即使真的发生过,”他接着说,“也说明不了什么。”

有那么一会儿,她听出了他声音里的异样。浣生眨眨眼,回望着那张粗糙的脸。剃光头发后,那对粗眉毛更加显眼了。她发现那张脸上挂着笑——嘴角的笑容十分灿烂,但那对明亮的钢灰色眼睛里似乎没有笑意。

每一个古老记忆库的铀镇流器里,都埋藏了一个小装置。它好像没什么用处,因此通常会被忽略。但有一天,在往空的记忆库中传输测试数据的时候,附近的一台机器凑巧发出了一个低频声。这声音触发了那个装置,让它发出一阵回声,一阵强大的、瞬时的搏动,在各个方向传出去几公里之远。也许是引导信号?如果是这样,它呼叫的对象只能是还能运转的记忆库。可附近并没有这样的东西。谨慎起见,忠诚者将同样的脉冲发送进了地壳,然后等着回音,看会不会传来“我在这里”的响应信号。

由于设备简陋,第一轮回应没有被注意到。然而接下来,设备检出了一阵微弱的、含糊不清的回声。但最初的兴奋过后,经过冷静的技术分析,多数观察者认为这个回应并非有效的数据。

他们设计了新的、更灵敏的传感器,却仍然没有结果。

但第三代传感器发出的数据不仅返还了,还提供了一个坐标。

回声来自熔铁之中一个安静的涡流,深度为九公里多一点。

一个小规模的秘密项目就此诞生。打着修建新的地幔地热工程的旗号,他们开始用激光凿出一连串的深洞。那个地方的地壳厚达三公里。在地壳下方,陶瓷管道和泵派上了用场。炽热的铁浆需要被抽到表层上来,先冷却,然后运走。由于地幔没有凝固,他们的目标也总是四处漂移,让人恼火。孙辈们把这个项目比作将手伸进湖中的淤泥里,试图抓住一只滚烫的黑瘤螺——那东西肯定就在里面,不可能不在!

整整八年时间,花在钻孔上。

终于,成功在望。人们把加密消息发送给了迈尔辛。但没等她到达,陶瓷管道中就吸入了某件固体。各泵机继续抽拉之后,那个记忆库被带到了地表。它看上去跟其他记忆库没什么不同,像大船的一个简化翻版。但它同时又全然不同于其他的记忆库。这一点,所有人都感觉到了。即便是在场的船长——一个名叫科尔的勤劳勇敢,却没什么想象力的男人——也有了一阵强烈的预感。他看着他的班组和机器人小队将那珍宝从液态铁里拽出,然后浸入装了冰水的深盆里。

科尔一边在蒸汽中拼命眨眼,一边下令将宝物立刻移入室内。

谁知道有没有人在暗中窥视。

泵站是很好的隐藏处。这是一座布局凌乱的庞大建筑,连最小的窗户也没有,却有着髓星上最难得的东西:黑暗。科尔走在载着记忆库的步行车旁边,车子由一名年轻的孙辈掌舵,记忆库的仿火箭喷嘴正对上方。他们一到室内，科尔就命令关门落锁。他准备开灯。“柔和模式。”他打算这样告诉主电脑。但在无尽的日光中待了一千六百年之后，科尔学会了珍惜任何类似夜晚的环境。他站在那里，睁着眼。起初，他什么也看不见，然后他注意到了亮光。柔和的、彩色的光。那光并非来自记忆库，不是，那光似乎是从四面八方洒下来的。

古老的系统已被触发。

铀镇流器的作用相当于电池。剩余的电量刚够用来播放一个淡淡的、朦胧的投影。科尔这个古板的、难以被打动的男人，痴痴地望着眼前的图像。整整一分钟过去后，他才记得再次呼吸。

“你看到了吗？”他问孙辈。

“我看到了，”她声音极小，“是的。”

她坐在步行车上，闪烁的柔光中，她目瞪口呆，满脸敬畏。

一分钟后，她问科尔：“这是什么意思？”

他不想瞎猜。“我不知道。”他答道。在这种情况下，谁又能知道呢？

“天啊。”孙女说。

她紧张地笑了，然后说：“你难道不认为——”

“也许这什么也不是。”船长打断了她，“什么也不是。”他又重复了一遍，不过这一次，他的声音里充满了希望。但因为他是一个严谨的老实人，他又加了一句，“然而，这恐怕非常重要。我想，它会让这一天载入史册。”

二十

那装置剥去超纤维外壳后，看起来虽然漂亮，却也算不上特别不凡。它是一个由多种陶瓷编织而成的白色巴克球[①]，很像一只超大号的儿童足球。记忆库立在迈尔辛身前的车板上，她轻轻地摸了它一下，随后面无表情地说："我觉得有信心了。我是说，关于今后事情的走向。大致说来，基本上有信心了。"

浣生点了点头，又回过头去看着前方。她双手放在控制盘上，将那三个字重复了一遍："有信心。"

"我是这么觉得的，"副首领肯定地说，"运气好的话，这件事应该有助于弥合从前的嫌隙。"

"运气。"浣生应声道。她知道这件事成功与否，很大程度上取决于这个难以捉摸的东西。

她驾驶着一辆大型步行车。在她们身后，最新建成的"偏偏河镇"逐渐消失在地平线上。宽阔的路面很快会变成羊肠小道，再后面，就是丛林和粗粝的山脉。她们已经快要进入违望者的领地了，但还需要行进两百公里才能到达约定的地点。在她们之前，从来没人获得正式邀请，如此深入他们的领地。不请自来

①即网格球体，以四面体为构架，结构非常坚固，各个方向受力均匀。

的人从这里经过也已经是至少三个世纪前的事了。

在接下来的一段时间里，浣生一直密切注视着步行车的行进状况。最新一代的人工智能驾驶仍然不算特别聪明，适应性也不很强。谁也不希望看到他们的机器——集十六个世纪的科技研究之大成者——在山上某个地方绊倒，像一只笨拙的屎壳郎一样仰面瘫在地上。

丛林中的小径向上延伸，消失在一片新形成的、宽阔的高原上。灼热的暴雨打在开阔的空地上，汇集在坑洼和水池中。柔软的黑色水藻在那些地方肆意生长。一年之后，这里将长成一片生机盎然的新丛林。但是，统治这里的将是哪些物种呢？浣生承认，尽管有着一千六百多年的研究所获得的专业知识，她仍然不知道自然将如何演化。在这个星球上，无论哪片土地，未来都难以预测。地表每一处裂口的化学成分都不一样，甚至每一次涌出的成分都不同。雨水比较常见，但降雨量却不稳定。短暂的干旱和严重的洪涝都可能改变生物的初始生存条件。另外，什么物种的孢子、种子或卵会来到这里也纯粹看运气。比方说，一阵风可能会带来一队"黄金气球空降兵"，这可能会让这里成为一片美德树的树林。但变化无常的风同样可能把那些气球带去别的地方。最有可能的，是将它们带到一片已经长成的丛林，将它们带向死亡——那里处处是翘首期盼的饥饿大嘴。至少有一百个本地物种喜爱咀嚼金箔，将这种金属融合到自己精巧的甲壳里，向世界，也向未来的伴侣展示自己的美丽。

初始条件是关键。这在丛林生态学中至关紧要，在人类生态学中亦是如此。

如果迈尔辛当初做个更好的家长，一切又会如何？如果她多一些耐心，再多那么一点宽容呢？如果那时她和提欧的关系更亲密一些，能用文明的方式私下解决分歧，髓星的历史无疑会安定许多。反过来说，如果她是一个更为糟糕的母亲，当初就杀了自己的儿子。然后其他船长或许会因此把迈尔辛赶下台，改由另外一名副首领担任他们的领袖。那人也许会是达恩，更有可能是特维斯特。这也将从根本上改变文明的进程……

你总是会想象所有那些你永远无法实现的可能性。

经过了新形成的高原，眼前是一座正在沉睡的、更晚形成的火山锥。肮脏的铁和镍凝结成了表面粗糙的熔渣。机器爬上赤裸山坡的时候，雨势渐缓，云层也突然被推到了很远的地方，浣生因此有暇转头观察这个世界日渐肿胀的容颜。

天空比以往任何时候都要暗淡。

随着支撑力场减弱，周围的光线也相应地暗淡下来：依然耀眼，但全然不似从前那样刺目。气温也依照相同的平滑曲线等幅下降。随着星球的膨胀，重力减弱了，植物、山丘和最庞大的建筑物的结构都因此发生着微妙的变化。大气层日益凉爽，也更稳定。它没有增厚，因为它需要不断延伸，来覆盖更大面积的地表。同理，水量也变得更加有限。金属的熔浆变得焦干，冒出地表的只剩下稀土和重金属。降雨量减少，河流越来越窄。种种趋势延续下去，未来长久而严重的旱灾便可以预见了。

在接近地平线的地方，太过微小以至于用肉眼无法看见的，是天空中唯一的那一点“缺陷”。原本的基地仍然紧紧地依偎着银色的超纤维腔壁，里面的现代化建筑和菱形步道依然空寂。在接下来的三十四个世纪里，基地会继续保持空旷的状态，但它所俯瞰的将会是一颗完全不同的星球。到那个时候，支撑力场所发出的光将完全消逝，天空中只显露出一点可爱的星辰般的光芒，那是城市和光线充足的车道在超纤维上的反光。

那一瞬间，就是可以逃离的时刻。想到这里，浣生又看了一眼记忆库，心头涌上一阵令人不安的寒意。

“这东西是真是假我们还无从得知。”她喃喃自语。

迈尔辛瞥了她一眼，差点儿发问：“你刚才说什么？”

但是副首领想了想，还是把话咽了回去。她将双手放在光滑的灰白色陶瓷球上，举止中带了保护的意味。她的双手和她倾斜的身体，都传递出了她对那颗人造物异乎寻常的喜爱之情。

遇见一条地图上没有标注的熔铁河，意味着她们需要花时间绕远路了。

她们比计划晚一小时到达指定的空地。据浣生的银质时钟显示，飞船时间凌晨三点整。

这片空地起初是一个熔岩平原，但是当熔化的中心部分撤回地底的时候，那片平坦的荒原塌陷成了一座天然的圆形剧场。舞台是宽阔而平坦的岩板，黑铁耸立四周，形成了庞大的阶梯。无影的光照和各面斜坡的角度，使它看起来更加像一个剧场。按照之前的指示，浣生在舞台中央停了车，两位船长从车里爬了出来，步行车用两条带关节的机械肢小心地把记忆库降下来，放在铁地上。随后，第一群违望者出现了，他们看起来不过是黑色背景上的一个个小点。即使一路疾行，他们也花了很长的时间才走下长长的斜坡。除了缠腰布外，他们每个人还戴着一副面具。那面具是用柔软的皮绷在骨头雕成的框架上做成的。皮是从他们自己身上剥下来的；骨头同样是从他们耐受性极强的身体上撕扯下来的。每一张面具都充满野性。每一张面具都由鲜血和尿液绘成。这些颜料顺着着笔处淌下，犹如拟人化的电流，画着眼睛，却没有嘴。浣生想起来了，那是建造者的脸。他们是如何获得这个意象的,她不得而知。笛雾说,提欧常常被异象所折磨。违望者的领袖深信那是建造者们在拜访他。从某些方面来讲,只有他们才是他真正的朋友。

第一群违望者走近了。他们放缓脚步,迈着庄严的步伐。他们把面具向后掀起,扣在头顶。

距上一次见到提欧,已经过了将近十五个世纪,但浣生还是立刻就认出了他。她从画像上见过他。身为一名船长,她有着清晰的记忆力。浣生还从他的脸上和他慎重而傲慢的步态中,看到了他母亲的影子。

他是身量小一些,也更漂亮一些的迈尔辛。

同行的其他人——最受尊敬的牧师、外交官和内阁成员——跟在他身后,保持着恭敬的距离。他们全都目不转睛地望着那件珍宝。浣生往记忆库里插了一根缆线,用步行车的发电机往里馈入电流。启动的记忆库里发出了平稳的嗡嗡声,提示来者这东西可能拥有何等的价值。

只有提欧没有盯着那珍宝看。他望着迈尔辛。在他心中,与戒心相混杂的,还有别的不太能描述得清的情感。有那么一瞬间,他张了张嘴。然后他飞快地吸了口气,转向浣生:"请问,我可否检查一下设备?"

"请吧。"她对他,也是对所有人说。

洛克站在离提欧最近的地方。这也许是等级的标志。浣生意外地感到一阵骄傲。

"妈妈,您近来可好?"他问道。照旧彬彬有礼,话里却没有暖意。

"还好。"她回应道,"你呢?"

他微笑着回避了她的问题,随后便是沉默。

笛雾在哪里？更多的违望者登上了舞台。每个人掀起面具的时候，她都一一看过，观察着他们的脸。笛雾应该就在附近的某个地方，隐藏在越来越拥挤的人群之中。

提欧跪在地上，爱惜地抚摸着记忆库光滑的表面。

迈尔辛打量着他，眼神空洞而恍惚。

几千名违望者聚集在舞台外围。她们都是哺乳期的妇女，每个人的怀里至少有一个婴儿在吮吸发胀的乳房。一股浓烈的、奇怪得让人感到愉快的气味在微风中飘散。上万人自林中涌出，他们来自各个方向，目的地却只有一个。脚步声和呼吸声汇集成了一种柔软而辽阔的声响，听起来像是远处的海浪正在逐渐靠近。那声音里的某些东西让人无法抗拒。它是如此美丽，然而从本质上来讲，却又令人恐惧。

人群中有洛克的儿辈和孙辈。

理论上讲，这些人中有几十万可能是浣生的后裔。对只有一个孩子的女人来说，这可是一项不小的成就。

记忆库发出的嗡嗡声越来越大，音调升高，然后完全停止了。最后，洛克举起一只手臂，向众人呼喊："现在！"

每个人都重复着这一手势和话语。声音扩散开来，在圆形剧场的上空回响。接着，剧场的一条边上突然出现了一抹金色。这抹金色迅速扩张开来，在天光下显得十分明亮。那东西由数百个强壮的身躯拖着向前，无数的黄金气球使得这样的结构能够高悬于空中。那是一块覆盖了数公顷的、捣薄加固后拼接而成的黄金箔片……他们是怎么做到的？不管用了什么把戏，它都足够坚固也足够轻巧，能够被拉过整个圆形剧场，临时搭建成一个不透光的顶棚，将每个人都笼罩其中。

天空暗了下来。

在彻底的黑暗之中，记忆库开启了。它所展现出的，是一片崭新的天空和一颗更年轻的星球。髓星突然间变得贫瘠而光滑，被冒着泡的、闪闪发亮的铁之汪洋所覆盖。

记录下这一切的这位“观众”置身于汪洋之中，不受灼热的铁水干扰，观看着那古老的、戏剧性的场面。

建造者的敌人们出现了。

可恶的“荒凉”毫无预兆地扭动着身躯穿过腔壁，从数不清的隧道中钻了出来。它们是蠕虫一般的半机械人，庞大、冰冷又骇人地矫捷。它们像愤怒的黄蜂一般，向髓星俯冲下来，吐出大量的反物质，撞击着熔化的地表。灼热的爆炸中，液态的铁打着旋被抛起，然后又崩塌坠落。在不断变化的刺目光线中，浣生望了她儿子一眼，试图读懂他的想法。洛克看得入了迷。他双目圆睁，嘴巴半开，强健的身体湿透了，晶莹的汗水像是在放光。在场的几乎每个人都是这样。连迈尔辛也被迷住了。但她盯着的不是头顶壮观的场景，而是提欧。她的狂喜更甚于周围的任何人。但出乎浣生的意料，迈尔辛的儿子在这宏大而神圣的画面前，竟然显得无动于衷。

铁水之中突然出现了一个超纤维圆顶。

它发射激光，打落了十几个“荒凉”。之后，这圆顶又像鲸鱼一般潜入了铁水中。

众“荒凉”找来了增援，再次发动袭击。携带反物质的导弹深入铁水寻找目标。髓星震颤、扭曲，然后喷出火焰和灼热的等离子体。也许“荒凉”赢了，杀害了幸存的建造者。也许它们得到了巨船。但是，建造者们早已准备好了复仇的举措。此仇必报。“荒凉”们的军队继续逼近，狭窄的空中满是它们怒气冲冲的身躯。然后，支撑力场被触发了，发出了蓝白色的刺目光芒。在力场面前，怪物们显得如此渺小而脆弱。它们还来不及逃跑，雷暴——事变——就划过天空席卷而来，将空中的每一缕物质都溶解成了等离子体。这过热的雾气在空中漂浮了数百万年，在髓星反复缩小与变大的过程中逐渐降温。这星球就像一颗缓慢跳动的巨大心脏，它逐渐沉稳下来，在暂时形成的地壳上覆盖了灼热的铁水。

十亿年转瞬即逝。

“荒凉”们自身的碳、氢和氧成了髓星的大气和河流。同样地，这些珍贵的元素慢慢聚集，将自己变成了黄油虫和美德树，然后又变成了现实中瞪大双眼的孩童，他们在那天然的洼地中，在那深沉而彻底的黑暗里哭泣。

一声令下，顶棚被撕开了。金箔裂成了许多长条坠落，在天光中烁烁闪耀。

浣生看了眼手表，查看过了多少分钟。

迈尔辛向大睁着眼睛的人群喊道：“还有更多的内容。比这个多得多。”她望着提欧，急切地解释，“其他录像展示了飞船遇袭的过程。以及建造者们撤退到髓星的过程。这团铁疙瘩……他们在这里做了最后的抵抗……不论他们是谁……”

十万人从入迷的状态中惊醒，发出柔和的声音，那声音汇集在一起，成了轰鸣。

提欧并没有露出惊讶的表情。他似乎只是纯粹的高兴。他咧嘴笑着，似乎觉得这原本不需要被证实的异象得到了证实是一件非常可乐的事。

仅在短短的一瞬，他们四目相接。然后心照不宣地，儿子和母亲都别开脸，看向了别处。一个一脸冷漠，另一个经历着揪心的痛楚。

那张痛苦的脸瞪大双眼望着天空，“我们之前从未见过建造者，”迈尔辛说，“但这件东西，浣生和我带来的这件礼物……它能让我们更好、更全面地了解了这一物种……”

提欧注视着同一片天空，一言不发。

“听我说，”迈尔辛再也无法遏制自己的挫败感，她喊了出来，“你明白吗？将我们困在这里，困在这鬼地方的那次事变……是一件古老的武器。一件带来世界末日的诱杀装置。我们派团队到髓星来，可能触发了这一装置……也就是说……我们上方的生命可能被全数歼灭了，船里早已空无一人，只剩我们被困在这里！”

浣生想象着千亿座空置的公寓、瘆人的长街和毫无生气的海洋。大船再次成了弃船，漫无目的地航行在群星之间。

如果真是如此，那无疑是可怕的悲剧。

然而提欧的反应却异乎寻常。“谁被困了？”他大声说道。他的声音波澜不惊，比他母亲的传得更远，显得更加自信，“我没有被困，信众没有被困。这里正是属于我们的地方。”

迈尔辛变得怒不可遏。

提欧不理会她，转而向观众们喊道：“我们在这里，是因为建造者们将船长们召唤到了这里。是他们将船长们引诱到这个伟大的地方，让他们留下来，并赐予他们生育我们的荣耀！”

“这太疯狂了！”副首领咆哮道。

浣生扫视人群，一遍又一遍地寻找着笛雾。她能从一些违望者的身上发现他的些许特征：脸、眼睛，或者是他紧张的气场。但都不是他本人。而他们需要笛雾。一个深谙两种文化的媒介，他一定能够帮助大家……为什么笛雾没有被邀请参加此次会议？

一阵寒意扼住了浣生的咽喉。

“我知道这无稽之谈是从哪儿听来的。”迈尔辛说完这句话，向提欧的方向迈出了一大步，将双手举到空中，“很明显。在你还是个小男孩的时候，你撞见了一个能够工作的记忆库。不是吗？记忆库将关于荒凉的内容展示在你面前，然后你就东拼西凑，编出了一个荒谬的故事……关于建造者重生的谣言……以便确保你自己的核心地位……”

带着嘲讽，甚至还有一丝同情，提欧对他母亲笑了笑。

迈尔辛将双手举得更高，她缓慢地转着圈，势不可当的愤怒使她尖声喊道：“听我说吧！所有这一切都是骗人的！”

安静。

提欧摇了摇头，转过身向大家保证道：“我并没有发现过记忆库或是别的人造物。”他说，“我在丛林中独自一人，然后有一位建造者的灵魂找到了我，他将船和‘荒凉’的事告诉了我。这个记忆库所包含的内容，他都给我看了，还有更多别的事情。他向我承诺：在那漫长的一天结束的时候——因为它必须结束——我将知道我的命运，也将知道你们的命运！”

他的声音在如痴如醉的沉默中逐渐淡去。

洛克将缆线从记忆库上拔下来。他扫了浣生一眼，用平淡的、就事论事的语调说：“我们会照常支付，在偏偏河结算。”

“你什么意思？照常支付？这个可是最好的人造物！”迈尔辛吼道。

违望者们望着她，全都面露蔑视之色。

“这一个能够正常工作。它的记忆还在。”副首领挥舞着双手在空中比画，“其他的记忆库只是空荡荡的废物而已！”

“没错。”提欧说。

可能是觉得让领袖解释如此显而易见的事情有失身份，洛克走上前去，“记忆库通常是墓穴，用来承载建造者的灵魂。你之前卖给我们的那些是空的，因为他们的灵魂已经找到了更好的归宿。”

提欧把他的“血与小便之面具”扣回了脸上，隐藏一切，只露出他明亮的双眼。

所有的违望者都重复了这个动作，此起彼伏的声音在圆形剧场的上空回响。浣生不得不对这次会议产生了怀疑：精心设计的所有这些壮观的场面和丰富的情感，不是为了十万虔诚的灵魂，而是为了两位固执的老船长。

遮住脸的洛克走到母亲身旁。

不祥的预感让她口干舌燥。

“他在哪里？”她问。

她的儿子的眼神变了，变得柔软而亲近。

“如今他的灵魂在别处了。”他答道，身为违望者理应如此作答。然后，他指了指坚硬的铁地。

“别处？”

“八年前。”他的姿势和声音里满是悲伤，“在一次大规模的爆发中，他被带走了。”

浣生说不出话来，动弹不得。

一只温暖的手抓住了她的胳膊，一个关切的声音问道：“您没事吧，妈妈？”

她深吸了一口气，然后说了实话。

“我怎么可能没事。我的儿子成了陌生人，我的爱人死了。可恶。我怎么可能没事？”

她挣脱他的手，转过身去。

而迈尔辛——那位从前冷酷的副首领——在坚硬的铁地上双膝跪地，双手交叉紧握，抵在鼻尖哭泣。她没有想到，大好的形势最后只落得这样的结果。

“提欧，”她的声音里充满了痛苦，“我非常非常抱歉，亲爱的。当初是我做错了，那样伤害你……我希望你能试着原谅我……求你了！”

她儿子点了点头，什么也没说。

待他转身准备离开的时候，迈尔辛做了最后的辩解。

“但我爱这艘船。”她告诉他，也告诉每一个人，“当时你就错了，现在你还是错。我对这艘船的爱和珍惜你永远也比不上！我会永远爱它多过爱你，你这忘恩负义的小混蛋！”

二十一

大神庙是由船长中的一众骨干和天才建筑师们共同设计的。最好的工匠为之付出了千年的辛劳,每一位成年的忠诚者都为它奉献了时间与汗水。即便是半完工状态,神庙已是极美的建筑。六个金色圆顶围成了完美的圆圈。横跨于圆顶之上的,是优美的有色钢抛物线型拱顶。拱与拱互为支撑,层层叠高。中心塔楼是髓星上最高,也是最深入地下的建筑。它的地基向冷却的铁地里延伸了整整一公里。在它的地下室里,有一个装着净水的蓄水池。偶尔会有中微子在那里与迎上来的原子核相撞,它们导致的爆炸会产生一束可爱的光锥,向祭司和孩子们证明那件每位忠诚者都毫无疑问地相信的事情:髓星是某个更伟大的造物中的一小部分,这一造物世人无法亲眼得见,却存在于信众心中。

从违望者那边叛逃来的那个人要求被带到神庙来,这是一个很正常的请求。

但是,审查了调查报告以及两次官方问讯的笔录之后,副首领唯一能确定的就是:除了这个请求之外,那个人的叛逃一点也不寻常,更不简单。

神庙的管理员是个神经质的女人,她身着柔软的灰色长袍,满脸愁容。她向迈尔辛致意,简短地说了声“长官”,然后匆匆鞠了一躬,“我深感荣幸。”但实际上,她正准备抱怨这件事给这里带来的巨大混乱。

迈尔辛没有给她这个机会。她的语气坚决,“到目前为止,你的工作极其出色。”

“是,长官。”

“目前为止。”迈尔辛重复了一遍,提醒她的下属失败与成功只有一步之遥。然后她换了柔和一些的声音问道:“我们的客人在哪里?”

“图书馆。”

当然了。

“他想见您。”管理员提醒道,“其实,让我带您去见他,这是他的要求。”

她们站在旁门的入口通道前。沉重的大门用一整棵美德树雕成,古老而庞大。迈尔辛驻足片刻,伸出一只手抚过那古木。木色暗如凝血,纹理海绵般布满穿孔——这些孔原本是一连串的脂肪结节。她的护卫站在她身旁——两个眼神凌厉警惕、身躯如树干般挺拔高大的男人,观察着安静的边道。有那么一瞬间,迈尔辛的思绪飞往了别处。她发现自己在想船上的事,特别是她那绿树成荫的、距离首领住处不到五百米的公寓。她眨了眨眼睛,叹了口气,心中升起一丝熟悉的忧伤,和一丝隐隐的恐惧。

“那好吧,”她喃喃着挺直后背,抚平制服上的折痕,“带我去见我们的新朋友吧。”

公众服务在六个主厅里同时进行。牧师是民众选举出来的,每一位都有自己的风格和独特的观点。有的无休无止地讲述关于巨船的往事:它的美丽,它的优雅,它无法测算的年纪和无穷无尽的奥秘;有的帮助自己教区的居民为将来某一天与外星人的美好初见做准备;少数几个兼收并蓄的,则专注于更加抽象深远的话题:恒星、生命世界、银河系,以及将人类所见所感甚至假装理解的一切都衬托得无比渺小的浩瀚的宇宙。

神庙服务项目之一是尽力解释宇宙之奇妙。一位声音如缎子般柔软的绅士吟诵着关于G类恒星的赞歌。“其温暖足以孕育诸多星球之生命,”他高声道,“其恒久足以培育多样之进化。我等母星,伟大的地球,正是出生在这样一颗金色的恒星旁。那恒星就像一颗美德树的种子,从前如此,现在依然如此。而我们的宇宙中有数十亿这样的种子。生命亦有不尽的形式,它无处不在——生命繁盛,生命壮美,生命永恒。”

“永恒。”为数不多的听众漫不经心地齐声吟唱道。

陶瓷拱门和盆栽捕蝇草将大厅与走廊分隔开来。有几个人恰好望向一旁,注意到副首领大步经过。低语声逐渐变大,传播开来。但站在前面的牧师俯身压在金刚石讲台上,无视下面的私语,继续奋力演讲。

“我们必须做好准备,兄弟姐妹们。日光逐渐衰弱,这趋势不可阻挡,我们终会迎来每个人都需要贡献出自己全部力量的那一天。那时,我们的心灵、双手与智慧,都将投入大桥的建造之中。”

“大桥。”一些人重复道。其他人则因为现实中的其他事情而分心。他们看着迈尔辛和她的护卫从祭坛后面经过,管理员心慌意乱地紧随其后。祭坛的立柱由天然金刚石塑成,和人类的手臂一般粗。它的基座是城市和完工的神庙的模型,做得复杂而精细。立柱向上延伸至半球形的天花板——那代表着暗下来的天空。金刚石桥牢牢攀住穹顶的破败残桩,灯光照射之下,无数明亮的光斑似乎正不断地向上奔涌,那象征着忠诚者们的飞升——也是对他们无私奉献的最高奖赏。

迈尔辛没向教众那边看一眼。

她不想让他们从她的举止或眼神中看出任何异常。

“待到恰当的时机,”牧师喊道,“我们将飞升！飞升！”

然后,他猛一转身,灰袍飘扬,戏剧化地伸出手臂,指向那金刚石的高塔。当他注意到副首领和她为数不多的随从时,惊讶的同时没忘礼节。

他一面鞠躬,一面高呼:“长官。”

他身后的信众也喊着“长官”,在各自的铁座椅里向前倾身。

幸亏她已经踏上了图书馆的阶梯。她匆匆挥了挥手,大略扫了众人一眼之后,转过身去。她匆匆向前走,甚至走到众护卫前面,他们因此有些发愁。级别较高的护卫对她说:“长官,不能这样。”然后将一只强壮的手唐突地压在她肩膀上,迫使她慢下脚步。

好吧。

她放缓了脚步,也许有些过缓了。当位于这伟大建筑中央的阶梯开始盘旋上升的时候,护卫走到了她的前面。如果记忆无误,设计这阶梯的建筑师是一个不擅与人相处,然而天赋异禀的孙辈。阶梯的灵感来自DNA的结构。尽管现代基因中仅有一小段是由这精巧的聚合物组成,但它作为象征符号却激发了建筑师的灵感。它从最古老的符号逐步升华为最新的,或许是被强加的象征主义,难道不是很有趣吗?

对迈尔辛来说,象征是软弱之人的精神寄托。这一看法她很早以前就有,只是在最近三千年里更加巩固了。

比如这座神庙,这个拟宗教里充满了各种象征。他们将G类恒星与美德树的种子等同而论。一派胡言!迈尔辛曾经见过许多类日恒星。如果她愿意的话,她可以告诉教众,无论从亮度上还是色彩上,恒星与种子都绝对不能混为一谈。恒星所散发出的光芒从来不仅是金色那样简单。从来不是。

然而……

这座神庙和这些拼凑起来的信仰正是她和其他一些人一同构想出来的。当然,副首领下令修建神庙并不是要谋什么私利。实际上,这座神庙将成为未来那座大桥的根基,无论从物理上还是所谓的信仰上,都是如此。她的当务之急,是确保忠诚者们能够明白未来将发生什么事情。如果他们不能理解和接受,甚至被违望者古怪的信仰所动摇,那么即使逃出髓星也毫无意义。这座神庙,以及散布于各地的几十座小神庙,必须成为公众的焦点,成为教育民众的场所。如果民众需要通过象征和隐喻来建立共识,那就这样好了。只是,迈尔辛希望这些孙辈能够稍微收敛一下他们的创意和热忱,尤其在面对那些他们其实一无所知的事情的时候。

走在前面的护卫放慢了脚步,然后对转弯处的某个人低声说了什么。一整队人等候在图书馆里,他们个个都携带着大口径武器,显然不是学者。他们饶有兴味地一同望着一个稚气未脱的男人。那个人穿着普通的衣服,戴着一顶戈耳迪髻假发,正一页页地翻看着一本信息量极大的飞船技术概要。

据审讯他的人说,他的名字来自树名。

叫“美德”。

迈尔辛叫了一遍这个名字,声音并不大。那人看来并没有听见，他的目光集中在一张反物质催化核聚变反应堆的示意图上。她没有再叫他，而是站到了长桌的另一头，一边等待，一边看着那双灰色的眼睛消化那些晦涩的文字和优美的线条。这些复杂的图纸是她的某位同事凭记忆绘制的。

慢慢地，那个叛逃者意识到身边多了一些人。

他仿佛刚回过神来，眼睛眨了好几下，然后说："这是错的。"

"你说什么？"迈尔辛问。

"这行不通。我敢肯定。"他捏住书页黑色的一角，翻到下一页。这一页画着同一个反应堆，是根据同一个人的记忆绘制的，只是角度有所不同。"它的密封装置的强度不够。连理论值的一半都没达到。"

看来，和许多孙辈一样，他也是个不擅与人相处的天才。

迈尔辛扫了众护卫和士兵一眼，简单打了个手势，示意他们离开，仅留他们两人在这里。

神庙管理员不得不问："您要在图书馆待多久？"为了解释自己的唐突，她补充道："从'承诺'和'梦想'的生物实验室来了几个研究员。他们有几个优先级较高的项目……"

"让他们等着！"迈尔辛喝道。

"是，长官。"

就在这时，"美德"对众人说："在这里看到的东西，我恐怕连一个字都不会相信了。"他嗓门很大，"该死，我还以为这里会是什么智慧的源泉，但我只是不断地发现错误。全是错误。"

副首领和颜悦色地对他说："如果你能把错都查出来，那是最好不过。"

叛逃者合上了他正在看的那卷书，一脸不满。

迈尔辛转向护卫："去外面等着，不许听我们的谈话。"又对管理员说，“下楼去。下去告诉所有来参加礼拜的人，就说副首领想听一首又长又响亮的赞歌。”

“哪……哪一首？”女人结结巴巴地问。

“噢，让他们自己选吧。”迈尔辛说，“这种东西向来是他们自己选的。”

这个叛逃者兼具两种极端情绪：两分傲慢，一分恐惧。

这是一个可以被善加利用的组合。

与迈尔辛同坐一张桌旁，“美德”似乎想起了微笑是个对自己有利的动作。但他并不是特别擅长这个表情。他双目圆睁，笑容看起来更像痛苦地龇牙咧嘴。

“我跟他们讲，我一定要见你。”他说，“只见你，而且越快越好。”

“叫我迈尔辛长官。”

这个天才踌躇片刻后，咕哝了一声：“你说什么？”

“我是你唯一的希望。”她往高椅子的椅背里靠了靠，似乎面前这个人很不入她的眼，“如果我让你活，你就能活下去。否则你就得死。另外，我有权让别人对我使用尊称，特别是有必要的时候。”

他盯着自己的双手。然后轻声说：“迈尔辛长官。”

“谢谢。”她挤出一丝笑容，然后缓慢地、几乎漠不关心地打开了自己那只泛着光的铬制电子档案盒，假装在读她已经熟记于心的那些内容，“你对我的同事声称有事情要告诉我。说只能让我一个人听。”

“是的……迈尔辛长官……”他咽了口唾沫，“是关于我们这个世界的事……”

“这并不是我的世界。”她说。

“美德”点了点头，眼睛已经睁大到了极限。

迈尔辛假装专心看着屏幕，“据说……你是笛雾的第二代后裔……”

“是的，他是我的祖父。长官。”

“你的父亲是？”

“提欧。”

她抬起头望着他，仿佛她之前从未注意到他们之间的相似之处。在漫长的停顿之后，她说：“很多违望者都是提欧的孩子。据我了解是这样。”

“是的，长官。”

“这身份并不高贵吧，因为这样的人太多了。”

“唔，我不知道……”他迟疑了一下，然后说，“是的，长官，我想我的确没有受到特别的照顾，没有。”

她按了一个键，然后又按了另一个，将每一位审讯者的文字稿和记载都检视了一遍。有的记录提到了这人的性格，有的则没有。但任何一条都不足以成为对他下结论的依据。

“照你所说，我们书上的那些内容并不准确。”

“美德”眨了眨眼，屏住了呼吸。

人的灵魂就像流体合金。他的傲慢深藏在了心底，越来越强烈的恐惧感被替换到了表面。

“那些内容是不准确的，对吗？”

“是的。我认为有些地方不准确。”

“你自己建造过示意图里的那种核聚变反应堆吗？”

“没有，长官。”

“在违望者的领地内，有没有类似的反应堆？”

“没有。”

“你确定?”

“我不能完全确定。”他承认。

“我们也还没造。”她坦白道,“我们的需求并不太大,地热发电厂提供的能量已经足够了。”

叛逃者点点头,试着恭维她:“这是一座了不起的城市,长官。来这里的路上,他们让我看了一隅半角。”

“那是他们的失误。”她回答说。

他缩了缩身子。

然后她微微一笑,“你们违望者有这么大的城市吗?有没有上百万人聚居在一个地方的情况?”

“没有……没有,长官。”

“我们已经掌握了一些技巧。我们脚下的地壳厚实而稳固,我们能让它一直维持这样的状态。我们引导液态铁灌进指定的区域,让原本的大规模地震转化为若干小震,或者导向它处。从本质上来讲,就是诱发人工地震。”

他意识到她想问什么,于是说:“违望者没有这样的技术。”

“大体来讲,你们只是游牧民族,是吗?”

他犹豫着回答:“我不再是违望者了。”随后紧张地小声补了句“长官”。

“但我想,你能告诉我很多关于他们的事。”

他仓促地点点头。

“你了解他们的生活,”她接着说,“他们的技术。也许还知道他们最终的目标。”

“前面两条我的确知道。”他说,“但最后一条不清楚,长官。”

“哦?你不知道提欧想要什么?”

“是的，并不太清楚。”他喉头一动，似乎有些痛苦，“我的父亲……唔，提欧并不完全信任我……”

迈尔辛又按了几个键，“也许这就是你不再坚守违望者的信仰的原因。是这样吗？”

“我不确定我是否相信过。”

“所有那些关于建造者、‘荒凉’和埋葬在超纤维棺材里的古老灵魂的传说，你都不相信？”

“说实话，我不知道什么才是真的。长官。”

她抬眼看他，对他的话既怀疑又有些着迷，“也就是说，你同样有可能会相信哪些话。”

傲慢再次浮上表面。他愤怒地问道：“如果是你突然意识到自己的想法可能是错误的。难道不想四处走走，追寻更正确的答案吗？”

“我记得，你是自己要求被带到这里来的。而且特地要到神庙来。我只能认为你渴望亲眼见到巨船，而且为了这个崇高目标，愿意帮助我们完成这神圣的使命……”

“不是这样的，长官。”

迈尔辛佯装惊讶，然后露出厌恶的神色，“那你相信的是什么？”

“我什么也不信。”这话似乎挑衅意味十足，让人感觉不过是一个头脑出众，然而过于自大的孩子的狂妄之语。“我不知道为什么髓星会存在，”他说，“更不知道是谁、因为什么原因创造了它。而且我十分确定，没有人知道这些问题的答案。”

“那些人造物呢……”

“关于它们，还有另一种浅显的解释。”

但迈尔辛不想听任何毫无根据的推测。此刻最重要的——

至关紧要,甚至刻不容缓的——是弄清这个寡言少语的年轻人真正的才能是什么。“对我而言,违望者的科学家没有任何用处。像你这样叛逃过来的,我们这里已经有好几个了,差不多每隔一个世纪就来一个。一般来说,你们都没受过什么教育,而且都是死脑筋。只是利用你们那些发了疯的父亲的名字混口饭吃罢了。”

“我受过良好的教育,”“美德”显得有些焦躁不安,“脑子也不愚钝。而且,我没有利用你儿子的名字为自己牟利!”

她望着他,满脸怀疑。

“你难道不明白我冒了怎样的风险吗?为了你,为了所有人?”他大声喊道。然后蹙眉哼了一声,控制住了情绪。他伸出一只手,猛地将面前的书摊开,仿佛那些复杂而且满是错漏的书页中,有一页能证明他的诚心。“我在大火山臼的主要研究机构担任研究主任。但我自学了驭龙飞行的技巧,偷走了飞得最快的翼龙,飞到离边境不到一百公里的地方。然后,在暴雨中,我从龙背上跳下去。在既没有盔甲也没有降落伞的情况下,我穿过树冠摔到了地上。断腿痊愈之后,我马上一路跑到了你们那该死的边防检查站。我想到这里来的心情就是如此迫切,奶奶。迈尔辛长官。该死,随便你要我怎么称呼你吧!”

“真是了不起的壮举。”迈尔辛说,“唯一缺少的,是动机。”

他恼怒地沉默着。

“研究主任。”她重复道,“你在大火山臼都研究了些什么?”

“能源。”

“地热能?”

“几乎不研究这个。”他看了看自己的双手,“我们都很清楚,这个地方存在着太多的能量。将天空点亮的能量,足以将整个星球压缩的能量。这样的能量远不是裂变所能提供的。更不要说普通的核聚变了。即使是伟大的船长们,也不知如何解释这点。”

“隐藏的物质——反物质反应堆。”迈尔辛提出自己的看法。

“的确有东西被隐藏起来了。”说着,他拉过一条辫子放进嘴里,吮吸了一会儿深色的头发,又将它吐了出来,“我所做的事情,是探究最核心的区域。”

“髓星的核心区域?”

他草草点头,“我想,我们就是在寻找你所说的隐藏反应堆吧。”

“你难道不知道自己找的是什么吗?”

他的灰眼睛里冒出了怒火,“我知道你觉得我难相处。你并不是第一个这样想的人。相信我。”

迈尔辛什么也没有说。

“但是你和我,谁更难相处?你在髓星生活了三十个世纪,统治着一小片世界。你说只有你和其他船长才了解伟大宇宙的美丽与浩瀚,而你的儿子和其他违望者都是白痴,因为他们说着一些什么也解释不清楚的故事,还将自己封为重生的宇宙之王。

“我们不是王。”他斩钉截铁地说,“但我也不相信像你这样自负的老女人能真正理解宇宙。它伟大、辉煌,几乎没有边际。在你渺小的一生中,你所能看到的,又是它多么小的一部分呢?”

迈尔辛看着他,一言不发。

“我曾窥视过髓星的内部。”年轻人说,“违望者的测震仪器比你们的更大、更精密。毕竟,这个星球的大部分土地属于他们。而且他们认为应该适应震动,而不是将其化解。”

“我知道你们的测震仪。”迈尔辛说。

“我用三千年的数据，细致地描绘出了髓星内部的状况。”他说着，一阵喜悦攫住了他灰色的眼睛、狭窄的面庞和瘦小的身体。“多么自负啊。”他又一次提起这个词，语气里是强烈的反感，“你自己也承认，你们驾驶着巨船航行了一百个千年，才意识到髓星在这里。现在又在这里待了三个千年。难道你们一次都没想过，奥秘远不止于此？还有东西深藏在髓星内部？”

突然间，迈尔辛听见了远处的歌声。那充满热情的歌声被墙壁和盘旋的楼梯所隔挡，断断续续，有一种独特的美丽。

她听见自己问：“这个东西……是什么？”

“我完全不清楚。”

“大吗？”

“约有五十公里宽。”年轻人吮吸着另一条辫子，“我想查明它究竟是什么。给我人员和资源，我就能够判断支撑力场是否由下面这东西供能。”

副首领吸了一口气，然后又吸了一口。接着，她诚恳地告诉叛逃者：“那不是我们的首要任务。虽然很有趣，但这个问题必须搁置。”

灰色的眼睛瞪着她看了一会儿，然后阖上了。

“提欧就是这么说的。一个该死的字都不差。”

当眼睛再次睁开时，他看见副首领用右手托着一架激光器。

“啊，现在吗……”他哀号起来。

迈尔辛瞄准他的咽喉，向下平移了一点。然后她站起身，围着桌子转了一圈，仔细而周到地完成了这件差事。只有那张脸和它后面的大脑未遭毁灭。一阵无声的尖叫将嘴拉大。熟肉和燃烧的头发散发出的焦臭味，让周围的空气变得令人反胃。迈尔辛飞快地打开挎包，把头往里一扔。然后走到书垛间。她的护卫正遵照指令，在听力范围之外守候。

他一言不发地接过挎包。

“老规矩。”她无须多说。

忠诚的护卫点了点头，从紧急通道离开了。对叛逃者的审讯这才刚刚开始；如果他能证明自己的价值，就会获得极为充实的新生。

迈尔辛从容不迫地收好电子档案盒，又将一小瓶灰倒进了神庙的香灰堆里——这是切下人头之后留下的残余物。然后，她拿起那本困扰她孙子多时的书，一时兴起，翻到了反应堆那里。她意识到“美德”说得没错。她为今后阅读这本书的学者写了一个备注，然后将这一卷放回书架上本来的位置。

神庙管理员在楼梯间等候。

管理员叠放在身前的双手被软塌塌的长袍盖住了一半。她抬头看着副首领，皱眉问道：“他在哪儿？”

接着，她闻到了死亡的气息。或者说，她看见死亡与迈尔辛并肩走下了楼梯。

“怎……怎么回事？”女人语无伦次，她从未如此紧张过。

“那个叛逃者，”迈尔辛回答说，“是个间谍。显然是准备安插在我们中间的眼线。”

“但在这里，在神庙里……杀死他？”

“在我看来，没有比这里更合适的地方。”副首领匆匆走过她身旁，“你去打扫一下。如果你肯帮我这个忙，又不向任何人提起的话，我将十分感谢。”

“是，长官。”回答的声音又细又尖。

迈尔辛回到走廊里，听到那些缺乏训练的嗓音声震天花板，高唱着大桥即将开建，回报就在前方。说不出为什么，但她觉得自己应该走进大厅,面对那些忠实的朝拜者。

意识到灌输给孩子们其他人的话语和梦想是如此轻松,迈尔辛既感到喜悦,又有一丝恐惧。她从那些微笑着的、诚惶诚恐的脸上,看见了最纯粹的信仰。这些人对这个星球之外的世界一无所知,连飞船上最窄小的走廊都不曾踏足,更别说见证银河系的美丽与庄严了。但他们却歌颂着重返上面世界的伟大远征,愿意为了穿过这片单调的银色天空而做出任何牺牲。这天空完美无缺,除了正上方那一小块孤独的瑕疵——基地荒废至今,一如往常。

它像飞船一样被遗弃了吗?

数十亿生命或许早已灭亡,但迈尔辛不在意。她曾经痛恨过这一想法:她的部下遵照她合理的指令行事,却引发了精心设计的远古诱杀装置,导致上方生物悉数遇害。但是,那些曾经令人惊骇的事如今已成为历史,像所有的历史一样,已经过去了,模糊了。况且,这件无可避免的事怎么能归咎于迈尔辛呢?

这艘船也许已经死了。但能肯定的是,她,还活着。

为了几千教区居民的荣光,这位“一切伟大意志的鲜活化身”与他们齐声歌唱。迈尔辛的声音有力而坚韧,丝毫不在意自己是否唱走了调。

他们真是盲信啊,她带着一丝得意的蔑视想着。

后来,当她歌颂到G类恒星甜美的光芒时,迈尔辛暗暗问自己:“如果伟人也同样盲信呢?”

她自忖道:

“有什么事情是我心甘情愿深信不疑的呢?”

二十二

冷却的铁地偶尔会挪动。但这些古老的断层从来不会快速移动,也不会挪到特别远的地方,很少造成严重的破坏。减震设施会吸收震动的能量,甚至还会把获得的能量输送到主电网。从这个意义上讲,地震也是好事。但计划外的事总让人不得安宁。地震每次都会打断某位船长的深度睡眠,使她突然惊醒。而在那香甜的几分钟内,她的梦会打着旋,飞到遥不可及的地方。

那天早晨的地震逗留了许久。浣生在床上醒来,保持着右侧躺的睡姿,感觉着强烈的震动逐渐减弱,变成了自己心脏的轻柔、平稳而坚定的咚咚声。

墙上的日历显示着日期。

4611.277。

纱帘被裁剪成了绚彩虫展开的翅膀的样子,无精打采的天光透进来,照在她睡了六个世纪的卧室里。钢铸的墙上覆盖着抛过光的伞木,为这幢建筑增加了让人安心的牢固感。高高的钢制天花板上挂满盆栽和土褐色的小木屋,家养的绚彩虫就在这些木屋里栖息和交配。在事变之后那些明亮而炎热的日子里，绚彩虫可是个稀有的物种。但随着头顶支撑力场的减弱——这是个极其漫长的周期——这些可爱生物的数量日益增多。在"承诺"与"梦想"的基因工作室里，兄妹俩调整了它们的颜色和尺寸，培育出了有着五颜六色精巧翅膀的、好似巨型蝴蝶的生物。似乎每位忠诚者都养着一群绚彩虫。由于整个领地共有两千万个家庭，这对兄妹船长获得了可观的，甚至是令人眼红的利润。

浣生从床上坐起来的时候，她的那群绚彩虫飞出来向她致意。它们如阴影般轻柔地落在她裸露的肩膀上、她的发间，在舔舐她皮肤上的盐分的同时，留下淡淡的香气作为报偿。

她伸手温柔地赶走了它们。

她的那块旧时钟正打开着摆在桌面上。缓缓移动的金属指针显示，她可以再睡一个小时。但她的身体并不这样觉得。浣生一边穿上反光制服，一边想起了刚才做的梦，还有地震。她试图回想起她最后做的那个梦。但它已经溜走了，只留下一阵模糊的、意犹未尽的焦虑。

浣生突然觉得，她可以用失落的梦境创造出一个宇宙。她并不是头一次有这个想法。

"也许这才是他们真正的目的。"她低声对她的宠物说，"等我的宇宙造完了，我也就完了。"

她轻声笑着，把反光帽戴在头上。

好了。

早餐是脆烤甜蛋糕，下面铺了一片撒着胡椒的熏肉。所有食物都由一杯接一杯的热茶送下。熏肉也是基因工作室的杰作。几个世纪前，经不住船长们不停地抱怨，"承诺"和"梦想"在实验室中培养出了几种上好的肉排和腌肉。这只是一个小项目，方便简洁，成本低廉。兄妹俩没有试图凭记忆重新排列出牛和野猪的基因，他们使用了唯一可用的产肉者——人类——的基因。做了足够的调整之后，造出了一种不是人肉的产品。至少在口感和味道上不是。但愿从本质上也不是。

到底哪些船长的基因被用作了样本，是绝对保密的。不过一直有传言说是迈尔辛的——也许这正是这些食品在众船长和部分孙辈之中广受欢迎的原因。

因为多出了一个小时，浣生显得格外从容。她慢慢地吃着早餐，还读了两家相互竞争的通讯社的新闻——两家都没能提供任何真正有趣的内容。然后，她从房子里出来，走进狭长的后院，在天然铁块铺就的小径上散步。那些铁块锈蚀成了非常悦目的红褐色，缝隙之间长着小簇的灰发草和哀思香。

她最近对园艺很感兴趣。她曾经的恋人，老朋友帕米尔，从前就是个技艺高超的园艺爱好者。他最喜欢什么花来着？对了，是阎诺薇葩。也许他此时正在种植花木呢——如果他还活着的话。如果他还活着，看到心比天高的浣生亲自屈膝在地，徒手拔除黑色的杂草，这个老罪犯会感到惊讶吗？

随着支撑力场的减弱，天光变得暗如暮光，髓星的生态系统也不断发生着改变。过去只生长在洞穴中和丛林最深处的那些不起眼的物种，如今不仅是繁盛，甚至可以说数量庞大。譬如花园中央的精灵之心。它们过去长在最深的阴影里，最多长到人腿一般高。如今它们已经变成了巨树，树干的直径粗达一米，紫黑色的枝叶气味馥郁，巨大的叶片和花朵以精巧的结构连成一体。由绚彩虫授粉后，花朵会蜷成一个个黑色的球，成熟之后变成富含脂肪的果实——只有轻微的毒素，口感极好，味道醇厚。

浣生留下了这些树，既是因为它们的香气，也是为了她的那些虫子。再有,就是因为它们有着肖似人类肢体的枝干。

她留着它们,还因为大约几十年前,有个孩子气的恋人曾经两度在这个果园里献身于她。

穿过果园,宽阔的铁台阶通往下方的“闲湖”。这颗星球上再没有比它存在时间更长的水体了。这一小块地壳形成于一千五百年前,算得上是髓星有史以来最古老的铁板。它所显示的,不知是众船长的智慧与坚持,还是他们仅对秩序的迫切需要。

古老的湖泊十分平静,被铁锈和红彤彤的浮游生物染成了红色。髓星外的腔壁覆于其上,如同巨型天花板,看起来触手可及。当然,这纯粹是错觉。髓星的大气层离腔壁还有五十公里的距离。发光的支撑力场仍在上方控制着这颗膨胀的星球。力场依然很强,但与从前相比已经弱多了,而且在接下来的三百年里还会继续变弱。髓星将继续变大,从所有的预测和每一张精心绘制的图表来看,当髓星大气与腔壁相触的时候,支撑力场的强度将达到最低值。

那时,船长们将能够登上基地,到达入口隧道。如果隧道没有坍塌,他们就可以沿隧道上船,进入那久违的浩瀚。船如今大概已是弃船。一定是的。经过千年的争论,人们找不出任何其他理论能解释他们那漫长而彻底的隐居。再过三个世纪,这令人沮丧的看法估计也不会改变。

浣生掀开了她珍爱的钟表的银盖子,判断出在这长达多个世纪的伟大行进之中,她仍然有一些时间可以浪费。

支撑船坞的不锈钢浮桥上,钉着用缺乏光照的古美德树制成的木板。她踱步到桥尾,聆听着工作靴敲打木板的悦耳声音。一群小小的锤翅目生物的幼虫游开后又转身游了回来,或许是想求得些吃食。它们拍打着双鳍,用大大的多面复眼望着超纤维天空下那个人类的身影。然后,浣生扣上了小时钟的盖子,突如其来的咔嗒声让那群幼虫慌乱地蹿入水中,只留红水里的一个个旋涡,出卖了它们的行迹。

闲湖是个古老的湖泊。按照髓星的标准,它是贫瘠而衰老的。这个生态系统以频繁、剧烈的地质动荡为基础,它不欣赏稳定性,上千年的富营养化对它毫无用途。

浣生将时钟和钛铸的链子放进口袋,突然回想起了自己的梦境。脑中毫无预兆地浮现出了自己在别处的场景。好像是在高处?也许是在桥上,这没什么不合理的;她每天都在那里工作。虽然不知怎的她总觉得哪里又有些不对劲。

她的梦里还有别人。

她说不清是谁。但当时她听到一个明确而坚定的声音,那声音忧伤地告诉她:“不该是这样。”

“有什么不对吗?”她问。

“一切,”那声音宣布,“一切都不对。”

然后她低头看着髓星,它看起来比现在更大。髓星上散发着耀眼光芒的,是火焰和白热化的熔铁湖。那是熔铁吗?浣生突然觉得那光芒看起来不太对劲,虽然她无法从零散而模糊的记忆中拼凑出答案……

“一切指的是什么?”她向那个声音发问。

“难道你还不明白?”那声音反问道。

“我该明白什么?”

她的问题没有得到回答。浣生转身想看看她的同伴。她转过身去,看见的……是什么?

脑子里一片空白,只留下了古怪而惊悚的、从非常高的地方向下坠落的感觉。

她的“咕噜车”需要修理了。

坚硬的钢制路面,加上已经使用了很长时间,“咕噜车”的悬挂松垮垮的,简单的涡轮发动机也没完没了地发出奇怪的嘎吱声。但浣生不打算把车送修。车还能跑,更重要的是,首都的所有机械修理厂都要遵循优先级。个人交通工具的优先级很低。依照迈尔辛的命令,直接服务于在建的大桥的设备优先于个人的需要。虽然浣生可以要求特权,但特殊照顾让她觉得不自在。

六百多年来,她一直驱车沿这条路进入大都市,极少例外。家里的这条小路并入公路,带她直接穿过密集的居民区。五十层高的公寓楼林立于一个个公园之间。公园中有黑色的植物、游乐场设施和尖叫着上蹿下跳的孩子充满活力的身影。独幢房、连排房和坐落在衰老的美德树上的房屋,证明了人群的极端多样性。所有建筑各不相同,高楼也不例外。任何两个街区的神庙都不会彼此混淆,除了圆顶架构和富丽堂皇的风格之外并无相似之处。

浣生对这一信仰的看法复杂而易变。有那么些年,有那么些时候,她认为迈尔辛是个玩世不恭的领导者,这个宗教和她见过的其他信仰一样不足为信,一点也不美好。但在一些意想不到的、转瞬即逝的时刻,那些赞美诗、盛典和关于这宗教的一切突然间似乎变得很有道理。

这奇异的大杂烩自有其超凡的魅力。

船是真实存在的,她提醒自己。他们敬拜的对象是一件不可思议的、神奇的机器。不管内里是否空无一物,它总是沿着自己的路径,在奇妙的宇宙之中穿梭往来。即便与世隔绝如此之久,身为船长的她仍然对那颗用超纤维和冰冷的岩石造就的巨大球体有着强烈的责任感。

咕噜车行驶的公路逐渐变宽,公路尽头就是市中心。

三百层的摩天大楼从稳固的地面拔地而起。钢制骨架罩在丙烯酸窗户里,坐落在坚固防震的地基上。行政总部的建造则采用了不同的理念。它用钛和坚韧的陶瓷制造,看起来像一朵巨大的腐生菌。从外部看不见窗户,根基用上百种方式加固,墙体做了装甲处理,密布着隐藏的攻防武器。要对付的敌人是谁从未被提起过,但也算不上什么秘密。尽管没有任何理由,但偏执的迈尔辛一直担心违望者会来袭击他们。浣生也有同样的担忧,虽然仅限于某些日子。不错,她并不以那些坚不可摧的装甲墙为傲,但她对这些墙也没有寒毛直立的反感。

这朵腐生菌的前身是大神庙的六个圆顶。而竖立在它中央,位于被遗弃的基地正下方的,是对忠诚者一族来说唯一真正要紧的东西。

大桥。

它的宽度和最雄伟的摩天大楼差不多,在银色的天空下呈浅灰色。乍看之下,桥似乎是隐形的。若按大船的标准,它所用的超纤维外壳的等级是极低的。但每生产一克这东西,都要付出很高的成本。所有超纤维都生产于专门为此建造并且不断扩张的工厂。大多数产品因为达不到基本的建筑要求而被弃用。能达到这不算高的强度已经是奇迹了。亚斯林和她的团队创造了奇迹。尽管关键元素十分短缺,成吨的超纤维还是被造了出来——一次生成一小滴,然后在浣生的监督下,多个小组缓慢而谨慎地把那些灰色的液滴倒入模具。就这样,每天将大桥推向新的高度。在最顺利的日子里,大桥一天能上升整整一米。

"我知道我的要求太高了,"迈尔辛多次承认,"慢一些也行,速度其实也够了。那样孙辈们还会少些艰辛。不过现在这种做法也仅仅是多些艰辛而已，并不要命。我想让大家看到自己的精力用在真东西上。他们需要看得见、摸得着——在我们的许可下——可以攀登、进展明显的东西。”

这东西乍看之下不起眼，其实相当高。即使是浣生这个见识过许多奇迹的老女人的眼中，这座桥的辉煌也能让她颤抖。它的高度远超任何邻近的摩天大楼。事实上，它比它们叠在一起还要高，已经伸入了寒冷的平流层。他们一厘米也不必再往上加了，髓星自身的扩张就可以将它抬升到那一小段幸存的旧桥附近，直到与之相触。这样一来，他们的逃出计划就完成了。

但这也引出了一个问题。

浣生一直对迈尔辛给出的理由心存疑虑。也许民众确实需要一些激励，不过，神话般的船本身就已经起到了这种激励作用。再说了，即使这个项目真的需要不计成本地尽快完成，也应该考虑到，从本质上说，大桥建在一座铁岛上。这铁岛又漂浮在一片缓缓流动的古老汪洋之中，一股股白热化的金属从他们脚底向上涌动，每一股涌流都与邻近的涌流较着劲。热量与动量玩着一场缓慢而无情的游戏。的确，减震团队已经设法引导这些涌流，减少它们之间的相互影响。如果铁岛向北漂移十米，或者向东漂移六十米，问题都还可控。但他们还要面对长达三个世纪的地壳构造变动，这只会让问题越发加剧。这块地壳就像一条毯子，困在里面的热量会日益增加，熔铁上涌的速度必然越来越快。

“太快了。”她曾对副首领说。最近几个世纪里，那个老女人几乎成了隐居者。她在工厂和桥梁之间有一座精心建造的院子，通过派人送信以及数字手段来实现她的统治。一堵堵用超纤维废料搭建的围墙将她生活的所有细节藏了起来。有的时候，两人整整一年都见不着面。迈尔辛只会在一年一度的副首领宴会上出现，正是在那里，浣生曾向她直言："要是髓星把桥推上去的角度完全失准呢？"

但迈尔辛有她的坚持。"首先，"她回答说，"这不会发生。过去一千多年，情况不都在掌握之中吗？"

是的，但与此同时，地下埋藏的热量也在不断增加。

"其次，担心这些是你的职责吗？不是。事实上，你没有参与任何关键性的决策，也没有这个权力。"迈尔辛显得冷淡而烦躁，她摇着头，"浣生，我给你安排的职位是桥梁建设，这是因为你比大多数人都懂得如何激励孙辈。还因为你能够自己拿主意，不用每天烦扰副首领。"

迈尔辛不想再被烦扰。

有一些关于她隐居地状况的传言。这些流言大都比较恶毒。有人说迈尔辛根本不是独居。她留了一队年轻的孙辈在身边，他们唯一的职责就是取悦她，比如说性方面之类的。这些传说很可笑，但它们已经有了几百年的历史。老话怎么说的来着？谎言重复千遍就成了真相？

伴随着轮胎在地上发出一声重响，浣生将车开进了主车库。

大神庙一直是向公众开放的。从地下停车库到旧图书馆，浣生始终被成群的信众所包围，他们来自城里以及忠诚者领地的各个角落。偏偏河来的十几个满面笑容的朝觐者还带来了一份特别的礼物：巨大的、极重的镍制迈尔辛胸像。神庙管理员满脸苦恼和迷茫，向他们说完感谢之后气也没喘，立刻告诫他们所有礼物都需要事先登记。"你们明白我的意思吗？我们很感谢你们。但如果不这样,我怎么才能保持这个地方不被堆得一团糟呢?献礼这么多,我们得有一个管理体系,对不对?"

有许多方式可以登上大桥。

大部分通道都在地下,防御森严,通常上了锁。浣生更喜欢从图书馆后面的一扇小门过去。这里的安全措施同样周到,布置得十分巧妙。为了让来访者相信这地方牢不可破,武装警卫总是站在显眼的地方审视着每一个人。即便来人是高阶船长,也当给予冷漠且充满怀疑的一瞥。

在二十米的距离内,浣生连着接受了两次检查,做了两次登记。

在通往二级升降梯的途中,她在登记簿上签了名,然后机器医生采集了一小片组织和少量血。

离她最近的警卫精神十足地说:"早上好,浣生长官。"

"你好,戈尔登。"她回答说。

过去二十年里,这个男人始终驻守在岗位上,观察着来来往往的工作人员。这样的人成千上万,出类拔萃,意志坚定。除了这张方脸和名字,浣生对这个警卫实际上一无所知。她偶尔会问起他的生活,可他总是答非所问。那是他们之间的游戏。至少是她的游戏。但她今天并不想玩。看着自己的手胡乱地在纤维塑料上签上名字。她发现自己又一次回想起了梦境,不知它为什么让她这样不安。

"祝您一天愉快,长官。"

"你也一样,戈尔登。你也一样。"

浣生独自坐进炮弹车里,直射大桥顶部。迎接她的是另一个知道她名字的方脸警卫,他行了个礼,然后报告了当天最重要的新闻:"要下雨了,长官。"

“很好。”

大桥所有的窗户都在这里。从一排高高的菱形窗格望出去,外面是接近真空的平流层。天空是超纤维的,无精打采的蓝色光晕不知从何而来,遍布四面八方。下方五十公里是城市和周围一圈的农场,更远处是休眠的火山,还有延伸到地平线的红色湖泊,看起来几乎直抵腔壁。

只有从这里看出去,髓星才像是个离他们十分遥远的地方。

这是所有船长都喜欢的景致。

暴风雨如约而至,一排乌云正向城里飘来。最高处的云繁复、洁白、造型优美,并且不断地被风扭曲成更加美丽的形状。然而这些云难以长久地凝结成团。随着支撑力场减弱,暴风雨不像以往那么频繁,也没有从前暴虐。没有充足的光照和水的滋养,乌云很快就消散了,瓦解和形成同样迅速。

再过三百多年,髓星就将沉浸在黑暗之中。

这黑暗会持续多长时间?

也许一个船日。也许二十年。两者都有可能。没有人能给出准确的答案。但每一个本地物种都储存了一组未表达的基因,在实验室环境中,这些基因在夜晚笼罩下会觉醒,使这些植物和昆虫陷入持久的休眠状态。

在人们的假设里,等到支撑力场消失,或减弱到忽略不计的程度时,众忠诚者就会登上这座凑合搭建的奇妙桥梁,到达基地,然后登上大船。

没有人在正式场合讨论过除此之外的可能性。四十六个世纪以来,这个理论一直占据统治地位。其他离奇的解释一经提出,便被质疑探讨,而最终——也是不幸中的万幸——被彻底遗忘。

“凡是者，恒是。”

这就是浣生走进小而简陋的办公室时对自己说的。她坐了下来，面对一排控制和监测设备，还有头脑简单的人工智能。

然后，和平时一样，她从金刚石制的窗口向外望去。也许桥的确造得太高、太快。但即便这样，它也是工程学与创造力的奇迹。有时候，浣生私下会想，有没有办法将它和孙辈一起带走。

好让她向整个宇宙展示让她觉得无比骄傲的两件瑰宝。

“浣生长官？”

她眨了眨眼睛，转过身去。

她的新助理站在办公室门口。他是个认真而自信的男人，年龄不详。他带着困惑的表情——这对他来说实在太罕见了。“我们的轮班结束了。”

“还有五十分钟。”浣生说着，翻开手里的每日报告。她清楚时间，但还是习惯性地打开银表，瞥了眼缓慢旋转的指针，“还有四十九分零几秒。”

“不，长官。”他紧张地用手指拉扯着摇来晃去的戈耳迪发辫，又想抚平蓝色制服上的褶皱，“刚接到的命令，长官。每个人都必须立即从桥上离开，使用除主通道之外的任何通道。”

浣生看着她的屏幕，“我没看到任何命令。”

“我知道……”

“是演习吗？”偶尔会有演习。如果下方的地壳塌陷了，他们可能只有几分钟的撤离时间。“如果是训练，比起让你四处溜达拍人肩膀，我们需要更好的通知方法。”

“不，长官。不是演习。”

“那是什么事？”

“是迈尔辛。”他脱口而出，“她使用加密线路，亲自与我联系。我已经根据她的指示解散了施工队伍,并将机器人调到了睡眠模式。"

浣生没有说话,她在思考。

他几乎没有掩饰自己的无奈,补充道:"真是莫名其妙。大家都这么认为。但副首领喜欢将某些事情保密,所以我猜……"

"她为什么不直接告诉我?"浣生问。

助理无奈地耸了耸肩。

"她要上来吗?"她问,"她要用主通道?"

助理飞快地点点头。

"和她一起来的都有谁?"

"我不知道是否有其他人要来,长官。"

主通道是最大的通道。五十名船长可以乘同一部炮弹车上来,手肘不会蹭到彼此。

"我看了一下,"他承认道,"不是普通的车。"

浣生在监测器上发现了正在上升的车。她试图唤醒一排摄像装置,但没有一台响应她的命令。

"副首领让我把摄像装置调到离线状态,长官。但我碰巧事先瞥见了那辆发射车。"助理做了个鬼脸,"根据能量需求可以判断,这东西的质量相当大。据我推测,它的外壳超厚。上面还有些装饰,我不太想得出是做什么用的。"

"装饰?"

助理看了一眼自己的时钟,一副急于离开的模样。但接下来,他便笑着解释说,"那部炮弹车外面包着一大堆管道式装置,整体看起来,活像一捆绳子。"

"绳子?"

他承认:"我不太了解那个装置。"

换句话说，他的意思就是“请您解释一下吧”。

但浣生什么也没有解释。她看着自己的助理——他在船长们的后代中算是数一数二的忠诚——耸了耸肩膀，吸了一口气，然后撒了谎。

“我也不太了解。”

然后，像是突然想起来，她问：“你们是否提到过我的名字呢？我是说你和迈尔辛交谈的时候。”

“是的，长官。她让我告诉你，要你留在这里，等着。”

浣生偷偷吸了口气，一言不发。

“按照指示，我得把您一个人留在这里。”他抱怨道。

“好吧，那么，按副首领说的做吧。”浣生说，“赶紧回去。如果她发现你还在这里，肯定会亲手将你扔下升降机井。”

二十三

几个世纪以来，“美德”用他的才华和对工作的热情证明了自己。在任何情况下，他所表现出的忠诚都不比其他生于忠诚者领地的人少。但即使是现在——尤其是现在——迈尔辛也无法完全信任这个男人。

“这可能行不通。”他再一次劝告她。

她没有看他，只说“能”，一边看着那扇简单的密封机械门，想象着它的开启，还有她一步步逼近最后的关键时刻的模样。“你的那些模拟，百分之九十结果都是成功。我们俩都清楚模拟器所设置的难度有多高。”

违望者的头皮上长出了头发。嵌了宝石的戈耳迪髻让他看起来和忠诚者没有两样，而那双忙碌的灰眼睛，流露着对副首领的爱意。这感情发自内心，两人以前都未曾想到。

“美德”闷声闷气地对她说：“太快了。”

她没有接话。

“再过两年，我就可以将成功率提高——”

“一两个百分点。”迈尔辛引用他说过的话。然后，她望着那双深情的眼睛，想着自己为什么不信任他。她就那么多疑吗？

或者说直觉敏锐？无论如何，要是能找个正当的理由把他送回家去，她会感觉好受许多。

“迈尔辛。”

他温柔地唤着她的名字，爱意化成了一汪更深的情感。话音刚落，一只指甲修剪整齐的手便伸了出来，往上探去，抓住她右边的乳房。

过了这么久，还是违望者的举止。

“不行。”她说，对他，也是对自己。

他又唤一遍：“迈尔辛。”

副首领掰开他的手，把他的两根手指头往手背方向掰，直到他脸上充满震惊和难过。

“那次小地震帮我们把角度对齐了些。”她提醒他，“‘挪近了差不多半米。’你是这么说的，‘但是接下来的一次或两次地震可能又会把目前的有利角度挪开。’”

“我是这么说过，我记得。”

“再说，”她低声道，“如果我们继续等，很可能会失去给大家带来惊喜的机会。”

“但长久以来，我们一直对这项任务保密。”美德下定决心的时候，看起来有些像他的父亲，提欧。他狭长的面孔绷得紧紧的，没人知道接下来露出的会是哪一种表情。“再给我一整天又会有什么坏处呢？我会重新检查每一个系统，重新校准制导系统，还有两个后备计划……”

“但是，”迈尔辛打断了他，“注定是今天啊。注定。”

他只好叹了口气，摆摆手示意认输。这样做的时候，他突然看起来一点也不像提欧了。

“你难道不相信命运吗？”她问，“你毕竟是个违望者啊。”

“现在不是了，”他嘟囔着，似乎受到了侮辱，“如果曾经是的话。”

“命运。”她重复了一遍，“今天一醒来，我就知道注定是这个早晨。我确信，只是不知道为什么。”她注意到自己面带微笑，面向着他，兀自出神，“我并不迷信。这一点你应该很了解。这也是为什么我明白现在正是最佳时刻。直觉引导着我。我多准备一天，别人就多一分可能发现这件事。我为什么要这么做呢？我的忠诚者。你的违望者。让我们双方的民众都尽可能地无知下去。这难道不是我们的共识吗？”

美德无奈地点了点头。

作为情人，他又一次将手伸向她乳房那令人感到舒适的曲线，但迈尔辛拦住了那只手，按下来。她紧紧地握住那些手指，凝视着那双温暖而关切的钢灰色眼睛。

她将他从烧焦的遗骸——他的大脑——中复活后，从未让他忘记他的存在是靠了谁的施舍。即便有了那一层亲密关系，即便在她的私宅里住了几个世纪，被奢侈品和髓星能提供的所有研究工具——当然还有她自己那十分配合的身体——所包围，这个小男人仍然不断地做出令她惊奇的事。正是由于这个原因，她对他的信任只能止于某个程度。她并不完全了解他，而现在，她永远都不会完全了解。

“亲爱的，”他温柔地说，“亲爱的，我不愿失去你。”

迈尔辛咬咬牙低声保证：“如果不为我做这件事的话，你就会失去我。你知道我说话算话。”

他怕了。

然而他再次开口唤道：“亲爱的。”

炮弹车减速了，沉重的车门准备开启。迈尔辛对她的爱人，也是对自己说:“就是这一刻。”

总算来了。

浣生正在奉命等候。

门一向外打开,这位一级船长就往小小的车舱里望去,铁灰色的眼睛盯着里面的陌生人——也就是“美德”——同时问道:“长官,你疯了吗?你真的认为这事可行?”

她随即回答了自己提出的问题:“不,你没有疯,”她说,“是啊,你不得不认为这是可行的。”

“浣生,”迈尔辛说,“亲爱的,你总是这么风趣。”

她从车里走出来。副首领从没来过监控室,但它和全息图上的一模一样,同样的一排排发光的仪表,同样没有人影。这里的大部分系统几乎都没有经过测试。反正三个世纪后才会投入使用——所以,何必呢?

“你是要我来监控吧?”浣生猜道。然后她端详着“美德”,说:“我不认识你。”

“她不需要你。你的确不认识我。”那人回答。

迈尔辛面向她的下属船长。这一刻与她的想象完全一致。她说:“不用,我的助理负责发射。他完全熟悉这台设备。”

浣生吃惊得直眨眼。

值得赞扬的是,她把重点放在了更大的问题上,“要做到这一点,你得有一定的精确度。我们要做的,相当于把一颗大炮弹用一门大炮打进另一门大炮的炮膛里。我说得对吗?”

副首领点头,“你从来都是对的,亲爱的。”

“只要真的能碰到旧桥,你就会有足够的时间和距离来进行制动。是吗?”

“只能是猛地停下来。”

“即使支撑力场已经弱了许多……但这辆丑陋的小车能保护你吗?”

“它会的。”迈尔辛回答说。

“美德”怀疑地深吸了一口气。

浣生亲自检查了那台炮弹车。她抚摸着舱门的表面,抚弄着那些古怪而丑陋的管道,“亚斯林曾经建议过,在炮弹车外面加装这些管道式装置。”她指出,“那是什么时候的事来着？时间久到我都不记得了。但她解释完以后,你说了‘不’。你说那样就太笨拙、太局限了,况且还有技术上的困难。你命令我们把精力放在更广阔的领域。”

“没错。我是这么说过。”迈尔辛承认道。

浣生无言以对,只得微微一笑,说:“那么好吧。祝你好运。”

迈尔辛露出了笑容,“你的意思是祝你我二人好运吧。如你所见,里面有两个座位。”

浣生很勇敢,但她并非无所畏惧,也不是傻子。她退后一步,控制住自己的呼吸,定睛看着副首领,过了好一会儿才问:“为什么？你要带上我?”

“因为我尊重你。”迈尔辛实话实说。

浣生的眼睛睁得更大了。

“还因为如果我命令你与我同行,你会照做。就是这样。”

浣生喘了口气,然后又喘了一口。她承认:“我想的确是这样。”

“而且说实话,我需要你。”

这话一出,所有人都变得有些尴尬。

为了打破沉默,迈尔辛转身对“美德”说:“启动程序。”她顿了一下,低声补充道,“我们一上船就启动。”

那个男人看上去快哭了。

迈尔辛没有给他这个机会。她干脆地挥了挥手，傲慢地跨了一大步，走进车里。她已经不是第一次觉得它和巨船如此相像了，二者都是厚重的机身中央藏着一颗空心的球体。

她对浣生说："就是现在，亲爱的。"

这位一级船长显然正在考虑下一步事项，以及其他事情。她在制服上擦了擦修长而强壮的手，弯腰跨入舱口，动作兼具僵硬与优雅。她检查了双人座椅，座椅固定在涂了润滑油的钛轨上，加速的时候会托住她们的后背。她摸了摸简洁的控制面板，像在欣赏这科技的造物，接着又摸了摸内壁。她拿开手，轻轻说了一声："好冷。"

"是天然的深冷超导体。"迈尔辛告诉她。

然后，副首领触了一下面板。舱门自行关闭时，她说："'美德'。"她看着舱门外的他，"我相信你。"

男人在哭泣。

舱门关闭。密封停当后，两个女人背靠背坐在一起。"你相信他，又尊重我。"浣生一边确认保护带已经系好，一边笑道，"信任和尊重。你在同一天都给了出去。"

迈尔辛没有回头。她正忙着做最后的检查，"你比我更擅长与其他人打交道。你对孙辈还有其他船长说话的方式……这是很棒的技能，可能是个很大的优势……"

浣生不得不问："面对什么的优势？"

"我原本可以独自登上大船，探个究竟。"迈尔辛解释说，"但是，如果最坏的事情发生了……如果我们上方的一切都已经死了，空了……那么你，浣生……我认为还是由你把可怕的消息带回来比较好……"

二十四

四千多年执着的辛劳在此刻达到了高潮——两位船长准备将自己抛出髓星。浣生发现自己被绑在简陋的防撞椅上,她有点想找些事来做,一些值得做的事。其实她完全明白,除了一边祝自己好运一边等待,现在的她做不了任何事。

迈尔辛念着一份清单,嗓音干脆而沙哑。

她那位神秘的伙伴长得有点像提欧或者笛雾,但他说话太慢、太犹豫了。那两个人可不会这样。他通过内部通话系统讲话,不断说着“好”“是”和“正常”这几个词,间夹着些许沉默。

两位船长背靠背坐着。浣生看不到副首领的脸,脑子里却几乎全是她。还是原来那张冷酷而自信的脸,却又不是。她总是对那个顽固的女人在髓星上发生的改变而感到惊奇。她的改变很彻底,从她憔悴而忧虑的双眼和因为痛苦而紧绷的嘴角便可以看出。而当她说话的时候,就像现在这样,即使是一个简单的词语也带着无限的感伤。

“启动。”那忧郁的声音命令道。

一瞬间的暂停。

然后,那个小男人无可奈何地轻声说:“是,长官。”

她们加速坠入黑暗而封闭的升降机井。这东西其实不是桥,从来都不是。它更像一件巨大的武器,一件需要精确瞄准的武器。在往初始点——也就是电磁后膛——下降的过程中,迈尔辛低声念叨着技术参数:终端速度、与支撑力场的接触时长、在途时长。"18.3秒。"和他们降至髓星的时候在支撑力场里待的时间差不多,但防护和后备计划远远达不到同样的水平,甚至连一次现场试验也没做过。

那枚丑陋的炮弹突然停了下来。紧接着,它厚重的舱壁开始嗡嗡作响,发出嘎嘎声和噼啪声。防护力场紧紧缠绕在他们周围的时候,这些声音变得更大了。

迈尔辛再次下令:"启动。"

这一次没有任何回应。那男人会服从命令吗?浣生刚这样想着,就被猛地推回了座位深处,骨头压在密实的填充物上,G力持续增加,撕裂皮肉,血管爆裂。

然后是漂移的感觉。

一段轻松愉快的平静时光。

炮弹车离开升降机井后,大约有半秒钟的时间,在最外层的大气中向上疾驰。车壳上的一串小火箭点着了,在微弱的气流中做着航向校正。浣生在脑海中看到了一切:髓星的乌云、城市和偃旗息鼓的火山都落在了身后;与此同时,腔壁上光滑的超纤维片向她们迎面袭来。之后,她们会撞上支撑力场,她的眼睛里会充满各种颜色和毫无意义的形状,上千个支离破碎、极度恐慌的声音会在她的脑海中尖叫。

疯狂。

18.3秒纯粹的疯狂。

时间过得慢。她一边设法集中精力,从混乱的尖叫中开拓出一条理智的思路，一边安慰自己：在支撑力场中，感到时间压缩是应有的症状。如果过去的时间超出了18秒，那只能说明她们没有击中目标，功亏一篑，正在髓星外的一条致命轨道上翻滚。

不，不会的。浣生湿了眼眶。

脑中那些惊惶的声音将恐惧传给了她。一阵不受控制的、狂乱的惊恐扼住了她的喉咙，拧着她的肠子。呕吐的冲动野蛮地涌了上来。在带软垫的绑带的束缚下，浣生尽可能远地向前弯腰，左手成功从表袋里抽出那块银制时钟，打开了它。这一系列熟悉的动作用了似乎几个小时的不懈努力才完成。

她盯着那根走得最快的指针。

坚实的“咔嗒”一响，意味着一整秒已经过去。

然后，又是一秒。

接着，她的座椅和迈尔辛的座椅都解了锁，一同在钛制轨道上滑行，又在小车舱的另一端“咔嗒”一声再次锁上了。

浣生抬起头来。

她将满满一口灼烧口腔的胆汁和呕吐物吞了下去，抬眼望着她刚刚待过的地方。恍惚之中，她仿佛看见自己被束缚在一把相同的椅子里，因为痛苦而扭曲的脸向下望着，头发不再绑成髻，松垮地垂落下来。这幻象的嘴是张开的，似乎随时准备发出呻吟。

浣生看着自己，专注地听着。

但紧接着，她们冲出了支撑力场。炮弹车向原来那座遭受重创的桥的残骸冲去。就在这时，一连串火箭在浣生下方点火，开启了制动——至少她希望如此。

撞上了。

车重重地蹭在超纤维上,浣生感觉到了。从她右边传来刺耳的哀号,那是管道和沸腾的超导体被剥掉时发出的声音。然后是片刻的宁静。接着从她的左边传来了第二轮更深沉的嘶吼,她们的车磕磕碰碰地顺着升降机井往下滚去。

火箭再次咆哮,不惜一切代价要遏止这股冲力。

最后的撞击来得十分突然。她的大脑还没有感受到任何疼痛,一切就结束了。

椅子落回了原来的位置。

有个声音说:“好了。”

是迈尔辛。副首领随即奋力挣脱绑带,强迫自己站了起来。她捂着胸口,小口吸着气,看样子肋骨碎了。

浣生的肋骨也火辣辣作痛。她将自己从椅子里解放出来,感受着弧形骨头自我修复时所产生的惬意的温暖。应急基因将粉碎的皮肉化为新的骨骼和血液,让她有足够的力气站起来。她吸了一小口气,接着又吸了一口。舱门缓缓自动打开,每打开一毫米都会嘎吱作响。如果门卡住的话,她们就会被困在里面,难逃一死。那种结局太可笑了,简直荒唐。她不想考虑这种可能。

但舱门发出一声尖锐的长啸,真的卡住了。

终于,在持续良久的沉默之后,它又发出一阵刺耳的声音,松脱开去。

黑暗笼罩着她们。迈尔辛走出舱门,没入寂静与黑暗。她疲惫的黑眼睛睁得很大。她望着空荡荡的泊位的时候,浣生也跟上来了。两个女人站得很近,近到能碰到对方,但又避免相触。她们忙着搜寻自己的记忆,寻找着出去的路。

同一时刻,她们指向同一方向,“那边。”

四十六个世纪以来,基地一直没有能源。事变破坏了所有的机器。反应堆、无人机,全军覆没。每一扇密封门上的磁锁都失效了。推开最后一扇门后,她们走进了行将消亡的支撑力场那轻柔而温和的光线里。

"四处走走,"迈尔辛下令,"半个小时后在观测站会合。我们从那里继续下一步。"

"是,长官。"

浣生打算动身去宿舍,随即又改了主意。她溜进生物实验室,打开窗帘采光。拂掉的灰尘轻轻落在积土上。系统全毁了。结实的机械锁仍然将笼子锁着,每个笼子里都积了好几堆颜色黯淡的灰尘。浣生发现钥匙挂在某位船长的空桌子上方。终于,她找到了能拧开锁的那把钥匙,然后悄悄地钻进一个笼子里,从一只儿童玩偶上方跨过之后,她跪下来,把手伸进最大的灰堆里。

因为没有食物和水,被遗弃的实验动物陷入了昏迷。然后不朽的肉体逐渐失去能量和水分。现在它们已经平静而彻底地变成了木乃伊。

浣生抱起了一只山魈,这只巨大的公狒狒像一口气一样轻。她紧紧地抱着它,望着它脱了水的眼睛,只说了一次,只说了一句:"我一直盼着见你。"

她小心地放下它,离开了。

迈尔辛站在高高的观景台上,既焦躁又担心。她满怀期待地凝望着髓星的地平线。即使在这个高度,也只能看见船长们的领地。最近的违望者离这领地都有数百公里之遥。据双方文化交流的情况来看,也可能相距数百光年。

"你在找什么?"浣生问。

副首领没有说话。

“我们上来的事，他们会发现的。”浣生告诉她，“如果提欧现在还不知道，我才会觉得奇怪。”

迈尔辛心不在焉地点了点头，深深地吸了口气。

接着她转过身来，只字不提违望者，“我们浪费的时间已经够多了。去看看楼上的情况吧。”

那些小型帽车还停在各自的泊位里，它们的引擎还有电，但所有系统都被锁定在了诊断模式。通信链路没有丝毫声音。这寂静宣告着船的死亡。但浣生随后便想起来了：通信链路是单一链路，作为防范措施，等待一个世纪之后，安全系统会自动把它切断。

迈尔辛输入一段代码，激活了一辆车。

浣生时不时会看副首领一眼。她观察着那女人严厉的侧脸，想弄明白她们两人究竟谁更害怕。长长的隧道直通上方，狭窄的升降机井中没有一丝损毁或破坏的痕迹。没过多久，隧道被一块超纤维板挡住了。触碰解锁之后，超纤维板分离开来，倒向内侧，露出一条废弃的燃料管道——直径超过五公里的燃料输送井。

进入宽敞的空间后，身后的入口再次关闭。

帽车沿着燃料管道的表面不断爬升，向上面的巨型燃料罐靠近。不知巨船的引擎在不在运行，反正她们连一丝颤动都感觉不到。但浣生提醒自己：那些引擎很少点火，这寂静什么都说明不了。

什么都不能。

两个女人已经形成了一种默契。关于要去哪里，她们谁都没有提。如此漫长的等待之后,两人都不敢做出哪怕最微小的猜测。可能性已经猜尽了。既成之事,无从改变。这话就隐藏在她们修长的双手放在大腿上的姿态里。

宽广的隧道旁有一些处于休眠状态的泵,比有的卫星还大。

浣生平静地发问:"去哪里?"

副首领张了张嘴,然后犹豫了。

最后,她一反常态,问道:"你觉得去哪里最好?"

"离奇族栖息地。"浣生道,"也许现在那里有人住了。就算没有,我们也可以借用那里的通信链路。"

"就这么办。"迈尔辛说。

她们进入了燃料罐,在黑暗的氢之海洋上空飞行。离奇族栖息地和浣生记忆中的完全一样:空旷、洁净、被人遗忘。扫描结果显示没有任何温暖的活物。她将车开进停车场的泊位,登上了栖息地的核心区域。迈尔辛吸了口气,带着懈怠而麻木的表情,摸了摸这些外星人唯一的一块通信面板。什么都没有发生。她沮丧地说:"妈的,"然后后退一步,转向浣生,"你替我操作吧。拜托。"

然而并没有什么好操作的。

"这东西出故障了,不然就是通信系统已经不存在了。"说出这些话后,浣生突然感到腹部一阵绞痛。

迈尔辛则瞪着那台不再运转的机器。

过了好一会儿,她们转身离开,一路回到等待她们的帽车里,什么话也没说。

狭窄的隧道倾斜向上,穿过一连串"恶魔之门",这里的大气总是爆发出清脆的噼啪声。迈尔辛耳语般悄声问道:"船上有多少生命?你还记得吗?"

“一千亿。”

副首领闭上了眼睛，就那样一直闭着。

“算上机器智能的话。至少还有一千亿。”

迈尔辛说：“死了。都死了。”

浣生的眼泪模糊了她的双眼。她用手背擦了擦脸，带着强撑起来的希望咕哝道：“我们还不能确定。”

但迈尔辛又说了一遍“死了”。她执着于她的断言。然后，她拉直了笨重的制服面料，目不转睛地盯着双手，叹了口气，抬起头来，直视着前方，然后又叹了口气。“这一切，都是为了更高的目标。既然我们还活着，就一定是这样。”

浣生没有答话。

“更高的目标。”那女人重复道。她在微笑。那夸张而诡异的笑容比她的话还晦涩。

隧道终止于某片深入飞船中央的乘客区。突然间，她们已经置身于一条宽阔扁平的通道里。这条小通道不到半公里宽，明显空空如也。她们沿着黑曜石地面掠行。没有往来车辆，没有令人眼花缭乱的灯光。沉浸在痛苦中的浣生自言自语：“也许船员和乘客……也许所有乘客都疏散了……”

迈尔辛显然对此表示怀疑。

她转身盯着浣生，准备说些诚实而残酷的话来。但突然间，她的表情变了，眼神飘忽，双目圆睁。浣生回过头来，刚好看见一台巨大的机器出现在她们身后。它向她们冲了过来，直到快要撞上的时候，才凭借人工智能利落的精确度跳到一旁。那机器从她们旁边过去了。是一辆车。明亮的钻石外壳里装了一湖温暖的盐水，浮在中央的，是里面唯一的乘客：一头类似鲸鱼的生物，还有许多共生体，如森林般植根于它绵长的背部。那车一晃而过，十分不礼貌。但那生物对她们眨了眨眼。它三只黑眼睛眨动的方式和人类一样，是友好而随意的问候。

是个“泳蛄林”。

即使脱离岗位四千多年，浣生还是立刻想起了这一物种的名称。

迈尔辛的语气冷淡而怀疑，“不可能。”

但它是真实的。

蓦地，另外十几辆车追上了她们，从她们旁边溜了过去。浣生看见了四个哈鲁萨鲁，另一辆车里可能是两个人类。接下来是像昆虫的生物，它那复杂的颚部和颀长的黑色脊背，让她想起了髓星丛林里的雕屎甲虫。

那是髓星才会有的甲虫，浣生心想。

如果说实话，那里才是她现在更愿意待的地方。

二十五

在地下轨道层,有一个无名小站。

迈尔辛命令浣生停车。她们的车从一连串"恶魔之门"通过,气流绕着她们打转,她们则听之任之。副首领坐得笔直,她双手颤抖着,脸绷得像铁一样紧,嘴张开的大小刚好足够让她进行一连串快速而深沉的呼吸——那阵由她自己鼓动的小风在她愤怒的唇间呼啸,无法遏制的怒火从她的眼里蔓延到脸上,再到全身,然后充满了整辆车,直到浣生不由得感到自己的心脏正捶打着新长好的肋骨。

最后,迈尔辛哽咽着柔声说:"进车站。"

浣生从车里爬了出来。

"进去。"迈尔辛又说了一遍,这次是对自己说的。

迈尔辛盯着自己交叉的双腿和颤抖的双手,然后又看着浣生伸来的那只手,听她用平静的声音提醒她:"长官。凡是者,恒是。"

副首领叹了口气。她没有接受帮助,自己站了起来。

这个车站的休息室小而整洁,讨喜的陈设几乎为所有种族的旅客所喜爱。地面和拱形墙壁用一层层假石灰岩做装饰,呈奶油黄、白色和灰色。每一层都布满了不同的人工化石，乍看之下像是古代人类的化石。浣生只看了这么一眼，便踏过了最后一扇“恶魔之门”。里面什么人都没有，只有一台驻站的人工智能。

“我们的首领！”迈尔辛咆哮道，“她是否安然无恙？”

人工智能彬彬有礼地报告说：“那位女士精力充沛，身体健康。她感谢您的询问。”

“她的健康状况维持了多久？”浣生追问道，以防说的是接任的新首领。

“过去的一百一十二个千年。”机器回答，“祝福她，也祝福我们自己。”

迈尔辛什么也没说。她脸色血红，怒不可遏。

某一面化石墙上有几座通信亭。浣生跨进最近的一座，“紧急状态。船长频道。我们需要与首领直接通话。”

迈尔辛步入亭内，关闭了厚重的门。

首领的驻地从光与声中旋转而出。三名船长和几个常见的人工智能正盯着她们看。有三名船长，意味着现在正是值夜时间，确切的时间和日期就飘浮在他们身后的空中。浣生打开自己的时钟，看着转动的指针，意识到髓星的时钟误差是十一分钟不到一点点——考虑到被困的众船长不得不重新设置时间，这样的精确程度算是一项小小的成就。

三个望着她们的人傻了眼，他们的人工智能却泰然自若，直截了当地问道：“请问您有什么事？”

“让我见她！”迈尔辛怒喝道。

最初的延迟是因为距离，后来的延迟则是因为那些船长的愚蠢。终于，有一名船长回过神来：“也许吧。你是谁？”

“你认识我，”副首领回答说，“我也认识你。你的名字叫法坦。你叫卡斯。还有你，安德伍德。”

卡斯低声说：“迈尔辛……”

他的声音很轻，充满了惊讶和疑惑。

“副首领迈尔辛！首领船长的首席副手！”高个子女人俯身冲离她最近的船长喊道，“你还记得这个名字和头衔，不是吗？那就行动起来。发生了非常糟糕的事，我需要和首领通话！”

“但你不可能是她。”那个男人畏畏缩缩地说。

“你死了，”那名叫安德伍德的船长说。然后，她瞥了一眼浣生，“你们俩都死了。已经死了很长时间……”

“她们只是全息影像。”法坦固执地说，“全息影像，投影。某人开的小玩笑。”

但人工智能已经通过上千种手段检查了她们的身份，并且依照一些秘密的、埋藏已久的协议，采取了行动。图像呈旋涡状旋转，又再次稳定下来。首领出现了，坐在她的大床上。她穿着光塑睡袍，上面缀着由气体凝成的珍珠，看上去和浣生记忆中的完全一样：金色的皮肤，雪白的头发。但头发长了一些，而且没有绾成一个髻，而是松松地垂在宽阔而多肉的肩膀上。她以只有这艘大船的主人才会有的方式愣着神，随后不得不把注意力从上百个错综复杂的节点中抽离出来，集中到两名意外访客的身上。突然间，她睁大了明亮的棕色眼睛，反射性地摸了摸自己的睡袍，可能正思量着她们那身粗糙的、几乎可笑的标准飞船制服的仿制品。好奇与惊诧的神情从她宽阔的脸庞掠过，笑容乍一浮现，又立即瓦解成了暴怒。

“你们在哪儿？”她厉声说，“你们去哪儿了？”

“在你送我们去的地方。”副首领不肯说出“长官”。她走近床边,双手握成了拳头,她说,“我们一直在那个该死的星球……髓星上……”

“哪里?”女人焦躁地问。

“髓星。”副首领重复了一遍,然后恼怒地说,“你到底在和我们玩什么荒唐的游戏?”

“我没有送你们去任何地方,迈尔辛!”

浣生仿佛明白了什么,虽然还不清楚,也不明朗。

迈尔辛摇了摇头,“为什么这么久以来一直对我们的任务保密?”等到下一次换气的时候,她回答了自己的问题,“你想禁锢我们。这就是原因。我们是你最好的船长,你却想把我们推到一边去!”

浣生拉住迈尔辛的胳膊。

“等等,”她悄声说,“别冲动。”

“我最好的船长?你吗?”身形巨大的女人咯咯地笑了起来,“我最好的船长不会毫无预兆地消失;不会数千年藏身别处,秘密地做着谁都不知道的事情!”她深吸一口气,脸上的金色更明亮了。“几千年了,”她说,“连一点信息都不留。我动用了我所有的才能和经验,以及我手上能调用的所有力量——来解释你们的消失,来让这艘船免于恐慌!”

迈尔辛瞥了一眼浣生,她满脸惊愕,低声地喃喃自语:“但是,如果首领没有……”

“那就是别人干的。”浣生回答。

“安全部!”身形巨大的女人大喊出声,“有两个鬼魂在跟我说话!跟踪她们!抓住她们!把她们带来我这里!”

浣生掐断了链路,为她们争取了一点时间。

两个鬼魂发现自己站在黑暗的通信亭里,既震惊又孤独,试图弄明白这纯粹的疯狂。

“愚弄我们的是谁?”浣生问。

到下一次呼吸的时候,她知道可能是怎么回事了:这个人既有资源又有权限,还有着极强的创造力。这个人应该是用首领的名义发送了指令,将众船长聚集在离奇族栖息地里。然后,这个足智多谋的人又用一个酷似首领的形象欺骗了他们,命他们奔赴船核深处。

“这样的事,我可以做到。”迈尔辛承认。她顺着同样偏执的思路说了下去,“搜集那些机器开掘隧道,然后愚弄你们所有人。如果我愿意的话。假如我知道髓星的存在,假如我有时间,再有一些令人信服的理由的话。”

“但你不愿意,不知道,也没有时间。”浣生小声说。

“谁又具备这些条件呢?”迈尔辛将疑问大声说了出来。

她们回答不出这个残酷而简单的问题。

浣生询问通信亭,要了副首领和高阶船长名册。她在寻找嫌疑人,也许还在寻找一个友好的名字,可以托付自己脆弱的信任。

迈尔辛辛酸地念叨:“我的位置,已经被填补了。”

然而,引起浣生注意的那个名字——让她腿发软、呼吸加快——属于占据了她原本职务的那位船长。

帕米尔。

“谁?”迈尔辛低沉地问道。

但紧接着,她想起了那个名字。和那个名字犯下的罪行。“我不相信这还是我们离开时的那艘船。太离谱了。”

浣生命令通信亭联系帕米尔。在只接受语音谈话的线路上,她提醒说打电话的人是她。线路沉默了一阵,刚好足够让迈尔辛说出“试下一个吧”。但紧接着,帕米尔的脸就从黑暗中显现了出来。那张惊讶的脸上露出了大大的、亲切的笑容。复职的船长站在他原来的住处里,被一大片正在唱歌的阎诺薇葩所包围。“安静。”他对他的植物说。

浣生和迈尔辛也站在同一片阎诺薇葩中央。他们面前的这个男人赤裸着上身,身材高大,肩膀有力。他像短跑运动员一样呼吸着,一边喘气一边开口说话。

“他们说你死了,”他不自然地说,“说是一场意外。”

“那你呢?”浣生问。

帕米尔耸了耸肩,似乎很不好意思。然后他说:“一般说来,人才短缺的时候,就会有大赦……”

“我不想听你的故事,”迈尔辛打断了他,“你只管听就好了。我们要解释……我们得告诉你发生了什么事情!”

但这片植物突然安静了下来,变得稀薄而暗淡,透过逐渐消失的阎诺薇葩。浣生可以看见自己的脚,帕米尔的俊脸也和其余的场景一起消失了。

“怎么回事,通信亭?”迈尔辛问。

通信亭仍然一片漆黑。它没有什么可说的。

浣生对副首领使了个眼色,她的腹部感到了一阵寒意。通信亭的门紧闭着,而且失灵了。但她们用肩膀成功地撞开了门。两人一起走出通信亭,进入小站休息室。

一个熟悉的身影站在显眼的地方,正从容而高效地用军用激光器融化着驻站人工智能。

浣生意识到这是一个机器人。它只穿着一件单调的骨白色长袍。但如果它穿上反光制服,肩膀上戴上恰当的肩章,再加上恰当的声音、用词和举止——那么将很难把这台机械装置和首领船长区分开来。

人工智能的大脑躺在地板上的水坑里,烧毁了。与此同时,一股刺鼻的蒸汽升腾起来,让浣生开始咳嗽。

迈尔辛也在咳嗽。

然后,在场的第三人愉快地轻声清了清嗓子。两位船长同时转身,看见一个本该死了的人正望着她们。他穿着游客的衣服,做了简单的伪装。浣生已经几个世纪没见过这个人了。但他站立时的样子,还有那双直视人内心的灰眸……他的名字绝对不会错。

"笛雾。"浣生悄声说。

她的爱人、她孩子的父亲举起了一个小小的动能击昏装置。

浣生跑得太晚也太慢了。

之后她就在另外一个地方了。她的脖子被打断了,而笛雾的脸徘徊在灰色的天空下。他说话的时候,他的眼睛和嘴都在笑,他所说的每一个字她都完全无法理解。

二十六

浣生闭上了眼睛,她的听力渐渐恢复。

另外一个声音突然响起:“你是怎么找到髓星的?”

是迈尔辛。

“还记得你的任务简介吗?”笛雾说,“那次让髓星显露端倪的撞击发生在我登上大船不久。那些不寻常的数据是真的,但因为有更简单的解释,你们亲爱的首领便对空心内核的想法不屑一顾。那些数据一直被封存着,等着我去解读。你可能还记得,我曾是个富有的乘客。财富和时间让我能去追寻那些看起来不太可能甚至荒唐的想法。”

“这是多久以前的事?”

“你是问我什么时候发现的髓星? 说实话,航行开始后没多久就发现了。”

“出入隧道是你打开的?”迈尔辛问。

“我没有亲自动手。但我差人造了无人机,让它们替我去挖,然后自我复制。最终,它们的后代到达了腔室。就是那时,我跟着它们到了下面。”

一阵轻笑后,他若有所思地顿了顿。

“髓星是我命名的，”笛雾说，“我从上方观察了它二十个千年。当我了解它的周期之后，便托人造了一艘能在支撑力场变弱时进行穿越的飞船。第一个着陆并且踏上铁地的人也是我。比你早很久，迈尔辛长官。”

浣生再次睁开眼睛，努力聚焦。

“长官，”笛雾厉声道，“我在那颗奇妙的星球上住的时间是你的两倍还要多。而且不像你，富人探险时会带上的机器和人工智能助手我都有。”

刚才眼中的灰色天空变成了低矮的灰色天花板，单调乏味，而且一眼望不到头。慢慢地，慢慢地，浣生意识到自己回到了离奇族的栖息地——置身于它的浩瀚之中。弥散的灰色光芒勾勒出了笛雾脸和身体的轮廓，他强健的右手正握着那把动能武器。

“不像你，”他提醒她，“我不需要重塑文明。”

迈尔辛站在浣生旁边。她满脸疲惫，但那双眼睛睁得很大。

她低头看了看，“你还好吗？”

“很不好。”浣生勉强回答。尽管语调干涩，但发音清晰。破碎的椎骨和脊髓正在修复，手指和脚趾也在等她注意到它们。终于，她成功地吸了口气，接着笔直地坐了起来。

深深咽下一口浑浊的空气后，她问道：“我们来这里多久了？”

“一会儿。”笛雾回答。

“你背我过来的？”

“是我的伙伴干的。”

那个假首领站在附近，它不断地转身，再转身，观察着一切，表情呆滞，眼睛毫无生气。它的白发时时拂在低矮的天花板上，一柄粗短的绿宝石柚木激光器被螺栓固定在它粗壮的前臂上。

浣生目之所及,两个灰色的平面朝外无限延伸开去。

她转过正在愈合的脖子。她的身后是栖息地的墙,还有一扇长窗户。腐朽的垫子散落在灰色的地板上。“为什么来这里?”她明知故问。

“我想为自己做些解释。”他回答,“这里很隐蔽,还有些象征性的意义。”

古老的记忆浮出水面。浣生看见自己站在一扇“离奇窗”前,望着众船长的倒影。迈尔辛那时正愉快地谈到野心,还有它那甜蜜而醉人的气味。

迈尔辛愤怒地低声咆哮:“都有谁知道你还活着?”

“除了你们,没别人。”

浣生望着这个男人,试图回忆起她为什么曾经爱过他。

“那些违望者以为你死了。”副首领说。

“他们看到我的身体被熔铁吞没。或者至少看起来如此。”他摇摇头,“我第一次到髓星的时候,带去了数不清的原材料和机械。我把所有东西都装进了在液态铁中浮动的超纤维仓库里。每当我需要它们的时候,它们就会浮出水面。而当我需要消失的时候,我可以住在那些仓库里。住在地底。”

迈尔辛似乎正盯着他。但浣生瞥了她一眼——只是飞快的一瞥,迈尔辛肿如核桃的双眼目不转睛,聚焦在无尽的远处,难以捉摸的眼神中似乎隐藏着一小点希望。

“野心。”浣生说。

“什么?”笛雾问。

“这就是这一切的根源。我说得对吗?”

他轻蔑地看着她们,然后摇摇头,解释道:“船长们不懂得野心。我是说真正的野心。等级或者小小的嘉奖,在这件事面前,简直微不足道。”

“什么事?”迈尔辛咆哮道。

“船。”浣生平静地说。

笛雾没有答话。

浣生试图用笨拙的双腿站起来,但她做不到。她大口地喘着气,可膝盖依旧弯曲。最后迈尔辛伸出援手,猛地将她拽了起来。她们互相搀扶着,努力保持平衡。

“笛雾想得到这艘船。”浣生咕哝着,“他将最有才华的船长聚集起来,然后确保当事变来袭的时候,这些人被困在髓星上。他知道我们无法脱身。他猜到我们将不得不为了逃脱而建立一个文明。从那以后的所有事情都是他策划好的。”

“违望者,”迈尔辛喝道,“也是你的杰作,笛雾?”

“当然。”他带着灿烂的笑容回答道。

“由狂热分子组成的民族,随时准备发动一场神圣的战争。”浣生看着迈尔辛,补充了一句,“你的儿子,则是他们名义上的领袖。”

迈尔辛僵住了,她松开了抓住浣生手臂的手。

“那些可笑的幻象是你灌输给他的,”她的眼神空洞,“一直都是你在作祟,不是吗?”

“但是,”男人笑嘻嘻地回答,“如果仔细想想,是不是应该主要归咎于把他赶走的你呢?”

一阵寒冷而令人窒息的沉默。

浣生振作起来,迈出一步。她用双手按摩着脖子里新长的骨头和肉。

迈尔辛什么也没有说。

“建造者。”浣生说。

笛雾眨了眨眼问:“什么?”

“他们是真的吗?他们真的对抗过‘荒凉’吗?”

笛雾卖足了关子,对两人微笑了一阵,这才承认道:“该死,我怎么知道?”

“那些人造物……”迈尔辛开始发问。

“有六千年了,”笛雾得意洋洋,“由我们的一位外星乘客设计并建造。这位乘客还以为自己是在为船上的娱乐行业制造一个谜题呢。”

“一切都是谎言。”浣生说。

笛雾回头看了一眼假首领,又继续看着她们。他解释的时候,笑容逐渐冷却下来,“你是说你们看过的那些精心制作的全息影像?‘荒凉’攻打建造者?最初,那是一个梦。当时我是髓星上唯一的人类,我在梦中看到了那场战役。不能排除这种可能性:它真的是个异象。但我觉得,那只是一个很生动的梦而已。善与恶的较量。为什么不呢?我当时想。简单的信仰也许更能让孩子们陶醉其中。”

“为什么要装死?”浣生问。

“死亡能带来自由。”潜伏在笑容背后的是个长不大的男孩,“作为一个脱离肉体的灵魂,我能看见更多东西。而作为死者,我可以伪装自己,睡在我想睡的地方。我可以和上千个女人生孩子,包括相当一部分忠诚者营地的女人。”

沉默。

然后,伪装成首领的机器人微微呢喃。

迈尔辛迈了一小步,“我们和首领通过话了。”

“所有的事情她都知道了,”浣生补充道,“我们……”

“什么也没告诉她。”笛雾不耐烦地说,“你们正是这样做的。我知道。”

“你确定?”浣生问。

“当然。”

“但现在她知道我们出现在那个小车站。”迈尔辛威胁道,“她会搜寻我们的,动用所有的力量。”

“同样的搜寻她已经做了四千余年。”笛雾不停地笑。他几乎手舞足蹈起来。“有件事你确实让我吃了一惊,迈尔辛。亲爱的。我知道你正在建造那台非常特别的小炮弹车,但我没想到你这么快就会试用。如果我早知道是今天,我会再安排些小意外,让你们留在髓星上。”接着他耸了耸肩,“我本来不想亲自追着你们上来的。但我还是来了,而且乘坐的是你那枚炮弹的超高级版本,这一点我得补充说明一下。”

沉默。

然后浣生说:“首领确实还没有找到我们。目前还没有。但这一次,她有了一个明确的出发点。最终会有人找到这里来。谁知道他们会发现些什么呢?”

“谢谢你的关心,这一点显而易见。”他把武器在两手间换来换去,“因为你们,我会从里面把隧道关掉。也许永远关闭。发射一连串的反物质轨导弹会抹去它存在的所有痕迹。再说,即使首领猜对了搜寻方向——这不大可能——再次挖通到髓星的隧道也要花上好几个世纪。”

“那样你也会被困在下面。”浣生说。

笛雾再次耸肩,“要是真到了那个时候,老话怎么讲的来着? 宁为鸡头不为凤尾?”

突然,传来一阵轻柔的尖啸声。

假首领停止了转动,眼睛一直盯着栖息地的中心区域。它发现了什么。这机器重复了一次刚才的尖啸。这一次更响亮、更尖锐。

笛雾有些恼怒地问:“怎么回事?”

他转身向机器人走去,“有什么不对劲吗?”

它用首领的声音说:“移动。”

“在入口处?”

“沿着那条路,是的。”

“现在呢?”

“没有了。”

“观察。”笛雾说完,转向他的囚犯,脸上挂着诡异的笑,“你还做了另一件让我吃惊的事,”他对迈尔辛说,“我说得对吗?你用另一种方式愚弄了我。是吗,亲爱的?”

“那种特别的炮弹车,我造了不止一台。”迈尔辛坦白说,“而是两台。两台都可以使用。”

男人吸了口气,屏住呼吸。然后他说:“这么说,”声音低沉而轻蔑,“还有两个船长跟着你上来了。那又如何?”

他转身面向假首领。

“射击……”他开始下令。

“别。”迈尔辛向前跨了一大步,举起双手,“我没有邀请船长。还有,相信我,你不会想对他们开火的。”

假首领所瞄准的目标对人类的眼睛来说距离太远了。

笛雾粗声说:“等等。”

他转身对着女人,他的脸上除了惊讶,似乎还有一点点生气。接着,他举起动能武器,手指放在扳机上,“来者是谁?告诉我。”

“我儿子。”迈尔辛说。

假首领仍是一尊雕像，等待着开火的命令。

“提欧。”迈尔辛低声说，“通过他的间谍，我给他送去了一条消息。美德所接到的命令，是把提欧发射到旧桥上。我还给了他用来唤醒第二辆帽车的代码。我希望他有这个机会，能亲眼看看巨船。”

“好吧，”笛雾傲慢地说。然后他看着远处，凝视着那片狭窄的无垠，思考了几分钟。但最后，他告诉他的机器，“射击。我不在乎他们是谁。杀了他们。”

激光器突然发出尖锐的噼啪声。

迈尔辛尖叫着跑开。她的手快要碰到激光器时，笛雾转身从容地朝她的胸部开了一枪。一大颗射孔弹在骨头和疯狂跳动的心脏上凿了个洞，然后伴随着一声喑哑的“砰”声引爆。

她倒下了，浸在一摊红得惊人的血泊之中。

机器人转过身来，准备朝浣生开枪。在那一瞬间，浣生知道她难逃一死。她凭直觉弯下腰来，眼看着激光筒摆向她这边，再次发射，要将她的体液和皮肉变成无形、无生命的气体。但是当下一阵噼啪声打破寂静的时候，激光束却没有击中她。她感觉到热量从头顶经过，然后惊奇地看着假首领将激光器不断上移，什么也没有瞄准。那张金色的面庞因为吸收了灼热的能量，变得更加明亮了。

静静地，带着瘆人的优雅，那张脸塌陷成了熔化的黏稠物质。

激光筒掉了下来，斜向一边，然后再次发射，在浣生身后的墙上打了一个洞。接着，那具庞大的身躯和它的武器都变成了浓稠的液体，袍子不断燃烧。

笛雾尖叫着后退，一边朝远处开了两次枪。

浣生见机，从后面擒住了他。

他们彼此搏斗。她将前臂抡向他裸露的咽喉。有那么一瞬间，她以为自己能赢。但浣生的身体还没有完全愈合，不听使唤。笛雾狠狠地将她的背往后折，顺势把她猛地推倒在地。然后，他举起武器，瞄准了她起伏的胸膛。

“提欧听到你说的话了，”她上气不接下气地说，“通过离奇族的传声系统……”

“那又怎么样？”他回应道。

“所有事情他都知道了！”

笛雾朝她开了一枪，弹药的动能将她推到了窗边。

“有什么变化吗？什么都没有改变！”他吼道。然后他又连开两枪。浣生模模糊糊地听到他的喊声，仿佛两人之间隔着遥远的距离，“我有一百万个儿子！”下一发弹药穿过了她的身体，爆炸时发出一声沉闷的、几乎超过听力范围的“砰”声。

嘴里满是血的浣生小声骂了句“妈的”。

笛雾再次瞄准。这次是她的头部。

浣生兴味索然地看着，想着本来不该是这样的。

这是不对的。

在笛雾身后，一个奔跑的身影出现了。腿、手臂，和一张熟悉的、她乐意见到的脸。那人从灰色调中冲刺而出，一手紧握着激光钻。

他不是她以为会出现的那个人。她看到了她的儿子，而不是提欧。

洛克喊道：“爸爸。”

笛雾大惊，转身面向他。

接着，洛克启动了激光钻，将所有能量都注入了笛雾那副不安的身体。那个关于他的皮肉像要沸腾起来的老比喻成了真。

只一瞬间,笛雾便蒸发了。

消失了。

接着,洛克向浣生走去,同情和恐惧扭曲了他的脸。他扔下激光钻,喊道:“妈妈。”但她听不到他的声音。有个更响亮、更近的东西阻断了他的声音。然后是移动的感觉,来得突然,不可阻挡。浣生觉得自己被一个小孔吸了进去,她被毁坏的身体正在旋转、冻结和坠落,四下漆黑。她的脑海中有一个小小的声音在低语:

“不该是这样的。

“不是现在。

“不。”

二十七

围绕她的，是尖锐的风声，和一个形单影只的男子所发出的更加刺耳的、离她更近的哭号。

迈尔辛吃力地睁开双眼，发现自己奇迹般地端坐着。她的胸腔撕开了，制服上溅满了血液、骨头，还有从已经停跳的心脏上撕扯下来的碎裂发黑的肌肉。笛雾和假首领消失了。但新来的人正径直向她跑来，在咆哮的狂风中冲刺……一个违望者男人，半裸，赤脚，他凄惨的声音尖叫道："妈妈，不！"

这是她的孩子吗？

迈尔辛认不出他的脸。她本想抓住他的一条腿，结果却失去了平衡，侧身倒下，而那男人却从她无助的身体上跳了过去，再次尖叫："不！"声音中的可怜与不知所措和她现在感受到的一模一样。

一瞬间，或是一年，这古老的女人闭上了双眼。

风势渐小，变成了呼啸的杂音。她意识到自己痛苦的躯体被困了在这里。发出尖叫的男子正在靠近墙的地方抽泣。"我应该……快些下手……早一些向他开枪！"他正在向什么人述说。然后，他痛苦地承认，"但他是我的父亲，我的手僵住了……"

“洛克，”另一个声音说，“难道你没有意识到吗？他很可能也是我的父亲。”

迈尔辛认出了那个声音。

洛克显然有些不知所措，“是吗？你怎么知道的？”

副首领吸入空气，再次强迫自己睁开眼睛。她的儿子正跪在她面前。那迷人的、漂亮的脸庞露出了笑容，“我说得对吗，妈妈？笛雾是我的父亲吗？”

她最珍贵的秘密之一。那么多瓶精液，她选择了一位有才能但是地位最低的捐赠者。一位不管怎么说，都不会就她作为孩子唯一监护人的角色提出异议的父亲……

迈尔辛点了点头。

呼啸已经停了。她挪动带血的舌头，轻声问：“你知道……有多久了？”

提欧笑了一下，然后说：“一直都知道。”

洛克跌跌撞撞地进入迈尔辛的视野，他看上去和她一样震惊。“我们是兄弟，而你一直都知道。”他喃喃地说着，努力思考各种可能性。接着，他平静又恐惧地问道：“你还知道些什么？”

迈尔辛吐出嘴里的血，“一直都是笛雾搞的鬼。一直都是。”

她儿子的眼睛深邃而冰冷。

洛克走得更近了一些，悄声说：“这事你也知道。”他望着提欧，“我看见了。笛雾承认一切的时候，我就从你的表情看出，你早就知道了他所有的骗局！”

提欧对他的母亲怜爱地眨着眼睛。

然后，他看着他同父异母的弟弟，平静地说：“我们的父亲只是个媒介。一种方式。建设者的一件伟大的工具。但笛雾的任务已经完成了，而你完成了必须做的事情。一切都没有改变。

你听到了吗,洛克? 你必须杀了那个男人,不然他就会杀了建设者们在其身上倾注了所有伟大、光荣与希望的人……”

洛克看了一眼刚刚自动修复的灰色的墙,脸上全是泪水。

提欧低头看着迈尔辛,声音坚定而低沉,“妈妈。”

“我错了,”彻底崩溃的女人说,“我错了,而且蠢到家了。”

“是的。”他说。

“对不起,”她说,“你不知道我有多抱歉。”

提欧沉默不语。

然后,她呜咽着说:“可以请你原谅我吗?”

他的答案写在了表情上。他亲切地笑了,尽管只有一瞬间。接着他站起身,对洛克说:“我们需要隐藏起来。尽我们所能。那之后,我们用笛雾的机器返回髓星,然后按照父亲的计划,关闭隧道。”

洛克小心翼翼地问:“那我妈妈怎么办?”

提欧叹了口气,说:“让她休息。现在我们能做的只有这个。”

洛克擦去眼泪,举手投足都像个知道自己职责的男人,他清楚别人对他有何期望。

违望者是很好的追随者,迈尔辛心想。然后她咳嗽了一声,“你们可以去上面……亲眼看看这艘船。就这么一次。”

提欧怜悯地甚至饶有兴趣地看着她,“你在上面都发现了些什么,妈妈?”

迈尔辛的旧愤懑和新怒气融合在了一起,这份情绪帮助她再次坐了起来。她一边用颤抖的手抓起一片死去的心肌,将它捏得粉碎,一边说:“首领是个白痴,不适合她的职位……很明显,很明显……”

提欧会意地点了点头。

“为了得到我的原谅,”他问,“你愿意付出什么代价?”

“任何代价。”迈尔辛小声说,“告诉我你想要什么!”

但她的儿子只是摇了摇头,他用悲伤的声音对洛克说:“你的激光器。”然后他双手拿起这件武器,转向他的母亲,“你错了。你难道不明白吗?我从来没有想过让你听命于我。”

“没有吗?”她尖声说。

“那不是我的命运,”他说,“也不是你的。”

然后她明白了——突然间,完全地明白了。她睁大了眼睛。

提欧用激光器瞄准她破碎的身体。随着蓝白光一闪,他摧毁了一切,只留下她坚韧的大脑、足够的头骨和可以用来拎着走的头发。

第三部

首领的椅子

就是这么一回事:一万亿个声音汇集成了毫无纪律的合唱,每一位歌者都大声喊出激昂的曲调,每一位都使用极度个性化的语言。在这样的混乱与庄严里,只有一个实体能够听到那最温柔、最害羞的声音发出的哀怨的吱吱声。

这是首领船长的重担,令她着迷又喜悦。

她用自己完美的耳朵,探听着大海上的风声:阿尔法海、蓝海、劳森之海、血福海。还有另外五百九十一个主要的静水水体。她能听出飞船防护罩的强度、激光阵列的状况,还有前导面的维修情况:正常,良好,极好(从来不会是“差”,大多数时候是“极好”);还有星系外部的氢元素获取量,每微秒以公吨计。她对每一个舱室、走廊和居住贮藏室的氧浓度了如指掌(湿地的氧浓度高了 0.2%,就会危及居住其中的好氧程度最低的乘客),对二氧化碳含量的测量也同样精确,对生物学非活性气体的检测则达不到这样的精度;还有环境光的亮度、温度、湿度,毒素检查，通过直接或间接手段测量的光合速率、分解速率和腐菌剂，生物制品、化学制品、不明物品；精确到每七秒更新一次的人口普查数据：迁入移民、迁出移民、生育、无性分裂，偶尔会有对死亡的哀号。她不断重新编制详尽的乘客名册：按物种，按母星，按照听得见的名字；或者结构化的触摸，或者个体自排气体独特而丰富的气息；还可以根据他们的支付方式：用船币交易，还是用物品交换，或者通过馈赠知识。利润与氢元素获取量、氧气总量一样至关紧要。它用二十三个不同的衡器来计算，其中没有哪一个能说是完全准确的。但它们联系在一起，便建立了一个全面的估算。如今被发送至相隔甚远的地球的，正是这个意义重大的估算结果。每隔六小时发送一次。一同发送的，还有船上最近四分之一天的综合简报。从本质上说，就是提醒距今三万年后收听这段话的人：他们在这里，他们的航程正在按计划进展，一切都很顺利，谢谢。

首领本人的声音这样说。

曾经的弃船已经逐步成为一艘充满生机的船。人们富足而且基本幸福——首领的众多节点如今已经能够衡量幸福这样虚无的特质。

但有一件事一直让这女人和她的节点悬心，那就是一直困扰她的、关于迈尔辛和其他失踪船长的难解之谜。

她的船长们刚刚消失的时候，首领的反应是极度的恐慌。她出动了安全部队，明察暗访，试图彻底搜查这艘浩瀚的巨船。起初，这些部队使用隐蔽的手段。整整一周毫无效果后，他们开始随机搜查。屡战屡败一个月后，安全部队将有前科的煽动作乱者和可疑人员集中起来，展开了有针对性的各式审讯。

然而，那些神秘失踪的船长——精英中的精英——仍然无迹可寻。

他们的同事很快就意识到了事情的严重性。流言不胫而走，先是传到低阶船员那里，然后乘客也知道了，因此必须做出解释。首领编造了他们去遥远的星球执行秘密任务的故事。此行的目的和确切的星球都未阐明，任听众用想象和猜疑来填补未知的部分。重要的是，她得不停重复，强迫众人相信这个故事。然而，一个世纪以后，失踪的船长们依然没有任何消息，甚至连一次可能的目击也没有。于是，首领不得不做出一脸悲伤的样子，发布了一次公告。

"船长们乘坐的飞船失踪了。"她宣布说。

那是在她的年度宴会上。几千名不甚重要的船长闻讯惊讶不已。明白话中真正的含义后，他们也露出了悲伤的表情。

"他们的船失踪了，据推测是遭到了毁坏。"她接着说，"我很想对你们说明他们的任务。但是我不能。我只想说，我们的同事，我们的挚友，他们都是英雄。我们，和我们伟大的船，将永远蒙受他们的恩泽。"新的安全措施出台。由首领设计并通过她的精英护卫实施，首领打算让这些偏执狂严密监视余下的船长。旧时的逃生路径，在早些年是明智之举，如今已被禁止并下令废除。她庞大的身体里纳入了新节点，专门用于汇报众船长的行踪和所作所为；在不过于侵犯隐私的前提下，将他们的某些思想也一并传过来。

但船长短缺是必须面对的致命问题。失踪的人只占全员的百分之几，办事效率却整整下降了四分之一，接近百分之六十的革新突然宣告失败。首领发现自己正着手调查每一位船员的才能，然后是人类乘客的才能。这些温暖而不朽的身躯中，有哪些差强人意，哪些能够胜任船长的职务？她能将这艘船上某些小小的部分托付给谁？就算只是让他们穿上适当的制服，在公共大道上来回走动，让民众增添几分信任也好啊。

人才——真正天生的星际领航员——供不应求。

即便有培训、时间和基因修补，船长必须拥有的那份来自灵魂深处的野心，和对职责的渴望却少有人具备。首领给越来越多的节点开启了自动化，让自己日日夜夜更加繁忙。要是多几个积极肯干又有才华的人就好了。但怎么才能找到这样的人呢？她的船离人类殖民地如此遥远，需求又是如此迫切……

"来一次大赦如何?"她的新首席副手建议道。

他名叫耳威，迈尔辛的失踪曾让他激动不已。这是合乎情理的。但他缺少他前任的某些好品质，包括迈尔辛公开承认野心的那份明智，还有她恶名昭著的睚眦必报。

"特赦吗?"首领说，她的声音里透着犹豫。

"根据最新统计，长官，现离职船长有八十九名。一些是因为轻度犯罪被监禁，另一些则从很久以前就隐居起来，以另外的名字和面孔出现。"

"我们需要这样的人吗?"首领问。

"如果他们愿意从低等级开始做起的话，"他说，"如果他们的罪行足够小，而您足够宽宏大量，能够原谅他们的话……我想是的。我们也许可以好好利用他们。是的。"

她调出了名单。

用了不到一秒钟，人工智能就整理出了八十九条生平信息和服务记录。她慎重地看着那些名字。大多数她都记得，她惊异于上面列出的才能。一根有力的手指指着另一个名字，级别最高的那个，低沉的声音问道："你觉得你的前一任发生了什么事?"

"长官?"

"关于迈尔辛。我想听听你的推测。"她的巨手悬停在那里,重新理了一遍显而易见的事,"数百名同事在同一天消失,而我们连一根手指头都没找到,你觉得他们应该在哪里?"

"很远的地方。"这是他的意见。

然后像首席应该做的那样,他察觉到了她的情绪,补充说:"是外星势力作祟。"他列举了几个物种的名字,居住在附近,都很可疑。"他们可能收买或者绑架了我们的船长,然后将他们偷运下船去了。"

"为什么是那些船长?"

出于自尊心,他说:"我不知道为什么。长官。"

这不是才能的问题,他似乎在说。但他们两个都知道这正是问题所在。

"你应该信任你的新安全措施。"耳威把话题拽回了特赦的问题,"我们可以监视这些获得赦免的船长。如果他们让人失望,就采取适当的行动。您随时可以采取行动,长官。从前那些事件绝没有机会重演,长官。"

"我是在担心旧事重演吗?"

"也许是在担心吧。"他回答。然后,他看着失势船长的名单,看着首领拿手指用力压着的那个名字。

"帕米尔。"他平静地说。

她看着她的首席,"你真的认为大赦行得通?像帕米尔那样的人会为了这身制服放弃他的自由?"

"放弃他的自由?"耳威结巴起来,他不理解。

为了取悦首领,他补充道:"我记得帕米尔。他是个有才华的、天生的船长。的确,他有时候是讨人厌。但是,长官,其他关于他的评论都说……帕米尔是非常合格的船长……"

通过半公开的途径，特赦的消息散播开去。接受特赦的期限，是一个世纪。

头两分钟内，就有半数被监禁和擅离职守的船长接受了条件，为他们的各种罪行请求宽恕。他们纷纷被低调却公开地重新录用，尽管等级较低，职责不详。不过，五十年可靠的工作表现之后，他们的报酬和职位都有了小小的提升。

帕米尔没有出现。

首领很失望，但并不感到惊讶。她自始至终都了解那个人。有时候一闪念，她甚至能理解他。帕米尔不太可能第一时间接受赦免。一方面是由于他的怀疑天性。更重要的是，他有着极大的、近乎灾难式的傲气。在特赦的最后几年，随着越来越多消失之人的出现，帕米尔的缺席越发显眼了。连首领都明白了，如果他还健在、仍然在船上生活，得给他比宽恕更大的甜头，才能把他带回家。

特赦结束前二十分钟，一个穿着长袍和凉鞋、勉强符合关于帕米尔的描述的大个子男人走进了贝塔港的安全办公室。他平静地坐下来，对所有能听到他的人说："我太无聊了，想把我的工作找回来，或者找个差不多的事做做也行。"

深层扫描将他匹配为离职的船长。

"你需要乞求首领的原谅。"他被告知。二十名穿着紫色和黑色制服的强壮警察或坐或站，从各个方向围住了这个高大却不英俊的男人。当地负责人解释道："这是特赦的基本条件。事实上，也是唯一的条件。她能看见你，也能听见你说话。现在就恳求吧。开始。"

帕米尔不会这么做。

几千公里之外，首领看到这个男人摇了摇头，“我不会为任何事情道歉。你们别劝了，省省吧。”

负责人惊呆了，眨巴着眼睛，说：“你没有选择，帕米尔。”

“我犯了什么罪？”他问。

“你放任危险生物上船，还涉嫌摧毁最好的废物处理厂。”

“但我并不觉得特别内疚。”帕米尔耸了耸肩，“连一点歉意也没有。”

远在千里之外，首领看着、听着。她用大手捂着嘴笑了。

“我做了该做的事。”他补充说。猜到哪里藏着安全眼，他的目光越过面前的人。他盯着摄像头，“我无法请求宽恕，因为我不觉得自己有罪。”

“的确如此。”她低声自语。

但当地警察不太赏识这番言行。他们厌恶地摇着头，最愤怒的人——一个手臂很长的家伙，混进了一点猿猴的基因和粗暴的脾气——发出了愚蠢的威胁。

“那我们就把你抓起来，审判以后快速定罪。剩下的漫长航程，你只能在最小最黑的监狱里度过了。”

帕米尔看了那个愤怒的人一眼，脸上没有表现出任何情绪。

接着他站起来，道：“离特赦结束还有八分钟。我仍然可以自行离开。但我想，你们大概觉得自己可以不顾时间，把我扣下来。”

半数警察的确想把他抓起来。

好像在戏弄这些警察，帕米尔朝办公室门口迈了很大的一步。然后他假装改了主意，走到中途又笑着转过身来。他再次望着安全眼，对首领说：“还记得那些失踪的船长吗？你那个可笑的故事说，在执行秘密任务途中丧生的那些？”

没有人说话，所有人都一动不动，忘记了呼吸。

“你那些船长，我见过其中一位……在她退出公众视线一周之后……”

船上的一万亿个声音沉默了。突然之间，首领只听见帕米尔的声音。她眼里没有了其他人。在她位于阿尔法港下方的住处里，她喊道：“你见到谁了？”

她的声音响彻了整个安全办公室。除了一个帕米尔，其余人都吓了一跳。

“离开这个房间。”她吼道，“除了帕米尔船长，其他人都出去！”

帕米尔朝警察们露出笑容。他们怒气冲冲，拳头紧握，排成纵队离开了。只剩他们两人后，首领切断了所有的输入输出线路，只保存了一条。然后，她作为有形的光出现在他面前，“你见到的，是我的哪个船长？”

帕米尔轻声说：“浣生。”

如果没记错的话，帕米尔和浣生曾经是密友。

在那很长的一瞬间，她不再是首领。亿万声音被遗忘了，她任巨船在没有她指引的情况下在宇宙空间中漂流。

“你在哪里看到浣生的？”

简明扼要，加上某些细节，帕米尔的话足以让她相信。

带着睿智的笑容，他补充道：“我想恢复原来的等级。你不必付我相应的薪酬，也不必相信我。但如果我只是一个百万级的船长，我会觉得无聊的。”

她强迫自己露出笑容，“我为什么要考虑你的提议？”

“因为你需要才能和经验，”他笃定地回答，“因为你不知道浣生在做什么，也不知道她去了哪里。还因为我对消失这种事懂得不算少，也许我可以帮你找到她。没准某一天，不知用了什么方法，就找到了。”

首领船长不知道该说些什么。

帕米尔摇了摇头。“长官。”他鞠了一躬，说，“我没有不敬的意思。但这艘船是个非常大的地方，而且说实话，您对它的了解连您自以为的一半都不到。而它对您的认识，不到您认为它应该知道的四分之一……”

二十八

帕米尔在一颗凋敝的殖民小星球出生时,他的父亲只有三十岁,在不朽的时代差不多算是个孩子;而他的母亲,自称是女祭司和先知,比他们年长几千岁。母亲有着变幻莫测的美丽和几乎无法估量的财富,有了这些条件,她几乎能得到当地的任何男人,还有相当一部分的女人。但她是个非常古怪的女人,因为某些理由,她决定向一个纯真的男孩求爱,并和他结婚。这两个极不般配的人,以他们特有的方式,成了一对稳定,甚至算得上幸福的夫妻。

母亲对外来宗教和外来神灵非常喜爱。她相信宇宙是由三个伟大的神灵塑造的:死亡、女人和男人。当帕米尔还是个小男孩的时候,便被教导:他是男人,女人则是他的伙伴和天生的盟友。这就是死亡已经很少出现的原因:两位神灵联起手来,暂时压制住了第三位,让它衰弱和消沉下去。然而在三位一体的宇宙中,稳定只是假象。母亲对他说,死亡正在密谋自己的回归。总有一天,死亡会用一些极其巧妙的方式勾引男人或者女人,平衡将再次轮转。这是自然的,也是正常的。她说,所有的神灵都同样美丽,应当轮流得到统治的机会,否则宇宙就会在失衡的重压下崩塌。

在好些年月里，帕米尔每晚清醒地躺在床上，想着死亡是否会在他入睡后来到床前，在梦中对他耳语。他不知道自己能否找到对抗死亡那可怕魅力的力量。

最后，在绝望之中，帕米尔向他的父亲坦白了自己的担心。

那个一脸稚气的男人笑了，他用一条手臂环住儿子，“你母亲说的话不能全信。她脑子有病。当然，我们都有病，但她更严重一些。”

“不。”男孩吼道。他试图挣脱父亲的臂膀，但失败了。然后他问：“怎么会有人生病呢？”

“你是说，她有了现代化的大脑就不会生病了？”父亲高大而丑陋，是经过廉价基因改良的高加索人和阿兹特克人的混合。“你妈妈太古老了。在被改良之前，她一直在地球过着正常的生活。那时，人们还不知道如何让皮肉和骨头保持不朽。机器医生最终在她身上作业时，她已经一百岁了，身体的部分机能已经失常。她是最早接受改良的那批人之一，当时的技术还有瑕疵。她原本的大脑在转变为生物陶瓷以及诸如此类的物质时，有些衰老的特征也被保留了下来。不但部分记忆丢失，还或多或少出了些差错。记住，这些话不是我跟你说的。要是你把这些话告诉别人，我会说你疯了，满嘴胡话。”

在体格上，帕米尔和他父亲很像。但在性格方面，他继承了他的母亲。

男孩硬着头皮问道：“我和她一样疯吗？”

“不。”男人摇头，“你继承了她的脾气和一些机智，还有些没人知道该如何形容的特质。但她听到的那些声音是属于她的。只属于她。至于那些愚蠢的想法，是她的病导致的。”

“她能治好吗?”男孩问。

“恐怕不能。首先,她得有这个意愿……”

“但说不定哪天……”

“可悲的是,”他父亲继续说,“就是这些让我们保持年轻的好方法,同样也阻止我们发生改变。生病的大脑,就像任何健康状况良好的大脑一样,一旦超皮质被锁定,就怎么也变化不了了。”

帕米尔点头。他接受了母亲的病情,没有因此大惊小怪,只把它当作生命中的又一个既定事实。让他感到困扰的——最终让这年轻人彻夜难眠的——是那挥之不去的想法:一个人活了这么久,看过了世间种种,却仍然无法改变天性。

如果这是真的,男孩意识到,那么我们全都注定失败。

永远失败。

帕米尔的星球遍布沙漠和荒山,空气含氧量低,小片的海洋里富含有毒的锂盐。两千万年前,这里的生活是富足的,但一颗小行星谋杀了一切比微生物大的生命。假以时日,新的多细胞生命形式会进化出来,就像它们曾经在地球进化一样。但人类没有给这颗星球那样的机会。几十年间,殖民者广拓疆土。移民和他们的子女在除了盐和岩石什么都没有的地方建立起了城市。每一片海里的毒素都被清理干净,然后在里面养了经过微调,但总体来讲都算普通的地球生命。大片的蓝色气凝胶云吸收了水分,然后小“雨倌儿”会把云引回内陆,再将它们挤干,为新建的农场和年轻的绿色森林带来绵绵细雨。

到了三十岁,帕米尔断定他的家乡是个无趣的地方,而且正在一天天变得更加无趣。有时候,他躺在高高的山脊上,望着尘土飞扬的粉色天空随着夜幕的降临逐渐变暗，无数寒冷而遥远的恒星如密布的微尘，展现在眼前。这时他会抬起自己的手，将它举向天空。

那就是我想去的地方，他心想。

那里。

终于有了逃离的机会后，帕米尔前去探望了他的母亲。他想告诉她，他要移民了，他们从此将不再相见。

母亲的房子美得很奇特，就像它的主人。她住在一座偏远的、沉寂已久的火山口内。那座永远在改建的地下豪宅有一种混乱而疯狂的美。机器人和定制类人猿不断施工，空气中一直充满灰尘。每间房子都是根据母亲易变的计划，在软岩上雕刻出来的。大部分走廊是空旷的火山隧道，是岩浆曾经流过的通道。

母亲不喜欢阳光。这里几乎看不到窗户或者露天庭院。她用一层层有香味的堆肥和粪肥铺成地毯，装饰房间。合成这些肥料所耗不菲，还需掺入定制真菌的孢子来使其发酵。蘑菇在这封闭潮湿的空气中长得分外硕大，宽阔的菌盖下方透着微弱的红色漫射光。小一些的真菌、腐生菌和类似的物种则放射着金色和浅蓝色的光晕。为了防止菌类蔓延，巨大的甲虫像牛一样徘徊其间。而为了控制甲虫的数量，龙一样的蜥蜴滑行在潮湿的黑暗之中。

帕米尔花了整整三天时间寻找他的母亲。

她没有藏起来。既没有躲他，也没有躲任何人。但他上一次来看她已经是五年前的事了，后来施工人员依照她的指示，关闭了所有通向她房间的走廊。除了一条任何人的地图上都没有标注的狭窄裂缝，再没有别的路可以进去。

“你看起来不太高兴。”这是母亲说的第一句话。

帕米尔未见其人先闻其声。他步履艰难地在发光的森林中穿行，来到一朵活了百年的“死亡情妇菇”的巨大菌杆前，发现自己正注视着一条双头龙。那是一对连体双胞胎，他母亲的最爱。

母亲坐在高大的木椅上，装模作样地拿着一条带金链的拴龙皮带。龙的一张嘴发出嘶嘶声，而另一张嘴——帕米尔毫不信任的那颗头上的——伸出火焰色的信子，尝了尝空气的味道。

尝了尝他的味道。

母亲古老而疯狂，但她看起来总是美丽多过疯狂。帕米尔一直认为那就是她能吸引年轻男子成为她丈夫的原因。她个子很小，比那些真菌还苍白，及腰的黑色长发让这对比更加明显。她尖尖的漂亮脸蛋上露出了笑容，但表情里多有不满。她提醒自己的儿子：“你不常来看我，简直不像我亲生的。”

他一言不发。

龙向前滑行了一步，将链条从女主人手里拖了下来。两张嘴同时发出一阵低沉的、来势汹汹的嘶嘶声。

“它们不记得你了。”母亲警告他。

“听我说。”帕米尔开口道。

他的语气出卖了一切。女人缩了一下，“噢，不。今天我不想听到任何坏消息。”

“我要走了。”

“可是你才刚刚到啊！”

“我要坐下一艘飞船离开，妈妈。”

“真是绝情。”

“这话留到我这么做了之后再说吧。到时候您真的会伤心的。”

她用棍子一样细的手臂将自己撑起来，正在腐烂的椅子在她身下吱吱作响。她半站半坐，大口大口地深吸着气。

最后，她痛苦地问："你要去哪里？"

"我不在乎。"

"下一艘是运炸弹的旧船，船名厄尔拉夏。"作为一个过着隐居生活的人，母亲似乎对发生在他们这颗星球上的所有事情了如指掌。"再等十年吧。"她说，"有一艘贝奥特尔班船正在来的路上，那是艘不错的新船。"

"不，妈妈。"

女人又打了个寒噤，发出悲哀的叹息。然后对只有她自己能听到的声音说了一声："安静。"继而闭上眼睛，开始吟诵一段不太流畅的出哨祷词。

出哨是生活在这附近的智慧物种。矮小、愚笨而且迷信。但一些意志薄弱的人类相信出哨可以看到未来，以及遥远的过去。只要用正确的仪式再加上纯净的灵魂就行。帕米尔就这个话题和这疯女人争论过多少次了？她不明白那些外星人的逻辑。那些小畜生相信的，是过去和未来同样一片混沌。他们的祷词也同样混乱不堪。

无论如何，女人轻声咕哝着那些语句。

然后，她走到裸露的黑色地面上，提起长裙，尿在了两脚之间，随即开始解读溅出的图案。

最后，带着一抹奇怪的笑容，她说："这是件好事。"

她告诉他："是的，你得离开。马上。"

帕米尔吃了一惊，但他努力隐藏心绪。他走上前去，张开双臂，准备给这老女人一个吻和一个久久的拥抱。他再也不会来这个地方了，再也不会见到他生命中最重要的这个人。他感到了内心深处巨大的悲伤，想大哭一场。

“这是你命中注定的那艘船。”

她说得那么认真，那样确信。帕米尔不由得有些相信她。

“你必须这样做。”苍白的面庞上，灿烂的笑容变得更加疯狂，“向我保证，你现在就走。”

这是个陷阱。她想用这出笨拙而愚蠢的把戏来抓住他的心。

但帕米尔听到自己咕哝着说：“我保证。”

母亲假装高兴，她浅色的大眼睛里流露出了某种情感，那是发自内心的、荒谬的、泉涌而出的敬畏之情。

“谢谢你。”她对他说，一边在他面前跪下，浸在自己的小便里。

她的连体龙发出嘶嘶声，向帕米尔靠近了一些。帕米尔捏紧了拳头，向那颗他不信任的头挥去，锵的一声，把它揍得往后一仰，然后感受着断裂的手指开始愈合时所产生的钝痛。他一直想这么做，想了很久了。

母亲再一次用那外星人的语言开始吟唱，这回更柔和一些。

“你为什么不能正常一点？”这是他对那女人说的最后一句话。

然后他转身走了，沿着自己来时的脚印，踏过气味甜腻、黑如夜晚的粪肥。

世上并不存在真正的不朽。

然而，充斥着技术奇迹和医学繁荣的现代生活有一种力量：它帮助众生顽强地渡过劫难，让他们能够撑过终会被遗忘的岁月。

在接下来的两个千年里，帕米尔三次与死亡擦肩而过。每次熬过混乱之后，他幸存下来的部分，都刚好能让他复原。他的记忆复苏了，他好斗的天性一成不变。

当那艘靠核弹爆炸提供动力的旧船进入轨道时，他母亲送的礼物到了。是笔可观的钱，附有一张古怪的字条，上面说："我念了祷文，我看见了。这正是你会需要的数目。"

但这并不是一笔可以无尽挥霍的巨款，所以帕米尔去当了工程师学徒。这岗位没有工资，但它意味着一段免费航程。而且，如果船上哪个真正的工程师辞职或者去世，学徒就会补上缺位。一般到了这时候，学徒已经在船上的图书馆里博览群书，并且被上级训练到麻木了。

等级最低的工程师是一名哈鲁萨鲁。这名字是人类给这个以坏脾气著称的人形机器种族起的。

帕米尔想要这外星人的工作。

在事先知道有哪些危险的情况下，他来到哈鲁萨鲁的大休息舱，未经许可便坐了下来。"首先，"他说，"我是个比你更好的工程师。同意吗？"

沉默。意思是"同意"。

"其次，船员们喜欢我。比起你来，他们在各个方面都更喜欢我。我说得对吗？"

又一阵沉默。

"最后，我会付给你钱，好让你辞职。"他提出了经过仔细计算的数目，"你不会吃亏的。到了下一个港口，找艘不在乎你有多讨厌的新船吧。"

从这个哈鲁萨鲁的进食洞里，传出一阵低沉的、有些窝囊的声音。

但从他脸上的另一个孔——用来呼吸和说话的那一个——里,传出的是一阵刺耳的尖叫。那是他直截了当的答复。

“滚你的蛋,猴子。”翻译机说。

“你是个白痴。”帕米尔告诉他。

外星人站了起来,俯视着这个大个子人类。

“好吧,”帕米尔让步说,“给你一年时间思考。我的提议不变。只是下一次就没有这么多钱了。”

冒犯哈鲁萨鲁总是会招来报复。但报复来得之突然,程度之猛烈,却在年轻的帕米尔意料之外。

“有一台爬行虫式机器人失踪了。”总工程师通知说。这时距离他和哈鲁萨鲁的谈话才过去十二个小时。她向他挤了挤眼,补充道:“这差事你去办挺合适。根据最新情况,它在下面动力层附近,靠近中心区的地方。”

在更好的船上,会派爬行虫去寻找自己的同类。但这些机器人价格不菲,在老旧的核动力船上一般都比较稀缺。于是,帕米尔挤进了一套给个子小一些的人准备的防护服里,又套上了一层超纤维防护服,挎上装着二手工具的挎包。他需要下降三公里到达船首,再徒步走完最后半公里。动力层呈巨大的碟形,原先是用陶瓷-铁基合金建造的,但几个世纪以来,随着缺口和断裂日益增多,它被包上了金刚石,后来又裹上了低等级超纤维。帕米尔进入狭窄的防震通道后,动力层在他脚下关上了——他感受到了由小型核弹持续引爆所导致的隐隐震颤。换作更脆弱些的人,他们会产生幽闭恐惧,帕米尔却只觉得无聊,无聊到了需要幻想出一些脸和声音来陪他完成这差事的地步。像平常一样,这任务同时也是一次性格测试。帕米尔毫无怨言地接受了一切。他提醒自己,他迟早也会有权力派一名学徒,到同一条可怕的走廊里来。

中心区并不在动力层的正中央。这一大片区域直径一公里,四周浑圆,不具备任何特殊功能。一次操之过急的引爆烧掉了一大片装甲,由于中心区位于动力层最厚的部位,可能要等到下一次彻底检修才能修复了。

一道飞溅的蓝白色光映入了帕米尔的眼帘。

他停下脚步,和总工程师通话。总工程师又联系船长,要求关闭引擎,一边保证说只是极短暂地中断一下。乘客和船员收到了警示,知道本来就弱的重力即将消失一会儿。命令一经下达,核装置便熄了火,然后飞速运动的蓝白光也消失了。一瞬间,动力层完全静止下来。

帕米尔掉过身来,头脚交换位置,移动到通道顶被炸开的地方。他的靴子牢牢地抓住被熏黑的、满是疤痕的地板。

那台爬行虫就在爆炸坑的中央,这非常奇怪。这机器怎么会在这里?

它已经停止运行了。更糟糕的是,它很可能已经完全报废了。最好还是把它留在这里,但帕米尔觉得自己有义务把工作做彻底。他抬起靴子,用喷射包推动,一路下行到浅浅的炸坑里,一边伸出笨拙的双手,去拿用来拆解这机器的工具。他得看看里面还有没有东西可以抢救。

他不知道自己当时为什么会抬头。

后来,帕米尔努力回忆当时的情形,怀疑自己是想看看他们此行的目的地。那时,核动力船正向着一颗K类恒星和它的两颗年轻行星降落。那两颗行星正在被人类殖民者地球化。他是个年轻人,生平头一次近距离观察另外一颗恒星。他赞美它,转而也赞美起了自己注定漫长的一生,能去许多奇异之地的一生……正因为这样,他才看见了一道闪光,看见了一颗突然升起的核弹……也正因为这样,他才刚好有足够的时间扔下手中的工具,转身面向通道,同时让他的喷射包瞬间烧尽每一克燃料……

帕米尔被猛地向通道掷去。

他觉得自己已经可以全身而退了。他很想看看哈鲁萨鲁脸上会露出什么样的表情。

但他得意得太早了。

他瞄准的方向偏了半米,左臂和肩膀挂到了熏黑的装甲。这一下反弹抵消了珍贵的推力……而核弹发出的强光追逐着他,几乎将他完全吞没……

幸存下来的,只有覆盖着重甲的头盔和一瓢熟透的、血肉模糊的人类头骨。幸好随船外科医生和船载机器医生技术熟练——估计是该船可疑的安全记录造成的。不到三个月,帕米尔的灵魂被注入一副新的大脑和一具新长出的身体。他认得出来,那是他自己的身体。

当飞船抵达第一个新世界上空、被拉入泊位的时候,总工程师溜进了治疗室,看着帕米尔完成了一次以两小时为周期的恢复锻炼。然后,她用既轻蔑又好奇的语气轻声告诉他:"哈鲁萨鲁不会收受贿赂。从来不会。"

帕米尔点了点头,用真空吸汗器清理掉脸上和胸脯上油腻的汗水。

"你让他别无选择。"比他年长,也比他谨慎的工程师说,"因为他的天性,那可怜的家伙必然寻求报复。"

"这些我都知道,"他回答说,"我只是没想到会有颗核弹炸我的屁股。"

“那你以为会怎样？”

“简简单单打一架。”

“你觉得你会赢？”

“不，我料想我会输。”接着他平静而严肃地笑了起来，“但我也料到我会活下来，而那家伙将不得不把他的工作给我。”

“但决定权在我手上。”总工警告他说。

帕米尔没有眨眼。

他的上司重重地叹了口气，望向别的方向。“你的对手走了，”她说，“跟他一起走的还有我一半的工作人员。下边这些搞行星地球化工程的，想把他们的大石块改造得适于居住，正在用奖金吸引优秀的工程师，以及糟糕的工程师。”

帕米尔等了一会儿，“那么，我赢得了我的岗位？”

老太太点点头，“可你本来什么都不用做的。什么都不用做，不管怎样你都会得到你想要的东西。”

“那是两回事。”

“什么意思？”

“如果你不为一件东西付出代价的话，那它不过是施舍。”他解释道，“我不在乎我能活多久。但我得到的一切都必须是我为之付出过的。不然我连碰也不会碰它一下。”

由于他的才能和自制力，加上对更好的工作不感兴趣，最后，帕米尔一路升迁，直至担任总工程师。

在接下来的一千六百年里，这艘老船经历了两次修复。最后一次修复时，过时的核弹驱动装置被摘除了，在同样的位置安装了聚变驱动引擎，配有旋转木马式的反物质环绕喷嘴。他们正将一万名殖民地开拓者运送到某颗类地行星。在他们的前方，是另一颗恒星的奥尔特云厚重的边缘。对飞船来说，奥尔特云区是糟糕的地方。障碍物太细碎，地图经常漏掉标注。但这种地方的风险通常不大。由于时间关系，还有所欠的巨额债务，船长决定从云区边缘穿过。

老船翻修的时候，旧动力层上的附加装甲都被剥除了，改用新的超纤维来加固。整个装置都被固定在了飞船的头锥上。动力层能够减轻星尘撞击的影响。磁轨炮用来摧毁砾石和小雪球，旧的核弹装置则用来让最大的障碍物顷刻间蒸发。

需要派一位工程师监督关键系统的突发状况，负责紧急维修。在大多数飞船上，总工程师会将这项工作委托给下级。帕米尔可能也产生过那种欺负人的欲望，但他人生的大部分时间都住在这艘常常亟待修理的船上。他比任何人都了解它。所以他穿上防护服和盔甲，走进熟悉的动力层通道里，在防护服里住了整整二十五天。半打故障都被他迅速而及时地排除了。

但帕米尔没发现那颗袭来的彗星。

他收到的唯一的预警是磁轨炮和核弹近乎恐慌的高速射击。当目标离船过近的时候，核弹停止了发射。帕米尔清晰地意识到撞击无可避免。他蜷成一个球，双手放在膝盖上，让最后一口深沉的呼吸灌满肺叶……

然后是，黑暗。

这黑暗比任何空间都空旷，而且永无止境地越来越冷。

在他四周徘徊的都是陌生人，没有一个愿意告诉他有关乘客、船员，或者他的船的命运。

最后，一位好心的永恒宗牧师松了口。“你是个幸运儿，极其幸运。”他露出微笑，声音激动得几乎难以自持，“你活了下来，亲爱的朋友。一船好心的贝奥特尔人从破破烂烂的动力层里找到了你剩下的肢体。”

帕米尔的身体正在被彻底重塑。这一过程尚未完成，他极度虚弱。他身在一个G力为零的栖息地中，躺在一张白色的病床上。柔软的带状织物绷在他赤裸的身体上，上面密布的传感器无休止地标记着他的重塑进程。

他顾不得虚弱，向牧师伸出手去。

那个人以为他需要平和心绪，于是试图握住他的手。但那只手抓住牧师的肩膀，猛烈地拉扯着长袍厚重的黑色面料。用不像人声的声音，帕米尔问他：“其余的人……怎么样了？”

牧师欣喜地说：“长久而幸福的生命得到了他们应得的安息。理应如此。”

帕米尔紧紧抓住牧师露在外面的脖子。牧师试图摆脱，却没有成功。“所有人都瞬间死去，没有痛苦。”他哑声说，“不用担心。他们没有丝毫痛苦。在这个时代，这难道不是你所能期盼的最好的死亡方式吗？”

手再次收紧，然后又松开。“不，”新生的眼睛望着远处，失去了焦点，“我想要痛苦。当你看到死亡的时候，我要你告诉它。我想要最可怕的死法，极其惨烈的那种。我想让它折磨我，直到最后时刻来临……”

几个世纪过去了，帕米尔一直在星辰之间漂流。他生活在人类空间中的一个殖民人数不多的星域，位于延伸到银河系边缘的零散的定居点之间。这段时间，只发生了一件重要的事，一件了不得的大事。帕米尔得知，有人在星系间发现了一艘外星飞船。没有人知道它来自何处，为什么在这里。但是，所有主要的物种都在集结资源，想要登船宣誓主权。

纯粹出于运气，人类最先发现了它。这让他们占尽先机。很快，势力庞大、经验丰富的贝奥特尔公会建起了一支“舰队”。为了抢在其他组织前面登船，公会选择了一些混合有恰当比例金属、含碳黏稠物质和水冰的小行星，在上面开凿了尽可能少的隧道，将居住区建在深处，将巨大的燃料罐捆绑在未经改造的外部。

该星域的所有工程师都与贝奥特尔签了合同。这不光是为了利用他们的知识和双手，更多时候，是为了让竞争对手的日子难过。

帕米尔的深空经验让他被选入了领头团队。

传闻说，将有一部分团队成员参与这伟大的使命。帕米尔相信自己会被邀请，但他打算拒绝。外星船是挺有趣，然而，一个拥有大笔财富和自己飞船的人可以造访几十个外星世界，那些世界从未有人类涉足过。帕米尔认为那才是更好的目标。

某天清晨，他漂浮在一个满是尘土的隧道内。在他身旁，建筑师和浮力学家正在热烈讨论，讨论的主题是这条无关紧要的隧道的角度。帕米尔觉得无聊极了。他祈祷着来点分心的事，任何分心的事都行。他的祷告很快得到了回应。一百名船长出现了，他们飘浮在空中，像一条间距较大的链子。他们每个人都刚刚从银河系深处的某个地方赶来，每个人都穿着崭新的、像镜子一样的制服。

领队的是一对贝奥特尔女人。一个很高，另一个更高。后者据传是呼声最高的首领船长候选人。

她那位长着一张刀子脸、面容威严的同伴，注意到了独自漂浮的帕米尔。

她朝他点了点头，“长官，他就是厄尔夏拉空难中幸存下来的那个人。”

几个世纪过去了，他们仍然记得。

帕米尔点了点头作为回应，什么话也没说。关于隧道角度的讨论突然间尴尬地停了下来。

未来的首领笑了笑，决定表现得豪爽一些。

“我想把这人带上，”她说，“他会为我们带来好运！”

但刀子脸船长表示反对，“那是他的运气，长官。但他没有和他的船分享这份运气。”

这女人真招人恨，帕米尔想。透过黑色的尘土，他看到了她的铭牌。迈尔辛，他默读道。关于她，他知道多少？

据传闻说，她很年轻。而且没人比她更加野心勃勃。

未来的首领向卑微的工程师递了个眼色，“你有兴趣吗，亲爱的？想不想离开这个星系？”

谢谢你，不想。他心中默想。

但飘浮的灰尘、那两位船长，还有关于运气的对话……所有这些因素，或许还有更多的因素，在他心里结合起来，让他说出：“是的，我想去。当然。”

“好，”身躯庞大的女人回答说，“船上的好运总是多多益善。就算把它囤起来也是好的。”

这是个玩笑，一个无聊的玩笑。帕米尔笑不出来，但其他船长、建筑师和岩石专家都咯咯地笑个不停。

另一个不为所动的人，是迈尔辛。

“能去的人，”她提醒众人，“都是应该去的。其他人不能参与。因为我们的船要边开边建，中途得不到任何帮助。对那些并非最优秀的人，我们没有空间，也没有耐心。”

就在这一刹那，帕米尔意识到自己做出了正确的选择；除了成为这个伟大使命的一部分,他别无所求。接下来的一年里,他毫无怨言地工作,从不和上司作对,安静地好好领导着他的小团队。但随着最后期限的临近,他心里有了一丝不安。不安逐渐演变成了黑压压的恐惧。帕米尔知道自己的位置。他是一名优秀的工程师,仅此而已。他身边的男男女女关心机器多过关心人。他们讲着关于核聚变引擎的笑话,闲聊对方的设计,他们最好的朋友是机器。一些工程师和他们设计的机器人公开生活在了一起。在温暖的橡胶腺体和玩偶般可爱的面容之下,它们的机器性质仍然明显。

最终名单发布之后,恐惧变成了无奈。

帕米尔还是仔细地找了一遍他的名字。虽然很清楚原因,然而没有在那份名单上看见“帕米尔”多少让他感到了失落。

失落逐渐堕落成了愤怒。两天两夜连续的酗酒,再加上几种烈性药物的作用,让愤怒大大加剧了。迷糊之中,复仇似乎成了甜蜜的选择。以哈鲁萨鲁的思维方式,帕米尔切断了激光钻孔机的安全装置,重新调整了它的发射频率,改造出了一件武器。他把激光器拆开藏起,从安全部队旁边飘过,进入了半完工的飞船,一边想着迈尔辛,一边喃喃自语:“我倒要让她看看什么是运气。”

船长们已经住在了船上。也许帕米尔本想伤害他们,或是做出更糟的事。然而,在下手实施复仇前,他的愤怒熔解成了纯粹的自我厌恶。

他从未有过这样的感觉。

是体内的药物在作怪。他不愿意相信别的解释。但更可能的是,那些化学品只是扭曲了他的情绪,蒙蔽了他的理智,让他无法直视自己的内心。

更幸运、更有才华的工程师们在小行星里主要的居住地内工作。

帕米尔偷偷地爬上了一条长长的、没有出路的井筒。

在航程结束的时候,这艘飞船将成为有史以来用人类的双手和大脑建造的最好的飞船之一。但不是用他的手,他知道。在黑暗、令人窒息的洞穴中,他知道自己并不在乎这艘船。那艘船才是最重要的。那艘不知从何处坠落至此的遗迹,它正在前方等着他!

也许是因为药物,也许是因为绝望,他当时所想的,是命运。回想一下他迄今为止的生命历程吧:离开家;乘坐厄尔夏拉号航行;化作尸体;又因为运气复活——最后,被带到了这里。那些大大小小的事情,它们的目的就是把他带来这里,蹲在这个不起眼的角落。尽管酒精和药物导致的迷乱状态尚未散去,但帕米尔已经清楚了自己的命运。

他必须找到方法,留在船上。

但偷渡者藏不了太久。藏不了一个世纪,更不用说几千年了。

唯一的解决办法显而易见。

很少有其他人会做帕米尔接下来所做的事。对拥有数千年乃至数百万年的生命的人类来说,将自己置身于致命的危险之中是不可想象的事。

但帕米尔曾经死过。

两次。

他开启了激光器,双手稳如磐石。他发现随着时间的流逝,随着每一次呼吸,自己正变得越来越开心。他小心地贴身在狭窄的隧道上,预估着那沥青般的含碳物质将如何融化、如何流到他焚化的尸体上，最终将他覆盖起来。

在最后那个漫长的瞬间，他终于感到了一丝害怕。

他不是个爱唱歌的人。但在等待激光器充电和开火的时候，他听见自己粗粝的嗓音在一段古老的出哨旋律中穿梭。如果没记错的话，他母亲曾经为他，还有她喜爱的双头龙唱过这样的曲调。

“宇宙如此浩瀚，”她会这样唱，“而我只有一个。

“生命如此多样，但我只有一个。

“所有的一切，以及如今的我，绝不会再有。

“每走一步，我都在变化。

“每走一步，我都会死亡。

“自始至终，直到永远，我都在这里、这里，和这里……”

二十九

帕米尔从未见过首领驻地如此动荡。

恶魔之门处于全强度模式，装甲舱门密封上锁。数万人的安全部队配备了杀气腾腾的武器，脸上露出凌厉的神色。无端的疑惧悬在明亮而潮湿的空气之中，让人胆寒。审讯帕米尔的是两位船长和一位副首领。帕米尔的身体和制服被搜查了多少遍，他自己也说不清楚。对方直截了当地询问了有关浣生和迈尔辛的问题，他看见了什么、听到了什么。还有，如果有的话，他对失踪的船长们说了些什么。对此他事无巨细，和盘托出，然后用“顺带一提”的语气，坦白他没有第一时间联系首领，而是浪费了二十秒的光阴才进行连线，告诉她有一对鬼魂出现在了他面前，并且从首领那里了解到，那对鬼魂已经先和她对话过了。

“她们也许是死了，”他说，“但她们仍然遵守等级排序。”

接下来，帕米尔又被问及他到控制中心来的路径、使用的交通方式，以及他是否见到了哪怕一丁点的异状。

只要在船内通行，无论时间多么短暂，总不会缺少怪事。帕米尔描述了他看见的一对当众交配的蓝脖子，一群滚动着水泡被困在商店门道里的花背乌贼。他还提到,当他的帽车抵达时,控制中心外有个赤身露体的人类男性,他举着一块手写标语牌,上面写着:

终点在这里!

每一件怪事都被审讯者记录下来。之后,工作人员将会按照重要性将这些事件排序,并在必要时进行调查。

这种对脑力和时间的浪费真是令人印象深刻。

最后一道舱门开了,帕米尔走进了真正意义上的首领驻地。人工智能职员透过橡胶脸注视着他,喜悦地说:“终于来了。”它转过身,却没有转开脸,一边大声喊道:“跟我来! 快!”

帕米尔从驻地的一头全速冲到了另一头。

船的行政中心长三公里,宽度是长度的一半,拱织成网状的巨大绿橄榄石悬于天花板下。众船长和他们的助手——人类或者非人类——坚守在各自的工作岗位上。他们谈论的主题大多跟那些失踪的船长有关。帕米尔听见了许多“这次搜索”“那次搜索”“飞船深处”“安全团队刚刚完成巡行”“开始新的搜索”诸如此类的词。人类停下来喘气的时候,人工智能会继续急促而激动地讨论,它们排列着大量新搜集的数据,试图从中找出任何看似有用的东西。

鬼魂们只是发起了两次全息通话,就带来了这么大的混乱。

冲到最后几百米的时候,人工智能警告他说:“她今天要的是实话实说。除此之外没有别的。”

通常情况下,首领不许她的部下如此直白。帕米尔深吸了一口气,“别担心。”

“但这就是我的工作啊，”人工智能说，“担心。”

他们在首领的房门前停了下来。帕米尔摘下帽子，让制服自动清洁汗水和污垢，然后喘了口气，镇静下来，走到超纤维门前。门开了，里面是数十名安保官员。他们都罩在黑色的装甲制服里，个个面露凶悍之色。

在他们的心目中，帕米尔永远是叛徒：那个强迫首领准予完全赦免，不光荣地恢复原职的奸诈小人。

首领像高塔一般矗立在安保官员身后。从大方向看，她望着帕米尔那边，只是棕色的大眼睛好像有些恍惚。接着，她闭上了眼睛，挥舞着双臂，告诉在场的其他人：“现在没别的事了。都走，没你们事了。但继续调查，有任何事立刻报告。明白了吗？”

“是，长官。”三十个人垂首回答。

瞬间过后，只剩下了他们两人。还有上千个隐藏的人工智能，以及大量进行基础运算的计算机。

首领的住处比大多数部下的住所都小。相比之下，即使帕米尔的公寓也显得十分宽敞。她的住所只占地半公顷，但被分隔成了许多小房间。每一个房间都装饰着毫无特色的地毯、壁挂、地球物种的盆栽，还有丛林色的家具。这些装饰让这里显得朴素平凡，给访客一种舒适的感觉。

首领向帕米尔倾过身，从所有表情中，选择了一个温暖的微笑，收尾时还加了一点点挑逗。

这个微笑让他措手不及。

接着，她又来了一声友好的、带着宠溺意味的“帕米尔”。

但他藏起了自己的惊讶，一边按照惯例鞠了一躬，说：“长官。”一边盯着她的双脚。脚光着，肉乎乎的呈金色，在雪白的大理石地面上踩出了线条柔和的轨迹。

“请问有什么可以帮您？”他问道，然后又是一声，“长官。”

“我研究过你的供词，”她说，“很好，深入又细致。一如往常。我敢肯定你什么也没漏掉。”

“丝毫没有。”他看着她的反光制服，看着镜像里自己那张疑惑的脸，“您找到她们了吗，长官？”

“没有。”

如果她找到了，会告诉他吗？

“没有。”她重复道，“而且我开始相信，其实根本无人可找。”

他眨了眨眼，仔细考虑着这些话。

“这么说，跟我们说话的不是浣生……”

“是的，我想，有人跟我开了个恶劣的玩笑。”这个简单的想法让她露出的微笑，比给予帕米尔的微笑灿烂得多。这个想法不但令人心安，而且从那做作的手法来看，也合乎逻辑。“全息投影，合成人物。我们追查源头找到了一个小车站，它在那次通话之后不久就被毁了。显然是为了让这个故事更加可信。”

帕米尔等了一会儿，这才说：“您错了。长官。”

她看着他，等待着。

“我看到浣生了。”他说，“我能认出她，但她绝对变了。烟熏色的皮肤，还有那身简陋的制服……”

“我记得她们俩当时的样子。谢谢你。”

“再说，”他继续说，“怎么会有任何人，任何外星人，或者不管是谁……”

“……假装成她和迈尔辛呢？”

首领又在玩她的老一套了。她知道什么是次要的，什么是重要的。重要的是她想让帕米尔做些什么，而她的愿望只会在她方便的时候透露。或者一直深藏不露。

“任何敌人都有可能搞出这个把戏。”她突然点了点头，“任何想让我，还有和我的管理团队，看起来像是彻头彻尾的傻瓜的人。”

帕米尔没有说话。

“不管是不是她们本人，”首领继续说，“这些鬼魂只联系了你我二人。我能想到为什么要挑我。而你，当然啰，你一直声称在浣生失踪后还见过她。不是吗？”

“是的。”

没有任何补充。

“那颗该死的星球。髓。”首领引用道。

帕米尔等待着。

“对你来说，这个字眼有什么意义吗？”

“血液诞生的地方。这是我所理解的词义。”

她指着一排人工智能，“它们已经列出了所有叫那个名字，或是换了文字组合方式的星球。换了组合的通常是外星语言。那些星球没有哪颗在我们附近。现在没有，过去也非常少。”

“一个有趣的细节。”帕米尔评论道，“如果这是个玩笑，那还真是开对了。”

首领没有回答，保持着沉默。她在等待。

帕米尔知道她想要什么。

“我什么都不知道，长官。看见浣生和迈尔辛……对我来说也完全是个意外……”

“我相信你。”尽管这么回答，但她的语气并不坚定。

然后她狠狠地瞪着他，“那你认为是怎么回事？”

帕米尔的心脏怦怦直跳，一只无形的手扼住了他的咽喉。“她们是真的，这些鬼魂。而且我认为她们依然在船上。不止浣生和迈尔辛副首领，其他失踪的船长也是。”

“是啊，他们正自由自在地在船上闲逛呢。”

他有些恼怒。

“两次。”她说，“曾经有过一次，然后又一次。两次。”

“您说什么，长官？”

“我曾经在你身上赌过一把。你还记得吗，帕米尔？”那笑容里露出了恶意，“第一次我都快忘了。但你还记得，不是吗？刚开始的时候，工程师们发现了你残破的尸体……他们本想在找到合适的监狱、把你丢进去之前，一直让你保持那个状态……”

“是的，长官。”

“但我救了你。一个这么渴望与我们同行的人，我想一定有他的价值，不论他的才能如何。这就是我下令让你重生的原因。而当你的工程师同伴们拒绝接纳你的时候，邀请你成为一名船长的，难道不是我吗？”

并不完全如此。加入船长的行列是他的想法，是他主动提议的。但他知道最好不要争论这一点，于是不卑不亢地点了点头，对着她巨大的光脚说：“而我也在尽力为您和这艘船服务。”

“外加一两次失误。”

“一次失误。”他回应道。首领船长在给他下套。

“你真的对这个恶作剧电话一无所知，是吗？”

“甚至连它是不是恶作剧都不知道。长官。”

“那我们该怎么办，帕米尔？我想听听你的意见。”

他的回答既平静又坚定，“如果您愿意，如果能得到您的允许，我会在船上寻找浣生，以及所有失踪的船长。无论以公开的或者其他的方式。”

首领眼睛一亮，“你愿意这样做？”

“乐意效劳。”这话出自真心。

“我想你能胜任。”她说，然后顺便揭了一下旧伤，“很长、很长的一段时间里，你的确成功避开了我的安全团队。而且没费多大力气。”

除了看着她的脸、努力控制呼吸之外，他什么也做不了。

“既然你提了，”她停顿了一小会儿，“如果你找到浣生，或许我可以不再监视你做的每一件事。明白了吗？”

忘记他为什么重新加入船长的行列真是容易。

帕米尔对首领冷冷一笑，说：“是，长官。”

接着他微微鞠了一躬，“但如果我真的找到了那些失踪的船长，而且他们还活着的话，您恐怕会忙着担心他们，而不是在我身上费心了……长官！”

三十

帕米尔坐在一截芬芳的暮色粉木树桩上。花园位于一所豪华公寓的中庭，这所公寓地处最古老的人类聚居区。这些宽敞房间和走廊的拥有者是一对夫妇，他们在航行开始没多久的某个千年就结成了夫妻。帕米尔来访的时候，这对恋人自始至终都牵着手，还时不时地凑到对方耳边低语，让帕米尔多少有些嫉妒。

葵·李是个富有的、非常古老的女人，出生在地球。她的祖先通过销售药品和海运业发了大财，这笔钱最终由她继承。有时候，她会谈起他们的母星，听起来，她对那儿又爱又恨。她几乎和帕米尔的母亲一样古老，尽管他从未向谁提起过那个疯女人。葵·李是如此古老，她还记得很早很早以前，宇航并非常事。那时，人们只要活上一个世纪，就觉得自己是长寿之人。后来外星人从天而降，地球与世隔离的状态不复存在。至少二十个精于科技的智慧物种的知识，再加上地球人自己积累的技术遗产，带来了诸如星际引擎、永恒基因、银河系外探测器等新事物。因为机缘巧合，最后她还乘上了这艘伟大、古老，又奇妙无比的船。

她年轻的丈夫出生在船上。佩芮曾经是个雷莫拉人，是住在船壳上的怪人。但他决定脱离那种奇怪的文化。比起船壳，他更喜欢船内浩瀚的未知。帕米尔还是个风头正劲的船长时，两个男人曾经是敌人。但在帕米尔脱离船长编制，换了新的面孔和身份之后，佩芮慢慢变成了他的朋友，一个偶尔相聚的朋友。

比佩芮更了解这艘船的，只有某些人工智能专员。

这男人的脸用“漂亮”来形容比“英俊”合适。他正研究着一系列全息地图，时不时轻轻挥手，赶开凑过去的发光蝙蝠。一只手触碰着地图的控制键，调整角度，或是变更研究区域，又或是改变他一直在专注研究的地图的比例。

“再来杯什么吗？”葵·李问。

帕米尔看了看他的空杯子，“谢谢。不用了。”

在任何光线下，她都是个美人。在永不衰老的脸上，她的眼神既苍老又热情。她喜欢单色的布裙和华丽的、极具异域风情的珠宝。她紧握着丈夫的一只手，看了看地图，温柔地叹息了一声：“我总是忘记。”

“忘记这艘船有多大。”佩芮将她的想法补充完整。

“是啊，”她抬头看着他们的客人，“真是出奇地大。”

佩芮标记了一个洞穴，然后移动到下一个区域。他没有直接说明那个地方为何值得一试。相反，他明知故问。

“你在找谁？”

他随即露出迷人至极的微笑，“那些失踪的船长，我敢打赌。我敢打赌。”

彼此了解的人沟通起来就是方便。

帕米尔无须回答。他只是闭上嘴，微微偏了偏头。

佩芮咧嘴笑了。接着他又标记了一个位置,“有一条小河流经这道几乎深不见底的峡谷。老实说,下面的面积可能有一百万平方公里。整个生态圈都是垂直的,我是说那些黑色的玄武岩和附生植物林。我知道那里有两个定居点,都不是人类的。两个定居点之间的空间能容下几十万人。如果他们足够谨慎,再加上一点运气,没人会知道他们在那里。”

葵·李用充满爱意的眼神看着她丈夫。

“那个峡谷上个月就搜查过了,”帕米尔回答,“用安保机器人彻底搜过。”

“船长们应该知道一些窍门。”佩芮说,“妈的,你就用过同样的把戏。让那些机器只看见岩石和攀爬的杂草是很容易的事。”

“你觉得我该去那儿找吗?”

“也许吧。”

这句话换个说法,就是:“他们不大可能在那里。”

帕米尔什么也没说。

地图再次变换。显示出一个深埋地下的城市。这地方并不是佩芮随机选的。丰富的色彩和复杂的形状都显示着外来物种的存在。他轻点地图,绕开地下墓穴和主干道,沿着一条不起眼的小路,找出一个小车站。小站由一道强烈的金光标识出来,详细信息上写着“开放经营,欢迎所有访客”。

佩芮标记了小站,咯咯地笑了起来。

“有什么这么好笑?”

“我听到传言说,有人把这又远又偏的地方毁掉了。本来应该只是一起偶发事件。官方不总是这么说吗?可不出几分钟,首领就下令彻底搜查那个小站周围的上百个区域。”

帕米尔再次报以沉默,一边仔细推敲。

佩芮修改了地图的比例，不断地拉回再拉回。他们现在看到的，是这艘船大约千分之一的地方。一片广大、复杂的区域，常常空无一人。长达十万公里的主通道模糊成了不规则的几何图案，看不出有任何特别之处。比例尺小到这样的地步，随便哪个明眼人都能看出来，它对解决问题没有任何助益。

帕米尔已经不是第一次感到十分无助了。

“搜索的范围这么夸张，”佩芮说，“人们至今仍在谈论到底是怎么回事。住在这片区域的物种不多，不过他们大多崇拜权威。那些搜索让他们觉得自己很重要，直到现在还在歌颂安全部队的到来。”

“我能想象出来。”

这片广大的区域中，佩芮做的七十多个标记都呈现出紫色。“白费。一切都白费。”

“你说什么？”

“我是说，你是个聪明人。但你和其他穿制服的，对这个问题都想得不够深入，解决方式太过明显。”

帕米尔皱起了眉头。

葵·李知道这位船长的脾气。她倾身向前，露出仿佛一切不快都能化解的微笑，“您真的不想来点清爽的饮料吗？”

帕米尔摇了摇头，然后重复了那几个字：“方式太过明显。”

“这不只是我的推断。关于失踪船长的问题，你们首领的人工智能向它的医生泄露了消息，医生把消息漏给了他的情人，那情人又在公开场合提了一次……至少我是这样听说的……”

帕米尔等待着。

“那时候你已经忙起来了。这我也知道。你一直在挨个询问所有的旧相识……到现在有多久了？”

“六个星期。”

“那么你觉得，我列出来的这些可疑地点怎么样？我是说，和别人的相比。”

“透彻。也合理。我会从里面的某处找到我要找的。”

“噢，我并不这么认为。”

葵·李从丈夫的手里抽出了自己的手，然后用她短而光滑的食指摸了摸位于最下方的、最孤独的紫色光点。

“这是什么地方？”她问。

佩芮说：“外星人的栖息地。”

“离奇族的。”船长补充道，“已经荒废很长时间了。”

“首领搜查过这里吗？”佩芮问。

帕米尔点了点头，“派无人机去的，还有一些安保人员。”

“我认为，”佩芮说，“首先你得接受一个难以接受的事实。你在听我说吗？”

“一直在听。”

“你对这艘船一无所知。”佩芮好像突然生起气来。这永远迷人的男子，他充满酒气的呼吸与古老花园夜晚的气息混合在一起。“一无所知，”他重复道，“跟其他人一样。”

“我知道得不少。”帕米尔反驳道，他是真的这么认为。

佩芮摇了摇头，又摆了摆双手，“你知道个屁！你不知道是谁造了这艘船，是什么时候造的，甚至在哪里造的都不知道！”

船长突然想喝那杯饮料了，但他决定静静地坐着，什么也不说。

“最糟糕的是，”佩芮说，“你甚至不知道建造这台机器的目的是什么。如果没有令人信服的证据，你甚至不能假装有一个靠谱的理论。只有一些上百个千年都没变过的猜测。这是别人用来跨越星系的船。船开得要么太晚,要么就是太早。你们就是这样猜的。但是,有任何方法来佐证这个观点吗?”

帕米尔说:“没有。”

佩芮朝椅背上一靠,咧嘴一笑,像个刚刚赢得了一场重要战役的人。他双手交叉,垫在脑后。

船长轻声说:“髓星。”

“你说什么?”

从上次面见首领到现在,帕米尔还是第一次说出这个词。但他只是为了转移话题。

“你知不知道有什么地方叫这个名字的?”

“髓星?”

“对。你知道这个地方吗?”

佩芮闭上眼睛,思考着这个词。到了最后,虽然不情愿,他还是承认道:“我什么也想不起来。为什么问这个? 你是从哪里听说的?”

“假如真有这么一个地方,你觉得在哪里?”帕米尔问他。

那男人不得不笑起来。既是笑他自己,也是笑他的同伴,还有其他的一切。“失踪的船长在那里吗?”

“我要是知道就好了。”

就在这时,葵·李用另外一种方式说了“髓”字,用的是一种已经灭绝的方言。她伸直手指,说:“很久以前,在人类的基因结构重组之前,在人类能够永远活着之前……那时我们既简单又脆弱,髓在我们骨头的中央。不像现在这样,也交织在我们的肌肉和肝脏里。”

两个男人转身盯着她。

“你们太年轻了,不会知道这些。”她垂下手指,沿着紫色灯光往下指,“髓有时候也指事物的中心。它们的心脏。它们最深入的内核。”

随后,她抬起头,面带微笑。地图的光芒照亮了她那张圆润、标致的脸。

帕米尔再次认定,她是个美人。

“去这艘船的核心找找吧。”她建议道。

两个男人都乐了,轻声取笑可怜的葵·李,笑了很久。

三十一

帕米尔整理了一份清单，罗列出他认为有希望的地点，然后亲自去每一个地点搜寻。身为独行的永生者，他总是花足时间做好伪装，而且凡事极尽谨慎。接下来的几年中，他听说了许许多多的谣言，还有许多疑似目击的事件。几乎每个有知觉的有机体都“见过”那些失踪的船长，船长们似乎无处不在。

连帕米尔自己也染上了癔症。他常常会看到自己那些失踪的同事。通常是旧情人。多数情况下，是浣生。他会毫无预兆地看到一个高大的人类女子悠闲地在繁忙的大街上漫步，她的步态、肤色，连同她灰色与棕色交织的发髻，在半公里外就能辨认出来。帕米尔会立即冲刺，待他靠近一些的时候，死者也会开始奔跑。每一次，当他到达浣生身边的时候，她都变成了另外一个漂亮女人。有一次，他发现浣生盘腿坐在一个除她以外空无一物的舱室中央，一丝不挂，优雅美丽。但就在帕米尔逐步靠近的时间里，她变成了一座二十米高的雕像。正当他疑惑之时，那雕像又变成了一堆碎石。第二年的某天，就在帕米尔野营的一块横条岩上方，浣生跪在岩架上紫色的附生植物之间。他抬头的时候，看见了她熟悉的面庞。她对他微笑，看着他烤一条刚杀的大马哈鱼。接着刮来一阵狂风,他听到浣生的声音问:“够两个人吃吗?”但那时候,帕米尔已经了解了自己的大脑,他没有因此而兴奋。随着又一阵狂风,浣生变成了一捆枯叶。帕米尔摇了摇头,因自己的愚蠢而露出一丝微笑,然后将鱼架得离四溅的火焰近了一些。

乘客和船员听说了他积极寻人的事。他们出于各种原因,将他引入歧途。

有的是为了钱而撒谎。

其他的则是渴望受到关注、赞扬,或者获得名声。

还有少数几个人不知道自己在撒谎。他们一厢情愿地编出了听上去很像那么回事的故事:

失踪的船长们和激进的卢德分子一起在海底的某处生活。

他们已经建立了自己的卢德共同体,就隐藏在蛛丝海深处的某个地图上未经标注的舱室里。

他们被卡姜-奎让族——这个物种部分是有机物,部分是硅——绑架成了奴隶,当作牲畜来骑。

他们被麦格纳区的凝胶流埋葬了。

还有就是最常见的外星人报复的故事。翡尼克斯人是首选,当然还有很多别的候选人。不论是谁,他们秘密地回到了船上,为了报复首领那些古老的罪行,杀害了她最好的船长。

有个人非常认真地说,一个未知的外星种族破坏了船长们的心智,然后将脑部受损的幸存者留在当地一个污水处理厂内工作。听起来不太可能,但证人说他看见了一个和浣生一模一样的女人。“我跟她说过话。”他发誓,“可怜的夫人,现在要多傻有多傻。可怜的夫人。”

带着忧心忡忡的希望,帕米尔溜进了那个庞大的舱室。原本的再循环设备如今与成林的定制真菌做伴。此情此景，让船长不由得想起了很久以前他母亲的家。高耸的蘑菇尽情地享用着上千个物种排泄出的废物。一座村庄出现在他期待出现的地方，那里有低矮的小屋和冒烟的火堆——无论官方还是非官方的地图上都未标注的人类聚居地。慢慢地，慢慢地，他走到离他最近的小屋附近。做足深呼吸之后，他上前一步，对站在门口的女人露出了微笑。

他认出了那张脸。毫无疑问，她是参与过贝奥特尔飞船建造、后来又加入船长行列的某位工程师。

“亚斯林?”距离数步之遥，他停下来问道。

她的面容几乎没有改变：轮廓流畅而优雅，黑色的皮肤柔软而富有光泽，微笑灿烂，露出略微偏黄的牙齿。她的笑容也没有变。帕米尔盯着这幽灵，看得越久，就越是确信。

“你好。”她的声音很轻，几乎听不见。

“我是帕米尔。”他急忙说，“记得我吗，亚斯林?”

“没忘。”她回答，脸上的笑容更灿烂了。

她的声音太轻、太慢了。这不正常，但如果某种生物用复杂的方式对她的大脑造成了损伤呢？她每说一个字，声音就变得离他记忆中的更接近一些。帕米尔发现自己很喜欢这次的幻象。他走近了一些，看着那张脸不断变化，直到变成和他的旧情人差不多的样子。

“你在想什么，亚斯林?”

她张了张嘴，没有发出声音。

“你知道你是怎么到这里来的吗?”他步步逼近，微笑着重复了一遍问题，“你记得是怎么来的吗?”

“我知道。”她撒谎了，“是的。”

“告诉我。”

“不经意间来的。”她回答说。

帕米尔伸手去碰她的脸，她瑟缩着退后。“不，让我看看。”帕米尔说。他宽大的手掌穿过了由光与电离化的尘埃组成的投影。菌菇小屋和火堆同样是不真实的。这并不是聚居地，而是消遣的玩具。可能有人在大便时，遗落了他的情感共鸣智能设备。而它不知怎的承受住了颠簸和消毒程序，最终落在了他脚下的这摊黏性物质里。

帕米尔把那玩意儿留在了原地，未作标记。

他离开搜索区域，绕了半条船，来到一个对浣生和亚斯林都颇具意义的地方。他爬进翡尼克斯人曾经住过的反物质密封舱。如他所料，这装置洁净而空旷。浣生的鬼魂没在这里等他。站在密封舱底部光滑的超纤维地板上，帕米尔仰头凝视这宽广的空间。这个密封舱让他自觉渺小，但心里有一部分在提醒他说这不算什么，和船比起来这圆筒何其渺小，和宇宙相比这艘船也仅是沧海一粟。所有这些宏伟的设计和银色的奇迹，在无边浩瀚的映衬下，根本不值一提。

十八年零三周的彻底搜寻，没有任何结果。

丝毫没有。

纯粹出于习惯，帕米尔查阅着他的那份可搜寻地点清单。这些年来，一个个地点被仔细地删除了，他疲倦的双眼捕捉到了最后那个古怪的字眼：

“离奇。”

这将是他最后寻找的一个地方。多年的辛劳和希望已经白费，一无所获，只知道这些船长什么也不想让外人知道。在降入外星人栖息地的漫长旅途中，帕米尔断定浣生、亚斯林和迈尔辛不可能潜伏在世人所知的区域。他突然理解了首领深藏在心中的那些理论:她最好的船长已经被别的物种挖走了,更有可能的是,被绑架了。无论是哪种情况,他们都不在船上,永远失踪了。浣生不可思议的再现仅仅是古怪的恶作剧。首领慧黠,没有让自己被病态的、刻意误导人的玩笑扰乱心神。

他决定把离奇族的栖息地当作搜寻的终点。

走出栖息地核心区,进入无垠的灰暗之时,帕米尔几乎立刻就认定,浣生绝不可能留在这里。一年都待不了,更不用说几千年了。这种单调乏味的地方能让人的意志和心灵逐渐枯萎。他敢确定,没有任何船长会愿意住这个二维的世界里。

刚走了两步,他就想逃离。

但帕米尔还是停了下来。他深吸一口气,跪下来打开一袋小型的“爬行虫”“狗鼻子”和“游隼眼”。

这些传感器一放出来就沿着两个方向散去。

帕米尔有权访问某些秘密文件,于是,他得到了离奇族栖息地的资料。提供给他的只是个概要:这些外族恐惧症罹患者曾经在这个故意建得了无生趣的栖息地里居住了六百年,然后整个物种都下了船,进入了一团早已被大船抛在身后的分子云。

离奇族在众船长消失之前就离开了。

“再见。”他说。他的声音被地板和天花板放大,在遥远的弧形墙面上反弹,又回到他这里。那个声音大而深沉,完全听不出是谁发出的。

“再见!”房间冲他喊道。

我尽快,他想。做完事情立刻就走。

探测器发现了异常。

它们总是为了一点鸡毛蒜皮的事情发出警报；这一点也不让人感到惊讶。

帕米尔为所有异常点创建了一份地图。敲定路线之后，开始沿着一条弧形路线行走，依次检查每一处异常。没有任何大到能用肉眼看见的东西。大部分的“异常”都是干燥的人类皮屑。但让帕米尔觉得奇怪的是，等待他去确认的只有十几粒皮屑。如果人类曾经来过这个地方，难道他们不会留下比这多不知多少倍的组织残片吗？测量衰变情况后，他发现那些都是老旧的组织，损毁到了连遗传因子也无法读取的程度。而且没有任何细菌附着于这些皮屑。这不太自然，要知道，有些细菌在太空中都能存活许久。

看来这地方被清洁剂或者微型机器人擦洗到近乎无菌的状态了。这并非没有可能。毕竟这里本来是外星人的家园，人类侵入者可能会采取清洁措施，以保证自身安全。

可能会。

地图上还有一个紫色的光点，在墙附近。

这是一小团烧成灰烬的肉。因为嵌入了地板，没有被清理掉。但爬行虫能轻易地分辨出来。在爬行虫的指引下，帕米尔用一把激光钻将这手指大小的宝贝取了出来，将它插进他带来的户外实验台里。

静静地，静静地，灰色的地板开始修补它的新洞。

接近一公斤的活肉被烧得几乎不剩什么了。有基因遗留，虽然不够用来匹配任何一位失踪的船长。但焦糖化的肉意味着一场谋杀，同样也解释了为什么来访者要试图掩盖自己的痕迹。

地板之前就遭到过损伤，后来才用灰色塑胶自我修复，重新变得平坦光滑。但上面还是留下了几乎看不见的疤痕。帕米尔测量了那些疤痕,为它绘制了分布图。这个栖息地的一小部分曾经被毁坏过。也许就在最近。地板上有疤痕,天花板和厚厚的灰色墙体也一样。某种机器在这里被摧毁了。帕米尔在智能碳氢化合物中发现了少量金属。爆炸和激光曾经将这个地方弄得千疮百孔。所有可能提供线索的东西都被他从地板和墙上坚决地撬了出来。地板和墙壁不断地修复,再修复,奋力保持完好,就像那股坚持不懈、使劲抹去罪证的力量。

帕米尔在出汗,他又想起了那些鬼魂。

现在怎么办?

他坐在一个古老的垫子上,转过身,发现有一只爬行虫将脸压在了已经修复好的墙上。

"那里检查过了。"帕米尔告诉它。

但这个小型无人机拒绝挪动。

帕米尔站了起来,差点儿一头撞上天花板。他往墙那边走去,"怎么了?"

有许多物种,也许包括远古时期的人类,其语言是作为对死者说话的工具才发展起来的。因为生者的世界可以用表情和肢体语言交流,只有鬼魂才需要那些简单的语言。

这是谁的理论来着?

帕米尔一边思考,一边在爬行虫旁边跪下。接入它数据的时候,他也一直在想这个问题。深埋在墙内的是一件金属物体。这东西圆而光滑,据他推测,应当极其简单。

不是什么大不了的东西,帕米尔心想。

没什么大不了的。

他用激光凿出一个狭窄的洞,再将它扩大到足够让爬行虫爬进爬出的大小。

这件人造物是用有杂质的银制作的,激光让它变得太烫了,用手拿不住。帕米尔把它放在爬行虫上,然后随便喝了点浓缩威士忌,吃了点甜矛尾鱼。接着,仅凭肉眼和手指,他研究起那件人造物的铰链和粗糙的扣锁。无论这里发生了什么,这东西已经被弄坏了。X光向他显示了一组原始的联动齿轮,还有其中的缝隙。他卸下爬行虫的一只触手当作针,终于打开了受损的扣锁。当帕米尔小心地打开盒盖时,铰链碎了,盖子落在他双脚之间。他盯着时钟的表面看:古老、简单,而且奇怪。

原始的电池早已耗干。

优雅的黑色指针凝滞不动。表盘上显示的可能是日期。帕米尔看见上面显示着4611.330。他的心脏停搏了好长一会儿。

是卢德分子的某种道具吗?

或者是孩子的玩具?

不管是什么,它的金属都加工得细腻而用心。帕米尔可以看见在银表盒的底部和边缘有经常使用而磨损的痕迹。他把时钟握在手里,试图想象它消失的主人。然后,他转身往墙边走去,意外间踢中了坏掉的盖子。盖子在灰色地板上滑过。

卡在了一个硬垫子的下面。

帕米尔对鬼魂们说:"它是我的。"

他跪下,伸手从垫子下面掏出那块沉甸甸的盖子。盖子是用银和更强、更耐久的金属铸造的。有那么一会儿,他望着它的顶部。经过抛光的盖子和地板呈一样的灰色,平淡无奇。然后,他将它翻转过来,看到了划痕。不,它们太有规律了,不是划痕。他转动盖子,最后才辨认出它们是镌刻在银盖里的字母。这种镌刻方式人类早已废弃不用了。

他默读了一遍。

然后又对着鬼魂们大声读了一遍。

“天空的一片。给浣生。来自你忠实的孙辈。”

好长一段时间里，帕米尔觉得这宽广的空间被他心跳的回声填满了。

三十二

首领船长下达了秘密指令，一支外带传感器的机器人队伍立刻集结起来，赶往离奇族的栖息地，在每一条通道中细细寻找浣生和其他失踪的船长。

这些机器人什么也没发现。帕米尔意识到，搜寻工作绝对不会轻而易举就能完成。

在他的催促下，首领同意各类专家签署安全协议，加入他的任务中来。这些专家从能想到的每个方面考察了离奇族栖息地，还采集了许多样本，送往不同的实验室，从纳米层面进行了检验。大燃料罐的罐壁同样被细细地扫描了一遍，但人们没有找到任何缺口或者秘门。氢元素之海也被声呐探测过，表层混沌的洋流和稳定的中层水体里，所有找得到的、比成年人体型更大的物体都被小心翼翼地打捞了上来。这项工作本来就琐碎到让人烦心，保密工作和严寒更是让一切雪上加霜。由于整个搜寻过程如同大海捞针，缺乏明确的目标，即使是这些天赋异禀的专家们，也没有什么收获。在海洋深处打捞了三年废弃船只和被冻结的破烂机器后，专家们终于抗议。他们聚到帕米尔面前，重复着他早已熟知的情况：依然有成千上万立方千米的液态氢水体未经勘察,更糟的是,这些液体燃料在不断流动,相比几年前,它们的位置已经产生了很大的变化。麻烦在于,洋流不稳定,巨大的乱流常常让人们刚刚完成的搜寻前功尽弃。

“我们不知道到底在这里找什么。”他们抱怨道,“如果能给出目标大概的体积和位置,我们可以建立起专门的模型。但你什么情报也没有,我们只能纯粹瞎蒙。你明白的吧?”

帕米尔点了点头,抓起那个原始的钟表,翻开盖子,望着不停走动的黑色指针。

理论上,他是搜寻队的头儿,但实际上,首领船长不但要求随时看到搜索行动的进展报告,还巨细靡遗地对他下达着指令。帕米尔和她在几乎每个问题上都存在分歧。但这时候,他比首领更明白应该对他的下属说什么。“和你们猜测的一样,”他说,“我们在寻找离奇族人。那些外星人就算死了,尸体也应该依旧在附近。出于安全原因,我们必须把他们找出来!”

他讨厌骗人,但在这方面,他偏偏天赋过人。

“把自己想象成极度恐惧外界的偏执狂吧。”帕米尔继续说下去,“你们的人数有好几百,正在寻找能彻底藏身的地方,而且就在附近。这就是我能给出的所有线索了。现在,大家仔细想想,有没有什么好点子冒出来?”

工程师和专家们构想出了一个隐秘的城市。为了与外界完全隔离,不让人们察觉到动静,这个城市必须深埋在燃料罐之下。在那种地方,氢元素的流动性会变得很低,几乎能算成固体。要想在这种地方建立城市,势必需要大量的能量,换言之,需要核聚变供能,而这样一来,就会产生可检测到的中微子流。帕米尔对这个想法产生了兴趣,于是命人造了一系列最先进的探测器,把它们丢进氢元素的海洋。帕米尔清楚,他这样做,找到失踪船长的可能性非常、非常、非常低，但他就是抱着一种不切实际的希望不放。结果，在读取探测器搜集的数据时，一台机器发出了柔和却不间断的警报声，告诉他和首领船长："我找到了某些东西。某些东西，就在下面。"

但巨船本身同样装有聚变反应堆，每个反应堆都在产生自己的中微子流，这些粒子在穿过反应堆外壳和超纤维时会偏转、散失。想分析出被观测到的粒子流源头在哪儿，是件繁重冗长的工作。辛劳了六个月后，百分之九十八的中微子来源都被确认正常。剩下那些尚未确认的，最终的分析结果也平淡无奇。

但就在这个时候，由于一件意外，探测器被人们抛到了脑后。

当时，帕米尔手下两个相恋的工程师擅自离开营地，想寻找一些隐私空间。和成百上千的机器人一样，他们找了一条燃料管线，朝着船的深处不断进发。他们发现在极深的地方，有一小块超纤维舱壁的颜色不对劲。它比周围的那些更亮、更新。

对机器人来说，这算不上异常。在航行的早期阶段，对燃料管线的修修补补并不罕见，而且常常没被记录在案。既然墙上没有裂缝或者缺口，看起来完好无损，逗留几个微秒之后，机器人就继续向前探查了。

但同样的墙壁却引起了那对恋人的兴趣。

他们在这里逗留了整整一个小时，进行了细致的记录，这才返回隧道车里翻云覆雨。云雨过后的余韵中，其中一人突然说："等等，我大概知道是怎么回事了。"

"你知道什么了？"他的爱人问道。

"那曾经是个通道口。一个掩饰得很漂亮的秘道。"

另一个人懒洋洋地回答："嘿，这里还有根漂亮的阴茎呢！"

“别胡闹，听我说。”第一个人笑了起来，“它是后来才封死的，所以超纤维看上去才那么不对劲。”

“没错。可照你这么说，上头应该有些焊接或者缝合过的迹象，对吧？”

“如果那个通道口够小，结合处处理得够好，就不太容易看出来。”

他的爱人问道：“你真觉得离奇人搞得出这样的花招？”

毫无疑问，答案很难让人信服。但他们做了更加细致的测试，终于发现了超纤维上的一处纳米级的缺口。接着，他们顺藤摸瓜，发现那个缺口与其他一百二十亿处缺口相连，最终形成了一个甚至可以供帽车经过的圆口。带着这个全新的发现，他们返回了基地。再后来，他们登上一艘漂浮在氢海中的气凝胶驳船，和搜寻行动的领导者见了面。在又冷又暗的环境中，帕米尔静静凝听工程师的话。等到他们说完，他点了点头，“谢谢你们。我代表首领船长和我自己，向你们表示诚挚的感谢。”

“可离奇族人的事儿怎么说？”第一个工程师问道。

“他们怎么了？”

“我们不认为他们有能力把通道封成这样，更别说愚弄我们这么长时间了。”

“事实摆在眼前。”帕米尔说。

他望着波澜不惊的氢元素海洋，思绪飘向了浣生——他这辈子最好的朋友。内心深处有个声音告诉帕米尔，她在等着他，需要他的帮助。除非她已经死了。无论她是死是活，他都一定要找到她。这份思绪在他心头萦绕不去，他忘记了身后的两个工程师，甚至忘记了把这事报告给首领船长。三分钟以后，他才如梦初醒，转过身告诉那两人，他们的任务已经结束。帕米尔和他们握了手，给了他们一笔丰厚的奖赏，同时警告他们，他们在这个又冷又暗的地方见面的事，对谁都绝不能提起。

只要是船长们所建的，船长们就能发现。如果迫不得已，同样也能由船长们摧毁。

三十个副首领和许多高阶船长被召集起来，其中大多数都有丰富的工程经验。他们聚集在一个废弃不用的巨泵附近，下方就是那条被封死的秘道。特制的爬行虫和灰尘大小的探针详尽地分析了该区域，对其他类似的燃料管道也如法炮制。但到头来，他们还是没有发现别的秘道。分析表明，这条通道已经被封死了许多年，由于当年技术所限，秘道口附近也没有留下监察探头，或者什么可见的陷阱。

六个月后，船长们依然没取得任何进展，首领的耐心终于消耗殆尽。

"直接给我炸开。"她说。

她在会议室里下达命令的时候，帕米尔就坐在一排副首领后面。他低声地——但没低到别人听不见的地步——表达了自己的看法。"长官，"他说，"也许我们把搜索范围缩得太小了。"

众人都把脸转向了他。

然而首领船长不在其中。她黑色的双眼依然盯着全息地图和数据列表，然后伸出一根粗大的手指，放大了一处乍看上去无关紧要，但也可能包含了许多信息的图像细节。

"解释一下。"她头也不抬地说。

然后她又加了一句："快点儿，帕米尔船长。"

"有些人或者有些东西可能已经离开了离奇族栖息地。"他望着除了首领外的其他人，"我们需要继续对燃料罐进行搜索。从那里获得的中微子数据，有些来源尚未确定……如果早先的数据没出错，那它们可能就源自我们脚下。”

某个副首领咳嗽了一声，提醒他的上级，“我们搜索过燃料罐。数据已经比较详细了，长官。帕米尔扯的那些中微子实在是太过稀少，根本不足取信——”

尽管这样会给人不好的印象，但帕米尔还是打断了他的发言，“我们应该监视那条秘道，耐心等待。”见人们又朝他扭过头来，他继续说道，“如果失踪的船长就在那道门后边，我们不该马上露出自己的底牌。这就像玩游戏，轮到你的回合时，最好不要急着结束。”

首领船长等了一会儿，直到会议室里鸦雀无声后，才说了句“谢谢你”。

显然，帕米尔的建议被干脆地驳回了。

她对那些她更加信任的船长下令道：“尽快做好打开通道的准备。”

二十四小时后，线状的反物质炸药贴在了秘道口上，然后引爆。

秘道口被撕开了一个纳米大小的口子。

一根纳米级别的撬棍插进这个口子，用力撬动。接着是一根反射着灰色光芒的纯超纤维。它被送入缺口，起先小心翼翼，随后速度不断加快。它沿着倾斜朝下的燃料管道蜿蜒爬行了二十公里，直到撞上一处关死的阀门和一张气凝胶制成的床铺。

秘道口彻底打开后，爬行虫和高级别船长集结到了阀门前。他们全副武装，荷枪实弹。无论门的另一边有什么，他们都能应付。

但是，门的另一边什么也没有。

有的只是混合着超纤维碎片的、铁含量极高的岩石。亲手触摸了这些毫无特色的石块后，所有船长都感到了巨大的失望。他们问自己：这条秘道是不是一个诱饵，用来分散搜寻者的注意力？

答案是否定的。分析显示，他们面前本该有条垂直向下的隧道，只是已经坍塌。假如隧道的方向不变，那么，它会和另外一些古老的隧道相交。与他们面前这条一样，那些古老、神秘的隧道也早已无法通行。

早在浣生神秘现身的十一天后，一枚反物质导弹摧毁了这条隧道。尽管当时无人察觉，但地震仪记录下了这次爆炸给船带来的轻微晃动。导弹彻底破坏了这条隧道。爆炸中心附近，恐怕连岩石都碎成了粉末。重新打通数公里的隧道，需要大量的时间和资源。“就这么办。”首领船长下令。

当然，这件事用不到烦劳三十个船长。一群挖掘无人机就能完成。

帕米尔申请返回燃料罐，继续搜寻。

“不行。”首领干脆地拒绝了他。

她告诉他：“你留下来，监视挖掘小组。如果工作之余能空出些时间，你想做什么都随你。”

三十三

帕米尔没有忘记中微子流和那些往日的鬼魂，不过这些只能先放到一边。他的首要任务，是挖洞。这个任务看似简单，然而循着那些碎石一路往下几年之后，帕米尔发现，自己可能正在挖掘人类有史以来最深的坑洞。

原先的隧道被破坏殆尽。一系列强烈的爆炸撕碎了墙壁上的超纤维，高温熔化了周围的岩石和金属，让隧道化作一条炽热的岩浆柱。在这个基础上重新挖掘，虽然说不上绝无可能，但肯定异常艰难。帕米尔命人先用管子抽出又黏又稠、奶油似的岩浆，再给隧道墙壁铺设新的超纤维。就这样，一条直径一公里的垂直隧道逐渐显现出来。

三十年的挖掘之后，三位船长站到隧道迄今为止最深的地方。这里的深度与燃料罐中心所处的位置持平。

又过了五十年，他们挖穿了一片满是铁元素的地层。

帕米尔一直是挖掘队的领导，其他的船长则是轮班制。每隔八到十年，就会有两张新面孔顶替前任。挖掘“大洞”并不是什么值得自豪的事。头一个世纪的工程里，发生了数起灾难性的意外塌方，让首领船长和她的多数部下不再对这个项目抱有希望。他们认为那个秘道仅仅是为了转移搜寻者的注意力，再无其他用途。隧道是被人故意炸毁的没错，但这不过是一枚反物质炸弹的事，费时费力的隧道挖掘工程极可能早就在对方的计算之中。其实，哪怕在依旧孜孜不倦挖着隧道的人工智能和船长们中间，也没人相信他们真的能在下面有什么发现。

甚至连帕米尔也产生了怀疑。

在梦境里，他手持铲子，朝地下飞快挖去，但除了一团团黑铁块外，什么也没能找到。

但挖掘隧道是帕米尔的职责，他无法脱身，只能把时间消耗在上面。日程表上偶尔会有几处闲暇，比如等人把新的超纤维从遥远的工厂送来。不去监督隧道壁的浇筑工程时，他还得从上到下地检查隧道，寻找可能出现的瑕疵。在巨船深处可怕的压力下，一道不起眼的裂缝，会让他的工作前功尽弃。

真正能爬出深坑去燃料罐的时间少得可怜，帕米尔把这样的机会当作难得的休假。他会独自登上依然漂浮在氢海上的气凝胶驳船，修复损坏的中微子探测器，收集过去一两年间的数据，在这些资料中寻找蛛丝马迹，以证明部分中微子流真的来自巨船深处。

中微子流在缓缓增多几十年后，正在不断减少。

有几个年份里，它们似乎完全消失了。

首领和她忠心耿耿的人工智能也读到了同样的数据，得出了同样残酷的结论。“之所以消失，是因为它们并非来自巨船深处。”他们说，“之前那些不明粒子不过是巧合而已。”

帕米尔的关于建造更多探测器、提升探测器灵敏度的提议，自然被草草驳回了。但后来，他有了一个重大发现：附近燃料罐里的另一组探测器能够让他进行数据对比，确定每个幽灵般的粒子究竟来自何方。直到这时,他才终于有了底气,再次发起提议。

“这个问题真正的重点在于,”首领警告他,“这是对资源的滥用。让人不舒服。”

“让谁不舒服?”帕米尔问道。

“让我不舒服。”她的全息投影皱起眉头,“实话实说,你那些漂在氢海上的玩具很讨人嫌。因为怕搅乱探测数据,我不敢从里面大量抽取燃料。另外,你想过没有,那些玩意儿可能会堵塞管道。”

帕米尔有上百种办法可以避免这种情况发生。

但没等他反驳,首领继续说了下去:“所以我要你拆掉那些探测器阵列,越快越好。十八个月以后,大船引擎会点火运转一阵子,我需要那些氢作为燃料。把你的气凝胶船、探测器,以及其他的东西都给我收了。”

“十八个月内。”帕米尔重复道。

“不,”看得出,她正渐渐失去耐心,“你得更快一些。如果有必要,可以暂时离开你在挖的那个洞。明白了?”

他点点头,同时决定了接下来要干的事。

有了挖掘无人机的帮助,帕米尔很快拆除了半数探测器阵列。他亲自押运,把那些探测器打包装箱,送往阿尔法港。在船壳外的一处集散点,他召来了某个欠了他一大笔人情债的老雷莫拉人。

奥尔良的脸丑得让人惊叹。白色蠕虫似的眼柄末端,是硕大的琥珀色眼球,它们几乎贴上了太空服的面罩。而他的那张嘴,也不知是在笑还是在扮鬼脸,或者——天知道——正显示着别的什么表情。

他大大咧咧地问道:“哪儿?”

帕米尔给了他一个坐标,露出笑容,“就我们俩知道。”

透过货运箱透明的金刚石外壳,奥尔良用他那变异的感知器官盯着里面的货物。说起对机械的了解,这世界上也许没人能比得上雷莫拉人。毕竟他们自打钻进防护服里,就开始和那些东西打交道了。“你在追踪中微子。”他说,“我从来都信不过那些小东西。”

“是吗? 为什么?”帕米尔问。

“它们穿过我的身体,却不会碰到我。”那张怪异的脸似乎轻轻点了两下,“这太奇怪了,我绝对不信任它们。”

两人都笑了起来,尽管理由各不相同。

“好了。”帕米尔说,“你愿意帮我这个忙吗?”

“那下边的首领怎么说?”

“她没必要知道。”

奥尔良的表情突然变得明显起来。毫无疑问,他在大笑。他的两个眼珠望向船长,高高兴兴地说:“好极了。我就喜欢在那个老婊子的眼皮底下藏秘密。”

被拆除并打包的那一半探测器部署了在外层船壳,比原封未动的那一半高出数千公里,角度偏移了九十多度,分布在如塔楼般高耸的火箭喷嘴之间。

对它们的校准与同步需要花些时间。就算真能从船壳观测到帕米尔希望见到的数据,也势必要付出辛劳。宇宙里的中微子数之不尽,它们被巨船超纤维质地的外壳和船脊打散成了一团团旋转的雾。在数据计算中排除这些粒子团不需要多少天分，但这项工作单调乏味，而且耗时甚长。等到终于完工，帕米尔觉得他看到了一股隐隐约约，甚至可能只是臆想出来的中微子流。它们没有明确的源头，但大致呈球形分布，球心就在巨船中央。那些白色轻纱状的粒子，似乎是从比隧道更深的地方逐渐弥散出来的。

帕米尔找了一个借口，把探测器留在了船壳上，希望它们能在未来的数月乃至数年里收集更多数据。然而，仿佛故意嘲笑他的愚蠢一般，中微子的数量不断衰减，最后几近于无。

与此同时，首领船长终于失去了最后的耐心。

“你的玩具撤掉了一半。”她对他说，“去了哪儿，你没告诉我。但我要说的是，依旧留在燃料罐里的另一半，会给我们带来潜在的危害。这是个委婉的说法。”

“是的，长官。”

“引擎三十多天后就要启动了，帕米尔。”首领船长的全息影像向他靠近，满面怒容，“我要使用那些氢，而你的那些破玩具把我限制住了。”

“是的，长官。我这就去处理。”

她绕着他踱步，“帕米尔。”

“是的，长官。”

她盯着他，“是时候结束挖掘了。至少把那些工作留给无人机去干。论挖洞，它们懂得不比你少，对吧？”

“差不多，长官。”

“来见我吧。”她的金色脸庞俯瞰着他，然后换了个友善的声音，“四天后是我的年度宴会。把你的同事也一道带过来，我们可以讨论一下接下来你应该做什么。明白了？”

“是，长官。”

首领笑了笑。离去之前，她最后一次警告他："比起照顾你的玩具，雷莫拉人还有更重要的事情要办。亲爱的。"

接下来的三天里，探测器被拖上了驳船，由无人机打包并封装。声呐阵列和深海打捞机器人同样等着被处理。该拿这些东西怎么办，帕米尔也不清楚。也许找个库房扔进去吧，他想。但他对此并不在乎。

他已经没法继续在这里待下去了。

因为首领下达的命令，也因为没有更好的选择，帕米尔决定参加宴会。他返回住所，用声波淋浴去掉了身上的几层死皮，然后走进院子，让新生的皮肤沐浴在人工阳光下。他不在家的这段时间，阎诺薇葩长势凶猛。在他穿上华丽的反光制服、把银表挂在镜面腰带上的时候，上千张嘴同时歌唱，歌声杂乱无章。

出门前，帕米尔吞了一大口菌孢。这些真菌有助于消化，连他打出的嗝和放出的屁都能变得香喷喷的。然后，帕米尔钻进他的私人帽车。直到车子在大道上飞驰，他才突然意识到，他所感受到的并非身体上的劳累，而是心力交瘁。超过一个世纪的艰苦工作不但没能得到任何犒赏，反而招来了白眼。想到这个，他无力地躺倒在座椅上，很快便陷入了昏睡。

他本来会一觉睡到车子抵达大礼堂，但入梦后不久，就有个人工智能把他唤醒了。

梦境消失了。他切换至安全频道，与那个人工智能相连。一个干巴巴的声音在他耳中响起："长官，中微子流的活动正在剧增。"

"哪儿来的？"

"下面。"人工智能说，"由于探测器阵列不足，我无法准确定位。"

“你是说正下方?”帕米尔打断了他。

“散布角度在八度之内。是的。”

“增加了多少?”

“是之前观察到的峰值的百分之两百一十八——”

“让我看看。”帕米尔咕哝道。

一个由中微子构成的宇宙瞬间将他吞没。恒星变成了放射着无尽灰霾的光斑。距离巨船最近的恒星是一颗绕着大质量黑洞公转的红巨星,它炽热的核心和黑洞脆弱的吸积盘熠熠生辉。但最亮的光源属于他们乘坐的巨船。数以十万计的聚变反应堆为它提供了雄浑的力量,在帕米尔眼里,这些反应堆所产生的中微子飘散开去,就像由无数发光的小珍珠织造的球状薄纱。

这个球体的下面,是一片黑暗。

在中微子视图中,岩石、钢铁,以及其他常见的物质,理论上是看不见的。

但就在这片黑暗中央,还有另一个若隐若现的球体包裹着巨船的核心。仔细观察之后,帕米尔这才确认了它的存在。人工智能所说的、被中微子覆盖了八个角度的空间,就在那里。帕米尔睁大了眼睛,他听到自己发问:“会不会是船上哪个引擎启动了? 也许是预热?”

他自己都知道这个解释非常牵强。

人工智能听上去一点嘲讽的意思也没有,“长官,没有引擎正在工作。即使有,位置也和我们的观察无法匹配。”

帕米尔眨眨眼睛,“它还在持续变亮?”

“从我们进行交谈开始……它的亮度又提高了百分之九百一十一,而且没有减速的迹象,长官。”

帕米尔缓缓地自言自语了一声“妈的”。

接着，他对人工智能说："有没有什么解释？"

"没有，长官。"

但它只是技术人工智能，不是理论学家。帕米尔眯起眼望着中微子。与那些闪耀光芒的珍珠不同，核心附近的中微子源头不明，而且色泽淡雅。他甚至想拿"可爱"去形容它们。

这时候，他看到了一个相对明亮的光斑。

算上夹角，它位于……妈的，就在他那条很深、很深的隧道的正下方……五百公里处。这到底意味着什么？

帕米尔中断了与技术人工智能的链接，转而联系他的组员。

但答话的是他的另一个人工智能助手，负责挖掘工作的那个。"船长们在哪儿？"帕米尔问道。

"一个在十级船长团队里，另一个在十五级那里，长官。"

首领的宴会。他反应了过来。

"你怎么样？"帕米尔脱口而出，然后，他让自己的问题更准确一些，"我是说，工作进行得如何？"

"一切正常，长官。"

"有没有什么异常状况？"

"没有。"

"好，继续工作。"他说，"但让你和你的组员保持警觉，明白吗？"

"不太清楚您这么说的理由，但我会照做，长官。还有其他要吩咐的吗？"

"先就这样。"

帕米尔清空频道，试着连线首领船长。但今天是非常忙碌的一天，她的部下决定尽可能地不让她受到打扰。一张橡胶脸的人工智能冒了出来，对帕米尔怒目而视。"盛大的传统节日已经开始了，”透过那对玻璃眼珠，帕米尔也能感受到它的厌恶之情，“只有在最紧急的情况下——”

“我知道。”

“——我才能同意你去打扰首领船长。”

“那把这则信息发送到她的安保节点，可以吗？”

“当然。”

帕米尔上传了最新的数据，同时添加了一条附注：“我不清楚这到底意味着什么，长官，但肯定有事情发生了。在搞清楚以前，我们最好小心行事！”

人工智能转发了这些数据和文字，同时提议：“如果你真的相信这件事至关重要，也许你应该直接面见她。”

帕米尔关闭频道，给他的帽车设定了新目的地，但车辆刚刚转向，他又再次改换了目的地。他瘫在座位上，有些茫然。参加宴会纯粹是浪费时间；至少在几个钟头里，他没机会见到首领，或者与她在频道里私聊。也许他应该返回隧道，那才是他的职责所在。

帽车朝着燃料罐和他的气凝胶驳船疾驰。如果他还来得及启动那些探测器，在半天之内把它们全部调试停当……

然后呢？

获得的更多数据也许能让他茅塞顿开，明白究竟发生了什么……

途中，他又两次连线隧道里的人工智能助手。

那个熟悉的声音两次回答了他：“没有异常，长官。我们的挖掘速度与过去相同，长官。”

要抵达气凝胶驳船，首先得穿过离奇族的栖息地。如今，那里已经建起了一个升降井，它从离奇族栖息地的中央穿过，直抵那片平静而寒冷的海洋。把帽车停在升降井口的站台时，帕米尔心中突然闪过一个念头。他又一次询问了隧道的现况。答案当然一成不变："没有异常""我们正继续挖掘"。然后，他连线了技术人工智能。

"距离上次通话，粒子数量又翻了三番。"对方回复，"它们达到了峰值，然后一直稳定在这个水平，长官。"

帕米尔打开帽车门，慢慢地深吸了一口气。

有种奇怪的气味……是什么？

"有什么问题吗，长官？"技术人工智能问道。

帕米尔离开车，开始步行，"我们观察到的中微子流呈球状，但它们一般不会这么分布，对吧？这说明它们的源头只有一个，但那个源头被密闭在了某种耐受性非常高的容器里，就像古代的钨丝玻璃灯泡，只不过它发出的不是光，而是中微子，容器的材质也不是玻璃。那些中微子，是穿过厚厚的超纤维发散出来的。"

"长官？"

"帮我算一下。以强度最高的超纤维为标准值，告诉我它们得有多厚，才能导致中微子变成我们看到的样子。"

答案很快得出，只是让人起疑，"一百九十七公里厚。长官。"

帕米尔开始奔跑，双手摩擦着金刚石墙壁。"假设那是真的，"他大声说，"那些超纤维能否撑起这艘大船的重量？"

沉默。

"能撑住，对吗？"他转向左侧，沿着一条陡峭、狭窄的楼梯下行。下面不远处，就是灰色的离奇族栖息地。帕米尔大笑着，一阵阵头晕眼花。"你尴尬了，是不是？"

他大喊起来:“这条老船里,依然藏着不少秘密,是不是?”

人工智能依然没有答复。就在帕米尔感到有些不对劲的时候,他到了楼梯底。他看到,这条灰色通道的最后几米处,站着一个陌生人。

一个人类男性。

那人肤色黯淡,没有头发。他身上穿着的东西有些类似船长制服。他的左手握着一件工具或者武器,右手触摸着一扇被锁死的门。门的后面,就是离奇族的栖息地。他一定听到了帕米尔的脚步声,但并没有做出什么反应。直到帕米尔靠得更近一些,他才转过身来,举起左手的东西——应该是某种军用激光器。他瞄准了帕米尔,动作纯熟老练。

帕米尔向前迈出一步,屏住呼吸。

陌生人穿的的确是船长的制服,只是装饰很奇怪。帕米尔看到一条华丽的饰带,里面还编织了金色的毛发。那人穿着高筒皮靴,系着皮腰带。腰带上挂着一串工具,有些他叫得出名字,有些不知道是什么。那人个子不高,但很敦实。一根结实的手指扣着的,无疑是那件武器的机械式扳机。那人对着他淡淡地笑了笑,“不许动。”

没听过的口音。

“好吧。我哪儿也不去。”

“很好。”

帕米尔无路可逃,直接发起攻击的赢面也很小。他穿的是驾驶服,毫无防护。他只能压低声音,悄悄说了句“紧急频道”。

陌生人摇摇头,“没用的。”

看来没人能听到他的呼救了。到底怎么回事?

帕米尔蜷缩了一下脚趾,又慢慢展开。他深深地呼吸了两口，“你看上去迷路了，船长。而且，我直说吧，身上还有点臭。”

那人耸耸肩，朝右边示意了一下，“帮我打开这扇门。”

“为什么？”

“我想看看那些外星人的栖息地。”那人似乎有些局促不安，“那个栖息地还在，对吧？”

帕米尔歪了歪脑袋，微笑起来。

“一定还在那儿。”那个奇怪的船长坚持道，“别想分散我的注意力！”

“我可以帮你开门。”帕米尔说。

那人灰色的眼睛里露出了明显的怀疑神色。他算计一番，打定了主意。他的激光器瞄准帕米尔的胸膛，“不用你帮忙。我可以自己搞定你们的小锁头。”

“好吧。”

“站远点。”陌生人灰色的眼睛眯成了一条缝，“要是乱动，我就打断你的腿，或者直接杀了你。”

帕米尔松了口气，往后退开半步。

灰色的眼睛死死盯着帕米尔，然后，带着惊奇和敬畏，转到了帕米尔刚刚掏出来的小东西上，“那是什么？”

帕米尔慢慢翻开了那东西的银盖。

“你怎么会有这个东西？”陌生人急切地问道，“是不是我妈妈给你的……”

“浣生是你妈妈？”帕米尔不假思索地脱口而出。

陌生人点点头，“她现在在哪儿？”

“什么？你不知道？”

那人忍不住看了眼密封门。帕米尔知道机不可失，朝那人剃光的后脑勺猛地砸出机械表，随即全速冲刺，扑了过去。

三十四

大礼堂是一个半球形的建筑，高一公里，宽度是高度的两倍。天花板由弧形的超纤维铺成，反射着室内的声音和浮灯的光芒。它下面紧贴着的，是一层织成拱形网状的绿橄榄石。礼堂的地板起初只是寻常的石块，后来人们将它们轧成碎末，掺进肥料，变成了肥沃的土壤。如今，这里长满了来自上千个世界的各种观赏性植物。其中有一种叫作肯塔基的绿草，它可能真的来自地球上某个同名的地方。一年的大部分时间里，大礼堂算是个公共花园。与船上其他熙熙攘攘的地方相比，这里显得安静怡人。不少人来大礼堂寻求心灵的安宁，甚至还有些人把这里当作了自杀圣地。不过随着船长宴会的临近，大礼堂变得和平日大不相同。机器人搬来了精美的桌椅，铺上专门为这个场合设计的亚麻桌布，又放上了一万套餐具。餐具可能和宴会的历史同样悠长，没人说得清楚它们到底存在了多少个世纪。放在比骨头更苍白的餐盘旁边的，是金灿灿的刀叉。还有带着香味、叠成四方形的手巾，等着擦洗满是风尘的面庞和双手。斟满水晶杯的饮料自然也不一般——这些酒精和融化其中的药物源于巨船的各个地方，就连最寻常的饮用水都来自阿尔法海边的自流井。数十万年前，首领就是在那里即兴举行了首次宴会。

宴会为每个船长都留出了位置，只要找到写有各自姓名的名牌即可落座。在宴会中，可以说座椅的位置就是一切。它们的排列次序当然取决于船长的等级，但也与这一年的工作成果密切相关。那些将要受到褒扬的船长，会坐到首领附近；那些应该被羞辱一番的，座次将往后调整；表现最差劲的人则会被安排到华棘轮捕蝇草后面就餐。在食物的安排方面，宴会总是带给大家一些惊喜。另外，为了向船上形形色色的乘客致敬，餐盘里会出现一些外星食物，它们的氨基酸和化学成分未经改变。每年都有人因此肠胃不适，有时候人还不少。

今天的特制食物是未经烹煮的鱼。它们捕自哈鲁萨鲁海深处——照不到一丝阳光的地方。巨大的死鱼眼睛瞪着饥饿的船长们，鱼嘴紧紧闭着，鱼鳃却依旧慢慢张合。尽管早已死去，它们的肉体仍然本能地渴求着氧分。每条鱼的胃里都塞着用紫色蔬菜、酸浆果和提诺里酱调成的沙拉，其口感和气味都跟石油差不多。除了沙拉，鱼体内还放了一条金色的、比手指略微短小一点的蠕虫。哈鲁萨鲁把它们视为天赐，不惜重金也要品尝一口。正如上面所说，宴会为每个船长都预留了位置。

“每个”的意思是说，缺席船长们的桌上同样摆放着哈鲁萨鲁鱼。有些悲观主义者评论说，在这种授勋行赏的盛大场合，缺席只会凸显自己的失败。他们的同僚可以借机大放厥词，他们却连还嘴反驳的机会都没有。

几十个世纪前，一大批船长突然失踪。他们的宴会座位没被立即撤销。首领船长把写有他们名字的标牌安放在不同的桌上，厨师也照旧准备了他们的食物，还派船员穿上正装，站在桌旁驱赶飞蝇。

那些年的宴会开场时,首领总是先念上一段模棱两可的祷词,祝愿她的船长们能完成不便公开,却至关重要的使命。

后来在同样的场合,她不得不悲伤地宣布,船长们搭乘的太空船撞上了一块彗星残片,从此与他们阴阳两隔。那次,她为自己准备了酸葡萄酒——一种传统上用以致哀的饮料。那次宴会本身就是参考了一种深空外星人的葬礼而设计的。遵照仪式,船长们把冻在甲烷冰里的水果塞进嘴巴,忍受了一番低温的煎熬。那是为失踪船长保留位置的最后一次宴会,以此缅怀迈尔辛、哈兹、浣生和其他所有光荣牺牲的亡者。

距离船长们的失踪,已经过去了四十八个世纪。

连那两个鬼魂的出现,也是一百二十一场宴会之前的事了。她们的出现和消失一样突然,只留下一个让人百思不得其解的词:髓星。

然后就没有了下文。这个玩笑如此残忍,几乎把首领船长逼疯。她花了一个世纪,才说服所有人那只是两个幻影,是某人卑劣透顶的恶作剧。难道她还有别的选择吗?要对得起她的职位,首领船长必须保障这条船的平稳运行。如果几个全息投影和另外一些似是而非的线索就让她放弃职责,那她的存在还有什么意义?

不,她不愿意去回忆那场失踪。今晚不愿,今后也不愿。但她无法控制自己。她越是努力想要忘却,那两个鬼魂就越发缠人。

首领的长桌安放在一个长满青草的斜坡上,只要站起身,就能把整个大礼堂尽收眼底。她看了一眼酒杯,哈鲁萨鲁酒的颜色如同鲜血。为什么她老是会想着那些死人?因为正前方帕米尔的椅子上空无一人吗?这家伙又缺席了。去年是这样,前年也是这样。这个船长到底怎么搞的？明明这么有天赋——谨慎多疑、脑子灵光，还异常坚毅……脾气臭，却能激励属下，和普通乘客关系也很好……

但却连参加这样一个小仪式的妥协精神也没有。

这正是那个人最大的缺点。要不是受此拖累，他早就是级别最高的船长之一了。

"帕米尔哪儿去了？"她询问她的安保节点。

"不清楚。"答复瞬间就回来了。

"他有没有留下什么讯息？"

这次的回复有些迟缓，奇怪。随后，节点用毫无性征的声音问她："您觉得那个船长可能去了哪儿？"

她关闭了这个令人沮丧的频道。

首领好几次想过，她是不是活得太久，活得太无聊，才能和天赋已经被慢慢消磨光了。如果和大礼堂里的这些人重新来一次公平竞争，只怕首领船长的职位不会落到她头上。她一直明白，如果换别人坐上这位置，表现同样不会差，甚至可能比她更好。有些时候，比如说现在，她会感觉船上的一切尽在掌握。可在她的心底，总有一个睿智又疲倦的声音，说如果台下有人愿意站出来就好了。"去干点别的吧。"那个声音希望别人这样对她说，"好好放松一下。我来帮你掌舵，至少暂时帮个忙。"

但其他声音总是会跳出来，对这个念头嗤之以鼻。

现在让她站起身来，扫视室内数公顷土地的，就是那些顽强如钢铁的声音。她望着那些面带微笑、制服闪闪发光的船长，还有桌上的死鱼。为了这个节日，栖息在大礼堂里的鸟类和昆虫都被诱进笼子，转移到了别处，偶有几个漏网之鱼也知道保持安静。整个大礼堂笼罩在一片不自然的沉默之中。首领伸出右手,轻轻晃了晃桌上的水晶杯。很快,一个黑红色的凝块出现在杯里,不断缓缓地旋转。她把杯子举过头顶,用雷霆般的声音说:“致所有赴宴的人,感谢你们今天的到来!”

她的听众们发出一阵低语。那是他们在举杯相庆。

接着,礼堂又恢复了沉默。

首领船长微微张开嘴,准备发言。那些今年接待新外星乘客的船长已经被挑选出来,坐到了一起。她要赞扬他们卓越的表现,要求他们在接下来的年月里再接再厉。巨船已经进入了一片充满新物种、新挑战的领域。她要激励船长们,坚定他们的信心,难道还有比这更好的办法吗?但这些话语到了嘴边,她却犹疑起来,呼吸也变得粗浅。一个安保节点察觉到了某些异样,把注意力转向了远处。不太对劲……

她看到一些慢悠悠的,但是出乎意料的动静。

华棘轮捕蝇草后面走出了几个身影,然后是数十个。随着他们的出现,大礼堂骚动起来。已经落座的船长们转过身,望着那些来人。

这群人一定是帕米尔带来的,至少他肯定掺和了这件事。首领船长这么对自己说。可是,那群人里并没有帕米尔的影踪。还有,那些新来的家伙虽说长相各异,但肤色都如同烟熏。

为了看得更清楚点,她决定连线安全眼,却发现它们统统陷入了诊断模式。

就像一个笨手笨脚的人拿捏不住光滑的肥皂,首领意识到她无法找到任何工作中的安全眼。

所有安保系统都失去了响应。

“怎么回事?”她向所有节点发出了这个问题。

答案成百上千,但都没有任何意义,反而搅得人心烦意乱。

首领不再顾及节点，转而望向进入礼堂的外人，视线聚焦在离她最近的那个人身上。那个瞬间，巨船和其他所有的一切仿佛都消失了。首领觉得她认得那个领头的高个子女人。她长脸、坚毅的面庞——尽管头发剃光了——与某个多年之前就应该死了的女人何其相似……

“迈尔辛，”首领喃喃，“是你吗？”

不管来人是谁，她的笑容和迈尔辛一样，让人感觉不太自然。那人大步向前，朝着首领的桌子走来。跟在她左右的那些人，他们的面容、他们的身材，还有他们充满自信的步态，都让首领情不自禁地想起了失踪的船长们。首领最在意的是一个年轻人，他个子不高，长着迈尔辛似的脸，只是更稚嫩些，头发同样剃得精光。他左看看右看看，似乎礼堂里的一切都让他感兴趣。接着，他对左右两侧的同伴点点头，示意他们走到船长们的桌前，拿起死鱼查看。看那些惊讶的神色，就像从没见过这种生物似的。

迈尔辛，或者那个和她很像的人，爬上长满青草的斜坡。

那个眼神明亮的年轻人依旧跟在她身旁。

首领轻声问道：“是你吗？”

那女人的笑容变得阴沉愤怒。她的镜面制服反着光，只是面料僵硬，皮腰带也系错了位置。她站在首领面前，扫了眼这张长桌旁的其他人——都是副首领——什么也没说，一个字也没说。

耳威和其他副首领试着连线安保系统，想采取行动，至少获得些信息。他们很快面面相觑，恐慌开始蔓延。

首领又轻声问了一句：“你还好吗？亲爱的。”

迈尔辛没有回答，而是望着桌子的另一边，“耳威，亲爱的。

你占了我的座。”她的语调冰冷。

首领略微咧了咧嘴，“如果我知道你要来——”

“荒凉。”那个眼神明亮的人说。

附近的上百个陌生人重复了一遍这个词。“荒凉。”声音整齐划一。

然后是上千人。他们的呼喊声从大礼堂的各个角落响起。“荒凉。”喊声粗粝刺耳，让人胆寒。

终于，首领船长站了起来，“你们在说什么？‘荒凉’是什么？”

“是你们。”那男人露出了一抹冷笑。

迈尔辛伸出左手，从首领的餐盘旁拿起金色的餐刀，咬牙切齿地低声说：“我一直在等。等着被发现，等着被拯救。我等啊等，等了一个世纪，又一个世纪……”

“我没能找到你。”首领承认。

“和我猜的一样。”迈尔辛说，然后，她喊出了首领的本名，那个普普通通、毫不起眼、早已被岁月湮没的名字。“丽萨，”她说，“你不配坐在那张椅子上。是吧，丽萨？”

首领想答话。

但那把餐刀已经切进了她的喉咙。迈尔辛低吼着，用力锯动刀子。随后，她的另一只手也握住刀柄，加大了力量。在她的微笑中，首领鲜血四溅。接着，响起了脊柱折断的脆响。

三十五

伴着嗖的一声和耀眼的强光，激光器发射了。

一束相干光瞬间蒸发了帕米尔的半个拳头。

但他继续挥舞剩下的部分，在焦黑的皮肉和被烧蚀的骨头击中那陌生人的脸之前，他什么也没感觉到。随后，让人眼冒金星的剧痛贯入肘部以下，他不由得发出了刺耳的尖叫。

这一击让另一个男人也发出一声痛呼，灰色的眼睛里露出一丝惊讶。

就算没有了那只手，帕米尔也比对方重近三十公斤。他先用腿踢，接着用右肩将对手撞到了封闭的电梯门上，把对方拿着激光器的胳膊压制在他身上……第二声“嗖”蒸发了他一部分耳朵和船长帽的边缘……帕米尔再次发出惨叫，这次更加响亮。他用完好的那只手猛击对方，一拳拳击打着肋骨和软组织，打得对手的光头前后晃动，在超纤维门上碰撞着。

伴着沉重的一声响，激光器掉到了地上。

帕米尔不顾对手打在他腹部的拳头，用手抓住对方的脖子，拧向一边，不让一丝氧气流过那完全变形的咽喉，同时膝盖猛顶腹股沟。当对方的脸上只剩下纯粹的痛苦时，他骂了声“够了!”,然后把那男人摔到一旁。

激光器就躺在浣生的钟表旁边。

帕米尔下意识地伸出断手去够它,意识到不对后,他又换了只手。浪费了太多时间,他刚刚握住武器的把手——那是经过抛光的白骨,由用古法锻造的重钢加固——脸上就挨了一脚,颧骨和鼻梁都被踢断了。

他撞在门上,同时举枪开火,黑蓝色的激光扫到了对手的一条腿。

那男人倒下了,小声地呻吟起来。

帕米尔扶着光滑的门,用颤抖的双腿撑起身体。他看着陌生人的灰脸逐渐平静下来,露出绝望的表情。

“杀了我。”陌生人要求道。

“你是谁?”帕米尔问。

没有回应。

“你是个卢德分子[①],对不对?”除了这个词,船长想不出其他称谓,“浣生就住在你们的某个聚居地,是不是?”

对方一脸茫然。

“你叫什么名字?”他又问。

灰眼睛瞥了一眼帕米尔的肩章,用低沉沙哑的嗓音说:“你是一级船长。”

“帕米尔。我的名字是帕米尔。”

男人眨了眨眼,叹了口气,“我不记得你的名字。你一定是新加入船长行列的。”

“你记得船长名册?”

沉默。

---

①指反对技术进步的人。

“你记性很好。”帕米尔说。

沉默中明显带上了一丝得意。

“跟浣生一样。”帕米尔补充道,“她的记性也一直很好。”

听见她的名字,那人眨了眨眼。他盯着帕米尔,强作镇定,“你认识我母亲?”

“比任何人都熟,差不多是这样。”

这话让那男人疑惑起来,但他什么也没说。

“你很像她,”帕米尔说,“主要是脸像。但你比她强壮得多,我觉得。”

“我母亲……现在也非常强壮……”

“现在?”

沉默。

“现在?”他又问了一遍。然后,他用受损那只手仅存的两个指头夹起浣生的钟表。痛感一直存在,但还能忍受。他将那银质的机械悬在两人中间,说:“她死了。你母亲死了。除了这个,我没找到别的东西。我们到处都找了,却没有找到尸体。”

男人抬眼望天,露出一脸蔑视。

“事情是在离奇族栖息地里发生的,不是吗?”帕米尔估计自己说对了,“你看到她怎么死的了吗?”

男人又说了一遍“杀了我”,但语气不那么强烈了。

他被烧伤的脚正在自愈。虔诚的卢德分子不会这样。帕米尔大着胆子猜测道:“我知道你从哪里来的。这条船的中央。是吧?”

男人没有眨眼。

但帕米尔能感觉到自己说中了,虽然看起来不像。“你是怎么爬上来的?是不是哪儿有条秘道?”

对方眼睛一直大睁着。

“该死，”船长低声说，“我一直在往你那个方向挖洞，挖了好大一个洞，几乎一路到底。你就是从那个洞爬上来的。我说得对吗？”

帕米尔没有等待对方回答，便通过安全频道联系了在洞内工作的领头机器。人工智能平静地回答他：“一切进展顺利，长官。一切都在按计划进行。”

帕米尔换了个频道。

同样是：“一切进展顺利，长官。”

然后他选择了第三个频道——他以前从未用过的路由和编码系统。这一次，回答他的是彻底的沉默。他暗骂了一句：“妈的。”

他的俘虏活动着那只正在长好的脚。

帕米尔用蓝黑色的激光又烧了它一遍，然后把钟表放回口袋。他抓住那人的胳膊，“我会杀了你的。但我得先弄清楚一些事。”

他拖着那人上了帽车。

绕道疾驰的时候，帕米尔试图联系首领。回应他的是一个人工智能。层层加密的控制中心图像和一张橡胶脸出现在了车窗旁。“请简短些。”它说。

“有紧急情况，”帕米尔解释道，“一名武装入侵者……”

“一个入侵者？”

他点了点头，“是的……”

“带他到最近的拘留中心。根据你所得到的指示……”

“什么指示？”

那张没有性征的脸上露出了不安的神色,“一级警报拉响了,船长。你没听见吗?”

“没有。”

机器的不安变成了恐慌。

“怎么回事?”帕米尔问。

“很明显。我们的警报系统被入侵了。”

“晚宴上的船长们呢?”

“我与大礼堂失去了一切联系。”机器惭愧地坦白道。突然间,它顿了一下,然后换成了全然不同语气,“也许你应该到首领驻地来,长官。我可以把我知道的情况向你解释清楚。请尽快。”

帕米尔关闭了这个频道。

很长一段时间里,他一动不动地坐着,思考着他知道些什么,需要先做什么。

一个多世纪前,发现那个暗藏舱门之后,船长们在它的泵站里建了一个隐蔽的掩体。像任何优秀的掩体一样,它有十几道可供进出的后门。这个设施修缮完好,尽管所有传感器都处于离线状态,但只要给出正确的准入代码,它们随时都可以醒来。

帕米尔顺利地溜进了掩体。但他没有理会传感器;他自己的眼睛已经把所有情况都告诉了他。

从燃料管道里升起了几十辆,甚至上百辆奇怪的车。它们没有窗户,异常庞大,形状像某些食肉甲虫,用明亮的灰色金属——也许是钢——制造,令人印象深刻。他计算了一下它们的体积和每辆车里能乘坐的人数,然后盯着他的囚犯,一言不发。直到那人回头看了他一眼,他才终于发问:“你们想做什么?”

“我叫洛克。”

"洛克,"他重复道,"你们想做什么?"

"我们是重生的建造者,"小个子男人说,"而你是一个被引入歧途的灵魂,'荒凉'的走狗。我们要从你们手中把船夺回来。"

"好吧,"帕米尔粗声说,"它是你们的了。"

随后他摇了摇头,补充说:"但我问的不是这个,洛克先生。只要你有你母亲一半聪明,就知道我想问的是什么!"

帕米尔再次绕道。

在一条次级燃料管道里,他停了下来,用激光将他的囚犯处理了一番。待洛克失去威胁后,他将紧急防护服喷到他们两人身上,又等了几分钟,让防护服完成生成与贴合的过程。接着,他开启了帽车的主门。车舱内的空气瞬间泻入真空。

帕米尔爬到车外,拆除了一个外部智能模块,又给车设置了一个永远无法到达的目的地。接着,他把洛克拖出舱门,看着车冲入黑暗。

他们身旁立着的阀门修建于数十亿年之前,究竟出自谁手,永远是个未解之谜。在这无尽的岁月里,它一直敞开着。

帕米尔将俘虏背进阀门,然后摁下开关。慢慢地,慢慢地,阀门关上了。

这条三级管道长达一公里,尽头是一个小小的、从未使用过的备用燃料罐。经过这个小燃料罐,就是那片星球般大小的氢元素海洋。

帕米尔把洛克背在背上,大踏步向前走。他的声音透过喷涂材料传了过去:"这么说她没有死。"他说,"我知道那个栖息地里爆发过一场战斗，以为她要么彻底死了，要么就是被别的什么人抓走了。其实浣生留在了那里。你一直没找到她，是不是？所以你才想回那个外星人栖息地。一个多世纪以来，你终于有了这么一个机会，想回去找你的母亲，同时也是我最老、交情最好的朋友。浣生。”

洛克痛苦地深吸了一口气。

“我们找过了。如果有人从栖息地里掉出去的话，我们应该能找到。那么沉重的身体，哪怕被喷进了失压环境，也不会飞出去多远。所以我们一直在栖息地的正下方寻找。”帕米尔小跑起来，思考着他还剩多少时间，以及找不到帮手的话，他应该怎么办。“你在听我说吗，洛克？我对一个人能承受多少伤害有些了解。如果我们能找到她，哪怕是她的残尸，她都能活过来。”沉默。

“你当时也在场吧，洛克。”帕米尔把这话重复了两遍，然后说，“氢海里也有洋流。流速缓慢，但复杂难料。就像我说的，如果我们在寻找一整具身体，那不过是件小事。可如果我们在找的，是她身体的一部分——比如她的头，那就麻烦多了。进入真空的时候，头颅会被喷出去很远，然后才坠入冰冷、黑暗的海洋。但即使如此，我们也能找到她。搜索设备还在那里，只要给它一个明确的目标……”

“她被切割成了几块。”男人的声音很轻，“她的头还连着一条手臂。我们找回了她其余的部分。”

帕米尔等了一会儿，“好吧。”

他又说：“这些情况对我们帮助很大。谢谢。”

一阵停顿之后，他继续问道：“是谁干的，洛克？是谁那样对待你的母亲？”

一阵令人窒息的沉默。

“我的父亲……笛雾……是他要杀死她……”洛克羞愧地说。

帕米尔听见他深吸了一口气，接着浅浅地喘息。

然后，那个充满痛苦的声音问道：“一级船长帕米尔，有没有什么办法，能清除这样可怕的记忆？”

三十六

谣言突如其来,内容荒诞不经。只要其中有半点是真的,也会产生爆炸性的后果。乘客和船员的第一反应往往是一阵大笑,嘲笑那个讲出这种蠢故事的家伙。也许会打他一顿,也许会尿他一脸。总之,会用他们所属物种特有的方式表明,这根本是天方夜谭。

但越来越多,甚至超过数十亿个紧张的声音开始低声说道:“首领船长死了!”

怎么可能呢?这么狡猾和强大的人,是不会死的!

“她的所有船长都被杀了,就在他们的年度宴会上!是携带武器的陌生人干的!他们来自船上某个隐秘的区域。”

这怎么可能是真的呢?怎么可能,怎么可能,怎么可能?

“现在这些陌生人窃取了巨船的控制权!”

真是荒谬。这艘船如此庞大,远不是任何势力所能征服的。更不用说在一天之内波澜不惊地完成。首领的安全部队去哪了?她那些凶悍的将军呢?为那个女巨人效劳的人工智能和其他复杂的机器去哪了?面对这样极度忠诚的军队,任何武装入侵都很难在一千年之内取得胜利,更不用说短短一天了。

无论公开场合还是私下交流，一整个船日里，这几乎成了所有对话的核心内容。有多少人传播那疯狂的谣言，就有多少人不屑一顾。

但谣言自有其生命力，它的广度和深度不断扩大，内在逻辑逐渐成形。

到了第二天和第三天，尤其是第四天，低阶船员和某些工程师提供了新的细节。他们说，发生的并不是武装入侵，而是一场哗变，罪魁祸首是从前的船长们。据说，那些失踪的人死而复生了。至少某些失踪的船长重新出现了，他们由那位面孔棱角分明的副首领领导——那个叫迈尔辛的女人。在大街上、公园里、海岸边和梦境旅店里，乘客们复述着这个新闻，琢磨着它将带来的影响。迈尔辛是谁？记忆中，她安静、高效，看起来冷酷无情，是传言死掉的首领的首席助手。有关她的概述，这几乎就是全部了。关于这女人的传记，售出了至少一百亿次。大多数人只读了重点章节，足够让他们意识到这女人的野心和权力欲。如果说有任何人能推翻首领船长的话，那无疑是她的首席。毕竟，每一个安保节点、每一个通信系统、每一处能量来源，除首席外，世上还有别人能对这一切了如指掌吗？

但迈尔辛并不是独自回来的。她还带了一支忠诚而勇猛的军队，一早就部署好了：船上的大部分部队不是被困在营房里，就是在戍守地区遭到了突袭。少数目击者描述了激战的场面，双方士兵各有死伤。但即便最大的战事也仅限于小规模武装冲突。船上的大部分重型武器还未开火就出了故障，被首领自己设置的安全代码破坏了——代码原是为了保护公众和众船长而设，以防那些武器落入奸人之手。少数几支效忠首领的部队成功逃走，混入了人群。他们现在七零八落、群龙无首，也没有任何能够对敌人造成真正打击的武器。

至于原首领和她部下的下落,似乎没有人确切地知道。

一个令人欣慰的传言版本里,飞船原本的领导们还活着,但无力反抗。也许失去了意识,也许肢体不完整,但他们仍然能够重生……但这一切的前提是迈尔辛这个聪明人拿定主意,认为他们还有用……

关于新首领和她的部下,公众就知道得更少了。

他们是从哪里来的?

上千个细节不同,但情节大体上一致的传闻说:那些失踪的人之前离开了这艘大船,很可能离开得并不情愿。然后,在某个神秘的高科技星球上,迈尔辛获得了追上巨船所必需的工具、军队和星舰。没人知道她的舰队现在在哪里。主港口都很安静;而巨船正绕着一个不太危险的活跃黑洞,穿过一片罕有居民的区域。很难想象那些小飞船能够在不被发现的情况下追上他们。但这种解释难道不比那个巨船中央藏有秘密舱室和星球的愚蠢说辞来得更明智吗?

可有的乘客却说,他们看到巨大的甲虫形车辆从地下某个区域升了上来。从第一天到现在,那些钢质机械源源不断地涌出。它们加速攀升,蜂拥前往首领驻地和其他所有重要的枢纽。

"他们肯定是从某个地方来的。"这个结论通过口头语言、特殊的气味,还有柔和的闪光表达了出来。

"某个地方",指的是位于他们下方的一个地方。

在燃料罐深处,有人这样假设。其他人则倾向于更荒诞的观点,比如埋藏在船只钢铁核心里的秘密舱室。

在哗变的第四天,这个神秘的地方有了名字。髓星。突然间,所有人都在用飞船人类语或者其他各式各样的语言,低声念叨那个奇特而古老的词。这个词出现得这样突然，传播又如此之快，让那些擅长察觉阴谋的人断定，无论髓星是真是假，这个名词都是当权者故意散播开来的。

这艘伟大的船里，隐藏着一颗星球，一个隐世之境，奇妙，而且无疑充满了力量。

关于髓星，种种引人遐想的说辞开始浮出水面。

思想开明、不受规矩约束的那些物种很快接受了这些夸夸其谈，有一些甚至为之庆贺。但其他保守物种——不管天生保守还是后天养成的——选择了充耳不闻。

人类照例是中立的。

还有一些不太要紧的麻烦事。由于主反应堆发生故障，电力只供应给最重要的系统。一些地区陷入了黑暗。接下来的四天里，各处的通信变得一片混乱。但总体来说，变化不太大。古老的乘客和船员照常生活，几千年根深蒂固的习惯没有那么容易放弃。即使公共通信网络完全不工作的时候，也仍然有私人交流途径可用，比如通过电子设备和光子通信设备来支付货币、发送祝福，以及传播最新的消息。接下来，故障似乎结束了，通信网络也恢复了稳定，关于武装战斗的传闻成了旧闻。哗变的第九天，二十三种用来测量公众情绪的程序都表明，每一个地区、每一个主要和次要城市、大多数公寓、外星人栖息地和有生命居住的洞穴里，公众的情绪都趋向稳定。

时机成熟。新首领船长出现了。

她用古老的命令控制了新恢复的通信网络，突然之间，她变得无处不在——她的全息影像身着明亮的首领制服，笑容熟稔，脸比想象中更窄，深灰色的头发剪得很短。经过几个世纪，她的皮肤看起来发生了变化，像是没洗干净或是被铁锈染了颜色。

她那双深胡桃木色的眼睛比太空更冷,她看着乘客和船员的眼神并不令人感到安慰。她那薄薄的嘴唇露出微笑,张开又合上,给了观众一点时间用来适应她的存在。接着,她用平静而有力的声音告诉他们:

“我是迈尔辛。

“我行使了我作为首席副首领的权力,免除了首领船长的职务。

“无须担心。那女人还活着。她大部分的船长都活着。在未来的几年里,你们将能深入了解他们的渎职行为。依照本船宪章,我们将举行公审,而这艘伟大的船将继续按照计划路线航行。

“我会为你们服务,鞠躬尽瘁。

“你们的生活不用改变。今天不用,将来也不用。当然,除非你们想改变一直属于你们的一切。

“作为首领船长,我对你们做出这份承诺。”

然后,有那么一会儿,那双眼睛里突然有了暖意,在流露出真诚的同时,也有点骇人。在影像关闭前,她说:

“我爱我们这艘奇迹般的巨船。我一直爱它、珍惜它。我别无他求,只想保护这艘船,还有船上的乘客和船员。

“从今天开始,直到这历史的终结。

“我的儿子将担任我的首席。

“其他职务的任命不久将会公布。

“我亲爱的朋友们,首领船长祝你度过美好的一天,以及未来精彩绝伦的一百个千年……”

三十七

旧首领船长闪亮的黄金胸像栖在珍珠木长桌的一端。胸像有一张骄傲的脸,但表情平静。在胸像旁边漫不经心地放着的,是首领本人被割下的头颅。白色的长发凌乱缠结。皮肉柔软,脱水严重,颜色苍白,原本的金色素已经无迹可寻。因为某些缓慢的厌氧反应——不消说还有极度的愤怒——那颗头颅慢慢睁开了双眼,豁开的嘴也在缓慢蠕动。没有肺部供氧,首领连小声说话都做不到。但她在说什么却显而易见。任何有耐心、可以读唇的人能都明白。“为什么?”她问的是,“迈尔辛,为什么?”一阵长长的停顿之后,她说,“请。”又说,“给我。”接着又道,“解释……”但她太累了,说不完最后那个词,眼睛和嘴就伴着轻柔的声响,又自行合上了。她再次陷入了深沉的、断断续续的昏迷之中。

带着冷漠的愉悦,迈尔辛轻抚着首领的白发。

她沿着会议桌上下看了一圈,考虑片刻之后,伸手一指,叫出了一个名字。她的属下应声做了一个简短干脆、所涉甚广的总结:关于他们已经做成的事、现在正在做的事,以及他们想在不久的将来达成的一切美好目标。

“福姬·盖布尔。”她叫了下一个。

这是一个身材粗壮的小个子女人，出生在忠诚者家庭，但在儿时就加入了违望者的阵营。她从黑色的椅子里站起来，谈到了最后一部分负隅顽抗的船员，“他们在阿尔法港仍有据点，还有两三支武装团伙正在迪纳利港附近采取军事行动。但他们既缺乏组织又缺少资源。”她停顿了一下，查看她的某个安全节点，补充道，“我们刚刚逮捕了破坏反应堆的人。和您预测的一样，长官，是一些心怀不满的工程师。另外，反应堆的维修速度远远超过了计划。建造者们的东西没那么容易破坏，修起来也要费点功夫。”

不少人低声表示赞成，许多声音带着崇敬之情重复道：“建造者。”

福姬现在是个将军。她顿了顿，用一只手抚平永远平整的制服的紫黑色面料。和大多数孙辈一样，她并不喜欢穿衣服，但这件事需要慢慢习惯。迈尔辛反复提醒过众人，船上的乘客希望看到船员有一系列正式的着装。穿戴自身毛发与皮革的船长和士兵不会让任何人安心。而在未来的日子里，安抚人心是一项不可忽视，甚至至关重要的任务。

迈尔辛的首席问道：“他们的船长逃走了多少个？”

福姬说：“最多三十一个，长官。”

提欧坐在他母亲的左边，眼神充满自信。与大多数违望者不同，他穿着制服的模样轻松惬意，甚至让人眼前一亮。迈尔辛每一次看到他——那明亮的面料、闪亮的肩章，还有随时准备承受任何负担的结实肩膀——都会感到一阵强烈的爱意和自豪。

提欧，完美的首席。

“那三十一人中，哪些最危险？”发问的时候，他已经知道了答案。

福姬列出了那些重要的名字。

“帕米尔，”她的语气不屑一顾，“他是在逃官员中等级最高的。但不要被他的一级身份误导。据首领的记录，这人并不受推崇。不仅是她，其他船长同样不待见他。他的忠心让人怀疑。首领也不怎么重用他。”

“我记得那个人。”达恩飞快地挥了挥手，大笑道，“我不担心。帕米尔大概正躲在他的某个老藏身洞里，祈祷着下一次特赦呢。”

达恩是迈尔辛的次席。在去髓星之前，他的职位就是这个。但现在，这个职位他接受得不情不愿。不过，他最终承认了原首领的无能，居然让笛雾那样的疯子获得了这么大的权力，而且将近五千年都没找到自己的船长们……或许她的确应该下台。但即便这样，如果不是出于对迈尔辛的忠诚，他绝不会参与这桩丑事。他曾多次声明过这点。正是出于这个原因，迈尔辛没有让他担任要职。达恩和其他老船长的存在，主要是为了证明了迈尔辛的作为合情合理，从道义上得到了德高望重者的支持。

迈尔辛同意她的次席对帕米尔的看法。但像往常一样，达恩忽略了某些关键因素。

“不管我们对他有什么看法，”她说，“帕米尔是个有才干的人。而且他是个一级。如果将来形成有组织的抵抗运动，根据法律和传统，帕米尔将会是他们的领袖。”

她的提醒没有引起人们的重视。

达恩有些慌张地眨了眨眼，“我只希望别再发生抵抗和叛乱。”

其他元老都同意他的看法。

提欧出声提醒:“我们现在没有时间去担心某一个人,或者只存在于我们想象之中的叛乱。”

迈尔辛点点头,旋即转移了注意力。她看了眼另一位老副首领,“特维斯特,”她笑着问,“以最快速度,你多久能准备好用于植入的节点?你的、其他人的,还有我的。”

最重要的是,我的。

副首领想露出个笑脸,却笑不出来。“还得再过十五天,”他承认,“正好赶上主引擎点火。”

清除一个到处都是愚蠢陷阱和失效协议的古老、复杂、死板的系统,然后马上从头构建一个更好的……不,延迟不算意外,也谈不上令人失望……

“培普欣。”迈尔辛说。

亚斯林的孙子点点头,保证道:“您已经能够完全控制主引擎了,长官。”

迈尔辛让众人看到了她的笑容。

这位工程师补充说:“的确受到了一些破坏。一些。但建造者们所创造的东西绝对是可以修复的……”

“你有足够的人手进行维修?”

敦实的男人点点头,说:“是的,长官。有。”

他在撒谎。她在他点头的瞬间便察觉到了,然后,她随意地提了一句:“缺人手的时候,联系提欧,或者联系我。所有资源都可供你使用。”

“谢谢您,长官。谢谢您。”

培普欣的祖母要是在这里,肯定能帮上大忙。但迈尔辛并没有表露出这个想法。亚斯林已经做出了选择。现在,她在哈兹城里过着舒适而乏味的生活。自从违望者接管了忠诚者的城市和各类产业,她就一直过着那样的生活。当时,违望者的入侵——可以视为入侵巨船的预演——结束得很快,没有太多的流血和动荡。迈尔辛重生的时候,忠诚者社会正在逐渐融入更全面、更强势、更高效的违望者文化。待她恢复到健康而完整的状态时,她的儿子献给了她一个充满可能性的帝国。

"这是给您的,妈妈,"那时,他对着她的新耳朵低语,"这一切都是给您的。我保证,这仅仅是个开始。"

迈尔辛不由得看了儿子一眼,她感到无比幸福。在她重生的过程中,儿子让她明白了他们可能企及的未来。她的每一个疑问都得到了完整的解答。每一丝疑虑都化为了她对提欧的爱。然后,出于爱与忠诚,提欧向她献上了飞船的掌舵权。"首领不配坐在那个位子上。"他告诉她,"她没有对飞船尽到应尽的职责,而您比她出色。难道不是这样吗,妈妈?您难道能反驳这点吗?"

那真是永恒而完美的时刻。

在迈尔辛漫长的一生中所发生的所有事情,都指向了那个让她顿悟的时刻。她需要承担的责任显而易见。实际上,从前所有的磨难和揪心的痛苦,都只不过是对她的试炼,让她为她的命运——没有比它更确切的词了——做好准备。

"你我二人,都是重生的建造者。"提欧是这么说的。

"我们都是。"她无比喜悦地望着她唯一的孩子。

对迈尔辛来说,"建造者"只是一个抽象的概念,一个她可以接受的概念。不,她并不相信有灵魂存在了几十亿年之久,但他们注定要接管这伟大而奇妙的机器。她望着这张长桌周围的众人,那些饱经磨砺、无比坚毅的违望者与忠诚者。她想到了在两个部族融合前后出生的那数百万个孩子，还有那些在长达一个世纪的时间中、在向这一刻迈进的过程中证明了自己的船长们。一切都是为了这一刻，为了现在……

"长官，可否让我说几句话？"提欧问。

迈尔辛点头，她高兴地坐在首领的特大号椅子里，目光聚焦在他身上。

接下来的几分钟，她儿子谈到了责任，谈到了未来几天和几周的重要性。他将母亲已经强调过的事情重复了一遍，飞船的点火至关紧要，必须按计划进行。他们要向乘客和整个银河证明：管理飞船的团队精于此道。

这是她的说话方式，却又不完全是。

与往常一样，迈尔辛注意到听众沉醉在儿子的话语中。同样，她也明白了他为什么会有那么多的追随者。即便是特维斯特和达恩那样的老家伙也赞许地点着头。他们发生了变化——以某种抽象的、令人费解的方式——向违望者阵营靠拢了一些。

然后，她望向刚刚走进会议室的新船长，不再想提欧的事。来人向上司们鞠躬致意。长桌的尽头摆着两把空椅子，他坐了其中一把。

提欧说了声："欢迎，'美德'。"结束了讲话。

这位违望者阵营曾经的叛徒深深地鞠了一躬，"非常抱歉。出了点问题……"

"又是脊柱[①]的问题？"提欧问。

"确切地说，是钻孔出了问题，长官。首领。空腔原来的超纤维内壁太结实了，没能钻通。"浅灰色的眼睛眨了眨，似乎有些难为情，"但我向您保证，首领……一周之内，您就可以在任何地

①连接髓星与大船的通道，详见后文。

方统治飞船，包括髓星……”在那之前，他们只不过是一支登船部队。几百万士气高涨，受过系统训练，全副武装的离乡之人。

“脊柱建成后，用不了多久就能将所有命令功能集成为一体，”他保证道，“只需要再花一天。或者两天。也许三天。”

提欧看了母亲一眼，代表他们两人说：“谢谢你，‘美德’。”

迈尔辛几乎没注意他们之间的交流。她望着最后一把空椅子，感到一阵不安。回过神来时，等待她的是沉默。她俯身往珍珠木长桌上靠了靠，“洛克。”

她问：“有他的消息吗？”

没人回应。

最后还是提欧稍稍绷紧了一点面孔，轻声承认：“没有，没有任何消息。”

哗变刚开始，洛克就突然消失了。这事众所周知，但船长和将军们假装忙于琐事，从未认真讨论过此事。迈尔辛低声对儿子说：“你认为他是去找他母亲的亡魂了？”

“当然。”提欧回答。

他语气里的异样意味着什么？

“我了解他，”提欧说，“他非常爱浣生，虽然好几个世纪才见她一次……”

这样的爱，迈尔辛能理解。

“那个可怜人饱受内疚的折磨。因为发生的那些事，因为他不得不……这对他来说非常难……”

洛克为了救母亲，杀死了自己的父亲。然而浣生还是死了。这两个违望者眼看着她的身体被弹药炸裂。破碎的肢体和垂死的大脑四散在液体燃料的汪洋里，消失不见。首领档案中的所有相关报告都记载着漫长而无果的搜寻。一个孤零零的违望者自然更没有可能找到她。没有。这一点迈尔辛十分确信,但她不得不问:“你有没有派人搜索离奇族栖息地,像我指示的那样?”

“当然。”提欧回答。

“结果呢?”

“门被封上了,但是有搏斗的痕迹。”他突然摇了摇头,“有可能,只是可能,洛克遇到了一个武装警卫。在打斗中,他被人用他自己的武器杀死了。虽然我们的证据有限,但逻辑合理。”

她等了一会儿,然后厉声问道:“为什么不早告诉我?”

提欧眨眨眼,叹了口气,伤感地回答道:“这似乎不是什么重要的消息。”

“如果洛克被抓住了……”

“妈妈,”他低声说道,“洛克威胁不到我们。这你很清楚。”

她在首领的椅子里坐直了,冷漠地盯着那张漂亮的脸。

“他什么都不知道,”她儿子固执己见,“他在这张桌子上只是有个荣誉席位。仅此而已。我很久没有给他任何权力了。因为我说了,我非常了解他。”

是吗?她暗忖。

她冷漠的目光转而审视自身,令她暗暗发抖。过了很久,她说:“也许应该搜索一下燃料罐。”

“我们已经搜过了。”提欧回答。

他的眼神里有一种木然,让人难以捉摸。

“那罐子很大。”迈尔辛提醒他。

“所以直到今天才搜索完。”难以捉摸的眼里有了一丝笑容,“我派了十支蜂队去搜索……”

从哪些任务组调走了十支蜂队?

“他们只发现了一些气凝胶驳船，还有打包待运的科学仪器。没有任何活物，连一点重要的线索都没有。”

“你确定？”她问。

提欧平静地踏入了她的圈套，告诉她：“是的，长官。我非常肯定。”

迈尔辛用刺耳的声音喝道：“但从前也有一些很重要的事情，你没有察觉到。不是吗，首席？不是吗？”

她儿子僵住了。

房间里鸦雀无声。

提欧强迫自己放松身体，接着愤怒地低声道：“洛克是个废物。”

十支蜂队的士兵可谓数量庞大。这么多人手，追捕的竟然是个废物？

但提欧只是不停地摇头，对环绕珍珠木长桌的众人说：“即便他想伤害我们，也办不到。”

三十八

“别担心。是我的手。”

压力柔和而舒缓。

“现在别动,亲爱的。别动。”

谁在动?

那声音说了一个熟悉的名字,一边用手缓缓施压,一边抱怨说:“她在反抗。反抗我,或者是别的什么。”

那声音在谈论我。

另一个声音,更低沉,距离也更远,他说:“浣生。”

“躺着别动就行。浣生。拜托。”

然后,一只更大的手试图让她屏住呼吸。它按住她的嘴和鼻孔,低沉的声音凑得近了一些。这种亲密十分熟悉。那声音对她说:“我们没有多少时间了。我们得让你加速完成这次再生。”

再生?

“睡吧。”说着,他拿开了手。

女人说:“我觉得她睡着了。”

浣生只是闭着眼睛假装睡觉,细细体会着新身体生长给她带来的痛楚。疼痛,但是美好。

新生的眼睛睁开了。

眨动了。

一道刺眼的绿色光芒,被一个男人的脸部剪影遮住。浣生听到自己的声音在问:“帕米尔?是你吗?”

“不,妈妈。”他回答说。

她向后缩了一下,“这里是髓星?我们回来了吗?”

洛克没有答话。

“帕米尔!”她喊道。

“你的朋友不在这里。”有人轻声细语。是之前那个女性。“他只是离开一小会儿。”女人说,“你感觉怎么样,亲爱的?”

她扭了扭头,脖子像火烧一样疼。

“慢点,亲爱的。慢慢来。”

浣生深深吸气,发现自己正盯着一个可爱的人类女子。她身着翡翠色的纱笼,头发乌黑,嘴唇丰满。她的微笑有些害羞。很明显,她不是违望者,也不是忠诚者。她的衣服就说明了这些,她举手投足的优雅和从容更是昭显了她古老的血统。这女子是一名乘客。很富有,而且大概不太习惯家里有个死了的女人。

“我的名字是葵·李。”

浣生缓缓地点了点头,任何微小的动作都伴随着疼痛。她用眼角扫过满是地球植物的丛林。青翠欲滴的树叶之间点缀着品种繁多的野生热带花卉,鸟儿和彩蝠在香甜和暖的空气中蹿来蹿去。在一截腐烂的大树桩上,一群基因改造过的猴子懒洋洋地围坐在一起,显然没把人类放在眼里,它们正用石块、棍棒和猫头鹰细腻洁白的头骨玩着某种游戏。

“他们会回来的。”女主人说,“很快。”

“他们?”

“我的丈夫和你的朋友。”

浣生躺在一张医疗床上。她的新身体上覆盖着一层黑乎乎的黏性物质,由硅酮、溶解氧和上万亿个微型机器人组成。战士就是这样重生的——用最省时省力的方法重塑皮肉和骨骼,而免疫功能只被维持在最低限度。葵·李坐在床的一边,洛克坐在另一边。她的儿子身着乘客的鲜艳服装,皮肤因为紫外线的照射显得比以往更黑,头皮上已经长出了金色的发茬。他的双手和光脚被一根缚带绑在一起。她焦急地小声问道:“过了多久?”

他没有回答。

葵·李俯身向前,“还差几天就一百二十二年了。”

浣生想起了自己被高爆弹药击中、被猛地抛出离奇族栖息地的感觉。她的皮肉被冻住了,不断的翻滚中,意识也陷入了最深的昏迷。

一阵恶心过去之后,她问:“洛克,是不是你找到了我?”

他的嘴张开,又合上了。

“是帕米尔救了你,”葵·李说,“在你儿子的帮助下。”

浣生又看了一眼黑色的缚带,终于笑了,“我很高兴你们两个成了好朋友。”

洛克尴尬地挺直了脊背,解释道:“这是个意外。那时我去了外星人栖息地,想看看有没有船长或者其他什么人去过。他撞见了我。”

帕米尔。当然了。

她儿子厌恶地摇了摇头,裸露的脚趾先是蜷缩,又在黑色的泥土里松开。违望者怎么看待这肥沃的土壤？那些绿得不可思议的树？还有猴子？还有从枝头传来的、那只无忧无虑的瑞丽鸟所唱的乐曲？

最后，洛克伤心地承认道："我真丢脸。"

"为什么这么说？"浣生问。

"我打不过你的朋友。"

"帕米尔是很难对付。"她回答，"相信我。"

洛克再次陷入沉默。

浣生深深地吸了一口气，从床上坐起来。黑色的黏性物质紧贴着她婴儿般柔滑的、完全无毛的肌肤。最剧烈的疼痛平息之后，她看着葵·李。"一百二十二年。"她叹了口气，"在我沉睡的时候，形势发生了变化。我猜得对吧。"

这女人欲言又止，腼腆地笑了笑。

"船上……发生了什么事？"

"什么都没有发生。"这家的女主人说，"根据新任首领船长的说法，原来的领导集团腐朽无能，需要更换。现在一切都和从前一样，有些地方会变得更好。她还说，我们要是对此抱有意见，就是傻瓜。"

浣生瞪着她儿子。

他低着头，眼睛一眨不眨。

她愤怒地自言自语："迈尔辛。

"这话听起来像她的口吻。"她转身对葵·李说。

"佩芮到附近了。他，还有另外一个人。"公寓的人工智能说，

随后它补充道："似乎就他们俩。我让他们进来吗，葵·李？"

“当然。”

时间又过了三天。浣生已经离床六小时,她穿着一条简单的白色纱笼和一双白色凉鞋。饱餐了一个多世纪以来的第一顿饭,她感到无休止的疲惫正在转化为充沛的精力。她站在葵·李身旁等待。公寓门打开了,安全屏障准备就绪。外面宽阔的林荫大道本该一派繁忙,如今却空无一人。突然间,两个男人大踏步地进入了视野。个子小一些的男人十分英俊,微笑间流露着无穷魅力。另一个男人身材魁梧,相貌平平。用二十种方式上锁的大门刚一关上,浣生立即对高大的男人说:“你好,帕米尔。”

但那张相貌平平的脸被剥了下来,露出了另一张脸,与小个子男人一模一样。同样英俊,同样迷人,但绝对不是帕米尔。

“对不起,”那人声音里带着笑意,“再猜一次。”

个子小一些的那个才是帕米尔。他剥去伪装,用隆隆的低沉嗓音解释道:“我让机器医生剐掉了三十公斤肉。你觉得怎么样?”

“不管怎么说,看起来不错。”她说。

帕米尔本人的脸疙疙瘩瘩的,像深色的橡木,再加上肮脏的乱发,这男人看起来好像流离失所了很久,连觉都睡不好。但他明亮的棕色眼睛仍然清澈而警觉。他看着浣生,露出了微笑,然后目光转向别的地方,眼神恍惚、心烦意乱。“我要饿死了。”他嘀咕了一句。接着,他又将目光转回浣生身上,笑容从无尽的疲惫中浮现出来,“不要谢我。先不要。如果被你的那些孙辈找到了,你会宁愿自己仍然待在氢海里。”

他说的大概没错。

帕米尔一边揪掉剩下的伪装,一边问:“我的俘虏在哪里?”

“在花园里。”葵·李回答说。

“他抖出什么重要的事情没有?”

两个女人齐声说:“没有。”

帕米尔伸出一只手,抚过脏兮兮的头发,向浣生露出一抹微笑,“我想在这里陪着你的,但总有这样那样的事需要处理。抱歉。”

“不要道歉。”

“那我就不道歉了。”他嘟囔道。

葵·李问她的丈夫,“外面什么状况?”

那个英俊男人眼珠一转,舌头顶起半边脸颊:“一句话概括吗?”他说,“非常、非常、非常安静。安静得不正常。”

她问:“你们到底去哪儿了,亲爱的?”

两个男人互看一眼,佩芮带着警告的意味说:“亲爱的……”

帕米尔摇了摇头,说:“先吃东西吧。我要把我那三十公斤长回来。”他揭掉手上的假肉,“然后我们得去个地方。就我们俩,浣生。我有一万亿个问题要问,但我能抽出来的时间,连问十个都难。”

帕米尔收拾干净,穿上了新衣服。他和浣生待在一个客用套间里。套间的金刚石地板里嵌着全息发生器。往双脚之间一看,他们就能看到葵·李的花园,还有坐在最大那块空地上的金发男子,手脚系着缚带,可他却从未挣扎。他仔细地观察着动物们的每一点动静:鸟、昆虫和半驯化的猴子。

“告诉我。”帕米尔先开口,“所有事情。”

将近五千年的时间,感觉就像一次呼吸一样短暂。假任务。髓星。事变。孩子们出生。违望者诞生。文明的重生。浣生和迈尔辛逃出髓星。然后笛雾抓住了她们,带她们去了离奇族的栖息地，接着笛雾解释了所有事情的来源……快要讲完故事的时候，她停下来喘了口气，告诉帕米尔："我知道最近几天你在忙什么。"

"你知道？"

"你在判断我是否诚实。你是否能信任我。"

他吃掉了最后一口五成熟的牛排，"怎么样？我可以信任你吗？"

"你查到了什么？"她逼问道。

"没有人提起你。似乎没人在意。但迈尔辛和你的孙辈正在努力搜寻他的下落。"帕米尔指了指地面，"他们差点儿在燃料罐里找到了他，还有我。但是，不要被他的沉默给骗了。是洛克告诉我的信息，让搜索范围缩小到……"

"逃走了多少个船长？"

"我数的是二十八个，或者二十七个，又或者已经下降到二十六个了。"

"妈的。"

"不包括你。"他补充道，"但你的职位很久以前就被取代了。听着，现在你正跟这艘大船法律意义上的首领船长坐在一起。是不是很吓人？"

浣生竭力消化着这一消息。然后，她弯腰将手掌贴在地板上，仿佛想要触摸她儿子的头。"好吧，"她低声说，"把你知道的所有事情都告诉我。快说。"

他说起了他之前寻找她和迈尔辛的事。佩芮帮忙的事，还有他与日俱增的沮丧，以及最后，就在决定放弃之前的几分钟，他偶然发现了那块古老的包银钟表……

"你还收着它吗？"浣生说着，抬起了头。

它就在那里，挂在一条新的银链子上，晃来晃去。帕米尔只说了一遍"拿着"，她就接了过去。这话用不着说第二遍。浣生打开盖子，看着里面的文字。帕米尔则讲起了更多他自己的事情：中微子流，隐蔽舱口，坍塌的隧道……讲到他和洛克在离奇族栖息地外对峙的时候，他停了下来。

浣生轻轻一扣，阖上了银盖子。

帕米尔向她道歉："如果我扩大搜索范围，努力追踪每一个小线索的话……"

"我没有失望。"她露出温暖的笑容。

"那时我总是分心。"他继续说，"先是中微子流，后来发现了笛雾的秘道。再然后，除了挖洞，我什么都没做。"

浣生双手捧着她的钟表，听得很认真。

帕米尔说"笛雾"的时候，语气里满是憎恶。接着他摇摇头，"我真的不记得这号鸟人。"

我居然爱过那男人，浣生吃惊地想。

然后她说："中微子，"声音轻柔而好奇，她抬眼看着他，"你看到了什么？说详细些。中微子流有多大？"

帕米尔将一切都告诉了她，所有细节都讲得一清二楚。

待浣生不再提问，他换了个话题，"你体力一恢复，我们立刻就走。我不想拖累佩芮和葵·李。我们之间没有任何明面上的联系，但某处可能有相关的安全档案。真是那样的话，迈尔辛迟早会找到它的。我们得找一个新的藏身地，这也是我最近一直在做的事情之一……"

"接下来呢？"

"韬光养晦。要有耐心，要准备妥当。"他的语速很慢，但语气坚定，显然认真思考过这个问题，"要夺回我们的船，并且守住它,就需要整合资源,集中武力与智慧……让事情少一些不确定性……”

浣生没有说话。她不太知道她在想什么,她的脑子从未像现在这样空洞过。她的注意力从她捧着钟表的手里飘走,化作痛苦的凝望,落在花园之中的儿子身上。然后她掰开自己的手,撬开银盖子,继续望着那些缓慢走动的指针。“我们有盟友,”帕米尔说,“这也是这几天我一直在做的事。与可能支持我们的朋友接触……”

她再次阖上钟表,用双手捧着这块带有血液温暖的金属,轻声说:“我们没有核聚变反应堆。”

“什么?”

“我离开髓星的时候,我们大部分的能量都来自地热。”

“你离开了一个多世纪,”帕米尔提醒她,“在那一小段时间里,很多事情都可能改变。”

也许。也许吧。

“就目前的证据来看,”他继续说,“我猜违望者是从髓星沿着老洞上来的。他们凿的洞和我凿的洞接了起来,等于我帮了他们一个大忙。但如果真是这样的话,那么他们得在几天或者几小时的时间里挖通数百公里。这就是我们没有发现任何入侵征兆的原因。也因为这样,我断定他们一定有了核聚变反应堆。”

她说:“也许吧。”但还是摇了摇头。

浣生再次摊开手。这次她的钟表掉了下去,边缘落地,发出咔嗒一声。她弯腰去捡的时候,看到了她的儿子。她儿子望着陌生的绿色世界,温柔的灰眼睛里没有任何神情——没有一丝敬畏,更没有半点关切。

“怎么了,浣生?”

她张开嘴,却什么也没有说。

“告诉我。”帕米尔坚持道。

“我认为你错了。”她听到自己说。

“可能吧。哪里错了?”

说出口之前,她还不确定自己会说什么,“关于能源,你弄错了。但这并不是最重要的事情。”

“什么事最重要?”

她说:“看看他。”

帕米尔瞪大眼睛,看着那个俘虏。很长一段时间之后,他终于忍不住问道:“我该看什么?”

“洛克是个违望者。他仍未放弃原本的信仰。”

帕米尔低哼了一声,“他信了邪教,但他自己意识不到。”

“当时他和提欧都在离奇族栖息地里。”她反驳道,“那地方你也知道。随便说些什么,你的话都能清晰地传到每一个角落。”

帕米尔等着。

“自从你唤醒我以后,我一直在想这事。”她捡起钟表,摆弄着纱笼,然后用明亮的眼睛看向帕米尔,“提欧和洛克一定听到了笛雾说的话。笛雾的供词很彻底,没有留下任何回旋余地。违望者所信仰的一切都是笛雾虚构出来的。哪怕最坚定的信仰也会因此破灭。”

帕米尔固执己见,“你的儿子是个狂热分子。而提欧是个贻害无穷的野心家。”

浣生没听他说话。

她眯缝着眼睛,自言自语:“那两个违望者听到了一切,而这并不重要。也许他们甚至没有因为笛雾还活着而感到惊讶。违望者一直都对髓星上发生的一切了如指掌。对他们来说，从来就没有什么秘密。笛雾死后，他们把迈尔辛带回了家，因为他们需要她。如果他们是建造者重生，如果他们要夺回飞船……那么他们就需要高阶船长，比如迈尔辛这样的，既知道如何摆平安全系统，又知道如何对付原首领……”

帕米尔深吸一口气，又让它从牙缝里慢慢漏出去，“就是说，提欧利用了笛雾捏造出的宗教，迈尔辛则来了个顺水推舟——”

“我不这么认为。”浣生顿了顿，“就算迈尔辛是这样，”她指着洛克，“但我了解我儿子，而且我知道——至少我希望我知道——他的能力。他仍然是个不折不扣的违望者。”

帕米尔无奈地问：“那你认为是怎么回事，浣生？”

“笛雾告诉我们……”她闭上眼睛，回想起对她来说只是三天前的事，“他第一次登陆髓星的时候，做了一个梦。建造者和‘荒凉’都是直接出自那个梦……”

“而这意味着？”

“也许没什么意义。”她承认。随后她摇摇头，站起身来，“如果有答案，答案一定在髓星上的某个地方。而按照你的计划，我们的活动都在船上。我认为，这一点你绝对弄错了。”

“是吗？”

“我们越是等待，违望者就越发展壮大。”

帕米尔再次看向洛克。这一次，他全神贯注，仿佛第一次见到他。

“等得太久的话，”她提醒他，“我们将不得不发动全面战争。那样船就毁了。所以我认为，该做的事现在就得做，早一刻算一刻。”

“该做的事。”他重复道。

“比如什么事？”他问道。

浣生不由得低声苦笑。

“现在您是我们这边的首领船长，”她回答，“而我唯一的职责是效忠飞船、效忠您。”

三十九

“就是这儿。”这是一场短途旅途的终点。在这里，迈尔辛对她的儿子和其他高阶违望者领袖说，“这里地势很高，也非常安全。观看点火再合适不过了。”

那将是一个至关重要的时刻，一个能为她自己正名的时刻。

但提欧有些怀疑。他望着迈尔辛。“长官，”他微微鞠躬，“这真的有必要吗？我是说，考虑到我们要冒的风险，收益实在太微薄了。”

“收益。”她玩味着这个词，“你把传统也纳入考虑了吗？”

提欧知道自己最好不要答话。

“不，你没有。”迈尔辛轻轻笑了起来，丝毫不想掩饰蔑视之情，“这是个高贵的传统。首领船长以及她忠诚的下属要站在开阔的露台上，望着他们的船在风中转向。”

“高贵，”他答道，“而且古老。”

“我们在船上做过这件事，”她告诉他，“很多、很多次。”

他能说什么呢？

没等他答话，迈尔辛加了一句，“我欣赏你的想法。我们可能会因为过于暴露而遭到暗算，或者碰上天文灾难——”

“在后随半球[①]上不可能，长官。我可以保证。”

“那么你只需要担心那些潜伏在近处的敌人。”无论作为母亲还是首领船长，迈尔辛都应该鼓励他、教育他，给他希望、给他信心。“但放心吧，没有人知道我们的打算。他们来不及准备伏兵。还有，相信我，”她抬起一根肥大的手指，“只要在这条船上，只要在厚重的船壳之内，没人能伤及我们分毫。”

这段疯狂的日子已经改变了她。如今，新首领越来越像旧首领了。她的体型目前还没有前任大，但已日趋接近。她只有一个世纪历史的皮肤之下，如今布满了数据节点。它们日夜不断地向她传输着快如光速的信号，又按照特定的脉冲频率或者激光编码，把她的指令反馈至巨船的各个核心系统。这种新生的本能告诉迈尔辛，各个反应室已经添加好了燃料，随时可以启动。她甚至能品尝到从燃料罐中抽取的液氢的味道。主引擎的这次点火早在千年前就计划好了，它意义重大，绝不能拖延，或者生出别的事端。怎么能让人怀疑她的执政能力呢？迄今依然惴惴不安的乘客需要一颗定心丸。心怀不满的船员同样会看到，这个新上位的老女人很清楚自己该干些什么。遍布整个银河、数以万亿计的潜在乘客也会因此忘记那个无能的老女人，转而认可巨船的新首领。

从不远的将来直至无穷的未来，迈尔辛会让这条船不断地变得更好。行政效率将会飞跃，乘客的信心势必暴涨。在她的指引下，巨船终将声名远播。到那时，上百万个新物种会以大船为家。他们的智识，不但是人类的福祉，也是首领船长所能留给这个世界的最好的遗产。在过去的那个世纪里，每逢需要给自

①相对于轨道运动来说朝后的那一侧星体半球。如月球背面就是后随半球，在这里指巨船的后半部分。

己打气的时候，迈尔辛就会幻想光辉灿烂的未来：五十万年之后，巨船完成了绕转整个银河的巡游，终于回到地球附近。到那时，正是因为她出色的工作，人类已经在宇宙的这片小角落里占据了领导地位。而她忠诚、可爱的儿子，将始终陪伴在她身旁。她会受到数不清的歌颂与赞美，因为人们已经把她视为神明与救世主。

“整个宇宙。”她低声地对自己说。

提欧向她倾过身，“您说什么，长官？”

“你得亲眼看一看。”她说，“沐浴在群星、银河，以及一切的光辉中。”

提欧略略挪动身子，迈尔辛看出了他的不解。“我看过了。”提欧对她说，“全息图里的宇宙细节很详尽。”

“图上的东西和现实永远有差距。”她反驳道。

在儿子开口前，她提醒他：“我们两人中，一个是首领，另一个是她的首席。”

“我明白，长官。”

她伸出手，抚摸儿子宽广的前额和纤长的鼻子，然后用一根手指轻触他漂亮的下巴。“也许风险是多了些，”她承认，“你说得有道理。那么，就你跟我去看点火仪式，你觉得这个妥协方案怎么样？”

提欧毫无选择，只能说：“是，长官。好的，妈妈。”和往常一样，说这些话的时候，他努力露出了灿烂到不能更灿烂的笑容。

巨船的拖尾面是船壳最薄弱的地方。这里的超纤维只有几十公里厚，镶嵌着许多进出通道、巨型洞穴和足以抽干海洋的巨型泵机。不过，这里有多么脆弱，就有多么美丽。迈尔辛和提欧驾车进入了拖尾面中的一个大型反应室。没有生物居住在这儿,也没有生物会来这儿。超纤维是完美的镜面,任何活物都无从躲藏。因为除了迈尔辛,没人能让引擎点火,所以通往这里的道路始终空无一人。小车轻快地飞向火山口似的火箭喷嘴。照亮前方的,是头顶数十亿的光芒。那些光芒中的任何一点,都能让他们最伟大的机器相形见绌。

“那些星星。”迈尔辛情不自禁地露出了笑容。

年轻的提欧背着手,站在她身旁。他的腰背微微弯着,穿着靴子的双脚略略分开。他的制服、帽子还有那双棕色的大眼睛,都反射着宇宙的灿烂光辉。

有那么一会儿,他似乎在微笑。

然后,他闭上眼,转向迈尔辛,又重新睁开,说:“当然,它们很美。”

当然。

迈尔辛感到一阵失望。难道她真的以为亲眼看看银河,人们就能感受天启?难道她真以为提欧会双手向天、两膝跪地,感受到满心的狂喜?

她很失望。不,不只是失望。她感到愤怒。

或许是察觉到了她的心理活动,提欧问道:“妈妈,你还记得你头一次从纳米显微镜里看到裸质子,是多久以前的事了吗?”

迈尔辛眨眨眼,回答说:“不记得了。”

“那是组成这个宇宙的最基础原料之一。”他说,“和星星一样重要。在我眼中,它比群星更壮美。你在看到它以前,就先从逻辑上、理智上知道了它的存在。”

迈尔辛点点头,并没有说什么。

“从看到它的那一刻起,我获得了新生。人们总是在谈论星辰，描述它们的美丽，分析它们的运动规律，还跟我说，等我被恒星的光芒照亮，会彻底地感动……”

她该怎么样才能打动提欧？

“说实话，妈妈。尽管包含万物，但我认为天空其实无聊单调，甚至脆弱不堪。考虑到巨船正在接近银河系的一条大旋臂，就更加让人失望了。”

等到他们身后的引擎点火时，提欧一定会被震撼的。

在那个炽烈的瞬间，一定会的。

她露出淡淡的、带着一丝嘲讽的笑容，望向前方。这时车辆转弯，向着抛物线型的喷嘴驶去。在他们前方，古老的超纤维被等离子体熏得漆黑一片，从远处看起来，它们好像近在眼前。但等车子贴近它们，开始减速，穿过一个隐藏的舱口时，却又仿佛远在天边。那个舱口后面是条小通道，通道绕过喷嘴，终点位于某个高出船壳一千公里的金刚石球形舱之中。

只有白痴才不会被那景象震撼。

覆盖了装甲的车子带着这对母子飘入球形舱。巨船一共有十四个巨型喷嘴：一个在中央，四个包围着它，又被剩下的九个环绕。他们刚刚穿过的，是那四个喷嘴中的一个。远眺地平线，他们能看到外圈的两个喷嘴。它们下方的引擎注满了燃料，只等点火。在液压装置和巨型机械结构的共同作用下，那两个喷嘴已经向一侧倾斜了十五度角。等长达十小时又十一秒的点火开始，巨船会改变它的运行轨道，花两周时间从一颗红巨星附近经过，进入这颗恒星伴星的重力井。说是伴星，但那天体其实是个巨大而且稳定的黑洞。

在接下来的一天里，巨船的轨迹将连续调整两次。它会沿着粗大的旋臂，进入遍布恒星、充满生机和潜力的新宙域。

传来了一声轻柔的、惊讶的“啊”。

是提欧。但他并没有望向群星或者巨大的喷嘴。相反,他向下看去,带着轻蔑的口吻说:“他们可真多!”

超纤维的船壳上,亮着许许多多的光芒。和让人愉悦的破碎星光不同,下面的光芒规整有序,或成排、或成圆、或密、或疏。是啊,他们可真多。可能比五千年前更多,比她上次造访船壳时更多。迈尔辛摇了摇头,“雷莫拉人。”她咕哝道,“他们在拖尾面上修建的城市越来越多了。”

提欧眨了眨他迷人的眼睛,“你不喜欢雷莫拉人,是吧,长官?”

“他们既顽固又古怪,”她承认,“但他们的工作很重要,很难被取代。”

她儿子什么也没说。

“还有二十秒。”她说。

“是,长官。”经提醒,提欧礼貌地抬起头。闪亮的棕色眼睛望向那些将要启动的引擎。

在提欧分神的瞬间,迈尔辛的思想去了别的地方。

那个房间还是原来的样子。

每堵墙边都立着数十个历经沧桑岁月,身披白袍的人工智能。白袍的样式参考了古罗马时代的书记官,标识着它们的身份。它们中的每一个都与其他同僚略有不同。不仅能力,审美上同样如此。在这个地方,参差不齐乃是一桩幸事。它们之所以存在,是为了解决一个问题——这个问题必须得到密切的关注,而关注这个问题的人,一定要保持对新鲜事物的热爱。每天,或者每周,或者每月,都会有书记官为问题提供新的解决方案,或者对旧方案的改良。因为永葆青春,这些人工智能会不断地彼此讨论,甚至发生争吵。在这永无止境的过程中,它们自然会发现那些复杂算法或者理论模型中存在的一些重大缺陷。那些被它们弃用的理论与算法堆积在一个虚拟书架上,已有数百万之多。这些废弃的卷宗证明了它们对工作的热情——如果不说他们是天才的话。

房间中央是一张无比复杂精确的巨船全息地图。图中的巨船并非今日的巨船,它还是第一批船长们登陆时的模样:每个空旷的舱室、每条漫长的甬道、每处微小的裂隙和每片宽广的海洋都被遗弃。空无一人,毫无生机。

然而,其中缺少了个不可忽视的,也许至关重要的要素。

新首领的身影从虚空中浮现而出。

对于她的上台,这群人工智能的反应十分冷淡。从本质上讲,它们是群保守主义者,反对哗变。哪怕这场哗变理由正当,在法律层面上也站得住脚。带着机器特有的幽默感,一个书记官问她:"你是谁? 我不认识你。"

周遭传来了低低的、令人不快的笑声。

整整一秒钟里,迈尔辛什么也没说,然后,她的投影做了个叹气的动作,"我可以帮你们优化这张图。有些东西,我知道,而老首领连想都不敢想。"

人工智能们的态度由冷淡变成了感兴趣。

兴趣又变成了好奇。

但第一个书记官摇了摇它的橡胶脑袋,"你的前任必须经过审判。符合大船法律的公平、公开的审判。否则,我们拒绝与你合作。"

"我不是保证过会有审判吗?"她答道,"你们检查一下我的履历吧。我什么时候逾越过船上的律法?"

书记官们照做了,但也仅限于此。迈尔辛的履历单调乏味,勾不起它们的兴趣。很快,人工智能们一个接一个地重新研究起了它们那精致、难解的地图。

“如果我给出这些信息,”她说,“你们绝不能泄露给其他人。明白?”

“我们懂。”第一个书记官说。

“那么作为交换,如果你们找到了可能的解决方案,也不要告诉除了我之外的任何人。”她望着一双双转过来的玻璃眼睛,“你们能否遵守约定?”

它们异口同声地回答:“能。”

于是,迈尔辛往地图上添加了新的变量:她在巨船核心外包裹了一层超纤维,又往超纤维球体中放入了髓星。接着,她描出了髓星内部的构造。她让髓星扩张、收缩,用一大堆数据写明了能量如何在它富含钢铁的地层中循环,如何才让通往外界的桥梁保持在原位,不受地壳变动的影响。总之,那些可怖岁月里她所掌握的一切学识,都呈现在了地图上。

几分之一秒内,所有人工智能的面孔上都流露出了着迷的表情。

这时,迈尔辛感觉到了微弱的震动。那是船只的引擎正在开始朝冰冷的宇宙喷射等离子体。

迈尔辛的肉体站在她儿子的身边,看着他转过身,对她露出另一个微笑。

“的确很美。”他说。

等离子体构成的河流浩浩荡荡,以光速向外奔流。它们中间只有一小部分可见,但炫目的程度已经盖过了不断眨着眼的星辰。

“我们是否该离开了，长官？”他轻声问道，就像个感到厌烦的小男孩。

她的另一部分，投影出去的那部分，同样感到了失望。围绕在她身边的那些人工智能能以光速进行沟通，转瞬间完成海量的计算。

但在那个巨大的谜题面前，即使是学识渊博的书记官，能提交给她的也只是一个荒谬可笑的解决方式。

“就这个？”她叫道，“这就是你们的答案？”

第一个书记官代表它的同僚答道：“这是个优美的答案。数学上并不高深，长官。”

“显然是这样。”她在投影即将消失时大声嘱咐道：“不要告诉别人。继续对它进行研究。你们能不能为我做到这点？”

“不能。”那个书记官对着空气说。

“我们只为自己工作。”它的同伴们说。

接着，它们又用平白但高效的机器语言开始了低声交谈。随着要解答的谜题发生了改变，他们小小宇宙中的一切重新变得迷人起来。在这个密闭房间发生的任何事，都会带来巨大的影响。

四十

在不知情者眼里，那不过是又一支维修队：几十号心甘情愿在笨重的防护服中待一辈子的雷莫拉人，肩并肩地坐在他们的旧掠行舰里。每张千奇百怪的脸都在讲着下流的雷莫拉笑话，并朝着巨船的前导面前进。

“船长要操逼，得几个人才够？”其中一人问道。

“三个！”一群人嚷嚷起来，“两个船长干得爽，第三个人站在旁。你若问他干什么，引经据典不停忙！”

“首领放的屁从哪儿排出去？”又有人问。

所有人都齐刷刷地指着最近的火箭喷嘴，人群中爆发出一阵欢乐的笑声。

奥尔良向前倾过身，问：“新首领和旧首领的区别在哪里？”

船上突然陷入了沉默。所有人都听得懂这个问题，但没人听过与此相关的笑话。这不奇怪，因为这是那个老家伙刚刚想出来的。

他新长的嘴巴露出一个巨大的笑容，锯齿状的短牙轻轻敲击着头罩面板。“有什么想法吗？有吗？”然后他嘿嘿直乐，“我们的新首领死而复生，而我们的旧首领半死不活。”

有人礼节性地笑了笑，然后船上重归沉寂。

奥尔良转过头盔，望着他的船员们。他在公共频道里说："你们是对的。这笑话不太有趣。"但在加密频道里，他说的完全是另一番话："不要那么拘泥嘛。我们很快就要死了，及时行乐，及时行乐。"

紧张可以转化为决心。不，他们心里想的是，他们不会死。挺坐的姿势和握紧的拳头流露出了这批船员内心的想法，被奥尔良看在了眼里。这群年轻人中的大多数还相信有了积极的心态、灵活的脑子和天赐的运气，就能战胜死亡。"不是我。"他们每个人都这么想，"今天我不会死。"接着，他们一个又一个地望向那火箭喷嘴，望向它庞大的躯体，望着那冲天的光柱——首领的屁——把整个天空一分为二。

只有奥尔良没把心思放在奇观上。他盯着的是那条光柱侧旁的某个金刚石球形舱。他突然意识到自己有些感伤。对一个老油条来说，这种心情可不多见。他年轻时认真思考过自己会怎么死，比方被一颗彗星撞上，遭到彻底汽化之类。成为他那一辈里活得最久的人……好吧，当时的他肯定不敢那么想。一般情况下，活得越久，就说明那个雷莫拉人越胆小，至少也是行事越谨慎。奥尔良倒是没有当懦夫或者当英雄的打算，也从来不把运气啊人品啊什么的当回事。

随着一个又一个世纪，一个又一个千年过去，他已经习惯了朋友们的突然诀别。奥尔良活得比他的儿辈和孙辈都久，就连那些体内已经没有他多少血统的人，往往也走在他前面。但奥尔良相信，让他挺过漫漫历史长河的，并不是什么逆天的运气或者永生的诅咒。真要说起来，不过是因为宇宙本身的苍茫和淡漠。

奥尔良太不起眼了,没有被它注意到。

他只是一个无关紧要的小角色,不值得塞一颗彗星到他前进的轨道上。

奥尔良一直是个随性、理智的人,直到现在,他都认为那是值得推崇的生活态度。但突然之间,他意识到了另一种可能。也许,仅仅是也许,他之所以能度过那么漫长的平淡岁月,是因为冥冥之中有个更高的意志在保护着他,引导着他,并最终让他飞跃辽阔、荒凉又迷人的船壳,来到此时,来到此地。

奥尔良出生时,他所待的城市甚至还没有一个正式的名字。如今,它已经大到了似乎可以永存的地步。球状建筑一栋连着一栋,绵延数里。它们中的大部分都是用超纤维造的,房间、墙壁、屋顶线条简约,高度真空,隐私空间充足。夫妻或者其他配对形式的性伴侣居住其间,有时也会在里面贡献他们的遗传基因。他们的孩子在超纤维的人工子宫中成型,子宫随着孩子的成长不断扩张。从还是受精卵时,孩子们便与机器相伴,长出手脚与脑袋时也在与机器不断融合。他们的最终诞生伴随着长达一天的欢庆。欢庆仪式的高潮,自然是往新生雷莫拉背上安装反应堆和生命循环系统的那一刻。

偶有几家店铺散落在居宅之间,但店里出售的商品种类不多。毕竟这儿的消费者无须从外部补充食物与水分,大部分人也不追求私产。城市里还有部分建筑由纯净的金刚石建造,和雷莫拉人的宅邸不同。它们是密闭结构,但内部并不真空。在这些建筑里定居的不止人类,还有各色各样的其他物种。由于有着理论上不朽的身躯,他们能沐浴来自太空的强烈辐射而不致死,再加上漫长的时间,他们身上必然会发生各种各样的突变:肤色、外形,有时行为模式也会产生有趣的变化。

从本质上说，这些地方是雷莫拉人的公园。

最大的一座公园位于城市边缘。当他们从那模糊的色块上一掠而过时，奥尔良提醒自己别忘了以后去那边走走，看看里面的居民。谁说得准呢？或许他会就此获得灵感，知道下一次该往哪个方向进行突变了。

掠行舰把速度提到了上限。

时间变得慢了下来。奥尔良一次又一次对船员们讲话，在紧急频道里让他们重复了一遍时间表和各自的任务。然后，他终于第一次认真远眺了他们的目标。接下来，他深吸了一口气，让自体循环系统产生的空气灌满肺部——长时间精心诱导的突变后，这个器官早已失去了人类的原样，却能带动血液流遍全身。那些血液色泽漆黑，流动缓慢，但供能效率几近完美。

是雷莫拉人理想的类型。

和曾经飞过这里的上千艘掠行舰一样，他们向着那巨大的喷嘴高速接近。而就在不远处，有一块废弃的超纤维板横在他们的路径上。理论上，即使掠行舰速度惊人，人工智能驾驶员也来得及发现异常，进行规避。但他们的舰载人工智能——老旧不堪，驾驶记录劣迹斑斑——却在这个节骨眼上宣称自己又出了问题，只能由人手操控。

由于反应不及时，它们撞在了一起。

在掠行舰力场的推挤下，尖利的超纤维板反弹起来，刺穿了飞船金刚石质地的外壳。关键机械部分损毁，于是，给飞船引擎供能的两个反应堆罢工了。

掠行舰开始迫降，在船壳上滑行了近三公里才停下。

求救信号早已自动发射。一艘空的掠行舰收到了信号，正在离开城市去实施救援。为了让这出戏更加真实，那个老雷莫拉人决定对陷入麻烦的船员们讲话。他讲的,是那个经典的老笑话。

“为什么天上满是星星?”

语音记录中,几十个声音同时响起。

“为了给雷莫拉人提供点乐子!”他们叫道,“在我们等着麻烦来临的时候!”

四十一

就算隔着大老远，就算他们都穿着安全部队青黑色的制服，就算他们的皮肤因为船内的灯光和膳食的改善逐渐失去了烟熏般的颜色，浣生也认得出他们：违望者。

现在，巨船两台引擎点火的时间已经过半。

她望着那五个违望者沿着一条狭窄的小巷慢悠悠地走来。如果浣生也像他们那么大摇大摆，那她早就死了。一旦被人认出，她马上就会被一束细细的激光蒸发，剩下的部分则会被带到新首领船长那儿。到那个时候，浣生的噩梦才算正式开场。但她一直隐藏得很好，没有露出半点破绽。如今，她有了一个全新的名字和一副全新的身体，与之前的形象有着天壤之别。她脸上戴的面具由真人皮肤剥制而成，故意被修整得毫无特色。再说了，浣生早就不存在了。那个一级船长早在数千年之前就被宣告了死亡，就算作为忠诚者的领袖，那也是一个多世纪前的事了。她希望自己够幸运，两个身份都被彻底遗忘，人们所看到的，只是一个默默无名之辈。

“真好吃。”她咕哝道。

“什么？”她的一个同伴问道。

“冰激凌。”她笑着把勺子插回正在融化的棕色半球，心满意足地说，“我有段时间没吃到这样棒的巧克力了。”

帕米尔点点头表示赞同，他戴的面具相貌俊俏。和浣生一样，他穿着赭黑色的长袍。这行头让他们看起来像是随处可见的理性主义社团牧师。作为理性主义社团神圣的一员，他们随时准备劝人向善，所以行人总是对他们敬而远之。对两个决定潜伏在船内人口密度最高地区的人来说，这真是完美的伪装。

这个小团队的第三个人的装扮比他们浮夸得多。他是个铁塔似的大汉，这会儿正在举杯畅饮。散发着浓浓腐臭味的饮料倒进他的进食孔，而从他的呼吸孔里，飘出了几个词。“是个好地方啊，这里。”他的翻译器说道。

帕米尔望着浣生，露出一副心照不宣的笑容。然后，他望向那个哈鲁萨鲁，“你觉得好喝吗？”

这个外星人基本上由热塑料和内置的马达组成，洛克藏身在它体内。他的腿不得不向后弯曲，双手被紧紧地缚在身体两侧。这个哈鲁萨鲁看到的一切，他也看得到；哈鲁萨鲁能听到的所有声音，同样飘进了他的耳朵；但他的嘴里塞着渗透性塑料。决定这台机器该怎么动、该怎么说的，是一台小型人工智能，而不是他。洛克只是装在这台自动机器里的乘客，或者说货物。早在人类登上大船之初，人们就采用类似的手段进行走私活动了。对帕米尔来说，这是他目前所能想到的最好手段——毕竟他们时间有限，情况又特殊。

机器胸腔里的音箱回答了帕米尔：“美极了。”

“那美又是什么？”浣生问道，颇有点循循善诱的口气，“还记得我们跟你说过的吗，朋友？”

“美，就是混沌海洋里的残存理智。”他们的同伴答道。

“太对了。”两个人类交口称赞，然后把勺子插进可爱的甜点。浣生望着那几个违望者。“混沌。”她自言自语，呼吸急促起来。

沿小道漫步的过程中，看到外星人和人类过着这样古怪的生活，违望者们得费点力才能控制住自己。不，他们并不是从落后的世界来的。不，他们不会被这条巨船上形形色色的事物所诱惑。他们面带微笑，嘴角微扬，眼神里流露出来的，不过是警官惯有的自大和骄傲。精密的传感器自动扫描和分析着他们周围的奇人怪事，探查所有可能隐藏起来的秘密。它们的报告显示，周遭没有异常。

但是，只要细瞅他们的眼神，就能看出他们的紧张不安。还有可爱的、孩童似的好奇。

凭借多年的经验加上肉眼观察，浣生研究着这五个接近咖啡馆的违望者。显然，这些人为了今天做足了功课：除了登陆巨船，宣称自己是重生的建造者外，他们还细细了解过巨船，练习过如何才能举止得体——肯定是经过迈尔辛的指导。但即使如此，在亲眼看到以前，他们还是想象不出巨船是一个怎样的地方。

没错，他们在这儿。没错，他们控制了这条船。提欧和死去的建造者早就预言过这一刻。他们从出生起，就一直受着这种观念的熏陶。

但现实还是震撼了这些没见过世面的毛头小子：看到一只威孚向他们甩动尾巴，一个违望者下意识地抬手格挡，却不知道那只是在表示尊敬；一只金色的瑞丽鸟落在他们的肩铠上，打算唱一支歌曲以换得食物，却被马上抖落；接着，一个坐在邻桌、大概没听说过违望者的人类小孩，举起了一只褐绿色的大甲虫。

“送给你们。”他说，“我的礼物，叔叔。”但他拿着的其实是一只蟑螂，也许才从咖啡馆桌底下抓到。

一个违望者接过这件礼物，让传感器扫描了它的身子和不断颤动的腿。然后，他看了眼同伴，见没人提出建议，就决定做出自认为礼貌的举动。

他把蟑螂塞进嘴里，大嚼起来。

原本就安静的小巷变成一片死寂。乘客和几个下了班的船员看着他把蟑螂吞下肚，连大气也不敢出。那个违望者察觉到自己一定做错了什么，又不知该如何是好，接着，他想起了老师教过的内容。“味道真不错。”他腼腆地说，然后笑了笑，想缓解一下周围尴尬的气氛。

所有人都松了口气。

浣生瞥了一眼帕米尔。帕米尔点了点头，他把一切都看在了眼里。这件事说明，在大多数乘客眼里，叛乱结束得很快，没流多少血，这些叛乱者——不管他们出于什么动机——至少有足够的行动力。而且，因为来自另一个世界，他们做的事往往出人意料，富有娱乐效果。

一段时间后，这支巡逻队走过浣生的桌前。他们草草看了一眼，便继续向前走去。但走在最后的那个队员——一个肤色如同巧克力的女人——似乎发现这三人有些不对劲，于是放缓脚步，盯着浣生看了一会儿。她的动作引起了巡逻队里另一个年轻男人的注意，他也回过身来。该死，浣生心想。那个男人机敏的神色和灰色的双眸让她想起了笛雾。很可能是笛雾的后代之一。

“打扰了，如果可以的话，请出示你的身份证明，谢谢。”那个女人说。

整支巡逻队都停了下来，耐心等待着。

浣生和帕米尔报出了他们的假名，提供了一些采自别人的皮肤样本。那个哈鲁萨鲁是他们中最后一个服从命令的。他演得不错，态度非常自然——翻译器把他愤怒的低吼委婉地表达了出来：

“我讨厌你们。但你有这个权力。”

那个女人看来对哈鲁萨鲁多少已经有了些了解。“我有权力，”她赞同道，“但我也欣赏你。”说完这句话，她开始核对乘员名单，见一切正常，她对他们说：“感谢你们的合作。”

“不客气。”帕米尔答道。

那个违望者正准备离开，又改变了主意。当然，她也可能只是装出一副突然想起什么的样子。总之，她才迈出半步，就朝浣生抛出了一个问题：“你们为什么不喜欢我们？”

“你这么觉得吗？”浣生反问。

“没错。”她的面孔和动作都让浣生想起亚斯林。这同样可能只是错觉。不过，相比她的同伴，这个女人不那么像违望者。“无知。”她有些恼火地说，然后摇了摇头，仿佛觉得很失望，“我认得这身理性主义社团的长袍。你们自以为掌握了真理，实际上却对我们一无所知。我说得对吗？”

“从某些角度来看，的确如此。”浣生回答。

那个巡逻队员正在扫描她——彻底的深度扫描。这场对话只是为了方便她站得更近，扫描得更清楚一些而已。

“你们的那个世界，”浣生说，“就是那个叫髓星的地方——”

“怎么？”

“它似乎非常神秘，而且不太真实，我觉得。”

违望者们总是会遇到这个话题。那女人耸耸肩。为了显得和蔼可亲，她引用了一条理性主义社团的格言："合理提出的好问题能够消解未知。有问题的话，你可以问我。"

"你出生在哪儿？"

"哈兹城。"

"什么时候？"

"五百零五年前。"

浣生点点头，心想自己可能见过这个女人，"哈兹城……是违望者的领地吗？"

"是的。"

"一直都是？"

女人眼看就要咬钩，可她最后犹豫了一下，转而对咖啡馆里的每个人说："髓星不是一个特别大的世界。但只要人类在上面生活，无论他们属于什么派系，那个世界就都是违望者的领地。"

浣生一动不动地坐着，面无表情。

这人转向了帕米尔，"这位先生，你应该也能提个好问题出来吧。"

帕米尔的假面具露出了笑容。他思考了一小会儿，然后问道："我什么时候能去你们的世界看看？"

女人开始扫描帕米尔，她的同伴们也凑了过来，在桌边围成了半圈，用声学与红外扫描器从各个角度分析着眼前的人。那个让人想起笛雾的违望者温和地笑了笑，"如果你愿意的话，现在就可以。"

作为一个囚犯。浣生在脑海里帮他把话说完。

女违望者狠狠瞪了她的同事一眼，然后平静地对帕米尔解释："用不了多久，那儿就会开通旅游线路。髓星个非常漂亮的世界，我相信它会成为旅游热点的。"

周围一些乘客开始点头，有几个还露出了迫不及待的样子。

哈鲁萨鲁打了一个嗝，响亮的金属音吸引了所有人的注意力，“我有个比他们更好的问题。”

“请讲。我们会尽力回答。”那个女人说。

“我能加入违望者吗？”

一阵短暂而紧张的沉默之后，那个女人露出了真诚的笑容。

“我不知道。”她对这个外星人说，“但等我见到提欧，我一定会帮您——”

地面突然一阵晃动，打断了她的话。

震动幅度不大，但人人都可以察觉到。其他桌上的顾客纷纷低下头，望着自己的杯子。倒映着他们面庞的咖啡泛起涟漪，天花板、墙壁和坚固的石板路也在微微颤抖。

震动过后是轰隆隆的响声。那低沉的声音从上方传来，沿着街道传递，进入了大船深处。

浣生装出吃惊的模样。帕米尔的演技比她更出色。他站起身来，盯着那个女违望者，声音里带着一丝恐惧，“这他妈是什么？”

她当然也不知道。

好长一段时间里，五个违望者和其他人一样不知所措。然后，浣生提供了一个非常可信的假设。“是撞击。”她望着她的同伴，“肯定是彗星。我们正在接近那个恒星和黑洞……想必是彗星撞上了我们。”

这番话在咖啡馆中四散，又顺着长长的巷子传了出去。

那个女违望者看样子相信了浣生的说法，但就在这时，体内的植入节点向她发送了一条公告。她眉头紧锁、呼吸急促，对她的同伴说：“有个引擎……坏了……”

她似乎意识到这话不该在大庭广众下说出口，于是又加了一句，“但情况已经得到了控制。”不过她的脸色和语气说明事实恰好相反。

咖啡馆里的人类不是一脸震惊，就是紧张地微笑，试图缓和气氛。外星人对这个消息的反应更是各不相同，从异常淡定到分泌大量用来代表尖叫的信息素，不一而足。总的来说，咖啡馆的空气里瞬间充满了奇怪的臭味和刺透耳膜的尖叫。

很快，另一则消息通过安全频道传给了巡逻队。那个女人歪过头，屏息倾听，然后对她的小队喝道：“跟我来，快！”

巡逻小队全速冲刺，离开了咖啡馆。

如果说接下来还发生了些什么，那无疑就是情况的进一步恶化。顾客们开始查询新闻，发现流言满天飞。各种投影覆满了桌面、光滑的大理石地板，或者在空气中晃动。据说巨船那两个点火启动的引擎，有一个因故熄火了。除此之外，再没有什么确切的消息。点火之前，上千个号称专家的家伙保证过，说引擎绝不可能出现故障，更别说发生这样灾难性的事故。然而事实就在眼前。“恐怖袭击”成了无数消息的关键词，在咖啡馆中四散。

不到三分钟，就有六十五个之前从未听说过的组织和个人发表声明，宣布对这起事件负责。

浣生和帕米尔对望了一眼。

他什么也没有做。又过了一阵子，他才说了句“我们得走了”。他看了一眼巷子，似乎在考虑接下来该去何处藏身。“走这里。”他说着扯了扯哈鲁萨鲁的手肘，示意他一起行动。

巷子的出口之一，是一条半明半暗的狭窄甬道。

帕米尔和假外星人并肩而行，经甬道穿过一道恶魔之门，进入一个大气厚重而温暖的舱室。甬道从这里转向右侧。这时拐角处出现了一个身影。那是一个正在狂奔的人,个子不高,黑色的制服让他与昏暗的甬道融为一体。

甬道没有宽到能容三人并行的地步。

他们重重地撞在一起。机器外星人凭着自身的重量,几乎岿然不动。那个黑衣安保人员却发现自己仰躺在地,一张怪异的脸俯视着他。

帕米尔半跪下来,“抱歉。”

他向那个违望者伸出手去。

但对方低号了一声,很快,他那个巡逻小组的其他成员冒了出来。他们举起武器,显然把这几人当作了暴力袭警的家伙。“往后退!”其中一个违望者对他们大吼。

偏偏在这时,哈鲁萨鲁的本性发作了。

“我就要站在这儿。”他的声音隆隆作响,“你们给我滚开。”

黑暗中,有人开枪打中了这个机器人的脖子,掀飞了一些陶瓷外装甲和塑胶血肉,但并未造成致命性的伤害。外星人摇晃了一下,手撑住甬道顶,他的翻译器大声吼道:“不,不,不,不!”

恐慌之中,所有违望者都开了枪。

哈鲁萨鲁的脑袋被削飞了,连着一丝塑胶挂在身后,他的腿在激光的扫射下不断溶解。很快,庞大的身躯坍塌下去。接下来的一轮射击撕开了这具躯体,露出了里面被透明硅酮紧紧束缚住的人类。

洛克望着全副武装的违望者,脸上写满恐惧和惊讶。

浣生站在不远处,能看到他的眼睛里,还有别的。

所有武器都指向了他。在那个瞬间,一切都充满了不确定性。违望者可能会放下激光器,救他脱身。可能。

但浣生扑向她的儿子,尖叫着:“不——!”

他们开火了。

洛克看到的最后画面,是他的妈妈想用她脆弱的身体掩护他。然后,他的眼前只剩下了无尽的紫色光辉。

四十二

一系列设计精巧的小型爆炸粉碎了阀门和泵站。巨船出奇地坚固,这是真的,但累积效应依然能够生效:在最脆弱的部位灌注加压后的液氢,积蓄成湖;破坏一个等离子磁瓶,让它失效;最后,一团反氢物质被抛入那个新形成的湖泊,引起的爆炸释放了大量等离子体,撕开了一条超过十二公里的裂口。

那台巨型引擎颤抖着、喘息着,然后停止了工作。

几秒钟之内,安保部队就收到了紧急警报,开始前往不同的集结点。

又过了几分钟,一只爬行虫用激光和超纤维牙齿摧毁了挡路的障碍物,把脑袋探进了裂口。残余的等离子体让它的口器起泡损毁,但它的眼睛观察到了强烈辐射产生的虹光。

除了那道彩虹,迈尔辛再没有其他发现。她关闭了一系列安全眼,睁开肉眼。看到儿子担忧的目光,她平静地说了声:“没什么。”

“只是带来了一些不便而已。”她对她的儿子,也对自己这么说。

没等他开口,迈尔辛又说:“七分钟内,点火就将恢复。启动备用泵机,让它们全力运转。我会适当增加点火时间,保证大船回到正轨。”

他缓缓地摇了摇头,“是谁?”

她说出了自己所了解的情况。

他重复着那个词:“雷莫拉。”语气里有失望,也有憎恨,“具体是哪些人? 能找到他们吗?”

迈尔辛把相关数据传输给了提欧,包括安全眼从非常遥远的距离上拍摄下的图像。所有数据全部模糊不清,只够让人产生怀疑,无法明确定罪。但那艘掠行舰的迫降未免太巧了,巧得让人不敢相信。她把这些全都告诉了儿子,又平静地补充道:“我向来不信任雷莫拉人。”

提欧甚至比她还要冷静。

“我们的这些敌人,”他的语调没有发生一丝变化,“现在在哪儿?”

一艘用于救援的掠行舰降落在事故地点,然后继续朝着船只的前导面飞去。

“我已经下令逮捕他们了。”迈尔辛说,“但我觉得他们不会仍旧留在那条船上,不逃走。”

他的儿子表示了赞同,“那条损坏的掠行舰——”

“被拖回城了。”

提欧沉默了很久。

一个安全节点震动了一下,打乱了迈尔辛的呼吸。“你已经——”她说。

“反正你也会这么做。”他说,“五人一组,搜捕那条船上的人。但不要大动干戈。搜捕组不要太多,尽可能少。这个决定不合理吗?”

“合理不合理,这不重要。”她答道,“重要的是,这是首领船长才能做出的决定。决定事情该怎么处理的人,是我。”

提欧叹了口气,强露笑颜,“明白了。”

节点提醒她的消息无穷无尽。按照重要程度,迈尔辛给每一条消息——无论是真事还是谣言——排了序,然后专心研究优先级最高的那些:船上一些地方出现了小规模的抗议活动;超过六条道路上发生交火事件——他们已经向数以十亿计的乘客做出了保证:船上不会爆发大规模战斗,最多是些简单的犯罪案件。所有的暴力事件都会跟踪调查。洛克目前依旧失踪,但有近千个小证据表明,他早在入侵的第一天就死了。之后,她把注意力集中在了提欧派去雷莫拉城市的队伍上:他们的武器装备、他们的受训历史、他们可怜的作战经验。所有士兵的能力都差不多,没有哪个人特别突出。但这种任务,难道不应该派出最优秀的精锐吗?平白去敌占区送死,这不但是极大的浪费,还会带来许多危险……

她思索着这个词:浪费。

然后,她通过甲虫无人机的眼睛,重新检查了一遍引擎的受损状况。等离子喷流的力量大得出乎她的意料。她想:为什么竟会有人无缘无故破坏这台古老的机器?她计算着需要多少工程师和无人机才能修好。也许她应该只派违望者工程师过去,因为其他人都无法信任。这些情绪淤积在心头,最后,迈尔辛终于开口,告诉她的首席:“你擅自发布的命令,我认可了。”

“是,长官。”

“我们的部队可能会受到攻击,所以我要在附近安排重武器。就放在引擎点火时我们待的地方吧。那里的地形很有利,而且……很有讽刺意味。你不觉得吗?”

提欧容光焕发,“遵命,长官。”

他深深地鞠了一躬。

她只能希望,这种恭敬的态度是真诚的。

四十三

伞菌如尸骨般苍白,立在又黑又潮的泥土中,排列成行,像一支军队。温暖、轻柔的蒸汽从地表升腾而起,飘向明亮而潮湿的天空。

好长一段时间里,什么事都没有发生,什么都没有改变。

突然,地面裂开一道口子。一只满是污垢的手从中伸出,接着是手腕和手肘。那只胳膊往一侧弯了下来,随后又换到另一侧。五根手指绝望地摸索着,无意间抓烂了伞菌。

然后,那只手缩了回去,消失不见。

又过了半秒钟。

地面隆起,湿润的黑土向两边滑落,从中坐起一个裸着身子的人。因为窒息,他剧烈地咳嗽着。几分钟之后,咳嗽才变成了低低的呻吟。

那人左顾右盼,望着周围。

这是一片蘑菇森林,每株伞菌都有成年的美德树那么粗。那人的脸上写满了震惊与害怕。尽管已能顺畅呼吸,他却还是大口喘着气,心脏也跳得像擂鼓一样。他用脏手揉着眼睛,无法相信自己看到了什么。

他喘息着喃喃自问："这是哪儿？哪儿？"

仿佛听到了他的话，一个高个子男人从蘑菇林里走出。那人穿着副首领的制服，但反光面料皱巴巴的，袖子更是磨得看不出原形。裤子也破了，一道纵向大裂口里，都能看到苍白的腿。

他带着似笑非笑的表情，往前走了几步，单膝跪下。"你好。"他说，"放松。你叫什么名字？交流一般都从告诉对方名字开始。"

"我的名字？"

"如果你愿意告诉我的话，那再好不过了。"

"洛克。"

"当然。"

"我怎么了？"洛克焦急地问。

"你怎么了，"那人说，"你应该比我清楚，毕竟那是你的经历。"

像是突然感到了身下的寒冷，洛克从泥土里拔出腿，紧紧地抓着它们，沉默了好长时间。然后他轻声问道："这是在哪儿？"

"又是明知故问。"那人说。

洛克思考了一会儿，咽了一口唾沫。"好吧。"他说，"但我还不认识你。你是谁？"

"哈兹。"

洛克张开嘴，又闭上了。

"看样子你应该明白了。"那个早就死去的人站起身，朝新来的人打了个手势，"把你身上弄干净点。告诉我你想穿什么衣服，我会叫人送来的。那之后，假如你愿意的话，可以跟我走。"那个死人笑了笑，一副心知肚明的模样，"有个人非常想见你。"

但洛克怎么都没想到，那个人竟然是他。

洛克穿上违望者的皮束腰，跟着哈兹走出这片蘑菇森林。踏出森林的一瞬间，洛克的表情变了。他感到无比愤怒，背后的肌肉一阵阵抽搐，开口说话时几乎哑然。终于，他逼自己冷静下来，咬牙切齿地说了声："爸爸。"

笛雾站在简陋的棚屋前，脚下是一株已经硬化的蘑菇。他穿着死时的那身华服，眼神飘忽不定，脸上带笑。看到洛克，他嘲弄地说："你是被谁杀的？你的某个儿子吧，我猜。"

洛克停下脚步，面色如铁。

笛雾笑着拍拍他的膝盖，"也可能不是儿子。但你们之间肯定有些血缘关系。我敢说，准是你的后代。"

"当时我别无选择，你要杀了妈妈——"

"她活该。"笛雾夸张地耸耸肩，"居然用那种方式逃出了髓星，还那么突然，事先谁都没料到。因为她，首领船长险些知道了我们的存在。那样的话，她怎么能帮到违望者的大业呢？"

洛克张开嘴，但没有出声，等他继续往下说。

"她太危险了。你想得到的，也是你应得的那一切，险些被她和迈尔辛毁于一旦。"

洛克深深吸了一口空气，让其中的氧分在肺里慢慢消耗殆尽。

"不过，忘了你母亲那些卑鄙的罪行吧。她的所作所为还勉强可以接受。"笛雾继续说道，"另一个人对违望者造成的威胁更大，连建造者的伟大计划都可能因此受挫。"

"谁？"

"得了吧。"笛雾厌恶地摇摇头。

他往前迈出一步，说："你有一个任务，一个明确的目标。但你没有肩负起相应的责任，反而一有机会就去了那个外星人栖息地。告诉我为什么，儿子。那边有什么东西他妈的那么重要？”

洛克四下张望，哈兹副首领已经不见了。

“告诉我。”笛雾说。

“你不知道为什么吗？”

“我知道什么无关紧要。”他的嗓音沙哑，“重要的是我不知道的那些部分，你认为重要的那些部分。”

洛克什么也没说。

“你想在那里找回你母亲？”

沉默继续。

“你找不到的。一个世纪以前，你和提欧就想找回她的身体，但没有成功。你凭什么觉得这次会不同？”

“我不需要解释——”

“胡说！”笛雾打断了他，“你必须解释！我不认为你清楚自己到底想干什么。在过去的那个世纪里，你彻底迷失了方向。”他的父亲摇着头说，“我没想通过这些问题来抚慰我傲慢的灵魂。我之所以这么问，是为了你。”他大笑起来，“怎么着？你以为死是很容易的事吗？你以为建造者会宽恕你在生命最后一刻犯下的罪行？”

“我没做错什么！”

“老首领想挖出一条通向髓星的路，违望者始终不知道她是怎么找到那条旧隧道的。可能是在常规搜索中，有人找到了那扇被封死的密门吧。”笛雾闭上眼，思考了一会儿。他睁开眼，看着依然站在面前的儿子，露出一脸怒色，“你去那个离奇族栖息地……想弄清老首领有没有在你之前去过那里。如果去过，那么她可能已经知道了浣生的下落。还有一种可能，只是可能，你母亲已经被人救了。承认你爸爸说得没错吧,洛克。承认啊。”

“好吧。我承认。”

“你害怕没人能找到你母亲,而你想帮助她。多么高尚的情操啊。你一直都是这样。”

沉默。

“那时引擎就要点火,会启动很长时间。”笛雾继续说道,“好多个世纪都没有这样大规模地使用过燃料了。如果在你——她的孝顺儿子——把她捞出来之前,她被燃料管道吸进反应堆,烧成了灰烬,那可如何是好?”

洛克吸了口气,想压抑住怦怦狂跳的心。

“我讲得没错吧?”笛雾说。

“没错。”

“你在撒谎。”笛雾脸色一变,“别想糊弄你爸爸,洛克。在骗人方面,我懂得比你要多那么一点。”

洛克双手抓着束腰,以免颤抖的幅度过大。

“燃料罐里的氢元素多得聚成了海洋,而且还不止一个海洋。这种情况下,浣生被吸走的概率能有多大?”笛雾朝着洛克迈出一步,灰色的眼睛盯着他的儿子,“她被发现的概率又有多大?像这样碎成了几段……浣生只会永远沉睡在深渊中,除了你、提欧和迈尔辛……还能有谁知道?”

洛克没有回答。

“还有,你母亲的那个小钟表。”笛雾说。

洛克的眼睛睁大了,他用低得几乎听不见的声音问道:“你想说什么?”

“你和提欧清理了离奇族栖息地。由于只有最基本的工具,你们花了好几天时间。在那么简陋的条件下,我承认你们干得不错。”笛雾笑了起来，似乎已经看穿了一切。“实在太奇怪了，是不是？你们精心抹去了自己存在过的痕迹，却留下了那么显眼的线索，就埋在栖息地的墙壁中——”

洛克痛苦地叹了口气。

“这不禁让人怀疑，”他父亲说道，“真是不小心落在那儿的吗？还是说，有人故意忘记了它的存在呢？”

洛克耷拉下肩膀，望着赤裸的脚趾。

“有没有可能，某人发现了那块表，把它捡了起来……又把它塞到某个迟早会被人发现的地方？这正是你想要的结果，不是吗？”

我说得对吗，儿子？

“提欧没有注意到你干了什么，因为他信任你。而你呢，留下了一个信号，一个线索。因为你非常希望有人能找到你的母亲……”

洛克张开嘴，又闭上。但接着，他大声嚷道：“不！我不会告诉你！”

然而笛雾已经不在他面前了。他的面前一个人都没有。

洛克眨了眨眼，在虚脱和绝望的同时，也感到了一丝轻松。这时候，一只温暖的手臂放到了他裸露的肩膀上。不用看，洛克就知道是她。他转向她，禁不住哭了起来。他明白自己刚刚被愚弄了，不由得有些恼火，但心中更多的还是释然。有些事情，他自己从来没有注意，却被别人发现了……

“那到底是什么地方，那些死去的人又是……”

“不过是船上的另一个角落。”浣生抱着他的后背，脸颊贴着他的后脑，“在找到我的钟表前，帕米尔曾来过这里。这里有个人工智能。在我的帮助下，它创造了哈兹的形象，还你父亲的。

通过它们,我看到了你的反应,知道了你的想法。"

"你读了我的心?"

"我怎么可能做那种事。"她松开手臂,让洛克转过身,两人四目相交,"你之前看到的并不是违望者士兵,也没人朝我们开枪。那些同样是假象,是我输入你眼睛和耳朵的数据。你根本没有死。"

释然变成了羞愧,他竟然被如此简单的骗局骗到。

"没有别人知道。"她保证道。

"帕米尔呢?"

"他有别的事要干。"她坐在那株僵硬的蘑菇上,没有抬眼去看洛克。"这里没有外人。如果有什么要对我说,现在就说吧。说完以后,你想回去找提欧的话,我不会拦你。或者你希望留在这里,一个人待着。那样也行。"她稍等了片刻,"就算你什么也不想说,我也能理解。好吗?"

洛克叹了口气,望着自己的手。

终于,他低低地说:"我想我可以。我是说解释所有事情。也许吧。"

浣生压抑住内心的兴奋,点点头,淡淡地问道:"我们的家乡怎么样了?"

"变了。"他抬起眼望着浣生,"你不明白,妈妈。这是个非常、非常漫长的世纪!"

洛克滔滔不绝地说了下去,仿佛重压终于得到了释放。

"我回到髓星的时候,忠诚者已经不复存在了。他们被击溃、被吞并了。如果你的手下中有一大批同情敌人,甚至甘愿充当敌人马前卒的家伙,失败不过是转眼间的事。那之后的哈兹城一如既往的整洁安静,没有多少变化。"他顿了顿,"提欧和我是一同回去的,他让我引爆了笛雾的炸药,摧毁了我们头顶的隧道。那之后,提欧对所有人发表了一场演讲,地点就在你们的大神庙里。他提着迈尔辛的脑袋,告诉大家两个社会该如何融合,人们如何从中受益,并且成为建造者伟大计划的一部分。他还说一切的一切,很快就会得到解释。"洛克呼吸加快,"现在的髓星变成了一个非常奇异的地方,你肯定认不出它了。"

浣生很想问一声:"髓星什么时候不是个奇异的地方了?"但她忍住了。

但洛克猜到了她的想法。他歪了歪脑袋,像在谴责浣生,然后叹了口气,说:"已经没有时间了。"

"什么? 你想说什么?"

"确切情况,我也不清楚。"洛克坦诚。

"那你具体知道些什么?"浣生的语气平静,音调却比之前高了些。

"我们订下了时间表。提欧希望能在巨船转向之前夺取它的控制权。换句话说,就是引擎点火以前。"他的目光又垂下去,"自从你离开后,我们的人口翻了十番,建起了许多城市那么大的工厂。我们不断地制造武器,接受军事训练,还开发出了超大的钻孔机。它们能向上挖进巨船。当然,也能向下挖掘。"

"向下。"浣生重复了一遍这个词,朝洛克微微倾过身,"你们哪来的能量,居然能开动那种东西?"

洛克盯着脚趾。

浣生决定激她儿子一下,"提欧早就知道。我是说笛雾的事,他可能一开始就知道了真相。"但浣生担心自己完全搞错了,于是又加了一句,"至少我觉得,只有这一种可能。"

儿子点头的动作小得难以察觉。

浣生没有觉得自己有多聪明。相反,她跪了下来,逼洛克直视她的双眼,“笛雾的每一个小秘密,提欧都一清二楚。是吗?”

“是。”洛克犹豫了一会儿,“那时候提欧还小。头一回看过异象后,他发现了一个存储器。发现了,然后看了。渐渐明白了笛雾的计划。”

“他明白了什么?”

“明白那些异象是笛雾弄出来的把戏,那些关于建造者和‘荒凉’的故事也出自笛雾。”

下面这个问题,她不得不问:“既然提欧知道了真相,怎么会依然相信那些胡说八道?”

洛克不满地瞅了她一眼,“因为提欧意识到,父亲只是个代言人,一个容器。”洛克摇着头,“水能解口渴,但盛水的杯子用不着相信这个。”

“我懂你的意思。”浣生说。

“违望者诞生的那一天……”

“那一天怎么了?”

“我带你去的那个山谷……那个超纤维存储器就藏在谷中的一道裂缝里,我们刚好从边上经过……”

浣生没说话。

“我不知道。当时不知道。”他露出了一抹笑容,“那之前的几年,提欧向她妈妈学习过安全系统的知识:它们的工作原理,怎么欺骗它们。迈尔辛觉得,想成为船长的话,应该掌握这些知识,于是就都传授给了他。学成之后,提欧爬进那道裂缝里,让存储器的人工智能相信他就是笛雾。后来,他乘着那东西进了岩浆,一直往下,穿过融化的高温铁水,最后发现了给支撑力场供能的机器装置。”

浣生轻声道:“我明白了。”

“我们的能量几乎全部来自那里。”儿子说道,“它的核心,是个物质—反物质反应堆。”

“你亲眼见过?”

“只见过一次。”他对浣生说,“因为提欧信任我。在返回髓星、迈尔辛重生之后,他带我们去了那里,把他知道的一切都告诉了我们。”他又顿了一下,“迈尔辛激动坏了。她让人修了一条管道,连接上了那个能量源。她说这个反应堆——那时候她已经弄清了它的原理——会改变整个银河系、整个人类,包括我们每个人。”

“那个地方给出了答案吗?”浣生问道,“说明了这艘巨船的来源吗? 对它做出了解释吗?”

洛克摇了摇头。

他用怜悯的语气说了一声“妈妈”,望着浣生的眼睛。他叹了口气,像对小孩子说话一样,对她说道:“髓星藏在船里,那个动力装置又藏在髓星里……你怎么会以为谜题会就此得到解答呢?”

“难道,还有东西藏在更深的地方?”她急切地问。

回答是坚定、迅速的点头。

“你见过吗?”

洛克又一次低头望向脚趾。“没有。”他承认,然后深呼吸了几次,“更深处只有提欧去过。可能还有笛雾。”

“你父亲?”

“也是提欧的父亲。”洛克脱口而出,“提欧早就这么怀疑了。他私下用我们最好的基因分析仪做过化验,结果证明他猜得没错。”

浣生默默地消化着这些信息。

然后她问道："提欧和你同父异母，这艘大船上满是秘密——这就是全部情况吗？你把你知道的一切都告诉我了吗？"

"没呢。"洛克回答。

他抬起头，望着高塔似的蘑菇林，还有遥远的灰色超纤维舱顶，一脸疲惫地承认："上个世纪，杀了笛雾以后……我有了一些猜想，一些念头。我了解了提欧和迈尔辛的计划，也帮过他们，让他们的计划得以完成。我看到了他们对髓星做了什么，还有那里的人民。那个地方，我已经完全认不出来了……"洛克深吸了一口气，"审视自己的内心时，我产生了一个疑问。"

他望向他的母亲，眼神中满是恳求。

但浣生没有拥抱儿子。相反，她退开了一步，用缓慢而冰冷的声音问他："你是建造者的一员吗？"

灰色的眼睛闭上了。

"你问自己的，就是这个问题。对吗？"她仰起头，望着遥远的舱壁，"因为，如果你不是重生的建造者——无论这场重生是纯属意外，或者早有安排——你、提欧，还有其他违望者……就可能是'荒凉'的重生！"

四十四

每张脸都精致复杂，每张脸都与众不同。看的时间越久，你就越能感受到那种强烈的、意料之外的美感。

帕米尔望着这些脸，听着他们黏稠的喉音此起彼伏。

“这是我的决定、我的计划，我愿意为此承担责任。”奥尔良的嘴角向上翘起，露出笑容，琥珀色的眼睛也跟着变了形，像在模仿嘴巴的动作，“以你们的智慧，无论最终做出什么判决，无论是指责我、惩处我或是祝福我，我都愿意接受。”

大多数雷莫拉裁判官都显得有些不自在，但这种不自在并不是因为担心帕米尔误读他们的表情。其中一个老女人——她是乌娜的直系后代——从雷莫拉法典里引用了一句话：“这艘船是最伟大的生命，伤到它，等同于放弃自己的生命。”她的独眼像漂浮在黄牛奶中的红宝石，占了整张脸的一半。那张压扁的嘴巴继续说道：“你知道我们的法典，奥尔良。我还记得，你曾两次故意破坏过其他人的防护服。当然，和破坏一台主引擎相比，那些罪行简直算不得什么了。”

这座金刚石建筑里坐着一百个裁判官和长老。因为没有气闸密封，室内不存在可供呼吸的氧气。两扇大门朝外面的街道敞开着，几百号平民聚在门外，争睹这场半公开的审判。公共频道里，人们七嘴八舌讨论着这个案子。这些旁观者和帕米尔不一样，他们只能通过观察审判双方的表情来猜测审判的情况。

另一个长老站起身来，对嗡嗡低语的人群说："还有一条戒律。乌娜的第一条，也是最重要的那条律法。"

所有雷莫拉人同时背诵那句话："我们的首要职责是保护巨船不受伤害。"

说话者点了点她蓝色的脑袋，用银铃般的声音说："如果奥尔良同意的话，我希望用这律条来为他辩护。伤害就是伤害，它可能源自彗星撞击，也可能来自糟糕的领导。"她转动头盔，朝向被告，"这就是你要说的吗，奥尔良？"

"完全正确。"他大声说道。

他看了看同伴，转动眼柄，提醒他是时候了。

按照事先的安排，帕米尔上前一步。"明辨是非的各位，"他说，"我请求在庭上发言。"

他的防护服里安装了一个电子识别器，无论是谁，只要扫一眼，就能知道他的名字、衔级和职务。

独眼长老抱怨道："这样真的合适吗？让一个通缉犯来为另一个被捕嫌犯辩护？"

但第三个长老——脸上覆满红毛的小矮子——不认可她的看法，"要挖苦也得等到审判结束。说吧，帕米尔，我想听听你的意见。"

"我们没有时间可以浪费了。"船长说道，"违望者的搜捕队正在逼近这里。他们想逮捕奥尔良，也会很乐意抓到我。"

独眼女人咕哝一声："好极了。"

"真希望我们有足够的时间来一场盛大的辩论，凝结所有人的智慧,做出最明智的判决。"帕米尔继续说道,"然而,违望者每时每刻都在变得更加强大。每过一分钟,就有一艘钢铁飞船满载着狂徒和武器离开髓星。他们的信仰无知而可笑,与每一个雷莫拉人的追求背道而驰。"

他停顿半秒,检查了一下安全节点,确认了违望者小队正朝这里稳步行进。

他对着那些"漂亮的"面孔说:"我不想成为首领船长。但首领已死,剩下的人里,我的级别最高。按照大船的法律,我就是它的领袖,而迈尔辛不过是篡位的冒牌货。现在,既然我在诸位面前公开了自己的身份,那么也请诸位务必听我一言。"他看了眼独眼,又面向其他人,"在上百个千年的时间里,你们一直在为巨船服务。你们遵守它的法律,信奉乌娜的戒律。你们的忠心和勇气无可比拟。今天,我希望你们做的——我拜托你们做的,我恳求你们做的,就是:

"把我视为临时首领船长,抵抗违望者。拒绝任何妥协,拒绝与他们合作,拒绝交出资源,或者你们掌握的任何知识与情报。"他顿了顿,"还有什么不清楚的地方吗?"

紧张不安的沉默降临在整个大厅里。

终于,独眼说话了:"迈尔辛恐怕会非常不高兴,违望者肯定会做出反应——"

"那我们也做出'反应'好了。"蓝脸的女人说。

裁判官们各执己见,在同一个安全频道里争执起来。担忧、愤怒、伤感,各种情绪流露无遗,但其中最明显的还是反抗之心。但帕米尔知道,人们的心绪可能会在一念之间改变,于是抓住机会,大声说道:

"你们是否愿意服从于我?绝不妥协?"

人们发起了一场快速投票。

三分之二的雷莫拉人点点头,表示了“同意”。这让帕米尔决定了他的下一步举措。“非常好,谢谢你们。”他说。

如果想躲避违望者的部队,他现在就该撤离了。但帕米尔走到这个球形建筑的正中央,不疾不徐地重复了一遍刚才说过的话:“绝不妥协。”

接着,他不顾防护服的笨重,尽可能优雅地席地而坐。

违望者部队从围观群众中间挤过。帕米尔听到了公共频道发送的疏散警告,也看到了大群亮闪闪的防护面罩向两旁分开,为来人让出一条通道。但他依旧坐在原地,像一些长老裁判官和奥尔良那样面带笑容。他想到了过去做过的蠢事,还有现在正在做的、和过去相比有过之而无不及的蠢事。

但过去那些事,他总是独自承担。他从未让其他人和他一起冒险。

又一阵要求平民离场的警告传来,与此同时,紫黑色的制服从混乱的人群中显现。来人高举激光发射器,走进大门,面罩后的面孔呈铅灰色。这些人显然是失踪船长们的后代,从他们的举止里,能看出先人的顽强不屈。

士兵们没有披挂重型铠甲,也没有携带重武器。看来迈尔辛——或者别的什么人——拿捏着分寸,颇为克制。

帕米尔深深吸了口气,把它憋在腹中。

两组违望者堵住了敞开的大门,第三组发现了一条地图上没有标示的、通往城市地下的秘道。最后两组人找到了奥尔良。他们举起武器,在不让他逃离的情况下,扫描了一番他和其他雷莫拉人。

“首领船长已授权我们——”一个违望者说。

“谁的授权?”许多人反问,频道里一片混乱。

“我们将拘留——”

他的话被一阵嘲笑打断了。但其他雷莫拉人静下来以后,独眼摇了摇头,“我们应该服从他们的要求。”

那个违望者飞快地念出所有破坏案嫌疑人的名单,空着的那只手朝他的部下挥舞着。“加快扫描速度。要快！要准!”他叫道,“要快！要准!”

但奥尔良手下的船员不在这里。士兵们一个接一个地检查着大厅的人群,他们的表情既兴奋又害怕,还有出自本能的厌恶。

两轮扫描之后,一个士兵盯着一张面罩后面的脸,说:“这人不是雷莫拉。他不太一样。看,长官。”

帕米尔对着那个违望者露出笑容。然后,他缓缓吐出了那口憋了许久的空气。

震惊的表情在对方脸上慢慢绽放,那人吞了几口口水,这才喊道:“他是那个失踪的一级船长,长官。他是帕米尔!”

违望者军官转过身,瞠目结舌。

违望者全都不知所措。最后打破僵局的,是那个蓝脸雷莫拉人,“客人们,这位是巨船的首领船长,换句话说——”

“抓住他!”违望者军官终于喊了出来。

半数雷莫拉人吼道:“不!”

违望者军官举起武器,威胁着在场的所有人。

“都不许动！不然我就打烂你们他妈的那些烂壳子！听懂没有?”

对雷莫拉人来说,这是极大的侮辱。

独眼长老此时正坐在一个标准版的雷莫拉喷气背包上。尽管不喜欢,她还是参加了投票,因为那是她的义务。违望者士兵对她的扫描做得没那么仔细。她关掉背包的保险,又锁死了喷口。她把背包踢到屋子中央时,雷莫拉人和帕米尔依旧坐着,并没有做出过大的反应,只转了个身,面朝附近的弧形墙壁,让覆盖装甲的背包替他们挡住那枚土炸弹。

爆炸启动时,动静并不很大。之后就完全不同了。

依旧坐在地上的帕米尔把头埋进了双腿之间。爆炸的冲击把他往前猛推,滑过灰色的光滑地面,冲着其他雷莫拉人和违望者士兵而去。最后,他一侧的肩膀重重地撞上了大厅的金刚石墙壁。

一阵灼热的冲击波扫过整个建筑。依旧站着的人被狠狠击飞,激光发射器也从手中松脱。接下来数秒钟的混乱之中,那些武器被另一批人捡起。换了主人的武器立即自动锁死,不再是有威胁的武器了。

帕米尔蹒跚起身。

他的左膝盖粉碎性骨折,但防护服的伺服机依旧能让他勉强站起。他朝外走去,一边大喊"奥尔良"。三声过后,那个老雷莫拉人出现在他身边。可紧接着,奥尔良一跃而起,扑向楼梯下方。

一道激光一闪,击穿了金刚石质地的舱顶。

开火的士兵被打翻在地,武器也脱手而出。"这边来。"奥尔良挥手喊道,随即奔进一条狭窄阴暗的走廊。帕米尔看到他的防护服上破了个洞,白色的空气从裂口泄出,像一道小喷泉。奥尔良很快就会缺氧,暴露在真空之中。应该还能撑一会儿,帕米尔想。但这个判断更多地出自愿望,而非理智。

走廊分成三个方向。

左、右,还有笔直往下。

奥尔良转身的动作让人联想起他曾经的人类身份。只见他竖起手套上的一根手指,挡在橡胶似的嘴巴前。意思是“嘘”。

接着,他脚朝下跳进了那个无底洞。帕米尔紧随其后。

彻底的黑暗让人无法察觉自己正在坠落,那道喷泉的泄漏速度看起来也放缓了。帕米尔刚想松口气,耳边突然响起了一个声音。

“帕米尔?”那个声音说,“你现在能说话吗?”

浣生。

“你听得见吗,帕米尔?”

他不敢回话,甚至连加密频道都没有启用。有人可能会注意到电磁扰动,然后循迹而来。好在浣生似乎考虑到了这点,因为她继续说了下去。帕米尔甚至觉得她就在身旁,和他一道坠落。

“我有些新消息。”她说,“我们的朋友加入进来了,他会帮助我们……”

好极了。

“我想知道,”她继续说道,“我们的另一批朋友怎么样,他们同意和我们并肩作战了吗?”

就在这时,有什么东西震动了船壳。

在那嘎吱作响的瞬间,帕米尔伸手碰了碰隧道壁。整个船壳都在晃动。然后,他突然产生了失重感。只有那种非常、非常小的星际飞船才偶尔会出现这种情况。他闭上眼睛,对浣生还有自己说道:“雷莫拉会参与战斗。”

他低声说:“我们掀起了一场战争。”

第四部

“荒凉”

我完美而永恒的孤独，被无数的星辰，还有喧闹而繁盛的生命终结了。一片片天空布满了恒星和充满生机的世界。住在我身体里的生命，数量同样庞大而稳定，他们繁衍生息、兴旺发达，所做的一切早已超过了生存的基本需要。若不如此，又能怎样呢？这些生命和平共处的时候居多，尽管和平会不时遭受爱与挫折的考验。这些生命用精子、卵子、软件和晶体奇迹般地创造出了他们的孩子，那些孩子出生时总是对世界充满热情。只是，这份热情总是很快便被侵蚀，化为冷静。这便是成熟的标志，是时间用它永不疲倦的手强加于世间万物的标志。

我几乎忘却了死亡。

不是说死亡这个概念，这我从未忘却。作为生命历程中理论上不可缺失的一环，以及偶尔发生的悲剧，死亡这个平衡者总是让我将它想起。然而作为残酷的事实——作为生命发展的必然结果——死亡似乎早已成为过去，一如我古老而珍贵的孤独。

也可能,我从未真正理解死亡。

在我看来,她的面容冷酷而狂妄,有着出乎意料的美。那美丽的面庞栖在高大的身躯上。随着屠杀的增多,这身躯变得越发强壮而美丽。这身躯以一个灵魂或是数以千万计的灵魂为食,一口吃掉多少全凭她善变的恶意。被她留下的众生总是会想:

"为什么不是我?"

"为什么我还活着?如此孤独?"

透过我的躯壳,这些话语传入我的耳中。我听到了呼喊声、密语声、电磁噪音的咆哮声。当然,还有美丽的死亡在他们的痛苦中啜饮的声音。

"缴械投降!"

"发动攻击!"

"你看到他们了吗……别……别是现在……不!"

"坚持住——"

"不是那里,你得去……祈愿修理厂旁边……你有没看到,不……"

"撤退——"

"伤亡人数……超过……一千一百万人死于轰炸,两千万人躲进了地下掩体……"

"我们在集合点遭到伏击……对方拿到了机械厂里的核武器……"

"如果有必要,杀了我。"

"向你保证,我会这么做的。"

"死伤人数超过百分之八十。蜂队仍然保持一定实力。"

"后撤,然后挖——"

“我们有个反应堆遭到破坏,停止运转,需要工程师支援。”

“怎么样? 速速来一发?”

“把囚犯集中到这里,按照他们可能知道的情报给他们分类。这个我亲自做。之后再带回去审讯,或者按照标准流程处理……”

“狂徒。”

“疯子。”

“冷血的畜生。”

“飞快地来一发怎样?”

“来看看,来看看吧! 你们都仔细看清楚了,他们是半机械人,我的朋友们! 和‘荒凉’一样! 他们体内只有由机器带动的恶心内脏。过来,碰碰这些内脏。摸摸它们,闻闻它们,再往你们的衣服上抹点这奇怪的血肉。你们要在战斗中劈开他们的外壳。混合着机械的血肉,这是多么邪恶。纯粹的邪恶! 我可以向你们保证……”

“伤亡率,百分之九十二。蜂队战斗力削弱了。”

“能往哪儿逃,就往哪儿逃吧,不管用什么办法……”

“注意:最后一艘装载囚犯的船只里有人携带了一枚经过伪装的反物质炸弹。因此,在登船之前,所有囚犯都必须经过严格检查——”

“继续撤退……所有还能飞的掠行舰都用上!”

“他们是重生的荒凉! 打倒他们,把他们慢慢杀死,这是我们神圣的天职!”

“我们最后一座城市……乌娜之心……失守了……”

“注意:乘客的待遇与雷莫拉人不同。无论其态度如何,乘客不会被草率处决。民事法典不但目前依然有效,而且将一直

生效——首领船长办公室”

“我什么也不会告诉你，‘荒凉’！绝不会！”

“他们称我们为‘荒凉’。到底是什么意思啊？我一点都不知道。我猜应该是在骂我们……”

“快按键啊！快起飞！”

“我不行了，你答应过会杀了我的。”

伴随着一阵电磁噼啪声的，是沉重的撞击声。

“做个好梦，朋友。”

“我的蜂队全军覆没了。没人活下来。我的家人大多住在偏偏河，告诉他们……”

“好吧，你们这帮狗屎！我是‘荒凉’。我们就是他妈的‘荒凉’。你们害怕了吗？是不是吓得尿裤子了，嗯？我们绝不会退让半步，畜生。想捉住我们，你们就得沿着自己的尿迹到我们的老巢里来——”

“所有引擎都安全了！”

“反应堆，启动！”

“违望者涌过来了，就没断过……又来了几队……他们的数量比天上的星星还要多……”

“重复，撤退。你知道该做什么！”

“公告：暴乱几个小时之内就会彻底压制下去。巨船的拖尾面安全了。本船的核心系统始终未受干扰。乘客区一直处于安全状态。感谢您的支持与祝福——首领船长办公室。”

“看来总算有些空闲了。咱们从容地来一发怎样？”

“听起来不错。”

“可不是。那就现在？”

四十五

一个将军先开了口，语气严肃。

“雷莫拉人快被打败了。”他站在最新的战略情报全息地图前说。他意识到首领船长也听到了他的话，于是站直身子，正了正肩膀，继续说道：“我们摧毁了他们的每一座城市。他们中的大多数不是死了就是被关押起来了。逃亡的那些被赶到了船头，他们没有可以坚守的据点，最多只有点不切实际的幻想而已。”他最后加了一句，“长官。”然后微微躬身，朝着首领的方向微笑，灰眼睛的视线却始终没离开提欧。

一顿训斥要来了。

一顿直截了当、有力、令人难忘的训斥。

但迈尔辛只是挤出一抹笑，用耳语般的声音对她手下的官员们说：“这事没什么好庆祝的。”

“当然，长官。”将军又是一躬身，“我只是说——”

迈尔辛挥手打断了他，未置一词。

她扫视着每一位将军，还有提欧，然后她明显谁也没看，说的事情也出乎众人意料：“刚上船的时候，我就注意到了一个人。一个男性人类。他站在舰桥外面，除了举着块手写标语牌之外,身上什么也没穿。”

沉默。

“‘终点在这里!’”她引用了那牌子上写的字。

沉默中多了一丝不确定。

“我是个很忙的人,但问几个简单问题的时间还是有的。”她摇摇头,对众人说,“很显然,那人是个白痴。是那种爱钻牛角尖的可怜虫,说什么也抛不开那些耗时耗力又无价值的念头。过去的六个世纪里,那白痴一直在公众场合一丝不挂地举着他的标语。就在首领驻地外面。你们知道吗?每天早上,他都会把这些字重新写在新的羊皮纸上,小心翼翼地不让任何字母重复之前的笔迹和颜色。他为什么这么看重这事,我不知道。两天以前——也就是我上次离开这些房间的时候——我本来可以抽点时间去问他这些问题。我本来可以让他向我解释一下,他那种激情是从哪儿来的。‘先生,这东西为什么对你那么重要,让你愿意把几百年的时间花在这种常人认为毫无用处的事情上?’”

迈尔辛重重地叹了口气,“但就算我想问他,现在也没法问了,更别提帮到他了。因为他不见了。二十万个早晨,他都在黎明之前起床,根据他那难以理解的憋闷逻辑,涂绘他那个重要的声明。但两天前的那个早晨,天知道什么原因,那家伙没站在老地方。昨天不在,今天也不在。我的所有安全眼里都没有他的踪影。他就这样消失了。你们不觉得这事很蹊跷吗?”

一个违望者将军——福姬·盖布尔——清清嗓子,正了正肩膀,说:“长官……”

“闭嘴,别打断我。”迈尔辛摇摇头,警告众人,“我对任何人的推断都不感兴趣。别给我因为这个由于那个的。坦白说,我并不太在乎一个怪人的死活。让我愤怒的是,有些人连最基本的问题都不去问,惯会瞎猜。我现在就被这样一个简单的问题所困扰:还有哪些问题是我这些没有经验又狂妄自大的将军忘了自问,也没问过彼此的?”

提欧向前迈了一步。这场会议是属于他的。出于显而易见的原因,迈尔辛让她的首席负责这场战争。现在的她有太多的新职责需要承担。再说战争波及甚广又太野蛮,首领不该直接参与。让儿子负责比较好,是的。迈尔辛对此没有丝毫怀疑。

“您说得对,长官。”提欧同意道,接着他为将军们示范了一遍正确的鞠躬方式,对着被某人的脚磨出印迹的大理石地板说,“现在言胜为时尚早,长官。胜利总是需要付出惨痛的代价,而雷莫拉人很可能只是我们的第一批敌人。”

“没错,没错。说得很对。”她肯定道。

主持会议的不是迈尔辛,她随时可以离场。她来只是为了显示一下自己的权威。她突然转身,在迷宫似的首领公寓中,朝某条通向尾厢的走廊走去,一边用加密频道接通儿子,节点对节点:“这边完了以后,过来见我。”

“是,长官。”声音简短干脆,加密通道里的声音则保证道,“我尽快来,妈妈。”

迈尔辛想转头看一眼。但那样不合适,她心想。她很清楚人们脸上会露出什么样的表情。只要提出那些你要问的简单问题就够了,她对自己说。不要把宝贵的精力浪费在那些你已经知道答案——无论是好是坏——的事情上,这样只会适得其反。

公寓还是她熟悉的结构。若是个意志稍弱、自我怀疑的人,可能会逃避这些小而舒适、故意装潢得很普通的房间。但新首领从没想过换别的住处。既然旧首领的宝座她坐得理所当然,那女人的家她又有什么住不得?说实话,在这里住了几个礼拜之后，这些走廊、立柱、盆栽，甚至那张宽大的旧床，都让迈尔辛感到无比自在。

她的床上已经有人了。

“会议？”他开口发问。

“一切顺利。”她回答道。但为了再确定一下，她又接通了安全眼和安全耳。将军们大喊大叫的激昂言辞不时被提欧平静而威严的话语声打断。满意地窃听片刻之后，她问床上的人：“有进展吗？”

“有，”“美德”答道，“但进展缓慢。”

雷莫拉人清楚地知道怎么才能真正伤害到这条船。看来乌娜所宣称的对这机器的爱全是虚言。这些人对船下的狠手，一点儿也不比攻打她的要害部门时轻。迈尔辛调出飞船最新的受损和修复预估报告。她发现有一个节点未能在第一时间给出相应数据。

迈尔辛怒道：“又出现了那个问题。”

“我警告过你的。”“美德”明亮的灰眼睛注视着她。那双眼睛在他那张脸上显得太大，他所有的想法都清清楚楚地写在里头，“我们正在对你做的……嗯，是从来没人做成过的事。没在人类身上做成过。接受这样巨大的改变——”

“‘——所需要的时间长得难以想象。’我记得你说过的话。其他人也是这么对我说的。”迈尔辛满不在乎地晃了晃脑袋，一边给制服下指令，让面料从她的肩膀部分开始柔化。很快，制服滑落到了地毯上。她宽广、深邃而美丽的身体，在卧室中人造阳光的照耀下闪闪发光。

她坐到了床边上。

“美德”向她挪近了一点。但他花了点时间才终于鼓起勇气，向迈尔辛的乳房伸出手去。他当然不喜欢她的新身体，而她当然也不在意。节点需要占用大量的空间与能量，她的体型必须增大到能承担起这个重担的地步。另外，“美德”的羞怯也自有一分可爱，甚至有些许甜蜜。迈尔辛忍不住微笑起来，垂眼看着小小的手指拼命地爱抚她那一大片棕色的左乳头。

“没时间了。”她说，“我的首席很快要来。”

“美德”的手还是在迈尔辛身上多停留了一会儿，用手指感觉着血液和其他液体袭来时，乳头发生的肿胀。

待他收了手，她命令睡衣将她包裹起来。

之后，“美德”关切地轻声道：“你看上去很累。我觉得，比平时还要疲惫。”

“别想哄我去睡觉。”

“我连哄自己去睡觉都做不到。”

听了这话，迈尔辛又笑起来，她转过头来，张开嘴，准备说句称赞的话：“我希望你升级节点的本事能和哄我开心的本事一样好。”她本来准备好了要这么说，但一阵突如其来的、意外的刺激，在她正在运转的节点中化作了一道相关光。她刚说完“我希望……”就停住了。

“美德”等着她把话说完，准备好了适时露出微笑。

但她的注意力已经集中到了没有别人能够看见的事情上。

过了好久，她的爱人终于鼓起了勇气，“出什么事了？”

“没事。”迈尔辛回答。

接着又对他说：“等一会儿。你先在这儿等着。”她一边站起身，走到房间后墙边，命令制服重新盖住她的身体，一边又低声重复了一遍“等着”。与此同时，仿佛用抛光了的红色大理石塑成的墙上突然敞开了一条通道。

“等等。”他急忙问，“你要去哪儿？”

在她身后，门已经关闭封死。

首领的房间里藏有秘道不是值得大惊小怪的事情。曾经作为首席，迈尔辛早就意识到这些房间和走廊错综复杂的布局中留有秘道密室，以供不时之需。让她惊讶的是，这些秘密的地方看上去和公共区域并无二致，至少一样普通。这里装潢乏味，用途不得而知。占领此地以后，她改建了那些最大的密室，在里面放满了被切下的、正在慢慢木乃伊化的头颅。这样处理那些怀有异心的船长看来非常得当，是残忍与乏味的完美结合。卧室后墙秘道通向的那个房间比其他的小得多，而且没有人——甚至包括“美德”和提欧——知道。密室里藏着一条小道，小道的尽头有一辆帽车。这条小道是前任首领在遭到某些疯子袭击以后建起来的，而那辆帽车不但未经注册，甚至连组装都是在这里完成的，正合此刻使用。

驱车离开后，迈尔辛先确定了没人在找她。之后，她才重新检查了一遍那条通过她最古老，也是最隐秘的频道里传来的消息。

“这就是我的提议。”还是那个熟悉的声音，那张熟悉的脸。消息来自飞船深处某个小车站里的全息通信亭。

那女人微笑着，她的黑头发又短又软。她的脸明亮而光滑，仿佛皮肉、鼻子以及身体的其他部分都是刚刚新长出来的。她脸上挂着笑，不过那笑容不仅自鸣得意，还含着恶意，“我知道这条船到底是什么了。而且我真的觉得你也应该知道。”

浣生。

“来见我。”那个死去的女人说，“你一个人来。”

看到那张脸，听到那些难以置信的话后，迈尔辛差点儿脱口而出:“我绝对不会去见你,更别说只身一人了。”

浣生显然预料到了她的反应。只见她摇摇头,告诉迈尔辛:“是的,你肯定会来见我的,因为你别无选择。”

迈尔辛闭上双眼,让脑海中的眼睛凝视着这条录制消息,还有对方那双深沉、黑暗又无情的眼睛。

“到大神庙来见我。”浣生说。

“到哈兹城来。”她说。

“到髓星来。”

接着她差点儿笑了,她望着想象中首领的眼睛,问道:“你在害怕什么?这世上还有别的地方比那里更让你觉得安全吗?你个又老又疯的、婊子中的婊子。”

四十六

一队逃亡中的老式掠行舰、流梭舰和改装型帽车在无边无际的船壳表面穿行。为了伪装成下方的超纤维，它们的引擎被遮掩起来，做了静音处理。每架飞行器四周都围了一圈假飞行器——这些全息影像被设计得十分显眼，竭力引诱违望者向它们开火，好让他们不要纠缠那些若隐若现的幻影。

奥尔良正在驾驶的就是这样一架幻影。

人工智能驾驶员被一道电磁脉冲弄得失常了，这让他别无选择，只能手动操纵。那阵脉冲还毁掉了飞行器的主反应堆，他们只剩下辅助设备可以依靠。辅助人工智能还低声对驾驶员说："我病了。我需要维修。不要依赖我。"

雷莫拉人没理会这抱怨。他回头看了看乘客们，用哨声和信号提出了一个最简短不过的问题：

"还要多久？"

"九十二。"脸像牛奶一样白的女人说。

她是说分钟数。最新预测，九十二分钟。太长了，怎么可能会花这么长时间？

但他没有问出这个问题。

因为他发现一架违望者的蜻蜓舰从他们身后的地平线上升了起来，企图追上他们。太晚了。他轻声说："瞄准。"坐在掠行舰尾端的两个男孩已经看见了敌人，他们瞄准了蜻蜓最脆弱的那个点。但他们的激光器充电时间太长，起掩护作用的全息投影被一道光束冲散了。这条紫白色的光柱带着怪诞的优雅，在船壳上不停舞动，寻找着可以焚毁的东西。

男孩们喊道："充电完毕。开火！"

太晚了。奥尔良猛地一转方向盘，完全破坏了他们的瞄准，而掠行舰原来所在的位置已被能量包围。一道紧追不舍的电磁波扰乱了方圆一公里内所有的电子设备。在那可怕的一瞬间，众人的防护服都收紧了。掠行舰的控制设备开始胡乱行事，对真正的指令却置若罔闻。奥尔良暗暗咒骂了一声，待众人的胃液都被G力野蛮地搅动一番之后，他重新控制住了掠行舰。他又咒骂了一遍。

有个声音再次说："开火。"

和违望者的装备相比，他们的武器显得很小，但巨船的某台主要激光器上的瞄准元件就是用它打下来的——那些元件能在极大的范围内搜索并攻击尘埃般细小的目标。

一道柔和、狭窄的闪电窜上明亮的淡紫色天空，钻进了攻击对象的装甲里，然后带着它骤然跌落船壳。

一小阵欢呼。

纯粹是下意识的。

十几架新的幻影出现在他们旁边，但没有一架能以假乱真。奥尔良立刻意识到，他们的投影机已经严重损坏，很快就要失灵了。没等违望者注意到，他便抹掉了这些幻影。

现在只能靠他们自己了。但愿还能追上大部队，然后消失在数不清的幻影和其他诱敌伎俩里。

有那么一小会儿,这个目标似乎可以实现。

坐在他身后的女人正在窃听某个加密频道。她俯身向前,推了推他的肩膀。他防护服上的仿神经元受损太厉害,只能让他感受到轻微的压力。但他喜欢这压力、这触摸。奥尔良往后靠了靠,享受着触摸,再一次问道:"还要多久?"

"四十。"她回答说。

破坏小队又能执行原计划了。再过二十二分钟,他们就能进掩体了。

女人又说了句什么,但她的声音被掠行舰反应器的呻吟声打断了。"我就快完全失灵了。"然后它既赌气又骄傲地对奥尔良说,"我还能再坚持十一分钟。我保证。"

"操。"奥尔良自语道。

然后他轻声告诉其他人:"对不起。掩体我们进不去了。"接着他问,"有主意吗?有人有主意吗?"

没人觉得意外。奥尔良从他们脸上看到的,在船舱氛围中切实感受到的,只有一阵很快就烟消云散的失望。这是长达两周的战争造成的。到现在,大家的情绪就像崭新的超纤维,无论什么刺激都不可能留下长久的痕迹。结局已经注定,操作枪炮的男孩们说:"我们应该掉头。回去对着那群畜生猛攻一阵,能杀几个算几个!"

但此刻他们除了自己,谁也杀不了。

奥尔良在座位里转头,让他们看到他的脸。强烈的辐射让他的皮肤起泡,引发了各种稀奇古怪的突变和癌症,留下一个个肿块、一串串黑色的水泡。他琥珀色的眼睛在眼眶外悬荡,长长的獠牙也完全错位。"行不通。"

十几张脸上，各式各样奇怪的眼睛纷纷闭上了——这是雷莫拉人表达最纯粹的敬意的方式。

“我知道一个地方。”他说，“算不上真正的掩体，但好歹有个遮挡。”他转头望着前方，喃喃自语道，“至少我希望是这样。”接着，他吃力地把掠行舰调整到了新的航线上。

女人又摸了摸他感觉迟钝的肩膀。

是要告诉他时间吗？

不，她只是想摸摸他。奥尔良一边从快要失灵的反应堆里榨出最后一点能量，一边打起最后一点精神。在那若有若无的触摸中，奥尔良陷入了某种回忆。某种比他们的种族存在时间更长的回忆。

雷莫拉人之所以存在，是因为船壳需要不断地维修。

这件事他们做得非常好，但并非无懈可击。在填补爆炸造成的深坑时，速度至关重要。超纤维，尤其是等级较高的那些，对许多变化非常敏感。有时还会出现一些失误：某一层超纤维的愈合还没赶上损坏的速度，另外一层或者多层新的超纤维就已经盖上去了。这些新鲜的超纤维像皮肤一样柔韧，仍在自我修复的超纤维释放出的挥发物会让它们起泡，这些气泡会减弱其承受力。但要撕掉刚铺上的超纤维去修复损伤又很耽误时间，更糟的是，这样宇宙就有机会往上一颗彗星的坟墓里再砸来一颗也许更大的彗星。

乌娜曾经说过：“最好留点缺陷。”这既是在说船壳，也是在说别的事情，“绕着缺陷加固，让它维持原状。记住：今日的缺陷将是来日的珍宝。”

巨船遥远的前导面上，有一处巨大的缺陷。隐藏其中的隧道通往一个巨型舱室,大得足以让幸存的所有雷莫拉人藏身。过去的十天里,大量机械储备和小作坊制造的武器储备被秘密运来这里。某人很久以前的失误如今成了众人背水一战的堡垒。

但奥尔良到不了那里了。他的掠行舰甚至难以挣扎着飞到不足四公里外的某处较小、较危险的气泡。几个世纪以前,四处查看的时候,他瞻仰了某座高耸的骨白色纪念碑,看望刻在碑上的去世朋友们的名字。就在那时,他发现了那个小气泡。纪念碑旁边有一条冰冷的排气管,它朝船壳里延伸,通向那个狭小无光,并不特别深的气泡。

掠行舰彻底熄火,奥尔良毫无必要地大喊一声:“跑!”

防护服有的是防护强度,而不是速度。梦境中,人们有时会感到自己的动作无比缓慢。现在,梦境化作了现实。男男女女沉重的脚步沿着没有任何特征的光滑灰色平面行走。如果没有那座纪念碑,他们一定会迷失方向。从他们迈出笨拙的第一步时,白色的尖顶就在召唤他们了。每一只仰望的眼睛都在丈量进程,眼睛背后的大脑则不断想着“近一些了”,嘴上说着“不远了。还有几秒。几步。几厘米”。

他们刻意忽略了空中的情况。

防护盾浅紫色的光芒变得更亮了,挡住越来越多的气体和纳米级尘埃。巨型激光器不断消灭外来威胁。这些威胁物有的只有拳头大小,有的和人的体积相当,还有的庞大如宫殿。一颗红巨星遮天蔽日,挡住了其他寻常星辰。它的质量已经影响到了巨船,开始拉拽它,改变它的轨迹。

一道更明亮的闪光在身后闪现,让所有人心中一惊。

男孩们只说了一声:“掠行舰。”便没再开口。

奥尔良慢下脚步,向后看去。后面是跳跃的影子,一阵阵愈发密集的光线——激光。远处那无声而美妙的闪光则是核雷自行引爆时迸发的。

然后他又慢跑起来,跟在其他人后面,心想:我们还有时间。但他很清楚其实没有。一支违望者军队正在发动猛攻,如果最新的时间表是正确的,他们还剩下不到三分钟,之后……

之后。

接着他停止了思考,抬头望着前方,再次平静地对自己说:“再走几步就到了。”

纪念碑已经显得很高了,高得无法一眼观其全貌,但仍然远得让人感觉不到它的气势。奥尔良再次低下了头。他强迫双腿的伺服机竭尽全力迈开大步,还用自己的力量拉长脚步。他喘息一次便大骂一声,这能让他感觉好一些。

脸色奶白的女人说:“快点。”

他抬起头,意识到自己掉队更远了。

“走快些。”她挥动苍白的长臂,鼓励他继续前进。

但奥尔良的防护服已经到了极限。他在机械装置显出疲态之前就知道了。战争和坏运气让两条腿的伺服机都受到了损害,两台伺服机都只能再撑三步了。

“妈的。”他骂道。

他用肌肉抬起腿来,又放下。

防护服极其沉重,但他们的目的地总算是近了。确实近了,近得撩拨人心。奥尔良哼哼着又走了几步,然后不得不停下来,站着一动不动。他需要一点儿时间,让完美的肺叶吸入从他自己的尿液和血液里分解出的氧气,再将氧气注入黑色的血液。血液还需要一些时间,才能清除肌肉中的毒素,让他勉强恢复一点体力。

他的伙伴都已到达塔基，一个接一个地消失在了虽然很小但依稀可见的洞里。

女人再次轻声对他说："快点。"她转过身来，挥舞着双臂。她的面容依稀可见，苍白中透着一丝恐惧。

奥尔良蹒跚几步，又停了下来。他一边喘气，一边转头回望他刚刚走过的地方。装甲飞行器有的掠行，有的滑行，正在穿过灰色的平面。按照违望者的某些逻辑，这些飞行器都是昆虫的形状：没有实际用途的翅膀折向后方，带关节的腿拿着武器。一台激光器开火了，一阵猛烈的火力从他的头顶扫过，劈向纪念碑，然后遁入无尽的远方。白塔靠近基座的地方熔化了，它倾斜的姿态带着无比的威严。然后，它倒塌了，并没有给船壳造成多深的凹陷。

第二次攻击融化了纪念碑的基座。

那女人，还有其他人在哪里？

奥尔良没看见他们。除了突然出现的一摊熔化的超纤维，他什么也没看见。也许他们在地下，很安全。他不停地告诉自己这是可能的，可能性甚至很大。过了一小会儿，他意识到自己又跑起来了，他的双腿正尽力带他逃离迅猛无情的军队。

他看起来无比可怜。

他走到了熔浆边缘。因为无处可去，他又转过身来，瞪着追捕他的人。他们就快捉住他了。到了这时，见他孤身一人，又手无寸铁，他们于是从容起来。也许这是一个有价值的囚犯，那群恶棍肯定这样告诉彼此。也许抓住奥尔良这样的大罪犯，那个婊子会亲自嘉奖他们。

他筋疲力尽地向后退了一大步。

超纤维的温度高得惊人，熔浆很深，表面满是释放气体所形成的气泡。但因为没有能量持续注入，超纤维又开始固化了。固化后的超纤维等级非常低，总有一天有人得把它从船壳上撬下来，换上新的超纤维。然后建一座更大的纪念碑。但是奥尔良的防护服也是超纤维。高级超纤维，虽然有点破旧。它能承受住高温。没错，他的皮肉会起泡、煮沸。但是，只要他能保证自己的金刚石面罩不炸裂，说不定……也许……

他又向后退了一步。

然后跌倒。

反应器和自循环系统的重量让他没入了熔浆。疼痛传遍全身，无止无休，然而过了一会儿，疼痛突然失了。奥尔良的头盔是他唯一没有被淹没的部位。他的脸没有迅速毁灭，它撑了一阵子。他的眼睛向上望去，看着那颗巨大的、辉煌的红色恒星，还有防护盾的闪光、不断扫射的激光……然后，他想知道是不是时候到了，也许他应该潜得再深一些……

就在这时，没有任何征兆，防护盾突然消失了。所有的巨型激光器也都不再对袭来的天体开火。

瞬间之后，狂暴之雨喷洒而下……

四十七

发现了一辆违望者的车，一架以铜翅目生物为仿生蓝本的小型机器。于是，浣生和其他人一起爬上附生植物林，进入伪装好的掩体。他们从上方观察着那辆车，看着它停在铺满沙砾的河岸上。一个有着帕米尔的长相和身形的男人跳下车来。但来者可能是任何人，所以他们继续躲着没现身。男人用大靴子踢着沙砾，在湍急的河边用疲惫的声音不断呼喊着："浣生。"后来，也许是因为累了，帕米尔直接对着树林说："看样子，你重新考虑之后改变了主意。"他摇摇头，说，"我不怪你。其实这样更好，我也一直不喜欢这部分计划。"他抬起眼睛，竟然直视着他们的藏身处。

浣生站了起来，一边把激光器扛在肩上，一边问："你能看见我？"

"早就看见了。"他指了指车，"车是偷来的。所有痕迹都清洗干净了，而且重新登记过了——如果我们做得没错的话。"

葵·李和佩芮站起身来。最后洛克也站了起来。

峡谷里突然传来一阵隐隐约约的颤动。浣生某个新植入的节点向她汇报：有一颗彗星撞击了船壳，顷刻间便摧毁了一千立方公里的装甲。

“要去的话你得赶紧走，”帕米尔说，“这会儿已经晚了。”

葵·李碰了碰浣生的手臂，关切地说：“也许他是对的。你不该这样做。”

他们从树上下来，走到铺了沙砾的河堤上。浣生对她儿子说：“快去，检查一下装备。”

洛克点了点头，跳进悬停的车里。

浣生提醒众人，也提醒自己说：“我们需要诱饵，一个能让他们相信的诱饵。既要让他们感兴趣，还得重要。只有我才符合这些条件。”

没有人说话。

“迈尔辛那边怎么样了？”她问。

“二十三分钟之前，她收到了你的邀请。”帕米尔告诉她，“我们还没有发现她动身的迹象。但路途遥远，此行又在计划之外，她一定会怀疑有埋伏。我觉得她不会很快赶来，也不会走常规路线。”

船身突然剧烈晃动起来。

“到现在为止，这一下震得最厉害。”佩芮评估道。

防护盾已经失灵五分钟了。“官方给出的解释是什么？”浣生问。

“据官方的说法，”帕米尔说，“雷莫拉人证明了他们是巨船的敌人。维修将在十分钟、二十分钟内完成，最新说法是五十分钟。防护盾将被修复，而那些坏蛋会在今日之内被全数歼灭。”

隆隆声，接着又是一阵隆隆声。

洛克在车里喊道：“一切都准备好了。”

浣生跳进车里，停下来喘了口气。她心神不宁，过了好一会儿才明白为什么。不,并非因为她是诱饵。她的心怦怦直跳,但并不是因为任何即将到来的危险。就算一切太平,她的感觉仍会这样。时隔一个多世纪,她终于要回髓星了。她要回家了。

浣生向葵·李夫妇挥手。

随后,钢制车门自动关闭。仓促之间,浣生只来得及向帕米尔匆匆喊了一句:“这些天多谢了。”

违望者的安全措施十分缜密。

滴水不漏。

但这样的安全措施没能事先做好准备,以抵御某两个人的进攻:某位著名的过世船长,还有她更出名的儿子。

“您失踪多时了,”身穿制服的男人说,他既敬畏又困惑地盯着洛克,“我们还以为您第一天就被杀害了。我们一直在寻找您的尸体,长官。”

“人们难免会弄错一些事情。”这是洛克的意见。

负责安保的男人点了点头,吞吞吐吐地,准备提出那个明摆着的问题。

没等他发问,洛克先回答道:“失踪是任务需要。是提欧要求我这样做的。”他不耐烦地说,听上去无比可信,“我受命寻找我母亲。不计手段和代价。”

安保官员身穿深色制服,显得个子很小。他看了他们的囚犯一眼,说:“我得请求指示——”

“向提欧请求吧。”洛克的建议很合理。

“现在吗?”那人结巴起来。

“我就在车里等着,”身为最伟大、最受尊敬的违望者之一,洛克保证道,“如果你同意的话。”

那人只好说:“是的,长官。”

车站位于入口隧道的咽喉处。上下行车辆飞速往来。浣生看见了不少以熟悉的锤翅目生物为蓝本而设计的巨大钢制飞行器。一架架空车扎进直径约一公里的隧道,满载的车辆则从隧道里冒出来,带来新的部队,以弥补违望者遭受的损失。

战争中的屠杀是无情的。但对巨船而言,更可怕的是乘客和船员逐渐膨胀的、极不稳定的恐慌情绪。

浣生闭上眼睛,让她的节点一点点地吸收新的信息:街道和广场上挤满惊恐而愤怒的乘客;一个个愤怒的声音谴责着新首领、旧首领,还有违望者和雷莫拉人。接着,她看见灰尘和砾石以三分之一的光速落下,巨大的动能化作耀眼的光芒和咄咄逼人的热量,砸向违望者的众多飞行器;一支军队落入了雷莫拉人的陷阱,再过几分钟便会全军覆没,但另外一支违望者军队正在赶来,填补战线的空缺。浣生睁开双眼,看着那些正在上升、准备投入战斗的钢制锤翅车。那个安保官员的小小的询问消息淹没在混乱的加密消息、命令和绝望的请求里。然后,一个纯属虚构却十足可信的回答被严密地包裹在伪造的加密封锁码内,传送了回来。

车站的人工智能检查了封锁码。由于它的认知能力刚刚发生了一点极细微的故障,它宣布:

“信息来自提欧,真实无误。”

守站的违望者显然如释重负,他对洛克说:“要求您把囚犯带回髓星,尊敬的长官。”

“谢谢你。”洛克说。

他驾车驶离泊位,跟在一架空锤翅车后面扎进了隧道,不断加速,快得让那些上升的锤翅车模糊成了一条灰线——髓星的一切似乎都在不断上升,渴望去看一看那个既浩瀚又危险的宇宙。

“变化很大。”洛克这么说过。

他为浣生详细地描绘过新髓星,其描述颇有诗人气质,有点忧伤,有点嘲讽。浣生是带着期望来的。她早就知道,顺从的忠诚者已经建成了迈尔辛的大桥,但那之后,他们又利用违望者的资源,对桥做了一番改良,使所有军队穿越日益衰弱的支撑力场成为可能。住在众船长原来的基地里的工程师们迅速重建了入口隧道,能源和所有原材料都来自下方星球。他们用功率极大的激光器拓宽了原本的隧道,腔室自带的超纤维熔掉后被收集起来,重新精炼,然后厚厚地涂在隧道内的生铁墙壁上。之后,这些激光器被移至侧旁,新挖出一条平行隧道,其宽度刚够容纳能源管道和通信管道。它被称作脊柱。脊柱将髓星与大船连接起来,使二者成为一个整体。

洛克带着一丝骄傲,说:“从这里开始,全是我们的成果。”

隧道突然变窄。在寂静的真空里,锤翅车几乎贴着他们飞过。

“隧道壁的强度如何?”浣生询问道。

“比你认为的要强。”他答道,声音里有些戒备。

浣生再次闭上眼睛,观察上面的战争。但违望者撤退的撤退,死的死。至于另一方,大部分雷莫拉人失去了联系。除了船壳,没什么可看的。船壳严重受损,散发着撞击和战争造成的热量,反射着附近那颗恒星的血色光芒。

她关闭了所有节点,却没有睁开眼睛。

洛克悄声对某人说明了自己的身份,然后要求道:“我需要通往髓星的通行许可。我携带了一名重要的囚犯。”

已经不是第一次了，浣生扪心自问：

“万一呢？”

是洛克主动提出带她来这里的。他说他找到了通过安全系统的可行方案。但他们的行动实在过于顺利，让她怀疑这一切也许都是圈套。提欧会不会这样对他的老朋友说：“我要你设法找到你母亲。为了你，也为了我。找到她，把她带回来。用什么办法都行，我会同意你的任何做法。”

的确有这个可能。

这种可能性永远存在，无法排除。

她想起了很久以前的另外一天，当时，他们跟着儿子，进入一片遥远的丛林。那一次，洛克就是遵照提欧的命令行事。虽然看起来不太可能，但现在也许是同样的情形。当然，洛克显然没有向任何人发出叛乱即将爆发的警告，也没有将雷莫拉人计划破坏防护盾的事情泄露出去。但如果是为了某些更大、更难理解的目的，他们能做到这一步也未可知。

她一遍又一遍地思考着这件事，最后强迫自己抛开这个可能性。

他们前面的那架锤翅车渐渐放慢速度。

洛克绕过它，继续朝深不见底的下方坠去。

也许是猜到了母亲的心思，也许是因为此刻他们心境相同，他说：“有件事我从来没有告诉过您。”他引出一个新话题，“或者说过？我记不清了。迈尔辛的某个男宠提出了一种理论，对支撑力场做出了解释。”

“哪个男宠？”

“‘美德’。”洛克说，“您见过他吗？”

“见过一面。”她承认。

他们从数千架锤翅车旁边经过。车载人工智能接过控制权，放慢了下降速度。那些锤翅车靠边停着，等待装载一支支军队。

“您知道超纤维的结构吧，”她儿子继续说，“它们的化学键是由量子流来进行强化加固的。”

“这个概念我从来都没彻底弄明白。”她承认。

洛克点点头，似乎表示他很理解母亲。然后他笑了。他微笑着转向母亲，但表情却从未如此悲伤，“据‘美德’说，这些支撑力场和超纤维一样，其核心是同样的量子流。不同之处在于，超纤维的成分中还有看得见摸得着的普通物质，支撑力场却没有。只要有能量，它们就能近乎永恒地存在下去。”

如果是真的，她心想，这又将成为一项伟大科技的理论基础。

她转念一想，“迈尔辛对这一假设有何看法？”

“如果是真的，”他说，“这将是一件极有用的工具。当然，前提是我们学会如何复制出这样的力场。”

她等了一会儿，然后问：“提欧怎么看？”

洛克似乎没有听到她的问题。他没有回答，而是说：“美德很担心。提出自己的假说后，他告诉大家：从髓星的内核窃取能量，相当于从支撑力场里窃取能量。我们可能会改变髓星的运行机制。如果不小心的话，甚至会毁掉髓星和巨船。”

浣生听着，却没怎么听进去。

他们的车迅速通过一连串的恶魔之门，然后减速到接近停止。就在这时，他们面前的隧道突然打开，露出了下方的金刚石气泡舱。气泡舱的任何一侧都能看到髓星，中央则是那座粗壮的"大桥"。她以为她已经准备好面对髓星了,但眼前的一切还是让她震惊不已。比起她上次在这里的时候,整个星球膨胀得更厉害了,暮色也更加浓重。无数的灯在这个巨型铁球表面闪闪发光,在这炎热而干燥的环境里,每一个小光点都清晰可见。

整个髓星变成了一座巨大的、连绵不断的城市。

尽管事先已经知道,浣生还是突然感到一阵悲哀。

"提欧听'美德'讲了他的担忧。"洛克说,"听得非常认真,对此事非常关切。但你知道他对那个人说了什么吗?知道他对我们大家怎么说的吗?"

他们的车服从着某些听不见的命令,朝大桥的方向坠去,朝一座开启的升降机井坠去。朝家的方向坠去。

"提欧说了什么?"浣生轻声问。

"'这些支撑力场太强大了,没有那么容易破坏。'他这样告诉我们,'这一点我敢肯定。'然后,他对我们每一个人露出了微笑。你知道他笑起来是什么样子。'它们实在太强大了,'他重复道,'如果这样就能摧毁,那未免太容易了。建造者做事不会这么马虎。'"

四十八

从呼吸孔传来一声长哨，尖利刺耳，明显很兴奋。

帕米尔低声喝道："安静。"

好像有必要压低声音似的；好像就算待在这里面，都有人能听见他们的声音似的。

"她来了。"融接在哈鲁萨鲁胸脯上的翻译机说，"我看到那个假首领了。只需小小一击，就能一劳永逸地除掉她。"

"不行，"帕米尔说，然后他面朝众人，"我们需要等待。等待。"

他说话的对象有五百个人类，包括七个幸存的船长，还有也许是人类数量两倍那么多的哈鲁萨鲁。这是一处庞大的设施，他们中的绝大多数仍在忙于处理最后的工作：预设的陷阱必须找出来、破坏掉，几十亿年没运行的装置需要唤醒。让一切雪上加霜的是，这些事只能秘密进行。除此之外，他们的行动还必须与其他二十个团队步调一致。所有这些团队都在拼命赶进度，好跟上计划。但随着每一次焦灼的呼吸，预定的时间表仿佛都变得更加难以实现。

哈鲁萨鲁再次提出："我要朝她开枪了。"

“朝你自己开吧。”帕米尔呵斥道。

这是粗暴的侮辱——自杀是哈鲁萨鲁最无法接受的行为。

但这个外星人认识帕米尔已经很久了，而且尊重着他。他决定默默忍受这次侮辱。他没有反击，而是用巨大的手指指着一小段正沿着燃料管线迅速下移的数据，用一阵缓慢、若有所思的哨声对这个人类说：“这是假首领的飞行器。一定是。现在趁乱出击，等有人发现她不见了的时候，她早已被我们除掉了。如果你让我——”

“让你暴露我们？”

哈鲁萨鲁闭上了嘴。

帕米尔直摇头，极度的疲惫中透着一丝嫌恶，“迈尔辛不是傻瓜。把你的扫描掩饰好，让它看起来像是违望者做的。在那辆车通过的时候仔细检查，但她不会在那辆车上。就算赶时间，她也不会蠢到这个地步。”

外星人做好了准备，他用大手和执拗的头脑向隐藏的传感器发出一连串清晰的指令。

帕米尔凑近观察孔。他看着违望者的钢制飞行器或升或降，从他们的藏身处旁经过。迈尔辛的帽车看起来只是一个微小的超纤维斑点，肉眼几乎看不见，仅半秒钟的时间便从他们旁边过去了。他又等了一会儿，然后问：“你看到什么了？”

“一名乘客。”

帕米尔大吃一惊，“什么样的乘客？”

“由光组成的点阵。”哈鲁萨鲁承认道，“一个酷似假首领的全息影像。”

帕米尔只允许自己点了一下头来表达他的得意。迈尔辛可能溜进了某辆空着的军用车里，没将自己的位置告诉任何人，以防有敌人等在途中。

他的得意被一阵突如其来的隆隆声打断。

声音是从远处传来的，人类和哈鲁萨鲁连声互相问道："是攻击吗？还是又一次撞击？"

"是撞击。"几个懂行的声音嚷道。

"多大范围？"

"有多严重？"

是一颗巨大的彗星，撞击地点离埃魂迪港不远。扫描早期数据之后，帕米尔得知刚才的声音是巨大的冲击波造成的。这次撞击的强度打破了以往的纪录。他真想命令奥尔良或是不管哪个幸存的雷莫拉重新把防护盾调出来。但现在还为时过早。"继续工作。"他对众人，也包括他自己说道。他盯着从下方更深处窃取的图像，随机挑选了一架钢制机器，命令它进入隧道口，在浣生和她儿子停留过的车站等待许可。

突然间，某个团队领导者的低语传入他的耳朵："准备好了。大阀门已经是我们的了。"

紧接着，另一个声音——某位哈鲁萨鲁工程师的翻译机——宣布："我们这边也准备好了。困难极了，但我们已经完全准备妥当了。"

直到这时，帕米尔才觉得：这事是真要发生了！

他心脏狂跳起来，似乎跳到了喉咙口。向身边的外星人发问时，他的声音几乎在颤抖："进度如何？"

"快了。"哨声保证道。

之后是短暂的停顿。

接着是一声咒骂："真他妈该死！"哈鲁萨鲁发自本能的怒火一阵飙升，然后消散。

“怎么了?”帕米尔问,“不要告诉我是泵……”

他的同伴说:“不是。”

顺着长着尖刺状指甲的拇指所指的方向,帕米尔看见上升的飞行器中有一架在他们面前停了下来,开始部署天线和大功率激光器。装甲兵也在喷射气闸舱内列队待发。

“是我那次扫描——”哈鲁萨鲁呻吟道。

“也许只是例行巡逻,”帕米尔安慰道,“或者是有人注意到他们的能量被分流了。”

“如果是因为我,我就给自己来一枪。”

帕米尔说:“好。”

他从观察孔和观察屏幕前退了下来,踏上一个世纪前他参与修建的一座舷梯。人在上面就像一个小点,待在最黑暗的角落几乎不会被注意到。在亘古的幽暗中,巨泵看起来离得很近。它们一个个看似简单:光滑的球状或蛋状超纤维包裹着巨大的机器心脏,极其坚固,也足够耐久,能在等待数十亿年之后才第一次发出雷鸣般的跳动声。

这就是船长们曾经用作掩体的那个泵站。违望者对它进行过彻底的搜查,试图把它封锁起来。有时,他们会派巡逻队过来。但士兵只有这么多,急需守卫的燃料管道却有数千公里,更别说还有一场战争在进行。巡逻者总是太过匆忙,无法拆穿帕米尔精妙的伪装。

他低声问他的团队:“还要多久?”

“好了。”有几个人说。

“快了。”其余的承诺道。

他回到观察口和观察屏幕前,估算着违望者还有多久才会到达这里。

“准备好了。”又一个声音说。接着是另一个。

“以我们现在有的这些,已经可以动手了。”哈鲁萨鲁说。

比理想状态还少几个泵,阀门也并非全在他们的控制之下。但的确,他们可以动手了。这是他在葵·李的公寓中构想出的计划,像梦一样缥缈,如今却成了现实……外星人张开双嘴,呼吸孔发出哨音:“快动手吧。让这些混账从宇宙中消失。”

帕米尔什么也没说。

他再次透过观察口张望。那个甲虫形态的钢块正在校准,准备发动攻击。然后,他看了一眼观察屏幕。一粒明亮的小点标记了另外一架下行的飞行器,这一架下降得更快,大大咧咧的,一点也不谨慎。

帕米尔对他的盟友说:“还不是时候。”

然后,他对方圆一千公里内的所有团队说:“完成你们的准备工作。”

外星人发出一阵尖锐而暴怒的哨声。翻译机集成了一定的外交能力,明智地没有翻译这些话。

“我们得等,”帕米尔重复道,“等着。”然后他低声自语,“这疯狂的陷阱需要准备得更充分一些。”

四十九

通向自由的攀登花了她将近五千年的时间。终于，这个有着无比强大的意志的人，做到了绝无可能的事情：从零开始，建立起一个社会。她的无尽付出并非没有回报，如今的命运就是最好的奖励。除了这样，迈尔辛还能怎么看待这一壮举？可是，现在的她却正沿着之前上升的轨迹原路返回，这让她禁不住地心悸。这令人绝望的漫长坠落速度也太快了，快得让人难以忍受。这一切都是因为一个死去的同事，那个对她而言最接近朋友的人发来的只言片语，说要见她，还要告诉她一些事。

显然有诈。

迈尔辛的本能这么告诉她。

但即便如此，她还是离开了重重安保的驻地，决心赴约。紧接着，雷莫拉人打倒了巨船自带的防护盾，于是她开始明白这可能是怎样的一个滔天陷阱。但她决定继续下落。无论在什么地方，她都能掌控局面。她愤怒地下达命令，将激励和威胁传达给下属，以确保叛乱能尽快被压下去。然后，她顺利地到达了新桥顶部，走下空锤翅车，向等在一旁的升降车走去。她扫视髓星膨胀的灰色地表，突然间有些犹豫，虽然这犹豫只持续了一瞬……

值班警卫是一个名叫戈尔登的方脸男人。他走到近前，微笑着仰头望向巨船的首领，以骄傲的口吻汇报说："我把他们直接送下去了，长官，没有拖延半点时间。"

她不得不问："你说的是谁？"

"洛克和他的囚犯。"他反问道，"除了他们还有谁呢？"

迈尔辛什么也没说。

她缓缓闭上双眼。但她仍然能在脑海中看见髓星冷冽的光芒和它表层的黑铁，闭上眼睛后看得更清楚了。如果说她感觉到了什么，那就是解脱，还有令她颤抖的无尽喜悦。

如果这是个陷阱，那么浣生就是诱饵。迈尔辛提醒自己：对手有的是资源和力量，以及无限的经验、智慧和冷酷。

她考虑了所有的可能性，最后，怀着新的决心，她决定保持原计划。

她睁开眼睛，瞟了戈尔登一眼，说："做得好。"她没有细看他那张得意又愚蠢至极的笑脸。

迈尔辛对这老实人说："谢谢你的帮助。"

随后她跨进密封的无窗车，坐进第一把椅子里。她一声命令，下坠便再次开始，速度越来越快。

五十

不管世事如何变迁，神庙管理员永远穿着那身灰色长袍，拒绝任何可能扰乱她日常生活的事情。现在，她站起身，恐惧地望着来人。然后，她抱起双臂，飞快地深吸一口气，痛苦地对浣生说："不，你已经死了。像个英雄那样死了。而且应该依然死着！"

浣生大笑道："我已经尽力试过变成死人啦，亲爱的。"

洛克朝前几步，逼到管理员身旁。他的语调轻快，好像他才是这里的主管，"我们需要神庙的一个大厅。到底是哪间无所谓。把客人带到我们那儿，剩下就没你的事了。明白了？"

"哪些客人？"

"那些被锁在图书馆里的可怜灵魂。"浣生露出了微笑。

那女人张开嘴，想表示反对。

但洛克不给她这个机会，"或者你宁愿换个工作，亲爱的？比方说，加入那些登上船壳的英雄团队？"

她的嘴巴闭上了。

"还有没有空着的大厅？"洛克问她。

"阿尔法厅。"管理员答道。

"就去那儿。"洛克说。然后，他带着船长特有的礼貌，等待这个“下属”转身离去。

通往大厅的走廊很短，灯火通明。

浣生以为自己也会在这里看到天翻地覆的变化，但髓星上发生的一切似乎都被隔绝在了神庙之外。走廊和她记忆中的一样干净整洁，连盆栽的位置都没有变化。虽然空气比以前更干燥，然而髓星的气味依旧浓郁：铁锈味、粉尘味、金属味，还有那种说不清道不明的怪味。

但闻起来让人安心。她心想。

路上有些神职人员，他们总是先朝洛克鞠躬，然后盯着他妈妈看。

她注意到这里的所有人都很瘦，好像有谁故意饿着他们似的。他们穿的是简单的衣物，而不是剥自自身的皮革。这是忠诚者残留的传统吗？还是说他们连饭都吃不饱，剥皮后愈合速度太慢，所以才不那么干？

她没有询问。

突然间，浣生不耐烦起来，匆匆走进了阿尔法厅。感应到有人接近，灯光自动点亮。屋子的拱顶保持着百年前的造型，模仿着天空。抛光金属护栏后面的那座金刚石大桥的模型也差不多仍是老样子。不过，它比亚斯林原本的设计更粗、更结实，防护也更充足。每一条管道里都有两条通往老基地的升降机井，像一道勉强可见、装甲厚实的线条，向着弧形的天空升去，绵延约十公里后消失不见。

脊柱。

“这是个模型？”她问道。

洛克抬起头，想了想该怎么解释。“不是，”他说，“那是个即时全息投影，非常精确。”

好极了。

她望向洛克,准备再次表达谢意,感谢他迄今为止所做的这一切。

但有个声音打断了她。

“天哪,”有人喊道,“浣生!”

曼卡的声音。跟着曼卡一道过来的,还有萨路基、扎莱、凯兹奇、韦斯塔法和亚斯林。然后,浣生的目光转向了那对兄妹。和以前一样,“承诺”和“梦想”还是那么形影不离,拖着脚走路的姿势也是一个模子里刻出来的。大家都还是当年的样子,只是更瘦了点。见到浣生,他们冰冷的表情变成了发自真心的笑容,但马上,他们又担心浣生只是个投影假象,随时会烟消云散。

“我是真的,但我确实可能会被带走。”她说。

超过一百个老船长拥抱了浣生,随后彼此寒暄。好多人贴着她的耳朵悄声问:“叛乱如何了?”

“哪场叛乱?”浣生问。

亚斯林明白了她的意思。她笑着挺直腰背,捋了捋那件旧得不成样子的制服,“我们听到了流言、谣传,还有警告。”

“我们的看守都换成了新兵蛋子。”曼卡说,“以前的看守调到其他地方去了,他们似乎对这种调动不太满意。”

众人转向那座看似金刚石的桥梁和那些遥远的画面。好长一段时间里,没人说话。

萨路基打破了沉默,“迈尔辛呢?这个新首领还是否安康?还是说,我们可以庆祝一番了呢?”

浣生差点儿回答了他。

但她刚张开嘴,门口就传来了一个声音:“迈尔辛很健康,亲爱的。非常健康。谢谢你们的关心。”

新首领来到了船长们中间。

她似乎没有注意到周遭的威胁。远看起来，她已经落入了重重包围。但浣生太了解这个女人了。她的脸庞和身躯比从前膨胀了许多，其间隐藏着无数节点，那身闪亮的制服给了她无上的权威。她跃动的目光一度落在浣生身上，又再次跳开，望着环绕在旁的、曾经效忠于她的船长们，似乎在判断哪个人会先发起攻击。最后，她望向虚空，冰冷的黑色眼睛注视着其他人无法看到的敌人。

对浣生说话时，她的声音十分镇定："我来了，和你要求的一样，独自一人。我原以为就我们俩，亲爱的。"

浣生谨慎起来，什么话也没说。

这沉默引得迈尔辛收回目光，重新望向浣生。"你说你要告诉我一些东西。你说你要'解释一下这条船到底是什么'，如果我没记错的话。"她慢慢说道。

"'解释'，"浣生回答，"这个词用得不妥当。但我至少可以给你一个关于这条船的起源的新假说。"她指向一排排美德木长凳，对船长们说，"大家请坐。我不会占用太多时间，至少我这么希望。不过考虑到要讲的内容，你们也许会希望有个东西靠着……"

浣生伸出一只手，从口袋里掏出她的那只表，咔嗒一声翻开盖子。可她看都不看一眼，又重新阖上翻盖，把它高高举起。"这条船，"她说，"究竟多大了？"

在任何人作答之前，她说道："发现它的时候，它的内部空荡荡的。而追溯它的尾迹，我们发现它来自已知宇宙中最荒凉的区域。当然，我们找到了许多能揭示它年龄的线索，可这些线索总是相互矛盾，模棱两可。最普遍的猜测是它建造于四五十，或者六十多亿年之前。这种说法认为,在银河系的年轻时代,出现了一些智能有机生命,是他们建造了这个奇迹,这条巨船。后来,巨船的建造者遭遇了某种可怕的灾难。还没来得及登上自己的造物,他们就永远地消逝在时间的长河里。至于我们,不过是一群偶然发现这远古机器的幸运儿……”

浣生停了一小会儿,接着轻声道:“不,不。我认为这条船的历史远远不止六十亿年。”

迈尔辛咬钩了。

“不可能,”她说,“真是胡扯。你有什么证据吗?”

“只要循着它的尾迹,回溯时空,”浣生说,“你必定会看到其他的星系。这不过是个时间问题。在那片空旷的背景里,我们能发现许多非常古老的东西,包括一些最最久远的红外光线。当时的宇宙连十亿岁都不到。也就是在那时,最早的一批恒星逐渐成形、爆炸、坍塌,给那个小巧、炽热,而且异常年轻的宇宙带来了第一批金属。”

“太快了。”迈尔辛说。和其他的听众不一样,她依旧站着,看起来紧张不安,同时发自内心地愤怒。她走向浣生,挥着拳头说:“快得过分了。智能生命怎么可能在那么短的时间里演化出来?怎么可能在充满氢和氦、金属只有一点点痕迹的地方演化出来?”

“我并没有这么说。”浣生回答。

那张膨胀的面孔消化着这句话,接着,嘴巴张开了。但迈尔辛一个字也没说。

“这一切都发生在很早很早以前,请想象一下那个时期。”浣生说着,望向亚斯林、“承诺”和“梦想”,“洛克跟我解释过,髓星的核心在不断生成氢和反氢,它们以自己的方式不断融合,衰变而成的氦又会融合成碳原子,这一系列反应最终生成了两种铁元素。反应堆所做的就是让它们撞在一起,彼此湮灭。正是这如同魔法一样的反应,给腔壁和违望者的工厂提供了能量,并让髓星像个巨大的心脏那样不断地扩张、收缩。”

“这个腔壁引擎,我们已经听说了。”亚斯林说。

浣生点点头,“它就在我们脚下,不断创造着物质。”

几张面孔点头同意。

迈尔辛满面怒容,但什么也没说。

“我们一直认为巨船是由一颗类木行星改造而成的,从这颗行星上剜了一大块,造出了这艘船。”浣生说,“而髓星则是类木行星原本的内核。但我想,我们在这点上搞错了,顺序弄颠倒了。想象一下,很久以前,出现了一种力量无穷的智慧生命,但它们并非有机生命。它们在那个运动剧烈、温度炙热、物质密度极高的早期宇宙里诞生、演化。用我们脚下的那个引擎,他们创造了氢、碳、铁,还有其他的一切元素。我们的船是从无到有,一点点塑造成形的。它来自虚无。在这个宇宙冷却黯淡下来、出现其他物种之前,有人建造了这条巨船。这里就像一个实验室,用来了解非常、非常遥远的未来会发生些什么。但是,如果这个假说是真的,那么,它的建造者为什么要抛弃这个神奇的玩具?”

房间里十分安静,所有人都在侧耳倾听。

“线索,”浣生说,“其实到处都是,就摆在那里。它们的存在目的就是向我们解释,自然不会隐藏起来。问题在于,建造了巨船,并把它留给我们的那些智慧生命实在过于怪异。而且我认为,它们在赶时间,做得十分仓促。”

她看了一眼那座金刚石大桥,做了一次深呼吸,然后说:“髓星。”

她望着亚斯林，“这只是个假说。但髓星很有可能是最早的有机生命诞生、演化之地。与外部的宇宙相比，明亮的腔壁天空之下，是一片阴凉空旷的大地。第一个有机微生物就出现在这样的环境里，然后逐渐演化成各种各样的复杂机体……经过精心设计，未来将统治宇宙的列王与诸多物种，在髓星第一次露出了端倪……

“巨船的引擎、燃料罐和各个居住地都是后来才建起来的。来自髓星的知识被用于这些设计。人类在大巨船上发现了古老的阶梯，从未使用过，却刚好适合类人动物的步伐。为什么？因为建造者们通过研究发现，有机生物最终会进化成我们的模样。我们还发现了环境调节系统，能根据乘客的需要改变大气成分与温度。为什么？因为建造者料到有机生物会有这样的需求，而他们非常想帮我们一把。

“还记得我们很早以前做过的基因研究吗？”浣生问“承诺”和“梦想”，“髓星的生命形式异常古老。其遗传多样性远远多于其他世界。这表明髓星的历史非常、非常、非常的漫长——”

“既然髓星上演变出了类人生物，”“梦想”问道，“他们在哪里？”

“他们灭绝了。”他的妹妹立刻答道，“能在髓星存活下来的，只能是拥有高度适应性的小型物种，而不是直立行走的大脚野人。”

亚斯林举起一只手，提出她的问题：“我不明白。为什么建造了这样神奇的机器以后，又要抛弃它？我可能是犯了职业病，但对工程师来说，这是难以置信的浪费。”

浣生松开手，让钟表在链子上晃荡。“线索。”她又说了一遍。

她转动着那只表，突然把它丢向过道。数十只干瘦的手朝它伸出，但它还是落到地板上，发出清脆的响声，接着滑入屋子另一端的阴影，消失在人们的视野之外。

“他们不但抛弃了巨船，还保证让它在很长很长的时间里什么都不会碰上。”浣生放慢语速，言之凿凿地说，“他们让它穿行在这个正在膨胀的宇宙。这一路上，它会遇上许多星系，但它的建造者让它每次都是从最稀疏的地方穿过星系。”她顿了顿，“很明显，建造者不希望它被人发现。实际上，它的角度只要偏了哪怕一纳米，就会从我们这个银河的外围飞过，离开本星系群，进入另一片深空，在接下来的至少五亿年里独自漂流。”

她又停顿了一下，说：“建造者。”

她摇摇头，承认道：“我从来不想承认他们的存在，但他们的确存在，至少曾经存在。不知道出于什么原因，笛雾了解到了他们的一部分故事，提欧也是如此，后来这个故事又在违望者中流传了开来。通过他们特有的文化，或者冥想和顿悟，他们相信了这个发生在至少一百五十亿年前的故事……那个关于我们源起的故事。尽管历经时间长河的冲刷，这个故事依然震撼人心、无比宏大、历久弥新。而现在，我想，我们就要直面这难以置信的事实了！”

迈尔辛瞪着地面，她一脸震惊，全然没有意识到垂在身侧的双手已经攥成了拳头。

一个船长走向浣生，把那只损坏的表放进她掌心。

“谢谢。”浣生等那个船长重新落座，然后字斟句酌地说，“如果建造者的故事是真的，那么‘荒凉’同样是真的。但违望者把事情搞反了。‘荒凉’并非来自外部，想窃夺巨船。至少就我们的几何感知而言，不是这样。”她犹豫起来，不再注视着船长们。片刻之后，她问道：“如果你建造了这样伟大的机器，为什么要丢弃它，而且丢得越远越好？因为这机器有个特殊的、可怖的用途。它需要被彻底地隔离起来，并加以重重的防护。”

“我不能百分之百的确定，但我想，这条船是一座监狱。

“在我们身下，在炽热的铁流之下，甚至在那个腔壁引擎之下，困着至少一只‘荒凉’。支撑力场就是这座监狱的墙壁和栅栏。髓星之所以膨胀和收缩，目的就是将能量馈入支撑力场，让它始终保持良好状态。建造者认为首批登船的物种定会仔细搜索全船，很快就会发现髓星，破解其秘密。但可怜的建造者没有料到，我们来到此地以后，竟然什么都没发现，还把囚房当作了豪华客轮，无数渺小的生命在其中享受永生。”浣生停下来，深深地吸了口气。

好长一段时间里，迈尔辛沉默不语。然后，她愤怒地低声问道：“你跟我的人工智能们谈过了？”

“哪些人工智能？”

“那些老书记官。”她说着望向房间穹顶，“它们中的一个说过类似的话。它说这条船是宇宙的微缩模型，髓星的扩张模仿了宇宙的暴涨阶段，它的外面是了无生气的空间，再往外，则又有了生命……”

那女人摇了摇头，用一个词驱散了这些念头，“巧合。”

亚斯林提了个显而易见的问题：“如果这里是监狱，那守卫在哪里？建造者难道不应该留下些守卫来管理这里，在必要的时候，把事情的原委解释给我们听吗？”

洛克回答了她。

他站在他妈妈斜后方不远处，对众船长们说：“守卫这想法当然很好，前提是他们不会叛变到另一边。”

“‘荒凉’的确被囚禁着。”浣生说，“但它的话语能够越过囚室的栅栏,传播出来。你们明白我的意思吗?”

超过半数的船长彼此低语:“笛雾、提欧。”

“他们俩都深入过髓星内部。”浣生提醒他们,然后她望向自己的儿子,咬着嘴唇,片刻之后才说出她最后的猜想。

“‘荒凉’,”她说,“不是某些堕落、变质的建造者。”

她说:“而是某种完全不同的东西。”

她声若洪雷:“建造者无法改变那些东西的本质,或者将其摧毁。他们能做的,就是将他们放逐,交给时间。现在,建造者们已经消失,已经逝去。但我们脚下的东西依然活着。它依旧充满危险,充满力量。这就是我今天在这里要跟大家说的事:那东西甚至比建造者更古老、更强悍。我想,我们能够猜出它的意图。即使被困了那么久,它依然想……实现这个意图!”

五十一

一声低沉的闷响骤然响起，几个注入式密封炸药舱插入腔壁。成型核子炸药撕开了超纤维，几个巨泵发出疯狂的哀号，淹没了爆炸的轰鸣。紧接着袭来的是紫白色的激光，无声无息。帕米尔匍匐在地，对哈鲁萨鲁吼道："开火，干掉那架升降车！"

但小小的升降车突然制动，溜到了一艘空的运兵用的锤翅车背后。锤翅车上的激光替它截住了小型核武器，昆虫形态的车身吸收了改良激光器和微波发出的愤怒咆哮。只见大型的钢制车身化为熔渣，熔渣爆发成了白热化的暴雨……而小升降车再次加速，猛地从泵站旁边呼啸而过，消失不见了。

准头这么差，哈鲁萨鲁射手却连一声抱歉都没说。帕米尔低吼一声："妈的。"正想痛斥那位同伴，却发现身旁什么人都没有。外星人本该在那儿，但那地方只剩一团白炽化的气体和飘荡的灰烬。舷梯熔化了。是来自下方的一发流弹。如果是瞄准这儿发射的，他肯定会被一同干掉。帕米尔迅速转身，全速冲向最近的升降机井，同时用激光器扫射开路。他激活了最秘密的安全节点，连线手下的每一支团队、每一个人工智能，送出用代码层层加密的指令。"淹了这帮王八蛋！"帕米尔吼道。

他跳进升降机井，一只升降垫接住了他，带着他加速上升，因为加速度太快，帕米尔立足不稳，在重压下跪倒，最后一动不动地趴在铺了软垫的地板上。与此同时，那些巨泵的哀号声发生了变化。随着剧烈的震动，液态氢涌入隧道口。由于速度极大，液态氢顷刻间便成了一条湍急的河流，但比任何大河都更加宽广，雷霆万钧，势不可当。

一队哈鲁萨鲁将巨型阀门关闭了。

一柱寒冷的增压液态氢撞在阀门上，庞大的燃料管道剧烈抖动起来，颤抖着，坚持住了，没有崩塌。

汇集在一起的液态氢形成旋涡，约有五十架锤翅车——载人的和空着的——被这大旋涡卷了下去，撞在墙壁和阀门上。突如其来的极寒冻碎了锤翅车的合金外壳，碎片和不知从何而来的凝血一起旋转着，沉得越深转得越慢，最后寂静无声地堆积在最底部。

车站的值班人员惊惶不已，不知如何是好。高级军官——就是允许浣生通过的那位——联系了提欧，又联系迈尔辛。这两人都在下面的某个地方，处于危险之中。他估算了流速，向对方提供了即将到来的洪水的计算机模拟。他沙哑的声音听起来既恐惧又悲伤，“长官、首长，也许你们应该关闭隧道，拯救髓星。”预埋的炸药能炸毁超纤维通道壁，通道壁的坍塌能封住这一切，拯救违望者们，为来日的重新崛起留下希望……

迈尔辛没有回答。

提欧回答了。他用平静的、几乎淡漠的声音对听他号令的众人说：“保持隧道开启。不止现在，以后也如此。”

“现在如此，但不能一直如此。”军官嘟囔道。

“如果你能自救，”提欧建议道，“那是最好。如果不能，当你重生的时候,我会亲吻你的灵魂!”

军官直起身,他想不出任何解决方案。他站在离他最近的一扇窗前,等待着。

一架坠落的锤翅车出现了。

是袭击敌人据点的那架锤翅车。它的气闸舱爆裂了,破碎的灰色甲壳迸向对面的墙壁。随后,它跌入车站的某幢建筑,带来了一瞬间的震动,还有刺耳的碎裂声。军官惊讶地发现,某种气体正在窗外汇集,那是氢燃料蒸发形成的劲风。他将一只手贴在金刚石窗上,看那风升腾成了飓风,变得越来越猛烈。

“可是,如果没有人关闭隧道的话,”他轻声自语,“这股洪水会冲到我的家……”

提欧显然不明白这个问题。

军官在另一个频道呼叫了迈尔辛,将所有情况从头解释了一遍,希望她在听。现在,他的声音里已满是恐惧。

外面,洪流越发肆虐。液态氢不断注入燃料管道,液面已经涨到了车站的位置,刚漫上来的液体飞快地爬遍建筑之间的缝隙。随后,一堵水墙升起,潮水扑打着建筑,折磨着里面惊恐万状的人。

军官凝视着窗外不停咆哮的无边黑暗,说了一声:“妈的。”

他说:“不该是这样的。”

另外一个声音传入他的耳朵,听起来近在咫尺,又非常熟悉。那是一个备受尊敬的声音,如果不是备受爱戴的话。那声音问道:“你在做什么?”

“迈尔辛?”男人低声说。然后他解释道:“没做什么。我在等待。”

“我不明白……什么……”

“长官。”军官转过身来,已经糊涂的脑子觉得首领就站在他身边。但她不在。那只是从他的节点传来的声音,比他之前任何时候听过的都更加愤怒。

迈尔辛尖声喊道:“怎么回事?你在做什么?”

“什么都没做。”男人保证道。

军官再次伸手贴着窗户,感受着从它外面滑过的残忍寒意。然后,附近某个地方响起一声轻柔的嘎吱。男人最后的反应是闭上眼睛。这个条件反射简单而古老,却给了他力量,让他保持着站立姿势,没有退缩。

五十二

“怎么回事？你在做什么？！”

这个诘问从迈尔辛的每一张嘴、每一个节点中咆哮而出，也从皮肉、唾沫和大神庙里镶着陶瓷牙的嘴里迸发出来。她的话音被新建的脊柱发送到了船上，然后放大。乘客和船员在惊恐的诧异中聆听着。巨船的新首领似乎在让每一个畏畏缩缩的傻瓜报告他们正在做的事情。

数十亿个回答齐鸣。

通过低语声、咕哝声、排泄声、歌唱声和粗暴的喊声，他们告诉首领，他们很害怕，很讨厌这样的感觉，以及，她什么时候才能让防护盾重新运转起来，他们什么时候能过回自己的生活？

迈尔辛完全没有听到他们的声音。

那双疯狂的黑眼睛瞪着警惕的众船长，瞪着浣生，还有浣生的叛徒儿子。但此刻迈尔辛能看见的唯一一张脸正在隧道中下降，就快抵达大桥了。那张漂亮的脸蛋先是得意洋洋，然后被什么东西转移了注意力，接着又被远处发生的什么事情惹怒。待问题自行解决之后，脸上又恢复了得意洋洋的表情。最后，提欧带着异样的、几乎是尴尬的笑容，抬头望着车上的安全眼，与母亲的眼神相对。他对旁边的人说:“我想她明白了……终于明白了,终于……”

“美德”向后缩了缩,一副害怕被打的样子。然后他心虚地尖声说:“我别无选择,长官。我的爱人。我从来都别无选择——”

迈尔辛不再去看那辆正在下降的车。

她回到神庙,重新来到船长们中间,用最原始的那张嘴深吸了一口气,然后宣布说:“原来我一直是个白痴。”

浣生差点儿接话,一转念又没接。

亚斯林试图安慰首领:“我们说什么也想不到,更别说相信了。”她用黑黑瘦瘦的手指抚摸着嘴巴,看起来惊讶不已,“假如真的有‘荒凉’这个东西,而这艘船又是它的监狱的话……”

迈尔辛抱起双臂,一边勒紧,一边抽噎,“不。不,我不相信。不相信。”

她的眼泪已经在脸上淌了多久?

浣生看了看其他船长,平静地说:“这是一个陷阱。也许我们脚下真的关着一个‘荒凉’,也许不是。但这世上有群叫违望者的家伙,他们控制了我的船,而我想让这件事情结束。立即结束。”

她简洁明了地告诉众人,液态氢之河正在向他们涌来,然后她估算了一下重力什么时候会把那条河带到这里。头顶的老基地当然会被摧毁,金刚石气泡舱也是如此,还有大桥。然后,那寒冷的流体会化作可怕的暴雨。到那时候,一点静电或是某人忘了熄灭的蜡烛都能点燃熊熊烈火。髓星上的氧气会试图消耗掉袭来的洪流,将氢转化为甘甜的水和炽烈的热量。但燃料罐是那么浩瀚,最终氧气会被耗尽。到那时,寒冷的液氢将不断拍打在灰烬、钢铁和尸体上,违望者的文明将因此而灭亡……片刻的停顿之后,浣生补充道:“如今只有一个或者两个别的选择。”她望着迈尔辛,“你要么彻底投降,要么毁掉出入隧道的墙壁,对准了狠狠给它一击,把它弄塌;同时摧毁那条脊柱,在洪水降临之前堵住一切要道——如果你办得到的话。”

迈尔辛感到了一丝扭曲的愉悦。

她仍在哭泣,仍然悲伤不已。但是,擦去膨胀的脸上的泪水时,她感到一抹微笑正在绽放开来。“你的确很聪明。我明白你是怎么夺取那些泵和阀门的了,而且我没法再把它们夺回来。我没有那个时间。”她带着扭曲的笑容告诉浣生,“但是,在查看上面那些泵的时候,你知道我还看见了什么吗?你知道上面发生了什么事吗?”

“什么事?”

迈尔辛接通了大厅的全息投影仪,让大家看看正在发生的事情。须臾之间,众船长发现自己身处巨船背面的一个气泡舱内,四周环绕着高耸的火箭喷嘴。这些喷嘴除了倾斜角度有些大,几乎每一座都懒洋洋地歪着之外,似乎完全正常。十几个声音要求首领给出解释。就在这时,大到足够烤焦好几个星球的火焰从这些喷嘴里猛地窜了出来,一道道气体与光的洪流迅速扑向星辰。

每一个喷嘴都点了火。

众船长还记得,他们从未点燃过引擎。带着疑惑和惊讶,他们询问这样做的原因。

“是我儿子干的。”迈尔辛承认。

她再次抱紧自己,勒得那么紧,直至皮开肉绽,血管爆裂,鲜血顺着她坚硬的指甲不断滴落。

“上一次,我们只让两台引擎点火启动。那时我还以为是我在控制那些引擎。”她喃喃地说,“提欧让我相信了我想相信的事。”

浣生走到她身边,厉声喝道:“我不在乎提欧怎样。我想知道的是……他为什么要在这个时候点火?!”

迈尔辛笑了,她抽泣着,笑得更厉害了。

浣生长长的手指梳了梳她的黑发,低声说出了飞船失事前所有飞行员都会说的话:“噢,妈的。”

五十三

残酷的寒意扼住了浣生的咽喉和腹部。在那个瞬间,她等待着恐慌的爆发。这恐慌将席卷所有人。但这个消息过于惊人,他们一时间竟没有反应过来。只有迈尔辛表现出了正常的痛苦和悲伤。她瘫倒在钢质地板上,边哭边用双手钳住自己的脖子,语无伦次地说:"这是我的劫难。我的。宇宙将永远不会忘记我,也不会原谅我。直到永远。"

"够了。"浣生喝道。

众船长窃窃私语。

浣生拽住那女人的手和头发,强迫那双痛苦的眼睛抬起来看着她。然后,她用最坚决的声音说:"给我们看看究竟会发生什么事。现在就给我们看。"

迈尔辛闭上了眼睛。

众船长发现自己站在巨船的前导面上,仰望着一颗垂暮的红巨星。那颗恒星看起来极其庞大,近得骇人。但他们离它还有数十亿公里。以三分之一光速的航速,他们再过十五个小时才会抵达那颗恒星。按照几个世纪前严格制订的计划,他们将保持着离那颗恒星炽热大气五千万公里的距离,安全地从它旁边经过。

但每一秒,他们的航线都发生着变化——以最危险的方式。

“如果引擎持续点火的话……”迈尔辛说,她仍然紧闭双眼。

图像跳到十五个小时之后。巨船扎入了恒星的外缘——那是温暖的等离子层,比大多数真空状态更稀薄。船壳完全可以承受这点热量,加上数万亿次微型撞击。但等离子层和巨船的摩擦会导致它的方向发生偏转。随后,图像再次一跳。只见巨船向着这颗垂暮恒星那虽然微小、密度却无限大的伙伴坠去。那个黑洞以庞大的重力扭曲着船壳,直到将它拧碎,巨船古老的内脏散落进了灼热的吸积盘里,每一块、每一粒都注定堕入浩瀚而黑暗的虚无,从宇宙中彻底消失。

“不,不,不!”洛克喊道。

“‘荒凉’最后会怎样?”几十个声音问。

亚斯林有些迟疑地说:“也会被毁灭吧,也许。”

但即使在宇宙的早期,黑洞就存在于高密度等离子体的涡流之中。浣生提醒众人:“如果黑洞能够摧毁它,建造者早就那么做了。但他们没有把‘荒凉’送进黑洞,而是将船抛到了黑洞非常少,甚至不存在的地方。”

图像散去,他们再次置身于神庙之中。

浣生瞥了一眼高处的天花板和基地,然后盯着迈尔辛,低声问道:“你确定没法让引擎停下来?”

迈尔辛愤愤然,“你以为我现在在做什么?我现在就在尽力让它们停下来!但引擎不识别我,我也切不断提欧对它们的控制!”

“那他为什么会前往这里?”

沉默。

“如果我们什么都做不了，只能眼睁睁看着，”浣生继续说，“提欧为什么不去守着引擎，等在那里就行了？”

那女人正在哭泣的脸逐渐平静下来。

她沉思着。

过了很长一会儿，她惊愕地说：“因为不是我儿子。”迈尔辛语无伦次，“当然了！控制引擎的不是他。”

是“荒凉”，浣生明白了。当了一百五十亿年的囚犯以后，在这个命运转折的关键时刻，它当然要亲自掌舵！

迈尔辛抬头望着金刚石桥，望着气泡舱和脊柱。正是这条脊柱，让髓星深处的某种东西能够代替船长发号施令。“浣生，如果我毁掉大桥，切断髓星与船上的联系，你的盟友来得及破坏足够多的引擎、拯救我们吗？”

浣生说：“我不知道。”

一阵突如其来、近乎温柔的撞击声传来，他们感到钢质地板动了一下。震动强度刚好让大家朝各自的脚望去。

“你做了什么？”洛克问。

迈尔辛站了起来，动作虽然疲惫，但那股威严又回来了。她发红的眼睛眨了几下，用疲倦的声音说：“这是控制地震的阵列。老系统里的，一直掌握在我手里。他们不可能在我毫无察觉的情况下取得它的控制权。”

第二阵震颤穿过神庙。

迈尔辛为自己的狡猾和机智微笑了起来，“我感到，这块铁地自己都厌倦了沉睡。还有，我们的时间已经不多了。”

一个字，目光一闪，迈尔辛便为众船长调来了所有可用的升降车。桥上所有的车，不管是空车还是已经载人，都立即朝神庙的方向降下。

“您知道阵列出故障了吗?”神庙管理员尖叫道,“您知道城市的板块已经移动了五米吗?”

迈尔辛沉吟了一会儿,“是的,我知道。”

“我是否需要安排重要的工作人员上车? 先保住他们?”

这女人指的当然是她自己。迈尔辛淡淡地对她说:“是的,当然。但是得等人全部集中起来。明白吗?”

“是,长官。明白——”

他们登上了最大的升降车。浣生坐在迈尔辛和洛克中间。她刚刚吸入的半口气,一升空就都被挤了出来。整座桥已经歪向了一边,升降车的外壁刮擦着升降井。洛克抵抗着加速度凑上前来,用力将一只沉重的手压在她的手上,“即便我们死了,也可能会赢得胜利。”

“那样还不够,”她回答道,“远远不够。”大桥再次一震,仿佛在他们周围转动。迈尔辛低声耳语了一阵。

浣生侧头倾听。但这老婊子不是在跟她说话,不是。她在跟一个只有她能看见的人嘟囔着什么,表情简单而镇定。那是快乐的表情,但看着有些异样,让人不寒而栗。

浣生问她:“你在做什么?”

话音未落,他们进入了支撑力场的范围。升降车被拉扯、被撞击,一阵阵尖锐刺耳的声音盖过了所有的叫喊和咒骂。升降车周围的管道被震动扭曲变形,他们的上升速度一度减慢,几乎完全停了下来。但某些辅助系统恢复了动力,将他们送上了顶部。

伴着一阵轻柔的、逐渐减弱的嘶嘶声,门开了。

船长们呕出胆汁,将自己从座椅上解开。待他们站起身来,又呕出了胆汁味的气体。每个人都摇摇晃晃地离开车,走到开阔的金刚石平台上,在昏暗的灰色光线中进入几乎空无一人的基地。

两个男人正在那里等着他们。“美德”号啕大哭,提欧则完全相反。他瞪着迈尔辛,冷漠的表情显得越发冷酷,“你对你自己做了些什么没有丝毫概念,妈妈。丝毫也没有。”

“我在做的,”迈尔辛说,“是拯救这艘船,拯救我的船,这才是最重要的。我的船!”

那张带着孩子气的脸僵住了。

随后,他的表情软了下来。

大桥在他们脚下尖叫。接着,它向下一拉,带动整个平台往下陷了整整一米,这才重新稳住。

浣生向下张望。第一眼看上去像是积雨云的东西其实是滚滚浓烟,残暴而无止息的地震不但引起了数不清的火灾,还沿着每一个薄弱处撕裂着厚实的铁质地壳。

她又抬起头来。

一只安慰的手落在美德的肩膀上,提欧说:“上车。”他轻轻推了他一把,接着说,“如果你愿意,洛克,你也可以跟我们回去。”

洛克挺直了脊背,没有回答。

“那就死在这里吧,”提欧说道,“和其他人——”

迈尔辛举起了一只手。

安在那一大堆肿胀的肉、节点和骨骼中的,是一把小小的激光器。它看起来无甚威力,但浣生知道,只需发出一道闪光,它便可以把成年男子烧成灰烬。从迈尔辛的表情看出,她正打算那么做。

但那道激光始终没有发射出去。

另一道光从上方袭来，蒸发了迈尔辛的武器和她的手臂。但她没有表现出震惊或者痛苦。她似乎充满了一种疯狂的、坚不可摧的力量。她弯腰向前，尖叫着用她庞大的新身躯向她儿子撞去。这时，又一道紫色光芒射来，抹去了她拖在后面的那条腿。

浣生迅速卧倒。

然后望向头顶。

一个违望者，是叫戈尔登吧？他站在一条位于高处的步道上，正用一支硕大的激光器瞄准下方。随后，以职业军人的镇定，他连续扣动扳机，射出数道光芒。浣生回头看向迈尔辛，那女人在哭嚎之中，逐渐化作了一缕缕蒸发的血液和白热的灰烬。

气息奄奄的迈尔辛仍然紧紧拉着儿子不放。

垂死的她依旧在喃喃地唤着："提欧。"声音绝望。她注定失败，注定伤心。"请你……"她用沸腾的嘴低声说道，之后便再没了任何声音。

最后一道激光蒸发了那颗头颅和首领的反光帽。片刻之后，她儿子一扭头，只见这里唯一的车和车里唯一的乘客——"美德"——蓦地朝髓星落了下去，事先没有任何预兆。

大桥的整个系统逐渐失灵。某种安全模式因此启动，把"美德"所乘的车抛了下去，试图挽救这架宝贵的飞行器。

迈尔辛刚好拖够了时间，让儿子无车可乘。

浣生盯着提欧。难以置信的表情浮现在那张俊俏的脸上：怎么会这样？牺牲掉我，是为了实现某个更大的目标吗？"现在我该怎么办？"提欧问道，声音仿佛来自另一个人。

是否有回复，浣生没有听见。

但提欧一定听见了什么,至少是想到了什么。因为他毫不犹豫地冲进桥上敞开的大门。转眼之间,大门关闭。大桥最后一次猛然偏向一边,和脊柱一起从基地的金刚石气泡舱下撕裂开来,斜斜地栽向髓星正在燃烧的地表。

液氢终会降下。

众船长谈论着要制订计划,谈论着如何躲避,或者找一架能够经受住液氢暴雨的升降车。但浣生没有参与。她盘腿坐着,专心看着钟表上的指针缓慢而耐心地转动。

亚斯林认为浣生疯了。

洛克自言自语,说着回归死亡怀抱的事。

“承诺”和“梦想”两兄妹先后过来感谢浣生,感谢她帮助他们离开髓星。“我们从没想到还能离开那个地方,”他们说,“您已经尽力了。”

连戈尔登也加入了他们。他交出武器投降,然后,在接下来的几分钟里,呆呆地看着髓星上的沸腾和爆炸。

浣生终于合上了她的表。

她若无其事地站起身来。

所有人都在看她。她走到空地上,抬头张望。是看液氢的暴雨吗?会不会太早了一点?接着,她向头顶的什么东西挥挥手,船长们和两个违望者也向上望去。他们目瞪口呆地看到一队形似鲸鱼的船开始放慢速度,准备硬着陆。

帕米尔第一个走了出来。佩芮和十个全副武装的哈鲁萨鲁紧随其后。

亚斯林立刻认出了帕米尔那张凹凸不平的脸,她笑了,“这是怎么回事?难道你不知道洪水要来了?”

帕米尔抬了抬眉毛，咧嘴一笑，随后第一次望向髓星。

“哦，我把洪水关掉了。”他轻描淡写地说，“关掉好一阵子了。”他说，“在那条真空大管子里的液态氢河……好吧，它一边往下流，一边蒸发。相信我吧，我们的船就是从剩下的那部分氢里穿过来的。到这里以后，船壳上可能连一滴液氢都不剩了。”

听“梦想”的语气，她好像遭到了冒犯。她问浣生：“那你的威胁又是怎么回事？你不是说要降下液氢的洪水吗？”

“我没那么残酷，”浣生答道，“不会屠戮无辜的星球。”

帕米尔摇了摇头，伸出长长的手臂搂住浣生，将她拉到身边，“你原本就不打算那样做？”

“我只是喜欢时不时地跟各个星球开开玩笑。”她微笑着流下眼泪，同时心想，在她漫长而离奇的一生中，还从未感到如此疲惫……

第五部

建造者

我所有的喷嘴都尖啸着吐出烈焰,但巨大的引擎逐渐衰竭,推力越变越弱。我唯一能听到的,是一个轻柔的耳语。它劝诱我靠近那颗膨胀的、垂死的恒星。我听从了那声音,即便我预见自己将与它稀薄的大气层相撞,即便我感受到了体内的刺痛和死亡。我服从简单的运动定律,在力与惯性的作用下,越来越深地沉入离那恒星更近的地方。恐惧感是如此奇妙,它令我为之一震……

一个引擎停转了。

接着是另外两个。

在我体内深处,一连串强烈而耀眼的爆炸让燃料管道和尖声怒吼的泵不断坍塌。幸存的引擎仍在点火,但火焰已经柔和多了。推力愈发减弱,变成我身侧和身后微弱的气流。

但我仍然向着那恒星的方向坠落。

恐惧感不再奇妙。

渐渐地，我陷入了强烈的恐慌。

我突然清醒过来，看着他们大肆攻击我的引擎。但他们所造成的破坏，要么微不足道，要么没找准要点，还有的选错了时机。累积效应生效太慢，难以察觉。最后，我决定试着去帮助这些小小的同伴。

或许只是一点点帮助，但他们听到了我的话，采信了我的话。

有个雷莫拉面对一千个阀门犹豫不决。当我将我的建议轻声说出时，她关上了那个唯一正常工作的阀门。

几十亿年来从未有恙的等离子磁瓶突然发生了故障，在最恰当的时刻，将反物质铁碎片喷进了开足马力的引擎。

人类工程师将不服从理性决定的人工智能纷纷杀死，取代了它们的位置。

碎片堵塞了一条辅助燃料管道。

从哈鲁萨鲁攻击我引擎的势头来看，他们似乎将明亮的火光视为对他们的冒犯。

某台无法停止运转的引擎被掰往相反的方向，然后，它能消耗多少燃料就被灌入了多少燃料。

最后，离奇族的栖息地也被从燃料罐顶卸了下来，被横着推进了某根燃料管道大张的豁口里。

又有两台引擎噼啪作响，几乎停转。

但我仍然能尝到那恒星的滋味。它的热量和气息扑打在我的外壳上……一团月球般大小的铁镍合金撞进了我的身侧，凹面很深，但我依旧完整。这冲力刚好让我脱离原本的轨迹，避免与那恒星相触。和我长途跋涉过的漫长旅程相比，这点变动的距离可以忽略不计……

过了一小会儿，我正庆幸自己的好运时，一个又小又黑却质量极大的东西从我旁边经过。我的轨迹再一次发生了变化。我望着眼前的星幕、旋转的恒星，明白了自己将要去的方向……

我将再次驶入黑暗。

驶入那没有光明的虚无。

然而奇怪的是，我意识到那正是我想去的地方。那种心满意足的感觉，仿佛回家……

结　语

“试着说句话吧。”

“你好?”一个拖沓的声音说。

“抱歉,长官。我知道我有些操之过急。但是应该让您知道发生了什么事,还有正在发生什么事,以及等您重获双腿时将要发生的事。您会恢复真正的声带,而不是通过机械盒发音。”

“帕米尔?”她尖声说。

“是,长官。”

“我还……活着……吗?”

“我们发现了您的遗体,还有其他船长的。至少是大多数船长的。”虽然老首领看不见他,帕米尔还是点了点头,“你们的头都摞在您的某个小房间里。我想是在等待审判吧,如果一切按照迈尔辛的设想进行的话……”

“迈尔辛在哪儿?”

“您最好的朋友?您最喜爱、最信赖的同事?”他放声大笑,“迈尔辛死了。这件事现在我们先不管它,可以等几天再向您说明。”

“我的船呢?”

“严重损坏,但正在修复。长官。”

沉默。

“她的叛变最终失败了。”他说,“虽然他们还有零星的抵抗。有的有组织,有的独自行动,但叛军想要调集大部队是不可能的了。”

“谁……我该感谢谁?”

帕米尔没有作声。

“你?”她问。

再次沉默。

最后,这个声音百感交集,“谢谢你,帕米尔。”

“还有浣生。”

困惑的声音从盒子里响起。首领喃喃自语道:“我想我不是很了解状况。对吗?”

“您几乎什么都还不了解。长官。”

她停顿了一下,“我还该感谢谁?”

“雷莫拉人,”他说,“还有哈鲁萨鲁。大约一百个物种帮了忙,再加上几百万提供过帮助的人工智能。”

沉默。

“我找了很多合作伙伴。为了维持合作关系,我不得不做出了一些承诺。这些承诺事关重大。”

她顿了顿,“比如?”

“我们有大量的职务空缺需要填补,包括船长以及其他职务。我向我们的新盟友保证说,他们将是我们的首要人选——”

“雷莫拉人?”她打断了他的话。

“‘凡是能思考的,都能担任职务。’过去的几个星期里,这是我的小小座右铭。我认为它非常恰当。”

“哈鲁萨鲁？当船长？”

“是的，长官。如果他们愿意留在船上的话，自然可能当上船长。”

“可是，他们为什么要离开呢？仅仅因为我有几个发疯的手下企图夺走这条船吗？”

“嗯，事情并不是那样。”帕米尔又笑起来，“一切都非常复杂，大部分问题需要花很长的时间去解释。但您需要知道的是——我们并没有按照计划航线行驶……”

“什么？”

“事实上，再过几千年，我们将会完全驶出银河系。目前看来，大方向是往室女座星团。”

沉默中充满了不安。

随后，首领的机械声音问道：“那我呢？”

“您想知道关于您的什么事，长官？”

“我还会继续当首领吗？”

“这个问题，我个人有两种截然不同的看法。”帕米尔窃笑起来，他说出的每个词都在心中演练过许多遍，“长官，您放在自己身边的都是能人，是您培养了他们的野心。而当一些船长背叛您的时候，您却目瞪口呆、毫无准备、无所作为。”

沉默中充满了愤怒。

“迈尔辛希望对您进行公审。我也可以这么做。作为代理首领，我有这个权力。根据如今的民意来看，那样的话，我想您会失去珍贵的宝座。即使允许您利用您所有的优势来争取，结果也不会改变。”

她停顿了一下，“好吧，帕米尔。你有什么打算？”

“但我们不能失去您。在叛军四起、情况不断变化的时候，我们不能失去您。"他叹了口气,"这艘船的管理需要延续性,需要一张熟悉的面孔。如果您不同意重归宝座——重归宝座当然有一定的前提——我会想出一些方法,把您的脸和您洪亮的嗓音展现在乘客和船员面前。您是否明白我的意思?"

"明白。"她说。

沉思片刻后,她说:"好吧。"

痛苦而漫长的等待之后,她说:"你自然想担任我的首席了。是不是,帕米尔?"

"我吗?不想。"他的笑声低沉,语调诚恳。然后他告诉她:"但我知道有一个人更胜任这一职务。比我胜任多了。"

首领受了重创,但她仍然足够聪明,"浣生在哪里?我能跟她说话吗?"

"您会见到的。"帕米尔说。

他站了起来,以他喜欢的角度把反光帽扣在头上,"您的首席正在努力让本船恢复秩序。相信我,没人能比她干得更好。"

首领近乎恭顺地轻声说:"再次感谢你,帕米尔。"

"啊,别客气。"

然后她轻笑着补充说:"我就知道你总有一天会带来好运气。我难道没告诉你,我有过这种预感吗?我没说过吗?"

但首领已经又是独自一人了。帕米尔没有求得她的允许就溜走了,没人听见从小盒子里发出的刺耳声音。"谢谢你,谢谢你们。"她激动不已,"谢谢你们救了我,也救了这条船的其他人……请接受我无尽的、诚挚的感谢!"

乍看之下,他们只是对恋人。

女性是人类,在她的物种里算得上身材高挑,而且很是可爱。和她同桌的男性人类也一样高，但远不如她漂亮。女人面带微笑，轻声说着话。男人咧嘴大笑，只说了一两个字，就引得那女人笑得喘不过气来。他们像恋人那样握住对方的手。他们的手指和手掌将这个简单自然的动作做到了完美无缺。但路人几乎不会注意到他们。为什么要注意呢？在这条大街上，情侣司空见惯。而这两人又碰巧没穿制服，还戴着能让他们泯然于众人的面具。乘客们忙于过自己的生活，根本无心留意两个普通人。

这是一个令人振奋的时代，也许甚至是一个了不起的时代。经历了千万年的一成不变之后，巨船的一切都发生了变化。尽管哗变和战争都已结束，但新的变化还是不断降临：巨船驶上了新的航线！据说有一部分新船长是从乘客中提拔的，每个物种都有机会！在这艘伟大而古老的船中央，还有一些难以置信的奥秘，仅用几天或者几周的时间根本无法理解！

如果能找出安全的办法，每个人都想看看那个被称作髓星的地方。鉴于他们无法真的看到那颗星球，他们便用洪亮而激动的声音、化学反应发出的哨音，或是复杂的触摸来谈论它，问一些似乎无人知晓答案的问题。

关押在髓星中央的是什么？

这个他们一直称作“荒凉”的东西到底是什么？

巨船又是怎么回事？它正沿着将会驶出这个星系的航线航行。对大多数乘客来说，这不是小问题。从这里到星系之间的无尽虚无，有生命的星球并不算多，计程飞船的数量也很有限。即使这些星球上有人想要登船，看样子也很难办到……

这又将置乘客于何地？

从某种意义上说，乘客被困在了船上。但换一个角度来看，这又是无与伦比的福气。有多少生命能经历这样的航行？数十亿年之后，巨船将开始穿越室女座星团。在那些遥远的港口之外，将是更广阔的虚无、无尽的时间，还有经受如此漫长等待的生命最终一定会看到的、令人震惊的奇迹……

那些违望者，他们怎么样了？乘客们互相问道，声音里带着恐惧。

有传言说，髓星上仍然住着数十亿违望者，与古老的“荒凉”在一起。其他一些自称知情的人则宣称，违望者还在船上。之前他们不过是趁乱消失了，如今藏身在那些最偏远、最空旷的地方，集结起来，准备着下一次可怕的攻击。

当然还有另一种可能：他们住在更近的地方。

或许违望者就在他们中间。完全可能有一群训练有素的违望者扮作富有的人类乘客。但怎么才能认出他们呢？他们将以何种偶然的方式暴露身份、让某个普通乘客有幸在光照明亮的大街上逮住他们呢？

那对恋人就是违望者。出卖他们的是他们正在吃的食物。有人注意到那个高个子漂亮女人点了一只锤翅虫，待那占满整个大盘子的骇人东西端上来之后，她很在行地轻松将它切开，给她的男人分了一部分，在他咬下第一口之前，还亲吻了他的手背。

有人喊道：“违望者！在那里！”

不同的物种听到了翻译后的警示信息。作为回应，他们赶到那张小桌前，抬起手臂和节肢指向两位食客，用惊惧的说话声和化学气体重复着他们的指控。

“看这里！违望者！”

“拦住他们！”

“来人啊，逮捕他们！”

这对恋人表现得极为镇定。他们不慌不忙地放下手里的餐具，把手伸到桌子中间，让彼此十指相扣……在片刻张力十足的停顿之后，他们决定褪下伪装。他们站起身，身上观光游客式的衣服变回了船长的明亮制服。

那女人问她的恋人：“你觉得如何？”

“这虫子你吃了多久来着？”男人低声问道。

“将近五千年。”她承认。

“这东西有好吃的时候吗？”

“你觉得呢？”她问。

然后他们大笑起来，互相拥抱，仿佛聚集在他们身边的那一大群乘客都不存在，仿佛那里只有他们，仿佛他们在单独相处。

“我一直认为你们得亲自来这里看看，”浣生告诉他们，“永远在同一个房间里坐着对创造性思维并无裨益。”

一众人工智能书记官低头看着髓星的地表，一言不发。

“有启发吗？你们有没有新的想法？”

一位书记官代表所有同伴说：“没有。”它的语气中透着厌恶，潜台词是：“还用说吗？当然没什么帮助了！”

说实话，这里没有什么可看的。大范围的火灾和数不清的火山爆发，让下方的大气充满了几乎从任何波长范围看来都黑乎乎的不透明云层。虽然看起来情况很糟糕，但髓星的大部分区域其实已经不再燃烧、不再沸腾。远程传感器和所有的人工智能模拟都给出了同样的答案：违望者的故土并没有因为大火灾而受到严重损伤。这个星球如今发生的事情并不比过去发生的上百万次灾难来得更严重。事实上，这里的生态系统可能会因为这一系列混乱而恢复生机，一部分甚至大部分违望者都可以休养生息，一边舔舐自己的伤口，一边等待天空放晴。

书记官们继续礼貌地凝视着那些翻滚的乌云。

在浣生的示意下，洛克走上金刚石平台，跪在众书记官旁边，“也许我能提供一个想法给你们。各位机器，你们有兴趣吗？”

橡胶脸一个接一个地转向他。礼貌的表情凝固在它们脸上，但那些表情背后飞速运转的头脑却并不在意。除了那个值得它们煞费苦心的核心问题之外，它们什么也不关心。

洛克说：“这艘船。”

他问：“如果你们不知道它的实际尺寸，那会如何？”

一丝兴趣一闪而过。

洛克舔了舔嘴唇，然后解释道：“当我还是个孩子的时候，我有一个玩具，是巨船的模型。它和我的手差不多大，就是那么小。但那时我只是个小男孩，年纪太小了，无法理解巨船的实际尺寸。”

那些眼睛睁大了，纷纷想象着他很久以前的那个玩具。

“我母亲试图给我解释尺寸的概念。她给我讲了质子、公里、光秒和光年。她向我保证说，这艘船非常庞大。但是光年也很庞大，不是吗？所以，当我五六岁的时候，我认为这艘船一定有那么大。我当时认为它的直径有几百万光年。这当然很愚蠢。我记得她当时还笑话我来着。哦，我敢打赌，你们从未有过这种愚蠢的经历。”

那些眼睛又开始走神了。

但洛克接着问道：“如果他们造船的时候……如果建造者的杰作并不止于船壳呢？髓星包围着‘荒凉’——无论那是什么东

西——而我们所说的船包围着髓星。但如果船壳不是他们建造的最后一层呢？如果他们的工程延伸到了更远的地方，到现在，过了这么久之后，如果它已经延伸到了我们所能看到、所能想象的极限之外了呢？”

书记官们倾身向前，无一例外。

“你们研究船的结构和比例，试图寻找某些隐藏的信息。”洛克总结道，“但是，如果那些信息并不仅仅写在石头、铁和超纤维上呢？如果建造者们的船就是宇宙本身呢……包括无数星辰、旋转的星系、所有未在地图上标注的尘埃，以及贯穿天地万物的、我们能见到能想到的一切……”

在场所有的人工智能一动不动。

对人类的耳朵而言，它们连一丝最细微的声音都没有发出。

浣生将一只手放在洛克肩上，对他说：“他们很感兴趣。现在正在思考这个问题。”

他说：“很好。”

母亲和儿子一起踏上了舷梯，看着脚下的髓星，看着它那暗黑色的地表。所有能调用的工程师都在他们上方等待着，准备开始往基地和出入隧道浇铸超纤维。这一次不会造成灾难性的塌陷。他们会花足时间，慢慢地、彻底地堵好腔壁上的这个豁洞。除了这一点，腔壁原本完美无瑕。建造者这么做显然是有原因的。浣生和帕米尔认为，最明智的做法是重新把这个监狱封起来，让一切恢复到从前的样子，并尽可能永远维持下去。唯一的变化是在光滑的银色腔壁上，粘上了一些小小的、不可能被发现的安全眼。透过这些安全眼，她能看着她那数以百万计的孙辈……

有那么一会儿，浣生站在舷梯上，想着她的子孙们。她突然感到一阵奇怪的、想跳下髓星的冲动。

但她吸了一口气,那感觉就过去了。她看了看时间,对洛克和人工智能书记官们说:“我们得离开了。”

那些机器聚集起来,整齐地站成一列。

“我告诉你们的事情,你们想过了吗?”洛克问它们。

一台机器回答道:“那是自然。”

“你们很快就会有答案吗?”他追问道。

橡胶脸只是微笑,随后,它骄傲地说:“很快,一个世纪或者一百万年。是的,很快。”

浣生几乎没听见那声音,也没听见她儿子爽朗的笑声。

她跪在舷梯上——这里是最先会被超纤维浇灌的地方——打开机械表的银盖子,将它留在了那里。这真是世界上最难的事,但她还是站起身走开了。她喃喃自语:“以后吧。现在我把它留在这里,以后再回来拿……”